Ein brandheißes Date

Silver Dragons
Band 1: Ein brandheißes Date
Band 2: Viel Rauch um Nichts
Band 3: Drachen lieben heißer

Über die Autorin:

Katie MacAlister begann ihre Karriere als Autorin mit einem Sachbuch über Software. Da sie darin jedoch weder witzige Dialoge noch romantische Szenen unterbringen durfte, beschloss sie, von nun an nur noch Liebesromane zu schreiben. Seither sind zahlreiche Romane aus ihrer Feder erschienen, die regelmäßig die internationalen Bestsellerlisten stürmen. Weitere Informationen unter: www.katiemacalister.com

Katie MacAlister

Silver Dragons

Ein brandheißes Date

Roman

dem Amerikanischen
von Margarethe van Pée

Weltbild

Die amerikanische Originalausgabe erschien 2008 unter dem Titel *Playing with Fire*
bei NAL Signet, Penguin Group (USA) Inc.

Besuchen Sie uns im Internet
www.weltbild.de

Genehmigte Lizenzausgabe für Verlagsgruppe Weltbild GmbH,
Steinerne Furt, 86167 Augsburg

Übersetzung: Margarethe van Pée
Umschlaggestaltung: Johannes Frick, Neusäß
Umschlagmotiv: www.shutterstock.com
(© luminaimages; Mathee saengkaew; Eky Studio)
Gesamtherstellung: GGP Media GmbH, Pößneck
Printed in the EU
ISBN 978-3-95569-142-4

2017 2016 2015 2014
Die letzte Jahreszahl gibt die aktuelle Lizenzausgabe an.

Ich bin allen Lesern, die sich die Zeit genommen haben, mir mitzuteilen, wie viel Spaß ihnen meine Anderwelt macht, zutiefst dankbar. Vor allem danke ich denjenigen, die sich für Bücher über die silbernen Drachen eingesetzt haben. Dieser erste Roman hierzu ist all diesen Fans gewidmet. Ich hoffe, es gefällt euch, Gabriel einmal mit anderen Augen zu sehen.

1

»Guter Zwilling ruft bösen Zwilling. Das Wiesel kräht um Mitternacht. Alles klar?«

»Oh, um Himmels willen ... ich habe zu tun! Hör auf, mir alberne verschlüsselte Nachrichten zu senden! Wenn du etwas zu sagen hast, sag es, ansonsten Funkstille! Kapiert?«

»Du verstehst überhaupt keinen Spaß mehr. Früher warst du für jeden Scherz zu haben, aber in der letzten Zeit hast du dich verändert. Liegt es an der Menopause, May?«

Cyrenes Frage erschreckte mich so sehr, dass ich im dunklen Flur innehielt und überrascht einen Blick in den Spiegel an der Wand gegenüber warf.

Kein Spiegelbild war zu sehen.

»Bekommst du noch deine Periode? Hast du nachts Hitzewallungen? Wächst dir ein Schnurrbart?«

»Gott steh mir bei«, murmelte ich und versuchte die vorlaute Stimme zu ignorieren, die mir fröhlich ins Ohr zwitscherte, während ich weiter durch den dunklen, verlassenen Raum schlich. Einen Moment lang dachte ich daran, den Miniatursender, über den Cyrene mit mir Kontakt hielt, einfach abzuschalten, aber die lebenslange Erfahrung mit meinem Zwilling sagte mir, dass der Gedanke einfach nur töricht war.

»Mann, du bist aber wirklich schlecht gelaunt heute«, stellte sie leicht mürrisch fest.

Ich blieb kurz stehen, um eine schöne mattgrüne Vase zu bewundern, die in einer Vitrine stand, bevor ich zur gegenüberliegenden Tür huschte. »Deine Bemerkung war ja auch mehr als daneben. Du bist schließlich die Ältere von uns, und im Zweifelsfall kommst du eher in die Menopause als ich.«

»So viel bin ich auch nicht älter. Gerade mal ein paar Jahre. Tausend, wenn's hochkommt. Was machst du gerade?«

Ich versuche, nicht wahnsinnig zu werden, hätte ich am liebsten gesagt, aber ich hielt mich zurück. Solange Cyrene versuchte zu helfen, war sie zu ertragen, aber wenn sie verletzt, deprimiert oder unglücklich war, konnte das fatale Auswirkungen haben, die ich mir im Moment gar nicht erst ausmalen wollte. »Ich bin in der Bibliothek und nähere mich dem Büro. Dort könnte es im Übrigen zusätzliche Sicherheitsmaßnahmen geben, also sollte von jetzt an Funkstille herrschen. Klar?«

»Du hast gesagt, ich könnte dir helfen.« Ich presste die Lippen zusammen, als ich ihre störrische Stimme vernahm.

»Du hilfst mir, indem du die Vorderseite des Hauses bewachst.« Ich schlich zur Tür und betrachtete sie eingehend. Soweit ich sehen konnte, war sie nicht mit Bannzaubern belegt. Ich hob die Hand und legte meine Finger leicht auf das Holz. Nichts löste meinen empfindlichen Gefahrensinn aus.

»Ich bin auf der *anderen* Straßenseite!«

Der Türknopf ließ sich leicht drehen und die Tür ging beinahe geräuschlos auf, was für die sorgsame Pflege des Hauspersonals sprach. »Da kannst du besser sehen.«

»In einem Baum!«

»Die Höhe ist nur von Vorteil. Hmm.« In dem kleinen Zimmer stand eine weitere hübsche, antike Glasvitrine. Sie war innen beleuchtet, und der gelbe Lichtschein fiel auf den dicken Teppich. Mehrere Kunstobjekte standen in dem Schrank, aber meine Aufmerksamkeit galt nur der schlanken Glasphiole, die als Einziges auf dem mittleren Regal stand.

»Was hmm? Ich glaube, ich fange mir Käfer ein. Im Baum sind sicher welche. Was nun? Hast du das Zeug gefunden?«

»Den Liquor Hepatis? Ja. Und jetzt sei still. Ich muss herausfinden, wie der Schrank gesichert ist.«

»Es ist so aufregend«, flüsterte Cyrene. »Ich war noch nie bei einem deiner Aufträge dabei. Es ist allerdings ein bisschen langweilig, nur zuzuschauen, und ich weiß auch gar nicht, ob es wirklich nötig ist. Du hast doch gesagt, der Magier ist irgendwo in England. Außerdem ist er doch nur ein Magier!«

Die Verachtung in ihrer Stimme war sogar über das Funkgerät deutlich zu vernehmen.

»Ich habe noch nie verstanden, was du gegen Magier hast. Sie sind Menschen wie du und ich«, murmelte ich, während ich die elektronische Alarmanlage begutachtete.

»Bah, sie tun immer so großartig mit ihrer Magie und den tiefen, dunklen Geheimnissen des Universums. Phh! Es geht doch nichts über einen netten, elementaren Zauber. Magier werden einfach überschätzt. Nun greif doch einfach hinein und nimm dir das Ding!«

»Überschätzt oder nicht, Magoth hat zwar gesagt, dass der Magier weg ist, aber seine Leute sind hier, und nicht einmal ein Magier würde so etwas Wertvolles wie ein Arkanum der Seele unbewacht zurücklassen«, antwortete ich. Ich schaltete den Alarm aus. Normalerweise verabscheuen Magier moderne Sicherheitsmaßnahmen und verlassen sich lieber auf ihre eigenen geheimen Ressourcen. Und der Eigentümer der Vitrine vor mir bildete da keine Ausnahme.

Ich lächelte über die Zauber, die zur Abschreckung von Eindringlingen ins Holz gewoben waren. Auf mich hatten sie jedoch keine Wirkung, und als ich das aluminiumbeschichtete Tuch über die winzige, hoch in einer Ecke des Zimmers angebrachte Kamera gehängt hatte – schließlich sollten ja keine Aufnahmen von mir für die Nachwelt erhalten bleiben –, öffnete ich den Schrank einfach und griff nach der Phiole.

Etwas blitzte für den Bruchteil einer Sekunde links von dem Liquor Hepatis auf. Meine Hand zuckte zurück, und ich kniff die Augen zusammen.

»Hast du daran gedacht, etwas über die Kamera zu hängen?«, ließ Cyrene sich plötzlich vernehmen. »Du willst ja schließlich nicht gesehen werden.«

»Ich bin kein Klingone, Cy«, sagte ich geistesabwesend und musterte das Bord, auf dem die Glasphiole stand. War das gerade nur eine Reflexion gewesen? Oder ein Lichtspiel der Glasprismen? Oder hatte der Magier etwas mit der Phiole gemacht, das über meine Erfahrungen hinausging?

»Nein, aber man kann dich sehen, wenn du etwas tust, was Konzentration erfordert. Jedenfalls behauptest du das – obwohl ich dich nicht sehen konnte, als du bei der Party in Marrakesch jongliert hast.«

»Die Diskussion darüber, ob ich als Partytrick einsetzbar bin, werden wir auf ein anderes Mal verschieben müssen«, murmelte ich und schüttelte den Kopf über meine albernen Gedanken. Der Eigentümer dieses Hauses mochte ja ein

Magier sein, aber wenn er darauf vertraute, dass er die Fähigkeit besaß, seinen Liquor Hepatis zu sichern, so irrte er sich gewaltig. Erneut griff ich danach und erhaschte wieder einen Schimmer von etwas, das sich so gerade eben außerhalb meines Sichtfeldes befinden musste. *»Agathos daimon!«*

»Was?«

»*Agathos daimon!* Das bedeutet ...«

»Du liebe Güte, das weiß ich doch. Du sagst es ja schließlich oft genug. Wobei ich nicht begreife, warum du nicht einfach fluchen kannst wie jeder andere normale Mensch. Was ist denn jetzt schon wieder los?«

Ich drehte den Kopf zur Seite und sah aus den Augenwinkeln eine kleine lavendelblaue Steindose, die hinter der Phiole stand. Als ich jedoch versuchte, sie zu fixieren, verschwand sie wieder.

»Hier ist noch etwas anderes. Etwas ... Bedeutsames.«

»Wie bedeutsam? Kann ich jetzt vom Baum herunterkommen? Ich werde bei lebendigem Leib aufgefressen.«

»Nein. Du bleibst da, bis ich aus dem Haus heraus bin.« Ich ergriff die Phiole, steckte sie in die Innentasche meiner Lederweste. Dann warf ich noch einen Blick auf die Vitrine, aber es war nichts zu sehen. Erneut wandte ich den Kopf und tastete mit den Fingern blindlings über das Glasbord. Sie schlossen sich um ein kleines, kaltes Viereck, und in diesem Moment gingen alle Lichter im Zimmer an.

»Bei den Tränen des Agamemnon!«, kreischte Cyrene mir ins Ohr. »Da ist jemand. Ein Auto steht vor dem Haus, und in mehreren Zimmern ist gerade das Licht angegangen ...«

»Danke für die Warnung«, flüsterte ich mit zusammengebissenen Zähnen. Draußen ertönten Stimmen. Verzweifelt blickte ich mich nach einer dunklen Ecke um, in der ich mich verstecken konnte, aber es war viel zu hell im Raum.

»Entschuldige! Ich habe gerade Käfer von meinem Arm gepflückt und nicht auf das Auto geachtet, das vor dem Haus gehalten hat. Was ist los? Warum sind alle Lichter an? Oh, nein – ich glaube, einer der Männer ist ein Magier. Er ist ... ja, er ist ein Magier! Wahrscheinlich der Eigentümer! Mayling, du musst sofort da raus.«

Sie sagte mir nichts, was ich nicht schon wusste. Als ich sah, dass der Türknopf sich drehte, rammte ich schnell einen Stuhl darunter, damit die Tür sich nicht öffnen ließ.

»Mayling!«, schrie Cyrene in mein Ohr. Sie war so aufgeregt, dass sie mich unwillkürlich bei dem Spitznamen nannte, den sie mir gegeben hatte.

Ich rannte zum Fenster. Hoffentlich entkam ich in die Dunkelheit, bevor die Tür sich öffnete. Aber ich war gerade auf den Tisch neben dem Fenster gesprungen, als die Tür in tausend Teile zerbarst und sich in Asche verwandelte, die langsam zu Boden rieselte.

»Mayling!« Cyrene brüllte so laut, dass mir fast das Trommelfell platzte. Die Gestalt eines Mannes erschien im Türrahmen. Anscheinend hörte er meinen Zwilling, denn er hielt einen Moment lang inne.

»Mei Ling!«, schrie er dann und kam in den Raum gerannt. Er hielt meinen Spitznamen für meinen richtigen Namen, was nicht zum ersten Mal geschah. »Es ist die Meisterdiebin Mei Ling!«

Ich war instinktiv zum Schatten verblichen, als ich die Männerstimmen gehört hatte, aber im Raum war es zu hell, als dass ich unsichtbar bleiben konnte. Sobald der Mann zum Fenster blickte, würde er mich sehen. Ich hatte keine andere Wahl. Ich musste durch die Scheibe springen.

»Agathos daimon«, wiederholte ich leise, hielt schützend die Hände vors Gesicht und warf mich durch das Glas.

»Da!«, schrie der Mann. »Da ist sie! Ich habe gehört, wie jemand ihren Namen gerufen hat. Draußen auf dem Fensterbrett ist die Meisterdiebin Mei Ling!«

Die warme Dunkelheit des griechischen Märzabends umhüllte mich und machte mich so gut wie unsichtbar, als ich über das schmale Sims an einem Regenrohr nach unten rutschte.

»Wo bist du? Ist alles in Ordnung? *Mayling!*«

»Mir geht es gut. Ich bin aus dem Haus heraus, aber hör auf, so zu schreien, sonst finden dich die Leute des Magiers noch!«, zischte ich ins Mikrofon. »Kannst du vom Baum klettern, ohne dass man dich sieht?«

»Oh, Gott sei Dank, dir geht es gut. Ich hätte fast einen Herzinfarkt bekommen! Ja, ich glaube, ich kann herunterkommen. Da ist ein guter Ast ... uummph!«

Gegenüber der eleganten Villa in Nea Makri, einem kleinen Ferienort außerhalb von Athen, fiel ein schwarzer, andeutungsweise menschlicher Schatten zu Boden. Ich eilte um die Ecken des Platzes herum zu meinem Zwilling, wobei ich sämtliche Lichtkegel aus den umliegenden Häusern mied.

Cyrene blickte zu mir hoch. »Ich bin heruntergefallen.«

»Das habe ich gesehen. Alles in Ordnung?«

Sie nickte, und ich zog sie rasch hoch. »Was schreien die da?«, fragte sie mit einem Blick zu dem Haus hinüber. »Ich kann nichts verstehen.«

»Es sind vermutlich nur Flüche. Oh, und natürlich mein Spitzname. Also, nicht mein Spitzname, sondern der andere Name.«

»Was für ein anderer Name?«, fragte sie, während ich sie hastig in die dunkle Seitenstraße hineindirigierte, wo wir den Leihwagen geparkt hatten. »Ach, du meinst, den asiatischen Namen, den jemand erfunden hat.«

»Und zwar deshalb, weil sie gehört haben, wie du in Dresden meinen Spitznamen gerufen hast, als ich der Schwesternschaft der Najaden geholfen habe, den gestohlenen Gegenstand zurückzuholen. Zum Glück haben sie nach einer Asiatin Ausschau gehalten und nicht auf mich geachtet.«

Schuldbewusst verzog sie das Gesicht. »Ich hatte ja keine Ahnung, dass die Leute das für deinen richtigen Namen halten würden. Außerdem ist das doch mindestens zehn Jahre her. Das muss doch mittlerweile längst in Vergessenheit geraten sein.«

»Kaum. Der Ruhm von Mei Ling scheint unvergänglich ...«

Wir blieben vor dem Auto stehen. Ich wollte gerade den Autoschlüssel aus der Tasche ziehen, als ich überrascht feststellte, dass ich etwas in der Hand hielt.

»Was ist los?«, fragte sie. »Grundgütiger! Du blutest ja! Bist du durchs Fenster gesprungen?«

»Ja.« Ich öffnete meine Faust und starrte auf ... nichts.

»Wir verschwinden besser«, sagte sie, nahm den Schlüssel und schloss die Tür auf. »Ich fahre. Mach dich klein, damit dich niemand sieht! Ja, ich weiß, mit dem Umhang sieht dich sowieso keiner, aber das Blut tropft überallhin. Gut, dass du mein Zwilling bist, sonst müsstest du ins Krankenhaus.«

»Wenn ich nicht dein Zwilling wäre, hätte ich erst gar nicht durchs Fenster springen müssen«, konterte ich. Ich fuhr mit dem Finger über die Umrisse der kleinen Steindose. »Was auch immer der Magier hier gemacht hat, es muss ziemlich mächtig sein. Ich kann sie immer noch nicht sehen.«

»Was kannst du nicht sehen?«, fragte sie und betrachtete meine Handfläche. »Die Schnitte? Sie heilen gleich.«

»Darüber mache ich mir keine Gedanken – ich bin schon erstochen, erschossen und beinahe ausgeweidet worden, und ich weiß sehr wohl, wie schnell bei mir alles heilt. Es ist das hier«, sagte ich und duckte mich, als Cyrene mich ins Auto schob.

»Was denn?«, fragte sie und ließ den Motor an. »Zum Hotel?«

»Ja, bitte. Es ist eine Dose. Sieh sie dir mal an.«

»Wenn ich fahre, kann ich mir nichts ansehen – oh! Es ist eine Dose!«, rief sie aus.

»Ich glaube, sie ist aus Kristall. Ich glaube ...« Meine Finger, die über die unsichtbare Dose strichen, mussten einen kleinen, versteckten Knopf gedrückt haben, denn plötzlich ging mir das Herz auf. Ein goldener Schimmer, den ich eher spürte als sah, breitete sich von der Dose aus, ein Licht von so wundersamer Schönheit, dass es mich mit überwältigendem Glück zu erfüllen schien.

Fluchend trat Cyrene auf die Bremse und hielt an.

»Was zum ... was ist das? Grundgütiger, es ist ... es ist ...«

»Es ist Quintessenz«, sagte ich und atmete schwer, während das glitzernde Strahlen sich bis tief in meine Knochen senkte.

»Was?«

»Quintessenz. Das fünfte Element.«

Langsam schloss ich den Deckel der Dose, und das Licht verschwand so abrupt, dass sich mir das Herz zusammenzog.

»Wie in dem Film mit Bruce Willis, meinst du?«

»Was?« Ihre Worte drangen nicht gleich durch den Nebel, der sich mit dem Verlust des Lichts über mich gesenkt zu haben schien. »Nein, so nicht. Das ist doch nur Hollywood. Das fünfte Element ist etwas, das Alchimisten unbedingt erlangen wollen. Es ist die essenzielle Präsenz.«

»Essenzielle Präsenz von was?«, fragte sie und fädelte sich vorsichtig wieder in den Verkehr ein, nur um gleich darauf wieder rechts heranzufahren, weil Streifenwagen mit heulenden Sirenen und Blaulicht aus einer Seitenstraße geschossen kamen.

»Von allem. Sie ist über uns und unter uns, die Verkörperung der Kraft, die wir Leben nennen. Es ist die reinste Essenz des ... Seins.«

»Ist sie wertvoll?«, fragte Cyrene berechnend.

Meine Finger schlossen sich fester um die Dose. »Unbezahlbar. Nein, mehr noch. Sie ist von unschätzbarem Wert. Jeder Alchimist würde töten, um in ihren Besitz zu gelangen.«

»Hm ...«

Ich wusste, was sie dachte. Cyrene hatte einen kostspieligen Geschmack, aber nicht die Fähigkeit, Geld zu sparen. Sie würde bestimmt vorschlagen, wir sollten die Quintessenz meistbietend versteigern, aber das durfte ich nicht zulassen. »Nein«, sagte ich.

Ihre Lippen, die sie erst kürzlich hatte aufspritzen lassen, verzogen sich zu einem Schmollmund, der erwachsene Männer in die Knie gehen ließ. »Warum nicht? Ich wette, wir würden eine Menge Geld dafür bekommen.«

»Sie gehört nicht mir.« Ich strich ehrfürchtig über den Kristalldeckel.

»Na ja, klar wird Magoth sie haben wollen, aber deswegen hat er dich doch nicht hierher geschickt, oder? Er braucht ja nicht zu wissen, dass wir sie haben.«

Ich schüttelte den Kopf. »Wenn Magoth auf die Idee kommt, dass ich auch nur in der *Nähe* von Quintessenz gewesen bin ... er wird außer sich vor Wut sein, und du kannst dir nicht einmal im Entferntesten vorstellen, zu was ein wütender Dämonenfürst fähig ist. Er wird mir schreckliche Dinge antun. Und dir im Übrigen auch.«

Sie warf mir einen raschen Blick zu. »Mir? Was kann mir ein Dämonenfürst schon tun? Ich bin unsterblich.«

»Ich auch, und doch könnte er mich auslöschen wie ein Kerzenlicht.«

»Du hast anscheinend nie gelernt, dass Dämonenfürsten Elementarwesen wie Najaden zum Beispiel nicht töten können«, wies sie mich zurecht. »Das weiß doch jeder.«

»Und wenn schon. Glaubst du im Ernst, du könntest Magoths Zorn entkommen?«

»Äh ...« Sie überlegte einen Moment und presste dabei die Lippen zusammen. »Nein.«

»Das habe ich auch nicht angenommen. Nein, lieber Zwilling, diese kleine Dose geht nicht an Magoth ... und wir werden sie auch nicht verkaufen. Mir bleibt gar nichts anderes übrig, als sie dem Magier zurückzugeben.«

»Das ist doch wirklich zu schade«, sagte sie und bog in die Tiefgarage ein, die unter unserem bescheidenen Hotel lag. »Vielleicht merkt er ja gar nicht, dass sie nicht mehr da ist. Behalt sie doch einfach ein bisschen und warte mal ab, ob er überhaupt weiß, dass du sie hast.«

»Hast du mit deinem gesunden Menschenverstand auch deine Moral verloren?«, fragte ich.

Cyrene parkte das Auto und verdrehte übertrieben die Augen. »Mit meiner Moral ist alles in Ordnung. Du brauchst gar nicht so ein Gesicht zu machen. Ich finde, wir sollten noch einmal in Ruhe darüber reden. Die Dose ist unsichtbar, vielleicht hat der Magier sie ja einfach vergessen.«

Ich beugte mich vor und blickte ihr direkt in die blauen Augen. »Sie ist unbezahlbar, Cyrene. Buchstäblich ... unbezahlbar.«

Ein gieriger Ausdruck huschte über ihr Gesicht.

»Selbst wenn ich für mich selbst stehlen würde – und ich kann nur wiederholen, dass ich das nicht tue, da du das ja immer zu vergessen scheinst, wenn die Versuchung lockt –, so kann ich diese Dose auf keinen Fall behalten. Sie ist einfach zu wertvoll. Dieser Magier wird Himmel und Hölle in Bewegung setzen, um sie wiederzubekommen, und ehrlich gesagt habe ich keine Lust, dass schon wieder jemand hinter mir her ist.«

Seufzend stieg sie aus dem Auto. »Du nimmst das Leben viel zu ernst. Wir müssen mal was an deinem Sinn für Humor tun.«

»In meinem Job bleibt nicht viel Zeit für Humor. Und

apropos, ich frage mich, was der Magier im Schilde führt, schließlich haben seine Leute meinen Namen gehört«, sagte ich und stieg langsam aus. An den Stellen, wo das Blut getrocknet war, fühlte sich meine Haut heiß und gespannt an. Die Schnitte waren zwar größtenteils verheilt, aber ich sah trotzdem immer noch ziemlich mitgenommen aus.

Cyrene schlug die Hand vor den Mund. »Oh, May! Es tut mir leid! Daran habe ich gar nicht gedacht – glaubst du, sie bringen Mei Ling mit dir in Verbindung?«

Ich lächelte schief. »Ich wüsste nicht, wie sie darauf kommen sollten. Sie haben mich nicht zu Gesicht bekommen, und sie glauben, es war Mei Ling, die berüchtigte internationale Meisterdiebin und nicht einfach nur eine Doppelgängerin aus Kalifornien.«

Cyrene verzog das Gesicht. »Ich und meine große Klappe.«

»Nun ja, es ist gar nicht mal so schlimm. Wenn sie alle nach einer Asiatin Ausschau halten, dann richtet sich ihre Aufmerksamkeit weniger auf mich. Ich kann mich übrigens so im Hotel nicht sehen lassen, ich gehe als Schatten auf mein Zimmer. Kommst du zurecht?«

Sie hatte den leidenden Blick, den sie mir zuwarf, schon seit einem guten Jahrhundert drauf, aber meine Lippen zuckten trotzdem. »Ich bin kein hilfloses Etwas, May! Ich bin absolut in der Lage, ein Hotel zu betreten und auf mein Zimmer zu gehen, ohne Mördern, Dieben, Anarchisten oder sonstigen Verbrechern in die Hände zu fallen, vielen Dank!«

»Entschuldigung!«, sagte ich.

»Ehrlich! Du behandelst mich, als wäre ich ein Kind und du meine Mutter, dabei ist es genau andersherum. Ich bin fast zwölfhundert Jahre alt! Und nur weil ich ab und an ein wenig Hilfe brauche, bedeutet das noch lange nicht, dass ich ohne dich zu nichts in der Lage bin ...«

Empört marschierte sie zum Aufzug. Ich folgte ihr in einigem Abstand und ging die Treppe hinauf, die nur selten benutzt wurde. Eine einzige Frage beschäftigte mich.

Wie um alles in der Welt sollte ich dem Magier die Quintessenz zurückbringen, ohne erwischt zu werden?

2

»Guten Morgen! Ist Magoth da?«

»Ja.« Der weibliche Dämon blickte von seinem Laptop auf und beäugte mich verächtlich. Mit einem spitzen Stiletto schob sie sich eine Strähne ihres blonden Haars hinter das Ohr. »Sie sind aber kein Dämon.«

»Äh ... nein. Ich bin eine Doppelgängerin. Ich glaube, wir kennen uns noch nicht – ich bin May Northcott.«

»Sobe«, antwortete der Dämon. »Ich habe noch nie einen Doppelgänger gesehen. Sind Sie ein dunkles Wesen?«

»Nein, eigentlich nicht. Ich bin ein Zwilling, das Schattenbild einer normalen Person. Na ja, keiner Sterblichen – sie ist eine Najade.«

»Ein Zwilling?« Sobes Gesichtsausdruck wurde noch säuerlicher. »Wie geht das?«

»Oh, auf die übliche Art.« Ich versuchte, fröhlich und munter zu klingen, was mir jedoch so gut wie nie gelang. Es lag mir einfach nicht. »Jemand beschließt, dass er eine genaue Kopie von sich will. Er ruft einen Dämonenfürsten an, opfert einen seiner Charakterzüge und – puff! – ein Doppelgänger erscheint, und dann gibt es ein großes Fest, das meistens in einer Orgie endet.«

Sobe schürzte die Lippen. Mein Humor verfehlte bei Dämonen offensichtlich seine Wirkung.

»Ich verstehe. Und was tun Sie hier, wenn Sie der Zwilling einer Najade sind?«

»Das ist eine lange Geschichte, die Sie wahrscheinlich

zum Gähnen langweilig finden würden«, erwiderte ich. Ich hatte auf jeden Fall nicht vor, sie einem wildfremden Dämon anzuvertrauen. »Belassen wir es einfach bei der Tatsache, dass ich ab und zu für Magoth arbeite. Wie geht es ihm heute?«

»Dem Meister? Er hat gelacht. Zweimal.«

Ich zuckte zusammen.

Sobe nickte und blickte auf ihren Bildschirm. »Sie haben keinen Termin, Doppelgängerin. Wenn Sie für ihn arbeiten, dann wissen Sie doch, wie er sein kann, wenn man ohne Termin bei ihm auftaucht.«

»Ich werde erwartet«, antwortete ich leichthin. Wenn ich zu Magoth befohlen wurde, wurde mir immer übel. Er mochte ja der geringste aller Dämonen sein, aber meine Treffen mit ihm waren stets geprägt von ... nun ja, Furcht.

»Es ist Ihr Leben«, sagte Sobe achselzuckend und wandte ihre Aufmerksamkeit wieder ihrem Laptop zu.

Ich straffte die Schultern und klopfte leise an der Tür zu seinem Büro. Magoth war schon an seinen guten Tagen nicht leicht zu ertragen ... aber ein glücklicher Magoth war wirklich ein schlechtes Zeichen.

»Entrez!«

Ein Schauer lief mir über den Rücken, als ich die Tür öffnete. Leise Musik drang aus unsichtbaren Lautsprechern, als ich den schmalen Gang entlangging, der zu Magoths Wohnräumen führte, die er auch als Büro nutzte.

»Ah, was für eine Freude, dich wiederzusehen. Du siehst hinreißend aus, wie immer.« Magoth trug ein blaues, zu drei Vierteln offenes Hemd, eine enge schwarze Lederhose und eine Bullenpeitsche um die Taille.

Als ich die Peitsche sah, zog ich eine Augenbraue hoch. »Hast du wieder Indiana-Jones-Filme gesehen?«

Seine schwarzen Augen funkelten schalkhaft. »Ich erlaube mir nur ein paar Fantasien. Apropos ...« Er warf sich auf eine weiße Ledercouch und klopfte einladend auf den Platz neben sich. »Komm, setz dich zu Papa!«

»Werden wir uns jemals ohne sexuelle Belästigung unterhalten?«, fragte ich und setzte mich so weit wie möglich von ihm entfernt auf einen Stuhl.

»Süße«, gurrte er und legte sich auf den Rücken. »Komm. Und das meine ich wörtlich.«

Ich kniff die Lippen zusammen und rührte mich nicht.

»Hey, Kleines.« Er knöpfte sein Hemd bis zum letzten Knopf auf und wackelte anzüglich mit den Augenbrauen. »Möchtest du eine Zuckerstange?«

Ich hob das Kinn.

Seine Finger glitten zu seinem Hosenbund, und er schürzte die Lippen. »Wenn mein süßer kleiner Schatz Daddy nicht sofort etwas zu naschen gibt, dann muss ich glauben, dass sie mir böse ist.«

»Ach, du liebe Güte ... Magoth!«, rief ich empört.

Seufzend richtete er sich auf. Sein offenes Hemd gewährte mir ungehinderte Sicht auf seinen männlichen Brustkorb. Als Dämonenfürst konnte Magoth jede beliebige Gestalt annehmen, aber seltsamerweise hatte ich ihn, seit ich an ihn gebunden war, nur in seiner wahren Gestalt gesehen – ein schwarzhaariger, unglaublich gut aussehender Mann mit dunklen Augen, der aus jeder Pore Sex ausstrahlte. »Wenn ich es nicht besser wüsste, meine Liebe, würde ich schwören, dass du keine Gefühle hast.

Wem tut es denn schon weh, wenn man sich ein bisschen Freude gönnt?«

»›Wehtun‹ ist das Schlüsselwort«, erwiderte ich und verschränkte die Arme. Ganz gleich, wie menschlich er aussah, er war und blieb ein Dämonenfürst.

Magoth stützte sich auf einen Arm. Unter seiner engen Lederhose zeichneten sich deutlich seine muskulösen Schenkel ab. Er lächelte. »Solange du es nicht ausprobiert hast, weißt du gar nicht, ob es dir gefällt.«

Ich hielt den Mund. Magoth konnte Stunden damit zubringen, mich in seine Arme zu locken. Je eher ich ihn zum Geschäftlichen bringen konnte, desto besser.

Magoths Augen funkelten, und dann stand er plötzlich vor mir und zog mich in seine Arme. »Soll ich dir zeigen, wie schmal der Grat zwischen Schmerz und Lust ist?«, murmelte er. Sein Atem strich kalt über meine Haut, als er an meinem Kinn knabberte.

Seine Finger hinterließen eine eisige Spur auf meinem Rücken, und einen Augenblick lang ließ ich mich in eine erotische Vision von verschlungenen Gliedmaßen, heißen Leibern und schmerzender Lust ziehen.

»Es gibt so viel zu lernen, und ich möchte gern dein Lehrmeister sein, meine süße May. Ich werde dir zeigen, was du dir bisher nicht einmal in deiner Fantasie vorstellen konntest, und dich in ekstatische Höhen versetzen«, murmelte er an meinem Hals, während er mir mit seinem Oberschenkel die Beine auseinanderdrückte.

Seine Worte hüllten mich in einen Zauber ein, erfüllten meinen Kopf mit Bildern, die mich erregten und zugleich abstießen. »Ja, gib dich der Lust hin«, drängte er und schob mich zur Couch. »Ich bin ein ausgezeichneter Liebhaber, meine süße May. Du wirst es nicht bereuen.«

Die erotischen Bilder tanzten in meinem Kopf und verführten mich ebenso wie seine Worte und seine Berührungen. Ich sank zurück, seine eisigen Finger glitten über die Knöpfe meiner Bluse, und er senkte den Kopf über meine Brust. Meine Haut begann schmerzlich zu prickeln, als er sich an meinen harten Nippeln rieb.

»Ja, mein Liebling. Lass mich gewähren«, schnurrte er, und eine Hand glitt zwischen meine Beine.

Es war die kalte Berührung in meiner heißen Mitte, die den Zauber durchbrach. Ich riss die Augen auf.

»Nein!«, schrie ich und schob ihn von mir. Rasch stand ich auf und raffte meine Bluse zusammen.

Er saß auf dem Boden und blickte mich an. Einen Moment lang war sein Gesicht hart, dann jedoch grinste er. »Dieses Mal hätte ich dich beinahe gehabt.«

Ich schwieg und knöpfte mit zitternden Händen meine Bluse zu.

»Ich komme jedes Mal ein Stückchen weiter«, fügte er hinzu. Er setzte sich wieder auf die Couch und verzog leicht das Gesicht, als er die nicht zu übersehende Ausbuchtung in seiner Hose zurechtrückte. »Warum machst du es uns beiden nicht leichter und ergibst dich in das Unvermeidliche?«

»Ich habe dir von Anfang an gesagt, dass ich an dieser Art von Beziehung zu dir nicht interessiert bin«, erwiderte ich. Ich ergriff meine Tasche und setzte mich wieder auf meinen Stuhl. Das Ganze hatte mich mehr mitgenommen, als ich zugeben wollte. Ich hatte das schreckliche Gefühl, dass er früher oder später erreichen würde, was er wollte.

»Wäre das denn so schlimm?«, fragte er und lehnte sich zurück.

»Hör auf, meine Gedanken zu lesen!«, erwiderte ich.

»Ich kann keine Gedanken lesen, meine Süße, dafür aber sehr gut Gesichtsausdrücke deuten, und dir sieht man deine köstliche Rechtschaffenheit förmlich an. Wirklich, ich kann es kaum erwarten, dass du dich mir hingibst«, sagte er lächelnd.

Mir war klar, dass ich ein gefährliches Spiel trieb, aber ich konnte mich nicht zurückhalten. Ich musste die Frage einfach stellen. »Warum gerade ich?« Ich machte eine vage Geste. »Warum begehrst du mich so sehr, wenn du doch so viele andere haben könntest?«

Zu meiner Überraschung wischte er die Frage nicht mit einem höhnischen Grinsen vom Tisch. Er blickte einen Moment lang nachdenklich vor sich hin, dann schnipste er mit den Fingern. Ein Dämon erschien, verbeugte sich und präsentierte ihm mit gesenktem Blick eine silberne Dose. Magoth wählte eine schlanke, braune russische Zigarette aus der Dose, erlaubte dem Dämon, sie anzuzünden, und entließ ihn mit einer wegwerfenden Handbewegung. »Genau diese Frage habe ich mir auch gestellt, als dein Zwilling dich zum ersten Mal zu mir gebracht hat. Wie du weißt, habe ich ihre besonderen Vorzüge genossen.«

Ich wandte den Blick ab. Er kannte die Regeln ebenso gut wie ich – über Cyrene redete ich nicht.

»Daher sollte man doch annehmen, dass ich keinen Grund mehr hätte, die Freuden zu kosten, die du anzubieten hast ... und doch hast du etwas, etwas ... *Einzigartiges* ... das mich anspricht. Es ist, als ob nur du dieses besondere

Verlangen in mir stillen könntest. Ich fühle mich auf besondere Weise zu dir hingezogen.«

Unbehaglich rutschte ich hin und her. Ich blickte an seinem Ohr vorbei, damit mich sein wissender Blick nicht wieder in den Bann zog. »Ich bin Cyrenes Zwilling. Du weißt ebenso gut wie ich, dass Doppelgänger identische Kopien ihrer Zwillinge sind. Zwischen Cyrene und mir gibt es keinen Unterschied – abgesehen von der Tatsache, dass sie eine Najade ist und ich nicht, sind wir absolut gleich.«

»Nein«, sagte er langsam. Er zog an seiner Zigarette, und sein Blick glitt liebkosend über mich hinweg. »Das seid ihr eben nicht. Und das fasziniert mich nur noch mehr ...«

Ich räusperte mich. Hätte ich doch bloß den Mund gehalten. Ich musste ihn unbedingt von diesem Thema ablenken. Ich zermarterte mir das Hirn, aber mir fiel nichts ein. Da ich nichts zu verlieren hatte, griff ich auf das Naheliegende zurück. »Ich nehme an, du hast mich nicht ohne Grund rufen lassen?«

Er schwieg einen Moment, um mich wissen zu lassen, dass er den Themenwechsel nur zuließ, weil er es so wollte. »Ich habe heute früh eine interessante Neuigkeit erfahren.«

»Es muss etwas Wichtiges gewesen sein, sonst hättest du mich doch nicht nach Paris beordert. Was ist passiert?«, fragte ich vorsichtig und rieb mir verstohlen die Arme. Im Zimmer wurde es kalt. Trotz der Frühlingssonne, die durch die Fenster schien, bildete mein Atem kleine Wölkchen vor meinem Mund, wenn ich sprach.

Seine Lippen zuckten. »Anscheinend hat eine gewisse Person einen Preis auf deinen Kopf ausgesetzt.«

»Schon wieder. Na toll.« Ich schloss einen Moment lang

die Augen. Bedauern, Verzweiflung und Hoffnungslosigkeit, meine ständigen Gefährten, hinterließen einen bitteren Geschmack in meinem Mund.

»Dr. Kostich scheint äußerst aufgebracht über den Verlust eines kostbaren Gegenstandes zu sein, der gestern am späten Abend aus seinem Haus in Griechenland gestohlen wurde.«

»Dr. Kostich?« Der Name löste einen leisen Alarm bei mir aus.

»Er ist ein Erzmagier, einer der mächtigsten Männer überhaupt«, sagte Magoth. Seine Stimme triefte vor Vergnügen.

»Agathos daimon«, stöhnte ich und sank in mich zusammen, als mir klar wurde, warum mir der Name so bekannt vorkam. Am liebsten hätte ich ihn gefragt, warum er mich denn gerade zu einem Erzmagier geschickt hatte, dem Leiter des Komitees, das das Au-delà (Anderwelt) regierte, wenn er doch wusste, dass es schlimme Konsequenzen haben würde. Aber die Antwort lag auf der Hand – in Magoths Augen war das Endresultat das Risiko wert.

»Ja. Anscheinend hast du dir einen sehr gefährlichen Feind gemacht.« Sein Blick nahm einen berechnenden Ausdruck an. »Er hat einen hohen Preis auf deinen Kopf ausgesetzt.«

Ich schluckte. »Geld?«

»Unter anderem. Ein paar Millionen Dollar.« Er wedelte mit der Hand. »Und eine Gefälligkeit.«

Mein Herz sank, und meine Zunge lag schwer wie Blei in meinem Mund. »Eine ... eine Gefälligkeit?«

»Ja. Offenbar hat Dr. Kostich es nicht besonders gerne, wenn jemand seine Wertsachen stiehlt. Er hat die Diebesfänger losgeschickt, und er hat nicht nur eine Belohnung ausgesetzt, sondern auch seine Dienste angeboten.«

Ach du lieber Gott! Eine Gefälligkeit – für Gefälligkeiten von Magiern töteten Leute. Kriege waren deshalb ausgebrochen, Leben aufs Spiel gesetzt worden, alles nur wegen einer solchen Gefälligkeit. Und hier bot dieser Magier – nein, *Erzmagier*, der Mächtigste der Mächtigen – nicht nur ein paar Millionen Dollar zu meiner Ergreifung an, sondern auch noch die Erfüllung eines Wunsches. »Ich bin tot«, murmelte ich und ließ den Kopf in meine Hände sinken.

»Glücklicherweise ist das nicht der Fall. Ich frage mich jedoch ...« Magoth kniff die Augen zusammen und schnipste die Asche seiner Zigarette in einen umgedrehten Totenschädel, der zum Aschenbecher umfunktioniert worden war. »... warum regt Kostich sich eigentlich über den Verlust seines Liquor Hepatis so auf?«

Mit gespielter Gelassenheit begegnete ich seinem bohrenden Blick. »Ich dachte, Liquor Hepatis sei wertvoll.«

Er zog erneut an seiner Zigarette. »Das ist es, mein Liebling, das ist es. Vor allem das, was Kostich besaß – es war die reinste Form, das Arkanum der Seele. Nur ein Meister-Alchimist kann es herstellen, und es dauert viele Jahre, bis es so rein ist wie das, welches jetzt in deinem Besitz ist?«

Das war sowohl eine Frage als auch eine Aufforderung. Schweigend holte ich das Fläschchen aus meiner Innentasche und stand auf, um es ihm zu geben. Er ergriff die Phiole, aber bevor ich auch nur zurückweichen konnte, packte er meine Hand und zog mich auf seinen Schoß.

»Hör auf, dich zu wehren; deine Tugend ist nicht in Gefahr. Jedenfalls im Moment nicht«, fügte er grinsend hinzu. Dann drehte er meine Hand um, um meine Handfläche zu betrachten.

Ich erschauderte, weil eine solche Kälte von ihm ausging.

»Du verbirgst etwas vor mir«, sagte er mit leiser, sanfter Stimme, die schön geklungen hätte, wäre da nicht dieser drohende Unterton gewesen.

»Das könnte ich doch gar nicht«, antwortete ich. »ich bin an dich gebunden. Ich muss deine Befehle befolgen.«

Sein Zeigefinger glitt über meine linke Brust. »Ich höre dein Herz rasen, süße May. Wovor fürchtest du dich?«

»Ich mag es nicht, wenn du mich festhältst«, sagte ich. Hoffentlich stellte ihn diese wahrheitsgemäße Antwort zufrieden.

»Hm.« Sein Finger fuhr über meine Lippen. Ich wandte den Kopf zur Seite und versuchte mich aus seinem Griff zu winden. Zu meiner Überraschung ließ er mich los.

»Diese Täuschung, die ich bei dir spüre, ist neu und faszinierend, aber leider kann ich sie nicht weiter zulassen«, sagte er in aller Ruhe, während ich mit bebenden Händen meine Tasche ergriff.

»Wenn ich die Macht hätte, dir nicht zu gehorchen, wäre ich dann hier?«

Ein leises Lächeln umspielte seine Lippen, seine Augen waren halb geschlossen. »Du verbirgst tatsächlich etwas vor mir, May Northcott.«

Die Härchen auf meinen Armen richteten sich auf, als er mich bei meinem vollen Namen nannte. Sagen konnte ich nichts mehr, deshalb schüttelte ich nur den Kopf.

Anmutig erhob er sich und trat mit einem Ausdruck auf mich zu, den andere vielleicht als charmant wahrgenommen hätten. Aber mich ängstigte er damit zu Tode. »So ein hübsches Gesicht. Du bist so verführerisch, und doch glaube ich, dass du dir dessen gar nicht wirklich bewusst bist. Nun, diese Zeit wird kommen, und ich freue mich schon darauf, dich die Lust zu lehren, die du dir nicht einmal vorstellen kannst.«

»Wenn das alles ist, gehe ich besser«, stammelte ich und wich zurück zur Tür.

»Weißt du, was ich tun werde, wenn du versuchst, etwas vor mir zu verbergen?«, fragte er.

Ich wollte gerade den Türknopf drehen, hielt aber inne. Mein Magen zog sich zusammen. »Mich töten?«

»Ts. Was du von mir denkst!«, sagte er mit gespielter Empörung. »Süße May, ich bin ein Liebhaber, kein Krieger. Ich würde dich nicht töten, obwohl ich zugeben muss, dass der Gedanke, dir eine Lektion zu erteilen, mir ...« Er schloss die Augen und atmete tief ein. »... mir großes Vergnügen bereitet.«

Ich konnte mir lebhaft vorstellen, was er mit »Lektion erteilen« meinte. Ich war entsetzt, und vermutlich sah man mir das an.

Magoth lachte. »Leider muss dieses Vergnügen noch warten. Daran solltest du denken, wenn ich dir jetzt eine Frage stelle – hast du bei Dr. Kostich etwas gesehen, das ich gerne haben möchte?«

Vor Erleichterung wäre ich beinahe ohnmächtig geworden. Fast hätte ich schon alles zugegeben, nur um dem grauenhaften Schicksal zu entkommen, das er für mich vorgesehen hatte, aber seine eigene Wortwahl rettete mich. Ich hob das Kinn, blickte ihm direkt in die Augen und sagte absolut aufrichtig: »Nein, ich habe nichts gesehen, das du gerne haben möchtest.«

Er drückte seine Zigarette auf dem Teppich aus. »Lass es mich anders formulieren – was hast du über den Erzmagier Kostich herausgefunden?«

»Nicht viel«, antwortete ich. Meine Finger schlossen sich fester um den Türknopf, während ich in meiner Erinnerung nach interessanten Einzelheiten des vergangenen Abends forschte. »Er bevorzugt anscheinend griechische und römische Antiquitäten, besitzt zwei echte Renoirs und einen falschen, der in einem Empfangsraum hängt, und glaubt offensichtlich, dass er seine wertvollsten Objekte mit Arkana-Magie schützen kann.«

Magoth zündete sich eine weitere Zigarette an und betrachtete einen Moment lang die Flamme, bevor er das Feuerzeug zuschnappen ließ. »Wo war die Phiole?«

»In einer Vitrine in seinem Arbeitszimmer.«

»Was war sonst noch in der Vitrine?«

»Das Einzige, was ich gesehen habe, waren zwei alte Gefäße, Goldschmuck, der etruskisch zu sein schien, und eine Fruchtbarkeitsstatue.«

Er schwieg einen Moment lang und warf mir einen verstohlenen Blick zu. Mir hob sich der Magen bei dem Gedanken, was er mit mir machen würde, wenn er herausfände, dass ich meine Worte sorgsam wählte, um nicht lügen zu müssen.

»Nun gut«, sagte er schließlich. »Wenn du sicher bist, dass ich dich nicht dazu überreden kann, hierzubleiben und die Belohnung zu genießen, die nur ich dir geben kann, dann darfst du gehen.«

Ich unterdrückte einen Jubelschrei und verneigte mich stattdessen zum Zeichen meines Gehorsams.

»Ich werde dich in ein paar Tagen erneut brauchen, wenn ich diesen Liquor Hepatis in Seelenbalsam verwandelt habe. Komm das nächste Mal nackt, ja?«

Ich warf ihm einen verwirrten Blick zu.

Er grinste. »Es war einen Versuch wert. Bis zum nächsten Mal, meine Schöne.«

Ich verneigte mich noch einmal und ging aus dem Zimmer.

»Alles noch heil?«, fragte Sobe und blickte überrascht von ihrem Laptop auf. Sie zog ihre perfekt geformten Augenbrauen in die Höhe. Es irritierte mich immer wieder, dass jemand, der nicht menschlich war, so viel besser aussah als ich. Der äußeren Erscheinung nach war Sobe eine attraktive Blondine, in jeder Hinsicht perfekt. »Das hat ja nicht lange gedauert.«

Ich verzog die Lippen zu einem schwachen Lächeln und sagte, ich käme schon in ein paar Tagen wieder.

»Dann müssen Sie nach Madrid kommen. Wir reisen nämlich morgen nach Spanien«, antwortete der Dämon und blätterte durch den Terminkalender. »Dort werden wir die nächsten zwei Wochen sein. Anschließend eine Woche in Amerika und einen Monat in Brasilien.«

»Ich finde Sie schon«, erwiderte ich und ergriff die Sachen, die ich im Vorzimmer gelassen hatte.

Sobe bedachte meine verschlissene Reisetasche mit einem wehmütigen Blick. »Ich beneide Sie fast. Sie kommen an alle möglichen Orte und bekommen viele Dinge zu sehen. Wir reisen zwar auch, aber ...« Sie zuckte mit den Schultern. »Wir müssen uns immer nur auf die Abaddon-Seite beschränken, und ich habe irgendwie nie Zeit, mir die Welt der Sterblichen anzuschauen. Wohin fahren Sie jetzt?«

»Zurück nach Griechenland.«

»Wirklich?« Der Dämon sah mich so neugierig an, dass ich annahm, er hätte mein Gespräch mit Magoth belauscht.

»Mein Zwilling ist da«, erklärte ich und zwang mich zu einem Lächeln. »Sie möchte ein bisschen Urlaub machen, und da Magoth mich ein paar Tage lang nicht braucht, kann ich mich wohl auch ein wenig in die Sonne legen.«

»Es wundert mich, dass Ihnen das gefällt«, sagte Sobe langsam. »Ich dachte, Ihre Art hat es nicht so mit der Sonne.«

»Mit den richtigen Vorsichtsmaßnahmen ist alles zu ertragen«, erwiderte ich leichthin und schwenkte eine Flasche Sunblocker. Dann ging ich, bevor sie noch mehr neugierige Fragen stellen konnte. Als Dämon konnte sie mir in die sterbliche Welt nur folgen, wenn sie sehr mächtig war, allerdings hatten die meisten Dämonen Wohnsitze, die ein Stück in unsere Welt hineinragten, damit ihre Untergebenen zu ihnen gelangen konnten. Als ich die Treppe von Magoths Pariser Haus herunterlief, atmete ich erleichtert auf und winkte sofort einem Taxi.

Magoth hatte nichts dagegen, wenn seine Bediensteten mich durch ein Portal oder einen Riss im Stoff der Realität kommen ließen, aber wenn ich gehen wollte, war ich dafür selbst zuständig. Ich musste Paris aus eigener Kraft verlassen, und der Beamte am Flughafen war zwar irritiert, dass ich keine ausreichenden Einreisepapiere besaß, aber schließlich ließ er mich doch passieren, und so saß ich schließlich im Flugzeug nach Griechenland.

»... und hier bin ich wieder, und ich lebe noch, ohne dass Magoth mir meine Seele, meinen Verstand oder sonst was genommen hat«, sagte ich ein paar Stunden später zu Cyrene.

Sie stand am Fenster unseres Hotelzimmers und drehte sich zu mir um, das Gesicht vor Angst ganz verzerrt. »Oh, May, es tut mir so leid, dass du das alles durchmachen musstest! Mir wird es ganz übel, wenn ich nur daran denke, dass ich jemals eingewilligt habe, dich an ihn zu binden! Er sah nur so unglaublich gut aus, er war so überwältigend sexy, und ich hatte ja keine Ahnung ...«

Ich hob die Hand, um sie zu unterbrechen. »Ich habe dir das nicht erzählt, damit du dich schlecht fühlst. Ich weiß nur zu gut, dass dir nicht klar war, worauf du dich einlassen würdest, als Magoth dich überredet hat, mich zu erschaffen. Also hör auf, dir Vorwürfe zu machen! Ich komme schon klar. Eigentlich bin ich ihm immer einen Schritt voraus, du brauchst also nicht so zu tun, als sei ich der Märtyrer.«

Das stimmte im Großen und Ganzen, aber wie meine Beinahe-Verführung bewiesen hatte, blieb mir für die Zukunft nicht viel Hoffnung. Der Gedanke quälte mich.

»Ich werde nie den Ausdruck auf deinem Gesicht vergessen, als du erschaffen wurdest«, sagte Cyrene, »und Magoth dir sagte, ich hätte dich ihm geschenkt. Ich dachte, mir würde das Herz brechen.«

Ihr Schmerz war echt, so echt wie die Tränen, die über ihre Wangen rollten.

»Oh, Cy«, sagte ich und umarmte sie. »Ich weiß doch, dass dich keine Schuld trifft. Ich habe niemals angenommen, dass du mich willentlich an ihn gebunden hast, also brauchst du dir auch keine Vorwürfe zu machen.«

»Aber er lässt dich Dinge tun, die du hasst! Du musst für ihn stehlen, und ich weiß doch, wie sehr du das verabscheust.«

Es dauerte weitere zehn Minuten, in denen Cyrene mich abwechselnd um Verzeihung bat (die ich vor Jahrzehnten schon gewährt hatte) und heftig schluchzte. Schließlich jedoch trocknete sie ihre Tränen und war endlich in der Lage, ein einigermaßen normales Gespräch zu führen.

»May ...« Sie drehte die Telefonschnur zwischen ihren Fingern hin und her, während ich auspackte.

»Hm?«

»Du weißt doch noch, wie ich dich letzte Woche angerufen habe?«

»Ja. Du warst schrecklich aufgeregt, als du sagtest, du würdest nach Griechenland fahren. Warte mal gerade! Ich kann meine Handcreme nicht finden, und die Luft hier ist so trocken, dass ich das Gefühl habe, mir schält sich die Haut.«

Sie ergriff meine Kosmetiktasche, während ich in den Sachen kramte, die ich in meine Reisetasche geworfen hatte. »Weißt du noch, wie ich sagte, dass ich ein bisschen Hilfe bräuchte?«

»Ja«, erwiderte ich. Am Boden der Reisetasche stieß ich auf die Tube mit Ingwer-Orangen-Handlotion und rieb mir die Hände damit ein. Mir fiel auf, wie unglücklich Cyrene wirkte und ihre Augen (an den Augen kann man uns auseinanderhalten: ihre sind leuchtend blau, meine jedoch blau mit einem schwarzen Ring um die Iris) meinem Blick auszuweichen schienen. »Oh, Cy«, seufzte ich und setzte mich auf die Bettkante. »In was für Schwierigkeiten steckst du jetzt wieder?«

»Dieses Mal ist es nicht meine Schuld!«, rief sie aus und setzte sich neben mich. »Ich schwöre es! Und ... und ich habe es echt versucht, auf mich aufzupassen, weil ich doch weiß, wie sehr du es verabscheust, die Dinge für mich wieder in Ordnung zu bringen.«

Ich tätschelte ihr die Hand. Mein Magen schnürte sich zusammen. Cyrene zog die Probleme an wie Dung die Fliegen. »Es macht mir nichts aus, dir zu helfen, das weißt du doch.«

»Ja, und ich bin dir auch dankbar dafür. Deshalb war ich ja auch so aufgeregt, als du den Auftrag hier in Griechenland bekommen hast – ich dachte, es wäre endlich eine Gelegenheit für mich, dir auch einmal zu helfen.«

»Das ist sehr großzügig von dir«, erwiderte ich und hob die Sachen auf, die ich auf meiner Suche nach der Handcreme aus der Reisetasche geworfen hatte. »Und was für Probleme hast du jetzt?«

Sie schwieg. Ihr Gesicht war vor lauter Unglück zu einer Maske erstarrt. »Ich ... ich ... ich muss jetzt ein Bad nehmen.«

Ich packte sie am Arm, als sie an mir vorbei ins Badezimmer huschen wollte. »Oh nein! Ich kenne deine stundenlangen Badeorgien. Dieses Mal entkommst du mir nicht.«

»Ich bin eine Najade! Ich kann doch nichts dafür, wenn ich mich im Wasser besser fühle.«

»Du machst es nur noch schlimmer, wenn du mir nicht alles sagst. Na los, spuck es schon aus!«

Seufzend ließ sie den Kopf hängen. »Ich ... ich werde erpresst.«

»Oh, Cy, nicht schon wieder!«, sagte ich. »Ich dachte, nach dem letzten Mal ...«

»Das hat nichts damit zu tun«, erwiderte sie rasch. »Na ja,

jedenfalls nicht wirklich. Ehrlich, es gibt so gut wie keine Verbindung zu diesem unglückseligen Vorfall.«

»Außer dir kenne ich keine einzige Frau, die eine Geiselnahme in einem Aquarium als ›unglückseligen Vorfall‹ bezeichnen würde. Wie viele Fische hast du dieses Mal gekidnappt?«

»Gar keinen!«, protestierte sie und blickte mich treuherzig an. »Ich habe dir doch versprochen, dass ich nie mehr versuchen würde, Meerestiere zu befreien, und dieses Versprechen habe ich auch gehalten. Es ist nur ... ich ... möglicherweise haben wir ein paar Helikopter und ein oder zwei Schiffe in die Luft gejagt.«

Mir fiel der Unterkiefer herunter. »*Was*?«

»Sie haben Jagd auf Robbenbabys gemacht«, erwiderte sie und verschränkte die Arme vor der Brust. »Schreckliche, böse, grausame Leute, die unschuldige, süße Robbenbabys getötet haben.«

»Oh, mein Gott«, sagte ich und hockte mich auf den Boden. »Wie viele Menschen hast du getötet?«

»May!«, keuchte sie entsetzt. »Keinen einzigen! Wofür hältst du mich? Wir haben die Helikopter und Schiffe in die Luft gejagt, als sie leer waren.«

»Na, dem Himmel sei Dank!« Ich entspannte mich ein wenig. »Ich nehme an, ›wir‹ sind in diesem Fall mal wieder deine üblichen Kampfgefährtinnen?«

Sie hob das Kinn. »Die anderen Najaden und ich haben nur das Beste für den Planeten im Sinn.«

»Hmm. Und wer erpresst dich?«, fragte ich, um schneller zum Kern der Sache zu kommen.

»Ich glaube, einer von den Leuten aus der Pelzindustrie.

Als ich letztes Wochenende in London war, bekam ich die Nachricht, dass es Videoaufnahmen über mich und die anderen Najaden am Flughafen in Nova Scotia gäbe, wie wir Helikopter bombardieren.«

Stöhnend rieb ich mir die Stirn.

»Der Erpresser sagte, er würde das Band und die anderen Beweise der Menschenpolizei übergeben, wenn ich auf seine Forderungen nicht einginge.«

»Heiliges Kanonenrohr!« Ich schloss die Augen. »Und welche Forderungen stellt er?«

Sie schwieg beängstigend lange.

»Er will dich«, sagte sie schließlich.

»Mich?«, fragte ich verwirrt.

»Ja, dich. Er sagte, er wüsste, dass du meine Doppelgängerin bist, und ...«

»Was?«, fragte ich entsetzt. Mir drehte sich der Kopf. »Niemand weiß, dass ich deine Doppelgängerin bin. Niemand außer Magoth und einigen seiner Dämonen. Wie sollte er es herausgefunden haben?«

»Oh, May ...« Ihre Unterlippe bebte, und ihre Augen füllten sich mit Tränen.

Seufzend legte ich den Arm um sie und setzte mich mit ihr aufs Bett. »Erzähl mal von Anfang an. Was genau hat der Erpresser gesagt?«

»Er hatte in Chicago zu tun, und da hat er dich gesehen.«

»In Chicago?« Vor vier Wochen hatte Magoth mich nach Chicago geschickt, um ein Arkanum zu stehlen – ein altes Buch, in dem es um Rituale ging, die Magier vor Jahrhunderten angewandt hatten. »Magoth hat mich wegen dieses Arkanums dorthin geschickt. Ich habe es aber nicht bekommen – es war weg, als ich zu der Bibliothek des Orakels kam, in der es sich befunden hatte. Hat er gesagt, für wen er arbeitet?«

Cyrene schüttelte schniefend den Kopf und wischte sich die Tränen mit dem Handrücken ab. Ich stand auf und brachte ihr eine Packung Taschentücher. »Er hat nur gesagt, er arbeitet für einen Schreckenslord.«

»Ein Schreckenslord?« Ich runzelte nachdenklich die Stirn. »Das ist doch ein anderer Name für einen Dämonenfürsten, oder?«

»Ich weiß nicht. Ich glaube schon.«

»Das muss Asmodeus sein«, sagte ich. »Magoth beklagt sich doch ständig darüber, dass Asmodeus ihm bei allen guten Dingen zuvorkommen will. Ich wette, dieser Erpresser arbeitet für Asmodeus, und er sollte auch das Arkanum stehlen, und zwar nur, um mir zuvorzukommen. Das erklärt allerdings nicht, woher er weiß, dass ich eine Doppelgängerin bin.«

»Er hat gesagt, er hat dich schattengehen gesehen.«

»Na großartig!«, sagte ich. Nur Doppelgänger konnten schattengehen, und wenn dieser Dämon gesehen hatte, wie ich aus den Schatten geglitten war, dann war es ein Leichtes für ihn, zwei und zwei zusammenzuzählen. »Dann ist er mir vermutlich ins Hotel gefolgt?«

»Ja. Das war das Wochenende, an dem ich wegen des Wicca-Festivals in Chicago war. Anscheinend hat er uns gesehen, als wir zum Abendessen gegangen sind, und ... na ja, den Rest kannst du dir denken.«

»Ja, das war einfach.« Mein Magen zog sich vor Wut zusammen.

Zögernd fuhr Cyrene fort: »Er sagte, er könne deine Dienste brauchen, und wenn ich dich nicht dazu brächte zu tun, was er verlange, dann würde er dafür sorgen, dass ich in ein Gefängnis der Sterblichen käme. Mayling, ich will nicht ins Gefängnis, ganz zu schweigen von einem Gefängnis der Sterblichen.«

Ich verkniff mir die Bemerkung, dass sie sich das vor der Bombardierung der Helikopter und Schiffe hätte überlegen sollen. Dafür war es jetzt eh zu spät. Natürlich war Cyrene zu weit gegangen – selbst Najaden mussten sich an Grenzen halten –, aber *ich* war so unvorsichtig gewesen, dass man mich gesehen hatte, und deshalb war die Situation jetzt gefährlich eskaliert.

»Bist du mir böse?«, fragte Cyrene leise.

Ich schlang die Arme um meine Knie und legte das Kinn darauf. »Nein, ich bin dir nicht böse. Irgendwie ist es komisch, dass ich so gefragt bin. Ob wohl die anderen Doppelgänger auch so oft wegen ihrer Talente angefordert werden?«

»Ich weiß nicht. Vielleicht solltest du sie mal fragen«, schlug Cyrene vor.

»Ich habe noch nie mit einem gesprochen, und das ist wohl kaum ein angemessener Grund, um Kontakt aufzunehmen«, erwiderte ich.

»Du redest nicht mit ihnen?«

Ich schüttelte den Kopf.

»Das ist ja kaum zu glauben. Ich habe immer Kontakt zu den anderen Najaden.«

Ich wusste natürlich, dass alle achtundvierzig Najaden sich in einer Schwesternschaft zusammengeschlossen hatten, aber das war im Moment überhaupt nicht relevant. »Es gibt auf der ganzen Welt nur sechs Doppelgänger, Cy, und es ist eher unwahrscheinlich, dass wir mal aufeinandertreffen. Aber wenden wir uns wieder drängenderen Problemen zu – wie viel Zeit hat der Erpresser dir gegeben?«

»Eine Woche. Das war vor drei Tagen.«

»Wir haben also noch vier Tage Zeit ... hmm. Meinst du, er weiß von der Verbindung zu Mei Ling?«

»Das glaube ich nicht. Das hätte er doch erwähnt, oder?« Sie blickte mich hoffnungsvoll an.

Ich seufzte erneut. »Ja, wenigstens etwas, wofür wir dankbar sein können.«

»Was willst du jetzt tun?«, fragte Cyrene, als ich ein kleines Notizbuch herauszog und mir ein paar Stichworte über den Erpresser machte.

»Im Moment noch nichts. Ich muss mich erst um die andere Sache kümmern, und dann können wir entscheiden, was wir mit deinem Erpresser machen. Wir haben ja noch ein bisschen Zeit.«

»In Ordnung. Mir geht es schon viel besser, seit ich weiß, dass du dich darum kümmerst.« Cyrene lächelte mich an.

»Hast du noch den Originalbrief, den er dir geschickt hat?«

Sie nickte. »Er ist in meinem Zimmer.«

»Wenn er keine Ahnung hat, wer ich wirklich bin, dann brauchen wir uns keine Sorgen zu machen, weil ich ihn wahrscheinlich abschütteln kann. Bring mir den Brief, und ich schaue ihn mir später an. Im Moment müssen wir uns auf die aktuellen Probleme konzentrieren. Hast du für mich bei diesem Ferienhaus angerufen?«, fragte ich.

Cyrenes Miene hellte sich auf. Sie mochte ja Schwierigkeiten nur so anziehen, aber sie hatte ein wirklich gutes Herz, und sie freute sich immer, wenn sie mir behilflich sein konnte. »Ja. Sie haben gesagt, das Haus sei jetzt leer, aber für spät heute Abend oder morgen früh werden Gäste erwartet.«

»Hm. Dann müssen wir herausfinden, ob die Mieter schon eingetroffen sind. Hoffentlich nicht, weil es viel einfacher wäre, wenn wir von dem Garten dort in Dr. Kostichs Haus kämen.« Ich stand auf, kramte in meiner Tasche und zog die Kleidungsstücke hervor, die Cyrene als mein Einbrecheroutfit bezeichnete – schwarze Hose, Schuhe und Bluse, dazu eine Lederweste, die über mehrere Innentaschen verfügte, und einen kleinen Dolch, den ich an der Wade trug.

»Ich verstehe wirklich nicht, warum du solche Mühen auf dich nimmst, wenn du doch diese Quintessenz einfach per Post zu Dr. Kostich schicken kannst«, sagte Cyrene und ließ sich auf das Bett fallen.

Ich verschwand im Badezimmer und zog mich rasch um. »So etwas Wertvolles würde ich nie per Post verschicken. Du scheinst nicht zu verstehen, welche Bedeutung Quintessenz für Alchimisten hat – sie ist das Nonplusultra für sie.«

»Hä?«

»Das Nonplusultra. Alles, wonach sie streben, alles, was sie erreichen wollen, alles, was sie wissen wollen. Sie haucht all ihren Prozessen Leben ein. Ich habe nicht einmal geglaubt, dass es sie gibt, bis ich sie selbst gesehen habe. Und weil sie von so großer Bedeutung ist, muss ich sie dort wieder hinstellen, wo ich sie gefunden habe.«

»Puh. Ich würde eher sagen, soll doch der Magier sehen, wie er ohne sie zurechtkommt.«

»Cy, du begreifst es offenbar nicht – das ist nicht nur ein

gewöhnlicher Magier. Das ist Dr. Kostich, der Mann, der das gesamte Au-delà leitet. Und ich kann dir versichern, ich habe keine Lust, mit dem Kerl aneinanderzugeraten, der die Anderwelt regiert.«

»Die Najaden regiert er aber nicht«, erwiderte Cyrene empört. »Wir sind Elementargeister.«

»Und als solche ein Teil des Au-delà. Da Kostich der Vorsitzende des leitenden Komitees ist, besitzt er die Macht, sogar euch zu schaden.«

»Ach, wie schlimm kann das schon sein? Er ist ein Magier«, beharrte sie. »Die beherrschen doch nur Geheimmagie, und die kann dir oder mir nichts anhaben.«

Ich steckte das Messer in die Scheide und schlüpfte in meine Lederweste. »Ja, das stimmt, aber er kann etwas tun, das sehr wohl ein großes Problem darstellt.«

»Ach? Was denn?«

»Er hat Diebesfänger auf mich angesetzt, Cy.«

Sie riss die Augen auf.

Ich nickte, als ich ihr entsetztes Gesicht sah. »Glaubst du, die geheimnisvolle Mei Ling bleibt weiterhin so mysteriös, wenn Diebesfänger hinter ihr her sind? Wenn ich Kostich nicht dazu bringe, sie wieder abzuziehen, dann spüren sie mich in kürzester Zeit auf.«

»Wie willst du ihn denn dazu bringen?«, sagte sie stirnrunzelnd, während ich mich flach auf den Boden legte und unter der Kommode die kleine Kiste hervorzog, die ich an der Unterseite festgeklebt hatte.

»Das ist der einfache Teil. Er wird alles tun, um die Quintessenz zurückzubekommen, sogar die Diebesfänger zurückrufen. Schwieriger hingegen ...« Ich stand auf und verstaute die Schachtel in meiner Weste. »Schwieriger hingegen wird es sein, nahe genug an ihn heranzukommen. Nach dem Vorfall von gestern Abend hat er bestimmt jede Menge Bewacher um sich herum, und ich kann die Quintessenz nur ihm persönlich übergeben. Du weißt, was du zu tun hast?«

»Ich bin die Ablenkung. Ich komme an die Haustür und lenke alle Aufmerksamkeit auf mich, während du durch den Garten hineinschlüpfst. Du suchst Dr. Kostich, gibst ihm das Ding zurück und bittest ihn, die Diebesfänger wieder zurückzupfeifen.« Einen Moment lang verzog sie unglücklich das Gesicht, doch dann lächelte sie wieder. »Du brauchst mich, May. Du brauchst *wirklich* meine Hilfe.«

Ich erwiderte ihr Lächeln. »Irgendwie unglaublich, was?«

»Noch nie da gewesen, aber du wirst sehen, das wird nicht das letzte Mal gewesen sein«, versprach sie. Sie ergriff ihre Sachen und wandte sich zur Tür. »Ich lege ein Gelübde ab. Diese Erpressung ist das letzte Mal, dass ich dir Schwierigkeiten mache. Von jetzt an wird sich alles ändern. Ich werde der beste Zwilling sein, den du je hattest!«

Irgendwie ist es beängstigend, wie solche Äußerungen sich als wahrer Fluch entpuppen können.

3

»Das ist lächerlich! Ich kann nicht ... uff ... urgh ... ich kann nicht hinein ... au! Hör auf, mich an den Haaren zu ziehen, das nützt nichts!«

»Entschuldigung, ich wollte dir nur helfen.« Cyrene stand in der offenen Tür und beobachtete stirnrunzelnd, wie ich versuchte hereinzukommen. »Ich hatte keine Schwierigkeiten, durch die Tür zu kommen. Was ist das Problem?«

»Sie ist ... mit einem Zauber belegt ... ah.« Ich keuchte vor Anstrengung.

»Mit einem Zauber belegt? Mit einem Zauber, wie ihn Hüterinnen benutzen? Die Schwesternschaft hält nichts davon.«

»Es gibt noch zahlreiche andere Wesen im Au-delà, Cy, und die meisten sind vom Nutzen der Bannzauber überzeugt, auch wenn ihr anderer Ansicht seid. Wahrsager, Orakel, Hüterinnen – sie alle verwenden Bannzauber. Au!« Ich rieb mir den Kopf. »Warum hat denn nicht ein Magier dieses Haus gemietet? Geheimmagie hat keine Wirkung auf mich, aber das hier ... Ich komme einfach nicht durch die Tür.«

»Und warum komme ich dann durch?«, fragte Cyrene verwirrt.

»Du bist nicht an einen Dämonenfürsten gebunden«, erwiderte ich. Ich wich ein paar Schritte zurück, um mir die Fassade des Hauses genauer anzusehen. »Aus welchem Grund belegt eine Vermietungsagentur ein Haus mit einem Bannzauber?«

»Um dunkle Wesen fernzuhalten? Natürlich bist du kein dunkles Wesen, aber du arbeitest für eins ... was mir wirklich leidtut ...«

Ich schnitt ihr mit einer ungeduldigen Geste das Wort ab und musterte die Fenster. »Ich verstehe einfach nicht, warum eine Vermietungsagentur solche Vorsichtsmaßnahmen ergreift. Ob es wohl etwas damit zu tun hat, dass Dr. Kostich nebenan wohnt? Vielleicht hat er dafür gesorgt?«

»Das könnte sein«, sagte Cyrene nachdenklich. »Obwohl, was sollte ihn dieses Haus kümmern?«

Ich zuckte mit den Schultern. Das Anwesen bestand aus einem zweistöckigen Steinhaus, das von blühenden Bougainvilleas und Efeu überwuchert war. Auf beiden Seiten war es von einem hohen weißen Zaun umgeben. Ich betrachtete einen Feigenbaum, dessen Äste über den Zaun ragten. »Es spielt wahrscheinlich sowieso keine Rolle. Ich muss mir Dr. Kostichs Garten einmal ansehen. Du bleibst in der Zwischenzeit hier und rührst dich nicht vom Fleck.«

»Ich werde nicht hierbleiben, während du den Spaß hast. Ich komme mit!«

Ich schob sie zurück ins Haus. »Gut, aber du brauchst ja nicht mit mir über den Zaun zu klettern. Geh in den Garten. Leuchte mit deiner Taschenlampe und schalte kein Licht ein, für den Fall, dass ein Sicherheitsdienst hier vorbeifährt. Wir treffen uns dann im Garten.«

Sie runzelte die Stirn. »May ... was ist denn, wenn die Leute auftauchen, die das Haus gemietet haben?«

»Es ist nach Mitternacht, und vom Flughafen fährt man eine gute Stunde hierher. Heute Abend kommt bestimmt keiner mehr.« Ich warf ihr die Hausschlüssel zu. »Gut, dass wir uns die geliehen haben, wenn man bedenkt, welchen Ärger mir die Bannzauber machen. Ich muss sie morgen früh unbedingt wieder in die Agentur zurückbringen, bevor sie merken, dass sie weg sind.«

Es dauerte eine Weile, bis ich über den hohen Zaun geklettert war, aber schließlich gelang es mir, ohne dass ich größeren Schaden genommen hatte. Ich humpelte durch den Garten, der ein wahrer Traum von Zitrus-, Oliven- und Feigenbäumen war. Der Rasen war tadellos gepflegt, es gab einen kleinen Swimmingpool und gepflasterte Wege, die zum Meer hinunterführten. Der schwere Duft der Orangen- und Zitronenblüten vermischte sich mit der würzigen Brise, die vom nahen Meer heraufwehte. Es war ein kleines Paradies, und ich blieb einen Moment lang stehen, atmete tief ein und wünschte mir, ich könnte meinen Pflichten den Rücken kehren und in aller Ruhe in diesem wunderschönen Garten leben.

»Ein Fischteich!«, quietschte Cyrene und unterbrach meine Gedanken, als sie eilig an mir vorbeirannte, um sich den Süßwassergeschöpfen zu widmen. Ich seufzte bei dem Gedanken daran, dass ich wohl niemals an so einem schönen Ort leben würde, und machte mich an die Arbeit.

Ich schaltete die kleine Taschenlampe ein und betrachtete die Mauer, die Dr. Kostichs Anwesen umgab. In der Mitte befand sich ein kleines Holztor, das offensichtlich in die Mauer eingelassen worden war, damit sich die Nachbarn leichter besuchen konnten.

»Keine Bannzauber. Hm. Interessant.« Anscheinend befürchtete Dr. Kostich nicht, dass jemand durch das Gartentor eindringen würde. Es war mit einem kleinen Vorhängeschloss versperrt, das jedoch nicht allzu schwer zu öffnen war. Ich ließ es zu Boden fallen und schüttelte den Kopf. »Nur ein paar kleine Schutzzauber ... ineffektiv.«

»Ja, total lahm«, pflichtete mir eine männliche Stimme bei.

Sofort wurde ich zum Schatten und fuhr herum, um zu sehen, wer sich völlig unbemerkt an mich herangeschlichen hatte.

Ein großer schwarzer Hund mit dickem Pelz schaute mich an. Er wedelte mit dem Schwanz.

Rasch blickte ich mich nach dem Besitzer des Hundes um, aber schließlich dämmerte mir die Wahrheit.

»Ja, richtig, du siehst keine Gespenster. Ich bin ein Dämon. Sechster Klasse, wenn dir das etwas sagt. Was machst du hier?« Der Dämonenhund trat einen Schritt auf mich zu und schnüffelte an meinen Beinen. Er legte den Kopf schief. »Wow! Eine Doppelgängerin. Ich habe erst einen von euch gesehen. Ich wusste gar nicht, dass es in Europa zwei gibt.«

»Es gibt sogar drei. Noch einen in Frankreich und einen in Rom«, erwiderte ich. Ich kniff die Augen zusammen und blickte in die Schatten der Bäume. Zwar sah ich niemanden, aber wenn ein Dämon hier war ... »Wer bist du, Dämon?«

»Nun, ich brauche dir auf diese Frage nicht zu antworten, da du mich ja nicht gerufen hast, aber Ash wird immer ärgerlich, wenn ich schlechte Manieren zeige, und deshalb will ich mich gut benehmen. Ich heiße Jim. Also, eigentlich Effrijim, aber niemand nennt mich so, nur Aisling, wenn sie echt sauer ist. Und wie heißt du?«

»Das ist unerheblich«, sagte ich. Meine Gedanken überschlugen sich. Wenn hier ein Dämon war, musste ihn jemand geschickt haben ... aber zu welchem Zweck? Sollte er das Tor bewachen? Kam er von Dr. Kostich? Das machte keinen Sinn – Magier konnten zwar theoretisch Dämonen rufen, aber ich hatte noch nie gehört, dass es einer getan hätte, schließlich hatten sie Fähigkeiten, mit denen sie alles bekommen konnten, was sie wollten. »Wer hat dich geschickt, Effrijim?«

»Niemand. Ich gehe nur Gassi«, antwortete der Dämon und schnüffelte erneut an meinen Beinen. Ich wich zurück und zog die Schatten fester um mich. Natürlich nützte das nicht viel – erfahrene Dämonen spürten manchmal sogar Schattengänger auf –, aber ich fühlte mich so weniger neugierigen Blicken ausgesetzt.

»Gassi?«

»Ja, du weißt schon. Noch mal rausgehen, Pipi machen«, erwiderte er kichernd.

Ich wollte schon darauf antworten, besann mich aber eines Besseren und fragte den Dämon stattdessen, wer sein Herr sei.

»Aisling. Sie ist drinnen, wenn du mit ihr plaudern möchtest. Allerdings hat sie heute ein wenig schlechte Laune, weil Drake sie früher aus dem Theater nach Hause beordert hat.« Der Dämon nickte zum Haus hinüber. Ich drehte mich um und erstarrte. Das Haus, durch das eben noch Cyrene gekommen war, war hell erleuchtet.

»Agathos daimon«, fluchte ich leise und griff nach dem Funkgerät an meinem Gürtel. »Pst! Hör auf, den Fischteich zu bewundern, und komm hierher. Und zwar vorsichtig! Die Leute, die das Haus gemietet haben, sind hier und ... und ... oh, komm einfach her!«

»Was? Heiliger Bimbam! Ich komme sofort«, hauchte Cyrenes Stimme in mein Ohr.

»Mir war nicht bewusst, dass deine Herrin das Haus schon übernommen hat«, sagte ich zu dem Dämon namens Jim. »Ich will ihr nichts Böses, und ich bin auch sofort wieder weg, ich schwöre es.«

»Ich bin schon da!« Cyrene kam angelaufen. »Was ist passiert? Hast du nicht gesagt, die Leute kämen erst spät in der Nacht? Oh! Ein Hündchen!«

Jim zwinkerte ihr zu. »Hi, Süße!«

Cyrene klatschte entzückt in die Hände. »Ein Dämon! May, wo hast du den denn aufgetrieben? Ich wollte schon immer einen eigenen Dämon haben.«

»Das stimmt doch gar nicht«, sagte ich und zog sie von dem Dämon weg, damit sie ihm nicht den Kopf tätschelte. »Und danke, dass du mich vor ihm mit meinem Namen angeredet hast! Na, komm, ich muss dich hier herausbringen, ohne dass dich jemand sieht.«

»Aber ...«, protestierte sie, ich ergriff sie jedoch am Handgelenk und zog sie dicht am Zaun hinter mir her. »Aber, May ...«

»Schscht!«

»Wenn ich du wäre, würde ich da nicht langgehen«, rief Jim hinter uns her.

Ich biss die Zähne zusammen und drehte mich um. Er kam angetrabt.

»Warum nicht?«, fragte ich.

»Drake nimmt es mit dem Schutz sehr genau«, antwortete Jim. »Pál und István drehen immer erst noch eine Runde ums Gelände, bevor sie die Alarmanlage einschalten.«

Leise fluchend blickte ich mich um. Die andere Seite kam nicht infrage – das Haus lag an den Klippen. Wenn wir nicht auf dem gleichen Weg herausgehen konnten, wie wir hereingekommen waren, dann gab es nur noch zwei Möglichkeiten – Dr. Kostichs Garten oder den Strand.

»Zum Strand«, sagte ich und zerrte Cyrene in Richtung Wasser.

»Dort haben sie heute früh Bewegungsmelder aufgestellt«, erklärte Jim und folgte uns. »Du weißt schon, für den Fall, dass jemand vom Wasser her eindringen will.«

»Wer ist Drake?«, fragte Cyrene den Dämon. »Wer sind Pál und István?«

»Drakes Bodyguards«, antwortete der Dämon. Er lachte, als ich mich im Kreis drehte, um einen anderen Ausweg aus dem Garten zu suchen. »Drake ist ein Wyvern. Von den grünen Drachen.«

»Drachen!«, keuchte Cyrene entzückt. »May, hast du das gehört? Drachen! Er muss der Drache sein, der die Hüterin geheiratet hat. Wir haben doch davon gelesen. Du weißt schon, die, die gleichzeitig Dämonenfürstin ist. Können wir ...«

»Nein! Okay, neuer Plan. Wir gehen beide in Kostichs Garten. Er scheint ja nur Arkana-Magie zu benutzen, nicht diesen Hightech-Kram, den Drachen bevorzugen«, sagte ich zu dem Dämon. Er lächelte mich an. »Ich bringe dich raus, und wir führen den Plan gemeinsam aus. In Ordnung?«

»Na ja, das ist ja schön und gut, aber ich könnte wetten, dass die Drachen und diese Hüterin uns helfen können ...« Cyrene wandte sich in Richtung Haus.

»Cy, nein!« Ich hielt sie zurück. »Wir brauchen keine

Hilfe. Solange wir uns an den Plan halten, wird schon alles klappen.«

»Cy?«, fragte Jim, und ich fluchte innerlich, weil mir der Name herausgerutscht war.

»Eigentlich heiße ich Cyrene. Nur May nennt mich Cy«, sagte sie.

»Na toll! Jetzt weiß er, wie wir beide heißen«, stöhnte ich. Hoffentlich war dieser unsägliche Abend bald vorbei.

»Na und?«, entgegnete Cyrene und kraulte ihn hinter den Ohren.

»Jetzt geht er zu seiner Herrin und erzählt ihr alles.«

»Würde ich das wirklich tun?«, fragte Jim mit halb geschlossenen Augen.

Ich warf ihm einen finsteren Blick zu.

»Ja, okay, natürlich würde ich das tun«, sagte er lachend. »Ihr könnt mich nur zum Schweigen bringen, indem ihr mich mitnehmt.«

»Nein!«

»Ach, May!« Cyrene tätschelte den pelzigen Kopf.

»Kommt gar nicht infrage. Wir haben schon genug Probleme, ohne auch noch einen Dämon mitzuschleppen.«

»Er könnte uns aber doch helfen«, protestierte sie. Ich trat an das Gartentor und untersuchte es auf Anzeichen von Magie, die mir vorher vielleicht entgangen waren. Ich spürte nichts außer dem Bann, mit dem der Magier die Tür belegt hatte.

»Wie soll ein Dämon uns denn helfen?«, fragte ich.

»Durch Ablenkung«, erwiderte Jim. »Du willst doch deinen Zwilling hinausbekommen, oder? Wer könnte denn mehr Aufmerksamkeit erregen als ein Dämon? Ich locke alle auf eine Seite des Gartens, und – bingo! – du bringst die hübsche Cyrene auf der anderen Seite hinaus.«

»Ja! Was für ein genialer Plan«, rief Cyrene begeistert.

»Oh, oh. Und wer sagt uns, dass Jim nicht Alarm auslöst, wenn ich dich aus dem Garten bringe?«

Cyrene verzog enttäuscht das Gesicht, aber der Dämon schnaubte: »Machst du Witze? Kostich hat Ash letztes Jahr fast getötet. Dem tue ich auf keinen Fall einen Gefallen.«

»Warum hat denn deine Herrin ein Haus direkt neben ihm gemietet?«, fragte ich.

»Sie hat es erst erfahren, als wir hierherkamen.« Jim lächelte wieder. »Sie war stinksauer, aber Drake hat gemeint, dass sie ja Kostich nicht zu sehen braucht, wenn sie nicht will. Du musst dir also keine Gedanken machen – Aisling und Kostich können sich nicht ausstehen.«

»Siehst du?«

Der Triumph in Cyrenes Stimme war ein sicheres Zeichen dafür, dass ich sie nicht so ohne Weiteres von der Idee abbringen konnte. Statt also noch eine Viertelstunde weiterzudiskutieren – was die Chance erhöhte, dass die Drachen nachschauen kamen, wo ihr Dämon blieb –, ergab ich mich also in das Unvermeidliche und öffnete das Tor zu Kostichs Garten.

»Bleib zurück und lass dich nicht blicken, bis ich dir sage, dass du sie ablenken sollst«, erklärte ich dem Dämon. »Und ich warne dich, wenn du uns verrätst, dann werde ich ...«

»Ja, ja, ich weiß schon. Du wirst mir schreckliche Dinge mit einem Obstmesser und Nippelklemmen antun. Das habe ich schon öfter gehört, Schwester«, erwiderte er und drängte sich an mir vorbei in den Garten.

Ich wollte ihm gerade befehlen, sich hinter mir zu halten, als vor mir blauweißes Licht explodierte und mich rückwärts gegen Cyrene schleuderte. Der Knall war nicht besonders laut, aber die Hitze war enorm, und das Licht blendete mich eine ganze Weile.

»Heilige Scheiße!«, rief Cyrene aus. Ich rollte von ihr herunter und rappelte mich auf. Langsam konnte ich wieder etwas erkennen.

»Alles in Ordnung?«, fragte ich.

»Ja. Ich sehe nur Sterne.«

»Das kommt von der Explosion. Das geht vorbei.«

»Ich glaube, es kommt eher daher, dass du mit deinem Kopf gegen mein Kinn geprallt bist«, sagte sie und rieb sich das selbige. Als sie aufblickte, keuchte sie: »May! Der Dämon!«

Ich drehte mich um. Ich weiß nicht, was für eine Magie sich in der Falle befand, die der Magier offensichtlich direkt hinter dem Gartentor aufgestellt hatte, aber sie hatte die Gestalt des Dämons in Flammen gesetzt.

»Hilf ihm! Er stirbt!«

»Dämonen können nicht sterben, das weißt du doch.« Ich schnappte mir Cyrenes Jacke, um die blauen Flammen zu ersticken. Das Ganze war zwar nicht besonders laut gewesen, aber der Lichtschein hatte anscheinend die Bewohner von Kostichs Haus aufmerksam gemacht, denn Lichter gingen an.

»Hilf mir, ihn auf die andere Seite zurückzuziehen, bevor sie uns sehen!«, zischte ich. Gemeinsam schleppten wir den schweren Körper in den anderen Garten. Dann schloss ich das Tor und band es mit Cys Jacke fest. »Das ist zwar nicht viel, aber vielleicht lassen sie sich ja täuschen und glauben, es war nie auf. Zumindest wird es sie aufhalten, bis wir hier heraus sind. Komm, wir müssen es einfach am vorderen Zaun versuchen.«

»Mayling!« Cyrene hielt mich fest. »Wir können doch nicht einfach ... wie heißt er noch mal?«

»Jim, und doch, wir können ihn hier zurücklassen. Er wird nicht sterben, Cyrene. Er ist ein Dämon.«

»Aber sieh ihn dir doch an!«, protestierte sie. »Er ist verletzt! Wegen uns! Wir können ihn doch nicht hier bewusstlos liegen lassen.«

Aus dem Fell des Dämons stieg Rauch auf. Sein Kopf war blutverschmiert, sein Fell teilweise versengt, und der Geruch nach verbrannten Haaren hing schwer in der Luft.

»Und wenn wir jetzt seine Gestalt zerstört haben?« Cyrene kniete sich neben ihn.

»Wir können doch nicht ...«, begann ich, hielt dann aber inne. Sie hatte recht. Er hatte uns helfen wollen und war dabei verletzt worden. Ich konnte nicht einfach weggehen. »Ich weiß nicht, was wir tun sollen, Cy. Wir können ihn ja nicht zum Haus bringen. Die Drachen ...«

»Sind keine Freunde von Dr. Kostich«, unterbrach sie mich. »Na komm. Und hör auf, so ein Gesicht zu ziehen – du magst ja für einen Dämonenfürsten arbeiten, aber ich kenne dich. Ich habe dich geschaffen! Du bist nicht herzlos, und deshalb werden wir diesen armen Dämon jetzt zu seinen Leuten bringen, und dann können wir gehen. In Ordnung?«

»Warum habe ich bloß das Gefühl, dass du das genießt?«, grummelte ich, als ich die vordere Hälfte des Hundes ergriff.

Kichernd hob sie seine Hinterbeine an. »Ich muss zugeben, dass ich mich darauf freue, einmal echte Drachen zu Gesicht zu bekommen. Und dazu noch berühmte! Aisling Grey war das Hauptgesprächsthema auf der Konferenz der Elementarwesen letzten Monat. Eine sehr romantische Geschichte! Sie hat diesen Wyvern kennengelernt und wurde Dämonenfürstin, und dann ist irgendetwas vorgefallen und sie ist ein Prinz von Abaddon geworden ...«

Wir schnauften beide, als wir mit dem schweren Dämon an der Terrasse angekommen waren. Cyrene erzählte die ganze Zeit von dieser Dämonenfürstin – ehrlich gesagt hörte es sich viel zu bizarr an, um wahr zu sein –, aber ich war in Gedanken ohnehin mehr damit beschäftigt, wie ich die Situation den Fremden erklären sollte. Und viel wichtiger war, dass ich die Existenz der Quintessenz geheim halten musste. Ich war zwar noch nie einem Drachen begegnet, aber ihre Liebe zu Schätzen war legendär; die Quintessenz würde sicher eine Versuchung darstellen, die sie nicht so ohne Weiteres in den Wind schlagen konnten ... aber ich durfte nicht zulassen, dass sie ihnen in die Finger fiel.

4

»Denk an dein Versprechen«, erinnerte ich Cyrene leise, als wir den Dämon auf eine Chaiselongue legten.

»Welches? Ach, das.« Sie nickte. »Meine Lippen sind versiegelt, Mayling.«

»Gut. Ich glaube, wir bekommen jetzt Gesellschaft.« Ich richtete mich auf und versuchte, ein möglichst unschuldiges Gesicht zu machen, als zwei rothaarige Männer aus dem Haus auf uns zustürmten. Ich hob die Hände, um zu zeigen, dass ich unbewaffnet war. »Guten Abend! Sie sind vermutlich Pál und István?«

»Ich bin Pál«, antwortete der größere der beiden Männer und blieb vor mir stehen. Er nickte zu dem untersetzten Mann hin, der uns misstrauisch musterte. »Das ist István. Was machen Sie hier?«

Ich trat beiseite, sodass er den Körper des Dämons auf der Chaiselongue sehen konnte. István stieß einen leisen Schrei aus und kniete sich neben den Dämon. Bevor ich ihm sagen konnte, dass Jim nur bewusstlos war, zerrte mich der andere Mann zu sich und drückte mir mit seinem muskulösen Unterarm die Luft ab.

»Was haben Sie mit Jim gemacht?«, grollte er mir ins Ohr.

»Gar nichts. Das war der Magier von nebenan ...«

»Hören Sie auf! Hören Sie auf, ihr wehzutun«, schrie Cyrene und sprang Pál auf den Rücken, um ihn von mir wegzuziehen.

Er knurrte etwas in einer fremden Sprache und schlang mir

die Arme so fest um den Hals, dass schwarze Punkte vor meinen Augen tanzten. Verzweifelt rang ich nach Luft und krallte die Hände in seine Arme, aber sie waren hart wie Stahl.

Cyrene schrie, als István sie von Pál wegzog und sie über die halbe Terrasse schleuderte. Sie prallte gegen einen Tisch aus Glas und Metall, und es gab ein hässlich knackendes Geräusch, als ihr Kopf an der Kante aufschlug. Schlaff sackte sie zu Boden.

Als ich meinen Zwilling leblos in seinem Blut liegen sah, entwickelte ich ungeahnte Kräfte und riss mich von Pál los, aber István packte mich, bevor ich Cyrene erreicht hatte. Kurz entschlossen schlug ich ihm mit aller Kraft meine Zähne in den Arm. István schrie auf und schlug mir auf den Kopf, aber er ließ mich los.

»Was ist denn hier draußen los?«, fragte eine Frauenstimme. »Wer ist ... du lieber Himmel! Ist das Jim?«

Ich schleuderte einen Metallstuhl auf Pál und István, die sich beide auf mich stürzen wollten, aber auf einmal blitzte etwas Schwarzes auf, und ich wurde an die Hauswand gedrückt. Die wütenden grünen Augen eines Drachen brannten sich direkt in meine Seele.

»Was tust du hier?« Sein Tonfall war bedrohlich. Aber als ich über seine Schulter hinweg sah, wie István sich Cyrene näherte, nahm ich mir erst gar nicht die Zeit, ihm zu erklären, was mit dem Dämon passiert war. Der Kerl würde Cyrene etwas antun. Ohne nachzudenken, packte ich die Arme des Drachen und trat ihm mit beiden Beinen vor die Brust. Er taumelte in ein paar Stühle und riss im Fallen alles um. »Wenn du sie noch einmal anfasst, bist du tot!«, schrie ich und rannte zu Cyrene.

Die Frau sprach ein paar Worte, und ich wurde durch einen Bindezauber nur ein paar Meter von Cyrene entfernt in meiner Bewegung festgehalten. István hob sie hoch, und ich sah, dass ihr Kopf in einem unnatürlichen Winkel herunterbaumelte. Wieder schrie ich und schlüpfte als Schatten aus dem Bann heraus, um mich auf István zu stürzen.

Die Frau keuchte. »Du meine Güte! Ist sie gerade verschwunden ...?«

Bevor ich István erreichte, wurde ich auf den Rasen geschleudert. Wieder wurde ich zum Schatten und versuchte, mich unter meinem Angreifer wegzurollen, aber der Mann drückte mich mit seinem Knie auf meinem Rücken zu Boden.

»Hör auf, dich zu wehren«, sagte er. »Du schadest dir und deiner Freundin nur.«

»Wenn ihr ihr wieder etwas tut, dann ...«

»Wenn du dich nicht zur Wehr setzt, wird hier niemandem etwas getan. Drake! Ich habe sie! Ich habe versprochen, dass der anderen nichts geschieht.«

Knurrend versuchte ich, mich aus seinem Griff zu winden.

»Ich drehe dich jetzt um, aber du darfst nicht versuchen zu fliehen. Drake beschützt seine Gefährtin und wird dich vernichten, wenn du auch nur einen Schritt auf sie zumachst.«

»Die Gefährtin ist mir völlig gleichgültig«, erwiderte ich und spuckte Gras und kleine Erdklümpchen aus. »Lass mich zu meinem Zwilling! Der Gorilla hat ihr den Hals gebrochen.«

»Ich bin Heiler«, sagte der Mann und nahm sein Knie von

meinem Rücken. »Ich werde mir anschauen, was für Verletzungen sie erlitten hat.«

Ich wollte von ihm wegrollen, aber er lag sofort wieder quer über meiner Brust. Unter anderen Umständen hätte man unsere Position als intim bezeichnen können.

Augen wie flüssiges Silber bohrten sich in meine und löschten alle anderen Gedanken aus. »Quecksilber«, sagte ich unwillkürlich und streckte die Hand aus, um sie zu berühren.

Sofort wurde ein Fuß auf meine Hand gestellt und drückte sie schmerzhaft auf den Rasen.

»Lass sie los!«, grollte der Mann auf mir und warf der Person, die plötzlich neben uns aufgetaucht war, einen finsteren Blick zu.

Widerstrebend gehorchte der Mann. Ich ballte die Faust und versuchte gegen sein Bein zu schlagen, aber er wich mir aus.

Seltsamerweise schien das den Mann mit den silbernen Augen zu amüsieren. Er lächelte und enthüllte dabei Grübchen in den Wangen.

»Wir stehen jetzt auf«, sagte er, wobei er mich unverwandt anblickte. Er hatte einen leichten Akzent, den ich nicht ganz einordnen konnte. Auf jeden Fall hatte er eine äußerst melodische Stimme, die einen in ihren Bann ziehen konnte ... »Versuch auf keinen Fall, Drake oder Aisling anzugreifen. Deinem Zwilling geschieht nichts. Hast du verstanden?«

»Vollkommen, aber ich möchte darauf hinweisen, dass nicht wir sie angegriffen haben, sondern sie uns.«

Er schwieg und stand auf, hielt mich jedoch weiter an den

Armen fest. Neben uns standen zwei weitere Personen, der Mann, der mir auf den Arm getreten war, und eine dunkelhaarige Frau mit grauen Augen. Beide waren schwarz gekleidet. Die Frau hielt ein Messer in der Hand und funkelte mich wütend an. »Ich muss zu meinem Zwilling. Sie ist schwer verletzt«, stieß ich hervor, als ich wieder auf den Beinen stand.

Er nickte und führte mich zur Terrasse. Die beiden anderen folgten uns. Ich versuchte mich loszureißen, um zu Cyrene zu laufen, aber er hielt mich mit eisernem Griff fest.

»Ich kümmere mich um sie, keine Sorge«, sagte er mit seiner schönen Stimme, als ich mich neben die Liege, auf die man Cyrene gelegt hatte, hockte. Der Drache mit den grünen Augen stand am Fußende, sein Gesichtsausdruck war hart und wachsam, und er hatte den Arm um seine offensichtlich schwangere Frau gelegt. Seine beiden Schläger standen auf der anderen Seite. István blutete heftig aus der Bisswunde am Arm. Ich lächelte, aber mein Lächeln erlosch, als ich meinen armen Zwilling betrachtete.

»Agathos daimon«, keuchte ich und streckte zitternd die Hände nach ihr aus. Cyrenes Gesicht war leichenblass, und getrocknetes Blut bedeckte die dicken, glänzenden schwarzen Haare, die sie ein wenig länger trug als ich.

»Erlaubst du?«, fragte der Mann mit den silbernen Augen.

Ich wollte eigentlich nicht, dass er sie berührte, aber ich hatte keine andere Wahl.

»Ich bin Heiler.« Seine Stimme war wie eine Liebkosung.

Ich zögerte einen Moment. Am liebsten wäre ich mit Cyrene weggelaufen.

»Mach dir keine Sorgen. Gabriel ist sehr gut in diesen

Dingen«, sagte die schwangere Frau. Das musste Aisling Grey sein, die Dämonenfürstin, die einen Wyvern geheiratet hatte. Mir blieb nichts anderes übrig, als diesen Fremden zu vertrauen ...

»Er hat bei mir Wunder bewirkt, als ich von einem Schwert durchbohrt wurde«, fügte Aisling hinzu.

Ich betrachtete den Mann, der neben mir kniete, einen Moment lang. Seine wundervollen Quecksilberaugen erwiderten meinen Blick mit ruhiger Selbstsicherheit.

»Na gut«, sagte ich langsam und wich ein wenig zurück, damit er an Cyrene herankam. »Aber ich behalte dich im Auge.«

Er zeigte erneut seine Grübchen. »Ich hätte auch nichts anderes erwartet.«

»Was ist hier los?« Ein pelziger Kopf drängte sich zwischen uns. Jim, der Dämon, war wieder auf den Beinen. Schockiert blickte er auf die leblose Gestalt vor uns. »Was ist denn mit Cyrene passiert?«

»Jim! Geht es dir gut?«, fragte Aisling und kam zu uns geeilt.

»Ja. Uh, was ist denn mit meinem Fell? Oh Mann! Es wird eine Ewigkeit dauern, bis es wieder nachgewachsen ist!«

»Ich bin so froh, dass du nicht verletzt bist.« Aisling umarmte ihn. »Ich dachte schon, sie hätten deine Gestalt zerstört.«

»Sie?« Jim blickte von Cyrene zu ihr. »Du glaubst doch nicht etwa, dass Cyrene und May mir das angetan haben?«

»Nein?«, fragte sie und warf mir einen sonderbaren Blick zu.

Ich achtete gar nicht auf sie – ich war viel zu sehr damit beschäftigt, dem samtäugigen Heiler auf die Finger zu schauen.

»Quatsch!«

»Wir haben gesehen, wie sie István und Pál angriffen«, warf Drake ein. »Die da neben dir kniet, hat István gebissen.«

»Und zwar fest«, murrte István.

»Wirklich?« Jim zog die Augenbrauen hoch. »Gut gemacht, May! Das hätte ich selbst nicht besser machen können.«

»Gut gemacht? Jim, bist du wahnsinnig?« Aisling tätschelte ihm den Kopf.

»Nein. Aber ihr seid alle einem Irrtum unterlegen. May und Cyrene haben niemanden angegriffen. May wollte nur Cyrene aus dem Garten bringen, aber da ich ihnen gesagt habe, dass Drake ein Technikfreak ist, beschlossen sie, durch Kostichs Garten zu gehen. Und da sind wir beschossen worden ... beziehungsweise ich. Feuer von Abaddon, seine Fallen sind echt hässlich! Er schuldet mir das halbe Fell!«

»Wird sie wieder gesund?«, fragte ich den Mann, der anscheinend Gabriel hieß.

Er nickte, wandte jedoch den Blick nicht von Cyrene, während er ihren Hals abtastete. »Sie hat eine leichte Wunde am Kopf, aber du hattest recht, ihr Hals ist gebrochen.«

Mir drehte sich der Magen um bei seinen Worten. Cyrene mochte ja unsterblich sein, aber ein Hirnschaden war eine andere Sache. Wenn das Gehirn nicht ausreichend mit Sauerstoff und Blut versorgt wurde, dann würde sie für immer im Koma liegen.

»Es ist gut, dass sie eine ...« Er blickte mich fragend an.

»Sie ist eine Najade«, antwortete ich.

»Ah. Das erklärt einiges. Elementarwesen verkraften Kopfverletzungen nicht gut. Ihr Zentrum ist im Herzen, nicht wahr?«

Cy dachte sicherlich mehr mit dem Herzen als mit dem Kopf, aber das würde ich diesem Fremden gegenüber nicht zugeben ... Ein Gedanke fuhr mir durch den Kopf. Ich betrachtete ihn genauer. Wie die übrigen anwesenden Männer trug er einen schwarzen Abendanzug, aber im Gegensatz zu den anderen war seine Weste silberfarben und mit fantastischen Kreaturen bestickt. Seine Haut war braun, als wäre er stark gebräunt, aber seine hohen Wangenknochen und die schmale Nase wiesen auf gemischte Vorfahren hin. Die schulterlangen dunkelbraunen Dreadlocks deuteten auf afrikanisches Blut, während der kleine Schnurrbart und das Ziegenbärtchen einfach nur die Blicke auf seinen Mund lenkten, der mich unglaublich faszinierte. Aber er hatte außerdem noch etwas Exotisches, das ich nicht genau bestimmen konnte ... »Du bist ein Drache«, sagte ich.

»Ja.« Er nickte.

»Gabriel ist nicht nur ein Drache«, sagte der unangenehme Mann, der mir auf die Hand getreten war. »Er ist *der* Drache. Der silberne Wyvern.«

Wyvern, das wusste ich, waren die Anführer einer Drachensippe. Na toll. Jetzt hatten wir es nicht nur mit einem, sondern mit zwei Wyvern zu tun. Und mit einer Dämonenfürstin, einem Dämon und mehreren mordlustigen Bodyguards.

Offensichtlich sah man mir meine Gefühle an, denn

Gabriel lächelte. »Schau mich nicht so misstrauisch an. Ich beiße nicht. Es sei denn, du bittest mich darum.«

Überrascht blinzelte ich ihn an.

»Hast du gerade mit ihr geflirtet?«, fragte Aisling und warf mir einen interessierten Blick zu. »Würde es dir etwas ausmachen ... ich möchte nicht unhöflich sein ... äh ... May, nicht wahr?«

Ich nickte.

»Es ist mir zwar ausgesprochen peinlich, aber ich muss dich das einfach fragen. Was genau bist du? Ich bin noch nie jemandem begegnet, der sich meinem Bannzauber widersetzen konnte, aber du ... du hast dich einfach aufgelöst. Und dann bist du ein paar Meter weiter einfach wieder aufgetaucht.«

»Herrgott, Ash!«, sagte Jim und legte eine Pfote über seine Augen. »Dich kann man auch nirgendwohin mitnehmen, was?«

»Warum?« Sie wandte sich an ihren Wyvern. »Sieh mich nicht so an, als ob du wüsstest, was May ist. Ach so, du weißt es? Ihr wisst es alle? Ich *hasse* das!«

»Du bist so jemandem schon einmal begegnet, Ash«, sagte Jim.

»Ja? Wo? Nein, warte, lass mich nachdenken ...« Drake schob ihr einen Stuhl hin, und sie setzte sich. »Sie ist eindeutig unsterblich. Aber keine Najade wie die Frau auf der Liege – sie hat so ein Schimmern, das May nicht hat. Hm. Sie wird durch Bindezauber nicht festgehalten, und sie kann verschwinden ...«

»Man nennt es schattengehen«, warf ich ein. »Das können alle Doppelgänger.«

»Doppelgänger?« Aisling riss die Augen auf. »Wow! Ich habe geglaubt, ihr seid ausgesprochen selten.«

»Das sind wir auch«, erwiderte ich und wandte mich wieder Cyrene zu.

»Aber ... schattengehen? Davon habe ich noch nie gehört. Was genau ... äh ...«

Ich unterdrückte einen Seufzer. Die Frau ging mir ebenso auf die Nerven wie die gesamte Situation. Ich gab nicht gerne Erklärungen über meine Ursprünge ab. »Doppelgänger werden von ihrem Zwilling erschaffen. Wir sind in jeder Hinsicht identisch, aber trotzdem Individuen. Weil wir aus dem Schatten des Zwillings entstanden sind, können wir diese Gestalt annehmen und uns unter Menschen bewegen, ohne gesehen zu werden – außer an hell erleuchteten Orten. Wir selbst werfen keinen Schatten und haben auch kein Spiegelbild. Mehr ist dazu nicht zu sagen. Wird mein Zwilling überleben, oder wird sie im Koma bleiben?«, fragte ich Gabriel, der Cyrene aufmerksam beobachtete.

Cyrenes Brust hob sich in einem tiefen Atemzug, ihre Augenlider flatterten, und ihre Augen öffneten sich. Verwirrt schaute sie erst Gabriel und dann mich an. »Mayling?«, sagte sie mit rauer Stimme.

Ich ergriff ihre Hände und drückte sie. Eine unendliche Erleichterung durchflutete mich. »Ich bin hier.«

»Mei Ling?«, fragte Drake, und ich erstarrte. Meine Finger schlossen sich so fest um Cyrenes Hand, dass sie einen leisen Laut des Protests von sich gab. »Mei Ling, die Meisterdiebin?«

»Mei Ling?«, fragte auch Gabriel und betrachtete mich aus seinen schönen Quecksilberaugen. Ein Lächeln breitete sich langsam auf seinem Gesicht aus. »Was für ein glücklicher Zufall!«

Ich ließ Cyrenes Hände los und wich einen Schritt zurück. »Wieso?«

Seine Grübchen wurden tiefer. »Du bist genau die Frau, nach der ich gesucht habe.«

5

»... ich glaube, hier ist es gut. Jim, geh vom Bett runter und lass Cyrene schlafen!«

»Hey! Sie soll mir den Bauch kraulen!«, protestierte der Dämon.

»Raus!«, befahl Aisling und wies zur Tür. Sie lächelte mich entschuldigend an, als Jim murrend zur Tür schlich. »Du musst Nachsicht mit Jim haben. Ich glaube, er ist ein bisschen durcheinander, weil das Baby so viel Aufmerksamkeit erhält. Braucht ihr sonst noch etwas?«

Cyrene, die bleich in den Kissen lag, wedelte mit der Hand. »Nein, danke. Ich bin einfach nur sehr müde.« Sie unterstrich ihre Aussage mit einem gigantischen Gähnen.

»Na gut. Ruft, wenn ihr etwas braucht.« Aisling blickte zu ihrem Wyvern, der an der Wand lehnte und uns stumm beobachtete. »Drake?«

»Wir würden uns gerne mit dir unterhalten, wenn dein Zwilling dich entbehren kann«, sagte er an mich gewandt und hielt seiner Frau die Tür auf.

Das war ein Befehl, und ich antwortete erst gar nicht darauf. Kaum hatte sich die Tür hinter den beiden geschlossen, da eilte ich auch schon zu den beiden Fenstern.

»Agathos daimon«, fluchte ich, als ich versuchte, sie zu öffnen. Sie waren beide mit einem Bannzauber gegen dunkle Wesen belegt, was bedeutete, dass ich nicht hindurchkam.

»Was ist los? Mayling! Du willst doch nicht etwa gehen?«

»Na ja, ich habe nicht vor hierzubleiben. Wir müssen hier weg, Cy.« Ich sah mich im Zimmer um. Viel befand sich nicht darin – ein Bett, zwei Stühle, zwei Kommoden und zwei Türen. Eine führte in den Flur, die andere in ein gemeinsames Badezimmer.

Das Badezimmer!

»Warum müssen wir weg?«, fragte Cyrene, als ich dort hinlief. Das Fenster im Badezimmer war zu klein, um hindurchzuklettern, aber auf der anderen Seite war ja noch ein Zimmer. Offensichtlich hatte Aisling die Fenster in unserem Zimmer mit einem Bannzauber belegt, damit ich nicht entkommen konnte, aber vielleicht hatte sie ja die Fenster in den Nachbarzimmern übersehen.

»Mayling?« Cys Stimme folgte mir, als ich das Schloss an der Tür zum anderen Zimmer öffnete, nur um auf den Heiler namens Gabriel zu stoßen, der einen hemdlosen István versorgte.

»Oh! Ich ... Entschuldigung. Äh ... macht einfach weiter«, stammelte ich und wich rasch durch das Badezimmer in Cyrenes Zimmer zurück, bevor einer der beiden Männer etwas sagen konnte. Allerdings war mir der amüsierte Blick aus silbergrauen Augen nicht entgangen.

»May?« Cyrene runzelte die Stirn. »Was ist denn los mit dir? Du bist ja knallrot!«

»Nichts«, erwiderte ich und schloss die Tür zum Badezimmer ab. »Äh ... was hast du mich eben noch mal gefragt?«

»Warum?«, wiederholte sie.

»Warum was?«

»Warum wir hier so rasch wieder verschwinden müssen.

Diese Aisling scheint sehr nett zu sein, überhaupt nicht wie die anderen Dämonenfürsten. Ich kann es kaum erwarten, den Schwestern zu erzählen, dass ich sie kennengelernt habe – sie werden begeistert sein. Meinst du, sie gibt mir ein Autogramm?«

»Ich habe keine Ahnung, aber so nett sie auch sein mag, diese Drachen machen nur Ärger. Ich werde mich auf jeden Fall erst besser fühlen, wenn wir hier wieder raus sind.«

»Ach, ich weiß nicht«, sagte sie verträumt. Ein leichtes Lächeln umspielte ihre Lippen. »Dieser silberne Drache Gabriel ist sehr attraktiv, findest du nicht? Er hat so eine schöne Stimme, und in diese Grübchen könnte ich förmlich hineinbeißen.«

Ich starrte sie einen Moment lang an, und ein leichter Stich durchfuhr mich. Aber warum sollte sie ihn auch nicht attraktiv finden? Ich fand ja auch, dass er gut aussah. Aber damit konnte ich mich im Moment nicht befassen, und deshalb konzentrierte ich mich auf das Wesentliche. »Aber er ist ein Wyvern, und wir wissen beide, dass die nur Probleme machen. Wyvern sind viel zu mächtig, und ehrlich gesagt, machen sie mich nervös.«

»Ich glaube, ich habe ihm auch gefallen«, fuhr sie mit glänzenden Augen fort. »Seine Hände waren so sanft, Mayling; du hast ja keine Ahnung, wie wundervoll es sich angefühlt hat, als er meinen Nacken gestreichelt hat.«

Beinahe stieg Eifersucht in mir auf, aber ich verdrängte sie gnadenlos. Ich war in der Vergangenheit noch nie eifersüchtig auf Cyrenes romantische Abenteuer gewesen, und damit würde ich jetzt bestimmt nicht anfangen.

»Wie geht es dir?«, fragte ich und setzte mich auf die Bettkante, um sie prüfend zu mustern. »Glaubst du, du kannst laufen, wenn ich dir helfe?«

Der verträumte Ausdruck auf ihrem Gesicht verschwand, und sie wirkte auf einmal völlig hinfällig. »Oh, Mayling, du denkst bestimmt, dass ich mich anstelle, aber ich bin wirklich müde. Gabriel hat gesagt, es kostet meinen Körper so viel Energie, den Heilungsprozess zu bewältigen, dass es eine Weile dauern wird, bis ich wieder die Alte bin.«

Ich hatte direkt neben ihr gestanden, als er das gesagt hatte, aber das erwähnte ich jetzt nicht. Stirnrunzelnd blickte ich auf meine Hände. Was mochte jetzt wohl der beste Plan sein? Sollte ich den Drachen vertrauen und Cyrene in ihrer Obhut zurücklassen, während ich die Angelegenheit mit Kostich regelte? Mein Instinkt sagte mir, dass es ihr gut ging, aber sie war immer noch sehr blass und allem Anschein nach auch noch schwach. Wenn der Angriff nun bleibende Spuren hinterlassen hatte? Würde dann selbst ein so fähiger Heiler wie der silberne Wyvern ihr noch helfen können?

All diese Fragen gingen mir durch den Kopf, während Cyrene die Augen zufielen.

»Geh du hinunter und sieh, was sie von dir wollen«, murmelte sie. »Vor allem, was Gabriel von dir will.«

Ich presste die Lippen zusammen. Oh, ich wusste, was er wollte: dasselbe, was alle anderen gewissenlosen Kreaturen in der Anderwelt von mir wollten. Ich wartete, bis sie eingeschlafen war, dann straffte ich die Schultern und wappnete mich im Geiste, um den Drachen entgegenzutreten.

»... hatte keine Ahnung, dass Doppelgänger unsichtbar werden können. Diese Fähigkeit verleiht einem eine ungeheure Macht. Kein Wunder, dass sie sie missbraucht, obwohl ... oh, May. Ich ... äh ... das ist mir jetzt peinlich«, sagte Aisling, als ich den Raum betrat. Ihre Wangen färbten sich rosa. »Ich sollte lieber den Mund halten.«

Ich lächelte sie an. Sie schien nett zu sein, jedenfalls für eine Dämonenfürstin. Magoth war jedenfalls ganz anders. »Mach dir nichts draus«, sagte ich und blieb zögernd an der Tür stehen. Aisling und Drake saßen auf dem Sofa, Pál hielt sich im Hintergrund und redete leise mit einem mittlerweile verbundenen István.

Gabriel lehnte an der Wand, ein Glas Rotwein in der Hand. Seine Grübchen vertieften sich, als er mich sah. »Kann ich dir etwas zu trinken anbieten, May?«

»Ja, gerne. Das Gleiche, was du trinkst«, erwiderte ich und setzte mich gehorsam neben Aisling. Hinter mir ließen sich der Mann und die Frau nieder, die anscheinend zu Gabriel gehörten.

»Das würde ich nicht für klug halten«, antwortete Gabriel mit einem rätselhaften Lächeln und schenkte mir ein Glas Rotwein ein.

Ich nahm es entgegen und trank einen Schluck, während Aisling über dieses und jenes plauderte.

»Sind wir uns schon einmal begegnet?«, fragte Aisling plötzlich. Lächelnd fügte sie hinzu: »Entschuldigung, das wirkt jetzt vielleicht ein wenig plump. Aber du kommst mir so bekannt vor ...«

»Louise Brooks«, sagte ich und erwiderte ihr Lächeln.

»Wie bitte?«

»Ich sehe aus wie Louise Brooks. Ich glaube, es liegt vor allem an meinen Haaren«, fügte ich hinzu und fuhr mit der Hand durch meinen kurzen Bob.

»Mir gefällt es«, warf Gabriel zu meinem Erstaunen ein. »Deine Haare sind so glänzend und schwarz wie die Flügel einer Amsel. Und du bist auch so grazil wie ein Vogel.«

Verblüfft schwieg ich einen Moment, bevor ich fortfuhr: »Louise war ein Stummfilmstar. Cyrene hat sich in den Frisurenstil der zwanziger Jahre verliebt und war ein großer Fan von Louise. Und deshalb habe ich auch ein bisschen so wie Louise ausgesehen, als Cyrene mich erschaffen hat. Cy trägt ihre Haare normalerweise anders, aber vor ein paar Monaten ist sie auf ein Kostümfest gegangen und hat beschlossen, diesen Look wieder anzunehmen.«

»Sie ... sie hat dich *erschaffen*?«, fragte Aisling erstaunt.

»Ja. Doppelgänger werden erschaffen, wenn ihr Zwilling einen Teil von sich selbst aufgibt. Cyrene hat ihren gesunden Menschenverstand aufgegeben, um mich zu erschaffen.« Dabei ließ ich es bewenden. Es machte mir nichts aus, über Doppelgänger im Allgemeinen zu sprechen, aber mehr Details über meine Schöpfung wollte ich nicht preisgeben.

»Das ist ja interessant«, sagte Aisling. Jim, der Dämon, kam aus dem Garten herein und legte sich ihr zu Füßen.

»Bist du fertig?«, fragte Drake sie.

Mein Magen zog sich zusammen, als er mir seinen harten Blick zuwandte.

»Ja, aber du hättest dich ruhig mehr anstrengen können, dich an der höflichen Konversation zu beteiligen«, sagte sie und kniff ihn in den Oberschenkel. »Du musst ihm verzeihen, May. Drachen haben normalerweise ausgezeichnete Manieren, aber Drake scheint seine heute Abend aus irgendeinem Grund vergessen zu haben.«

Ich vermied es, István anzuschauen. Zwar hatte ich kein schlechtes Gewissen, weil ich ihn gebissen hatte – er hatte Cyrene etwas weitaus Schlimmeres angetan –, aber das Thema war mit Sicherheit nicht erwünscht.

»Ihr seid bestimmt alle müde, deshalb sollten wir wohl aufhören, weiter um den heißen Brei herumzureden«, sagte ich abrupt. Ich warf Gabriel einen Blick zu. Er wirkte zwar entspannt, aber trotzdem lag Spannung in der Luft. »Ihr wollt, dass ich etwas für euch tue. Warum sagt ihr mir dann nicht einfach, um was es geht?«

Gabriel blickte Drake an. »Es gibt ein ... Problem.«

Drake kniff die Augen zusammen.

Jim schürzte die Lippen.

»Was für ein Problem?«, fragte ich, obwohl ich es eigentlich nicht wissen wollte.

Das Zirpen der Grillen draußen wurde plötzlich sehr laut, weil drinnen auf einmal alle schwiegen.

Aisling blickte von einem Drachen zum anderen und beugte sich ein wenig vor. »Drachen! Also wirklich! Hör zu, May – Drake ist der Wyvern der grünen Drachen.«

Ich nickte.

»Sein Bruder war der angehende Wyvern der schwarzen Drachen.«

»Sein Bruder? Ich dachte, Familien könnten nicht verschiedenen Sippen angehören«, sagte ich nachdenklich.

»Das ist eine lange Geschichte, aber im Grunde läuft alles darauf hinaus, dass die grüne Drachenfamilie seiner Großmutter Anspruch auf Drake erhob, während Kostya, sein Bruder, die Herrschaft als Wyvern der schwarzen Drachen antreten sollte. Es gab nur ein Problem mit Baltic, dem damaligen Wyvern. Die silbernen Drachen gehörten nämlich früher auch zu den schwarzen Drachen, aber sie haben die Sippe später verlassen, um eine eigene zu gründen.«

»Nachdem sie Hunderte von Jahren von Baltic missbraucht worden waren«, ergänzte Gabriel. Seine Augen hatten einen stumpfen Ausdruck angenommen.

»Baltic wollte nicht, dass sie ihr eigenes Leben führen, und er hat im Grunde seine eigene Sippe zerstört, um die silbernen Drachen zurückzugewinnen.«

»Ich verstehe.« Ich fragte mich allerdings, was das alles mit mir zu tun hatte.

»Die wenigen schwarzen Drachen, die überlebten – wie viele, Süßer?«, fragte Aisling Drake.

»Weniger als zehn«, antwortete er und streichelte ihr sanft über den Rücken.

»Die wenigen schwarzen Drachen, die überlebten, versteckten sich, auch Kostya, Drakes Bruder. Weil er nämlich geschworen hatte, Baltics Plan, die silbernen Drachen zurückzuholen, in die Tat umzusetzen, verstehst du?«

Ich verstand zwar nicht, wollte aber den Informationsfluss nicht unterbrechen.

»Also, langer Rede kurzer Sinn ...«

»Deine Reden sind nie kurz«, murmelte Jim.

»Langer Rede kurzer Sinn«, wiederholte Aisling mit betont lauter Stimme, »Baltic wurde von Kostya getötet, aber es war zu spät – der Schaden war bereits entstanden und die Sippe zerstört. Später wurde Kostya entführt und gefangen gehalten, allerdings scheint niemand zu wissen, von wem. Drake hat ihn jedenfalls gefunden, und wir haben ihn vor ein paar Monaten gerettet.«

Unwillkürlich glitt mein Blick zu Gabriel. Er trank einen Schluck und trat dann auf mich zu, um das Glas auf dem Tisch neben mir abzustellen. Sein Gesicht war absolut ausdruckslos, als er mich anblickte.

»Ich vermute, Kostya macht dir das Leben zur Hölle?«, fragte ich ihn. Furcht stieg in mir auf, weil ich langsam zu verstehen begann, was er von mir wollte.

»Das ist noch untertrieben«, sagte er und blickte in die Dunkelheit hinaus.

Ich stellte mein Glas ebenfalls hin. »Ich glaube, ich sollte euch allen sagen, dass ich kein Auftragskiller bin. Ich töte niemanden, geschweige denn einen Drachen.«

»Oh, wir wollen doch nicht, dass du Kostya tötest! Er ist immerhin Drakes Bruder, auch wenn er uns allen auf die Nerven geht«, stellte Aisling rasch klar. »Nein, es geht um das Phylakterium. Du sollst es ihm wieder wegnehmen.«

»Was für ein Phylakterium?«, fragte ich. Mein Herz sank. Warum sahen die Leute immer nur mein Talent und nie mein wahres Wesen?

»Kostya hat mir das Phylakterium gestohlen. Er will es gegen die silbernen Drachen verwenden, um sie erneut zu annektieren«, sagte Drake.

»Ich verstehe«, wiederholte ich.

»Du bist Mei Ling, die Einbrecherin, von der alle reden«, sagte Aisling. »Du kannst uns doch das Phylakterium wieder zurückholen, oder?«

Ich hob die Hand in einer vagen Geste, weil ich nicht

wusste, was ich sagen sollte. Um Zeit zu gewinnen, ergriff ich mein Glas, aber in dem Moment, als der Wein auf meine Zunge traf, wurde mir klar, dass ich aus Versehen Gabriels Glas erwischt hatte.

»Agathos daimon!«, schrie ich, ließ das Glas fallen und sprang auf, als Flammen um meine Füße aufzüngelten.

»Das war ich nicht«, sagte Aisling, als Drake sie anschaute. »Das ist nicht mein Feuer.«

Gabriel wirbelte herum, und seine Augen blitzten auf, als er sah, wie ich die Flammen austrat.

»Heilige Scheiße!«, sagte Aisling und betrachtete mich mit ungläubigem Erstaunen. »Hat sie gerade das getrunken, was ich glaube?«

Gabriel hob das Glas vom Fußboden auf, fuhr mit dem Finger durch den kleinen Rest, der noch darin war, und leckte ihn ab. »Hat sie.«

»Oh Mann, zwei in einem Jahr?«, sagte Jim mit seltsamem Gesichtsausdruck. »Wie oft kommt das denn vor?«

»Es tut mir leid wegen des Teppichs«, sagte ich zu Aisling und begann den Fleck mit einem Stapel Papierservietten zu bearbeiten. »Ich muss das falsche Glas erwischt haben. Das ist ja ein Wahnsinnszeug. Was ist das?«

Ich spürte den schweren Rotwein mit einem Hauch von Zimt und Nelken und etwas Undefinierbarem immer noch auf meinen Lippen.

»Es heißt Drachenblut«, antwortete Gabriel. Seine Augen glitzerten hell, als er einen Schritt näher trat. »Möchtest du noch etwas?«

Der Mann in Schwarz, der hinter mir saß, sprang auf und sagte etwas in einer Sprache, die ich nicht verstand.

Gabriel ignorierte ihn und beobachtete mich aufmerksam, als ich ein wenig verwirrt antwortete: »Äh ... ja, klar. Das wäre nett.«

Niemand sagte ein Wort, als Gabriel eine staubige Flasche hinter der Bar hervorzog und mir ein weiteres Glas Wein einschenkte.

»Danke«, sagte ich. Es verursachte mir Unbehagen, dass alle mich so eingehend beobachteten. Ich trank einen Schluck. Dieses Mal war ich darauf vorbereitet, aber trotzdem setzte der Wein mit seiner Hitze mein Blut in Flammen.

»Hast du etwas dagegen, wenn ich schnell ein Experiment versuche?«, fragte Gabriel.

»Ich denke nicht«, erwiderte ich und blickte mich nervös um. Alle im Zimmer sahen mich so gespannt an, dass meine Handflächen feucht wurden. Was war hier bloß los?

»Gut.« Gabriel streckte die Hand aus. Ich ergriff sie, und er zog mich an sich. Sein Körper drückte sich hart gegen meinen, als er mich plötzlich küsste.

Ich erstarrte. Was sollte ich jetzt tun? Mein erster Instinkt war, zum Schatten zu werden, aber sein Mund auf meinen Lippen hatte eine lähmende Wirkung auf mein Gehirn. Ich konnte nicht klar denken, als seine Zunge meine Lippen sanft auseinanderschob. Unbewusst öffnete ich sie. Er schmeckte wie das Getränk, scharf, aber mit einer schwach hölzernen Note, die ich sehr angenehm fand. Seine Zunge wand sich um meine, und dann war ich plötzlich von Feuer erfüllt – von *seinem* Feuer. Instinktiv wurde ich zum Schatten, aber das Feuer erfüllte mich immer noch, es wand sich in Spiralen um mich und ihn. Es war ein wundervolles Gefühl, das mich unglaublich erregte.

»Heiliger Bimbam!«, rief Aisling aus. »Sie ist ... sie ist ...«

»Die Gefährtin eines Wyvern«, sagte Drake verwundert.

Ihre Worte drangen in mein Bewusstsein, und ich löste mich von Gabriel. Verwirrt und mit wachsender Leidenschaft blickte ich ihn an.

Seine Augen leuchteten wie Blitze in einer Kristallkugel. »Kein Gefährte soll einem Mitglied geboren werden, ehe nicht ein schwarzer Drache als Wyvern akzeptiert ist«, sagte er.

»Wie bitte?«, fragte ich.

Er hielt mich fest, als ich versuchte, mich ganz aus seiner Umarmung zu lösen. »Das ist ein Fluch. Unsere Sippe wurde von Baltic verflucht. Bis zu dem Tag, an dem ein schwarzer Drache als Wyvern akzeptiert wird, soll für niemanden aus unserer Sippe ein Gefährte geboren werden.« Seine Lippen verzogen sich zu einem Lächeln, und ich musste unwillkürlich daran denken, wie köstlich er geschmeckt hatte.

Plötzlich stieß Gabriel einen Jubelschrei aus, riss mich erneut in seine Arme und wirbelte mich herum. »Aber du bist eine Doppelgängerin, May! Du bist nicht geboren worden!«

»Ich bin nicht ganz ... ich verstehe nicht ...«, stammelte ich. Warum war er nur so aufgeregt?

»Du lieber Himmel!«, sagte Aisling. Sie sprang auf und umarmte mich, obwohl ich immer noch von Gabriel festgehalten wurde. »Du bist die Gefährtin eines Wyvern! *Gabriels* Gefährtin! Ich hätte niemals geglaubt, dass ich diesen Tag noch erlebe!«

»Gabriels ...« Erstaunt blickte ich den Mann an, der mich anstrahlte.

Seine Grübchen wurden tiefer, seine Augen funkelten, und ich hatte das Gefühl, wieder Drachenblut zu trinken. »Endlich eine Gefährtin. *Meine* Gefährtin.«

Allmächtiger! Was sollte ich bloß tun?

6

»Gefährtin ...«

»Hör auf, mich so zu nennen«, unterbrach ich ihn und wich vor dem silberäugigen Drachen zurück, der mir sämtlichen Verstand aus dem Kopf küsste.

»Du bist die Gefährtin des Wyvern«, sagte die Frau in Schwarz plötzlich hinter mir, und ich fuhr erschreckt herum. Ich fühlte mich bedrängt, umgeben von allen möglichen Bedrohungen, und am liebsten hätte ich mich in die Dunkelheit zurückgezogen, um über das Geschehene nachdenken zu können.

Jeder wusste, dass man einem Drachen Feuer und Leben nur nehmen konnte, wenn man die Gefährtin eines Drachen war. Das Feuer eines Wyvern war vermutlich noch mächtiger als das eines normalen Drachen, und die Tatsache, dass ich Gabriel geküsst hatte, ohne zu einem Häufchen Asche zu verbrennen, schien darauf hinzudeuten, dass zwischen uns etwas war. Aber ich war eine Doppelgängerin! So jemand war doch noch nie die Gefährtin eines Drachen gewesen ... Ich schüttelte den Kopf. Was für alberne Gedanken! Eigentlich hatte ich doch wichtigere Probleme.

Ich trat einen Schritt auf die Frau zu. »Hören Sie ... äh ... Entschuldigung, aber ich weiß Ihren Namen nicht.«

»Das ist Maata«, sagte Gabriel. »Und das ist Tipene. Sie sind Mitglieder meiner Leibwache.«

»Sie sind doch offensichtlich eine intelligente Frau«, sagte ich zu Maata, damit wenigstens sie Vernunft annahm. »Ich weiß, dass alles auf das Eine hindeutet, aber ich versichere

Ihnen, ich bin niemandes Gefährtin. Ich bin eine Doppelgängerin, kein menschliches oder elementares Wesen wie Cyrene, noch nicht einmal ein Geist. Streng genommen bestehe ich aus Schatten.«

»Ich fand, du hast dich wie Fleisch und Blut angefühlt.« Gabriel stand direkt hinter mir, und ich spürte die Wärme seines Körpers. Ein Schauer lief mir über den Rücken, als sein Atem liebkosend über meinen Nacken strich. Einen Moment lang dachte ich an Magoths wiederholte Verführungsversuche, aber wo er eiskalt war, strahlte Gabriel Hitze aus. »Niemand anders könnte meinem Feuer widerstehen, May. Auch für mich ist es ein Schock – wenn auch ein freudiger, das kann ich dir versichern, weil ich nicht mehr damit gerechnet hatte, jemals eine Gefährtin zu haben –, aber wir werden dieses neue Phänomen zusammen ergründen.«

Langsam drehte ich mich um und blickte ihn an. In seinen Augen las ich Jubel und sexuelles Interesse. Aber es lag auch noch etwas anderes in seinem Gesichtsausdruck, etwas, das Probleme verhieß. Er war ein Drache, ein Wyvern und ein Heiler, aber auch ein Anführer, der seine Sippe bis in den Tod verteidigen würde. Zielstrebig und besitzergreifend würde er sich nehmen, was ihm zustand.

Seltsame Niedergeschlagenheit machte sich in mir breit, Trauer darüber, dass ich es nicht riskieren konnte, mich auf so einen Mann einzulassen. Früher oder später würde mich die Realität einholen, und das wäre dann das Ende. So verführerisch Gabriel auch sein mochte, es war besser für uns alle, wenn ich nicht nachgab.

»Nein«, sagte ich einfach, so freundlich ich konnte. »Es gibt kein Phänomen zu erforschen, zumindest nicht zwischen uns. Ich werde dafür sorgen, dass Cyrene von hier wegtransportiert wird. Wir werden eure Gastfreundschaft nicht länger in Anspruch nehmen.«

Ich durchquerte das Zimmer und setzte den Fuß auf die erste Stufe der Treppe, als die beiden Bodyguards mich aufhielten. Jeder von ihnen packte einen meiner Arme.

»Du bist die Gefährtin des Wyvern«, wiederholte Maata mit ernstem Gesicht. »Du kannst ihn nicht abweisen.«

»Wie bitte?«, fragte ich entgeistert.

»Du bist seine Gefährtin. Du kannst nicht gehen.«

Ich blickte Tipene an. Sein Gesicht zeigte ebenfalls keine Regung. »Du bist die Gefährtin«, sagte er nur, als sei damit die Diskussion ein für alle Mal beendet.

»Selbst wenn eine Doppelgängerin eine Gefährtin sein könnte und selbst wenn ich diese Doppelgängerin wäre, spielt es keine Rolle. Ich kann nicht bleiben.«

»Lasst sie los!«, befahl Gabriel. Ich drehte mich zu ihm um. In seinem Abendanzug sah er unglaublich gut aus, und in seinen Augen konnte ich mich verlieren. Er schwieg, aber eine Aura von Macht umgab ihn wie einen Panther vor dem Sprung.

»Es tut mir leid«, sagte ich zu ihm. »Das hat nichts mit dir zu tun. Du scheinst ein sehr netter Mann zu sein, aber leider halten mich gewisse Umstände davon ab, deine Gefährtin zu sein. Ich hoffe, du verstehst mich.«

»Ich verstehe«, antwortete er nach kurzem Schweigen. Seine Stimme glitt wie Samt über meine Haut.

Ich trat unwillkürlich einen Schritt auf ihn zu. »Danke.«

Der Rest der Welt trat in den Hintergrund, und nur noch der schmale Teppichstreifen, auf dem Gabriel und ich standen, war wichtig. Seine Augen brannten einen silbernen Pfad in meine Seele. Es war, als ob sich unsere Seelen berührten.

Drakes Stimme holte mich wie mit einem Peitschenhieb wieder zurück in die Realität. »Da ist immer noch die Sache mit Mei Ling.«

Ich wich vor Gabriel zurück. Einen Moment lang wünschte ich ... aber das war Wahnsinn. Ich musste aufhören, Wünschen nachzuhängen, die nie erfüllt werden konnten. Ich sollte mich lieber darum kümmern, wie wir am besten aus dieser Situation herauskamen. Hinter mir war die Tür. Oh, am liebsten wäre ich hinausgerannt, hätte Cyrene gepackt und dieses Haus auf dem schnellsten Wege verlassen. Aber das ging noch nicht. Langsam blickte ich mich nach den anderen um. Ich sah den Mann an, der die Sache mit Mei Ling zur Sprache gebracht hatte. »Was ist damit?«

»Du bist die Meisterdiebin Mei Ling.« Drake runzelte die Stirn. »Du siehst gar nicht asiatisch aus.«

»Das bin ich auch nicht. Oder besser gesagt, Cyrene ist keine Asiatin und ich demzufolge auch nicht.«

»Und warum nennt man dich Mei Ling?«, fragte er.

»Mayling«, warf Aisling lächelnd ein. »Es ist ein Spitzname.«

Ich nickte. Am besten gab ich alles zu. Wenn ich es abstritt, würde mir sowieso keiner glauben. »Und wenn ich zugäbe, dass ich die Diebin Mei Ling bin? Was würdet ihr dann tun? Mich der Polizei übergeben? Mich auf dem Scheiterhaufen verbrennen? Mich in Ketten legen und in den Kerker werfen?«

»Auf deinen Kopf ist ein Preis ausgesetzt«, sagte István. »Ein hoher Preis!«

»Das ist richtig«, sagte Aisling nachdenklich. »Davon habe ich auch schon gehört. Du hast etwas von Dr. Kostich gestohlen, und er hat eine hohe Summe auf deine Ergreifung ausgesetzt.«

»Wollt ihr mich damit erpressen, damit ich tue, was ihr von mir verlangt?« Ich wandte mich an Gabriel. »Willst du mir drohen, mich anzuzeigen, wenn ich nicht auch für dich stehle?«

»*Auch* für mich?«, fragte er und warf mir einen neugierigen Blick zu. »Soll das heißen, du stiehlst nicht für dich?«

Ich schwieg einen Moment und verfluchte meine unbedachte Wortwahl. Warum war es mir nicht egal, was sie von mir dachten? Warum wollte ich ihnen unbedingt erklären, dass ich schon an Magoth gebunden war, noch bevor ich erschaffen worden war, dass ich keine Freiheit im Leben besaß und keine eigenen Entscheidungen fällen durfte? Warum trafen mich Gabriels Worte so, dass ich am liebsten meine Unschuld herausschreien wollte? Ich schuldete ihnen doch nichts. Sie waren genauso wie die anderen, die mich benutzen wollten. »Ich bin eine Doppelgängerin, eine Schattengängerin. Unzählige Leute wollen mich zu illegalen Zwecken engagieren.«

»Dann wird es dir ja nicht schwerfallen, diese Aufgabe für Gabriel durchzuführen«, sagte Drake.

Zu meiner Überraschung wandte sich Gabriel stirnrunzelnd an den anderen Drachen. »Drake, du mischst dich bei meiner Gefährtin ein.«

»Ich bin nicht deine Gefährtin! Und du brauchst deine Forderung nicht in so höfliche Worte zu verpacken, Drache. Es gibt genügend Personen auf der Welt, die mich ohne

Umschweife zwingen, das zu tun, was sie von mir verlangen.«

»Ich mische mich nicht ein«, sagte Drake zu Gabriel. Mein Sarkasmus war ihm völlig entgangen.

»Doch, und ich schätze das ganz und gar nicht. May gehört mir, nicht dir. Und du hast ihr keine Befehle zu erteilen.«

»Ich bin überhaupt niemandes Gefährtin!«, stellte ich klar.

Alle ignorierten mich. Der grüne Wyvern warf Gabriel einen überraschten Blick zu, und Aisling trank rasch einen Schluck, um ihr Lachen zu unterdrücken.

»Darf ich dich vielleicht darauf hinweisen, dass du dich bei zahllosen Gelegenheiten bei meiner Gefährtin eingemischt hast?«, sagte Drake. »Du hattest sogar vor, mich wegen ihr herauszufordern.«

Ein schmerzhafter Stich fuhr mir durchs Herz, und Gabriel warf mir einen verlegenen Blick zu. »Das war, bevor ich wusste ... Ach, es spielt keine Rolle. Tatsache ist, dass du dich einmischst Ich weiß zwar, dass du es gut meinst, aber es wäre mir lieb, du ließest mich die Angelegenheit auf meine Art mit meiner Gefährtin klären.«

»Die Situation betrifft uns ebenso. Wir haben das Recht, uns darum zu kümmern, dass die Angelegenheit zu unserer Zufriedenheit geregelt wird.«

»Weißt du, in diesem Punkt bin ich eher der gleichen Meinung wie Gabriel«, warf Aisling ein und legte dem Wyvern die Hand auf den Arm. »Vielleicht sollten wir ...«

»Kostya ist nicht nur Gabriels Problem«, erwiderte Drake.

»Wir sind die Einzigen, die von ihm bedroht werden«, widersprach Gabriel und trat einen Schritt auf den anderen Drachen zu. »Du kämpfst doch nicht wie wir um dein Überleben. Wir müssen mit Kostya klarkommen.«

»Das bedeutet aber nicht …«

»Doch!«, unterbrach Gabriel ihn. Die beiden Männer standen sich jetzt direkt gegenüber.

Ihre jeweiligen Leibwachen bauten sich hinter ihnen auf, und die Wyvern verfielen in eine Sprache, die ich nicht kannte.

»Was sagen sie?«, fragte ich Aisling, die aufgestanden war.

»Herrje. Das Baby sitzt direkt auf meiner Blase. Hm? Oh, das ist Zilant.« Sie lächelte über meinen verwirrten Gesichtsausdruck. »Ich habe selber erst vor Kurzem etwas darüber erfahren. Es ist eine Sprache, die vor Jahrhunderten alle Drachen lernen mussten, damit sich unterschiedliche Sippen miteinander unterhalten konnten. Mittlerweile ist es ziemlich in Vergessenheit geraten, weil die meisten Englisch sprechen. Zilant hat etwas mit den Ursprüngen der schwarzen Drachen zu tun – es handelt sich dabei wohl um eine Region in Russland.«

Die beiden Wyvern redeten, unterstützt von ihren Bodyguards, immer noch aufeinander ein.

»Sind sie immer so?«, fragte ich.

Aisling lächelte mich an. »Meistens. Sie sind unerträglich arrogant und herrisch, und immer denken sie, sie wüssten alles besser …« Sie warf dem dunkelhaarigen, grünäugigen Wyvern einen liebevollen Blick zu. »Aber sie beten dich auch an. Ich weiß, dass diese Sache mit Gabriel dir wahrscheinlich den Boden unter den Füßen weggezogen hat, aber er ist wirklich süß, und ich bezweifle, dass du mit ihm so viel Ärger haben wirst wie ich am Anfang mit Drake. Er war damals absolut unmöglich.«

»Das habe ich gehört!«, meldete sich Drake zu Wort und unterbrach seinen Wortwechsel mit Gabriel gerade lange genug, um Aisling mit einem glühenden Blick zu bedenken.

Sie blies ihm einen Kuss zu. Dann entschuldigte sie sich und ging ins Badezimmer.

Ich wollte mich ebenfalls aus dem Zimmer schleichen, kam aber nur bis zur Treppe, bevor es Gabriel auffiel.

»Gefährtin!«, rief er stirnrunzelnd.

»Gefährtin?«, ertönte hinter mir eine Stimme. Cyrene musterte mich verwirrt. »Soll das etwa heißen ... May? Die Gefährtin eines Drachen?«

»Ich dachte, du wärst müde und würdest schlafen«, sagte ich und eilte zu ihr.

»Ich habe stattdessen gebadet. Jetzt fühle ich mich viel besser, obwohl ich ein wenig verwirrt bin. Hat dieser köstliche Gabriel dich eben Gefährtin genannt?«

Ich öffnete den Mund, um es ihr zu erklären, brachte aber kein vernünftiges Wort heraus. »Äh ...«

»Das ist korrekt«, sagte Gabriel und stellte sich neben mich. Er berührte mich nicht, aber das brauchte er auch nicht – verlegen stellte ich fest, dass ich mich unwillkürlich zu ihm beugte, als sei er ein Magnet. »May ist meine Gefährtin.«

»Aber das kann nicht sein!« Cyrene schüttelte den Kopf und trat zu uns.

»Warum denn nicht?«, fragte Gabriel.

Gott, er sah so gut aus! Der warme Braunton seiner Haut, diese silbernen Augen und sein starkes Kinn – bei seinem

Anblick wurden mir die Knie weich. Aber er war ein Drache, ein Wyvern, und ich war Cyrenes Schatten. Ich trat einen Schritt zur Seite und ignorierte den Schmerz, der mich erfüllte.

»Warum denn nicht?« Cyrene blickte Gabriel an, als sei er nicht bei Sinnen. »Weil sie keine Männer mag, deshalb. Sie hat noch nie Sex gehabt.«

Mein Gesicht brannte, und ich schloss beschämt die Augen. »Cyrene, das interessiert doch keinen.«

»Nun, ich denke, Gabriel wird das schon interessieren, schließlich glaubt er, du seist seine Gefährtin. Ich weiß, dass es dir schwerfällt, offen darüber zu reden, aber hier liegt offensichtlich ein Missverständnis über dich vor. Wir sind es ihnen schuldig, aufrichtig zu sein; schließlich sind diese Leute unsere Freunde.«

»István hat dir das Genick gebrochen«, erwiderte ich.

»Ja, aber er hat es bestimmt nicht so gemeint.« Cyrene wandte sich an István. »Nicht wahr?«

István nickte, runzelte die Stirn und schüttelte dann den Kopf. »Ich dachte, du hättest Jim angegriffen.«

»Siehst du. Du weißt, dass ich dich nicht gerne bloßstelle, aber jetzt ist nicht der richtige Zeitpunkt für Schüchternheit. Hab keine Angst, die Wahrheit zuzugeben.«

»Verdammt!«, fluchte ich leise und sank auf den nächsten Stuhl. *Warum gerade ich?* Warum musste Cyrene gerade jetzt dieses Thema zur Sprache bringen?

»Ich ...« Gabriel wirkte genauso fassungslos wie die anderen. »Bist du sicher?«, fragte er schließlich Cyrene.

»Oh ja«, antwortete Cyrene und stellte sich neben mich. »Ziemlich sicher. May war noch nie körperlich mit einem

Mann zusammen, obwohl mehr als nur ein paar sie begehrt haben.«

»Was ich immer so alles verpasse, wenn ich im Badezimmer bin«, murmelte Aisling und nahm ihren Platz wieder ein.

Ich schlug die Hände vors Gesicht und wünschte inständig, ich hätte nie die intelligente Idee gehabt, Cyrene zu erzählen, dass ich noch nie eine sexuelle Beziehung zu einem Mann gehabt hatte und auch nie haben wollte. »Bitte! Cyrene! Hör auf!«

»Warte mal, sie ist also noch Jungfrau?«, warf Jim mit erstaunter Stimme ein. »Wow! Ich habe keine echte Jungfrau mehr gesehen, seit wir in Ungarn waren.«

»Nun ja, streng genommen nicht, denn als sie erschaffen wurde, war ich nicht ... äh ...« Cyrene hatte einen seltenen Moment der Einsicht und brach den Satz ab, bevor ich vor Scham starb.

Ich spürte, dass Gabriel mich prüfend musterte, und ich erwiderte seinen Blick durch meine Finger. Er zwinkerte mir zu.

Am liebsten wäre ich auf der Stelle im Boden versunken.

»Nun, das ist wirklich ... äh ... ich weiß nicht, was ich sagen soll«, sagte Aisling.

»Du meinst, sie ist noch nie mit einem Mann zusammen gewesen, aber ihr beiden, ihr seid keine ... du weißt schon, keine *Freundinnen*, oder?«, fragte Jim, der mich die ganze Zeit beschnüffelte.

Ich gab ihm einen Klaps auf die Nase und funkelte ihn böse an. Mein Zwilling antwortete empört: »Natürlich sind wir kein Liebespaar! Ich habe sie *erschaffen*! Sex mit ihr wäre ja, als würde ich mit meinem eigenen Klon schlafen!«

»Na ja, das fände manch einer bestimmt attraktiv. Ich zum Beispiel ... au!«

»Sei still!«, sagte Aisling und hob eine zusammengerollte Zeitung hoch.

»Cy, bitte!«, flehte ich. »Können wir nicht das Thema wechseln?«

Sie tätschelte mir die Hand. »Ich versuche nur, die Dinge zu klären. Es ist Gabriel gegenüber nicht fair, dass er die Wahrheit nicht kennt, wenn er glaubt, du wärst seine Gefährtin.«

»Ist schon okay«, erklärte Jim und lehnte sich an mich. »Wir denken nicht schlecht von dir, nur weil noch niemand den pinken Plymouth in deiner Liebesgarage geparkt hat.«

»Jim!« Aisling schlug ihm mit der Zeitung aufs Hinterteil.

»Was denn? Ich habe es doch höflich ausgedrückt!«

»Es reicht jetzt!«, brüllte Aisling. »Noch ein Ton, und du verbringst eine Woche in Akasha.«

»Ich glaube, wir sollten jetzt gehen.« Ich stand auf und ergriff Cyrenes Arm.

»Ich muss mich für Jims Ungezogenheit entschuldigen«, sagte Aisling.

»Ihr Zwilling hat angefangen«, warf der Hund ein, machte aber sofort den Mund wieder zu, als Aisling ihn streng ansah.

»Ich weiß gar nicht, worüber du dich so aufregst, May«, sagte Cyrene stirnrunzelnd. »Du musst dich doch nicht schämen ...«

»Cy!«, schrie ich. Wenn sich doch nur der Boden auftäte und mich verschlingen würde!

»Mays sexuelle Erfahrung oder der Mangel daran spielt

überhaupt keine Rolle«, erklärte Gabriel und rückte wieder so nahe an mich heran, dass ich die Wärme seines Körpers spürte. »Sie ist trotzdem meine Gefährtin.«

»Nein, du verstehst nicht«, erwiderte Cyrene und zupfte ihn am Ärmel. »Es geht nicht darum, dass sie noch nie mit einem Mann zusammen gewesen ist ... sie *mag* Männer nicht.«

Es wurde so still, dass man eine Stecknadel hätte fallen hören können. Alle Augen wandten sich mir zu.

Ich stöhnte innerlich.

»Sie ... mag sie nicht?«, fragte Gabriel ungläubig.

»Ja. Das hat sie mir selbst gesagt. Aber du weißt ja, dass sie mein Zwilling ist, nicht wahr? Eine exakte Kopie von mir. Vielleicht bin ich also die wahre Gefährtin, und du bist nur verwirrt, weil May mir so ähnlich ist.«

7

»Also, lasst mich mal alles zusammenfassen – May ist eine jungfräuliche lesbische Doppelgängerin und Gefährtin eines Wyvern?« Jim schürzte ironisch die Lippen. »Die schlägt ja sogar dich, Ash.«

Ich hatte genug. Ich stand auf und blickte alle streng an, vor allem den Mann, der neben mir stand. »Ich bin *keine* Jungfrau und auch keine Lesbe. Ich bin eine Doppelgängerin, aber die Frage der Gefährtin eines Wyvern ist noch nicht geklärt.«

»Du hast das Drachenblut getrunken, ohne dass du Schaden genommen hast«, erwiderte Drake.

»Ich bin unsterblich. Es kann mich nicht umbringen.«

»Ja, aber du hast Gabriel ohne Probleme geküsst«, warf Aisling ein. »Das hätte selbst eine Unsterbliche nicht ausgehalten, wenn sie keine Gefährtin wäre. Das ist leider ein ziemlich guter Indikator.«

»Soll das heißen, dass noch nie eine Frau einen Kuss von dir überlebt hat?«, fragte ich Gabriel ungläubig.

»Im Gegenteil, ich habe noch nie eine Frau mit meinem Kuss getötet.« Er rückte näher, und seine Augen blitzten. »Aber ein paarmal war es nahe dran.«

Himmel, er roch so gut! Mein Körper hätte sich ihm am liebsten an den Hals geworfen und ihm dieses Lächeln aus dem Gesicht geküsst, aber mein Kopf wandte ein, dass ein Kuss wohl kaum ausschlaggebend gewesen sein konnte.

»Du hast recht«, sagte er leise. »Mehr ist in diesem Fall definitiv besser.«

»Hör auf, meine Gedanken zu lesen«, flüsterte ich. Seine Lippen verzogen sich zu einem Lächeln.

»Keine Frau hat jemals mein Feuer genommen«, murmelte er. Ich blickte in seine schönen Augen. Am liebsten hätte ich seinen Körper wieder an meinem gespürt, aber mein Kopf sagte mir, dass ich eine solche Nähe besser vermeiden sollte. »Sag mir, dass du es willst.«

Ich beugte mich leicht vor, gerade so weit, dass meine Lippen die seinen streiften. Mehr brauchte es nicht. Mit einem leisen Grollen zog er mich in die Arme, und sein Feuer strömte in mich. Seine Lippen waren heiß, und ich sehnte mich sofort nach mehr.

»Mehr«, murmelte ich und griff mit beiden Händen in seine Haare. Schwach war mir bewusst, dass ich mich viel emotionaler benahm als sonst, aber er hatte etwas an sich, das mir alle meine Hemmungen nahm.

Der Gedanke erschreckte mich zu Tode.

Drachenfeuer peitschte um mich herum, als Gabriel mich mit einer Leidenschaft küsste, die kein Geheimnis unentdeckt ließ. Die Tiefe meines Verlangens nach ihm erschreckte mich. Ich hatte ihn doch gerade erst kennengelernt, und doch konnte ich die Tatsache nicht leugnen, dass ich ihn zutiefst begehrte. Ich stöhnte, als er mich fester an sich zog. Das Feuer drehte sich um mich und steigerte mein Verlangen, bis ich aufschrie und die Flammen in unzählige feurige Funken zersprangen.

»Süße May«, stöhnte er in meinen Mund und rieb sich an meinen Hüften. »Süße, süße Gefährtin.«

Die Worte drangen wie Eiskugeln in mein Bewusstsein, und mit einem Aufschrei schob ich ihn weg. »Nenn mich nicht so!«, sagte ich mit rauer Stimme.

Verwirrt blickte er mich an.

Ich wurde zum Schatten und wand mich aus seinen Armen, um ein paar Schritte zurückzuweichen. Mit zitternden Fingern berührte ich meine Lippen. In mir war Leere, als ob ich einen Teil von mir verloren hätte.

»May?«, fragte er und trat auf mich zu. »Was ist los?«

»Nichts. Ich ... ich mag dieses Wort nur nicht«, erwiderte ich. Ich räusperte und blickte mich um.

Cyrene schaute mich entsetzt an, aber dahinter verspürte ich ein Gefühl, das ich nicht verstand: Schmerz.

»Es tut mir leid«, sagte ich, da ich auf einmal das Bedürfnis hatte, mich zu entschuldigen. »Es war nicht meine Absicht, dass sich der Abend zu einer Peepshow entwickelt.«

»Du ...«, setzte Cyrene an, aber dann brach sie ab und biss sich auf die Lippe.

»Mir hat es gefallen«, meinte Jim und setzte sich auf sein dickes Hinterteil. »Man erlebt nicht oft, wie ein Wyvern seine Gefährtin erwählt. Das ist besser als Kino. Gibt es eine Wiederholung? Und kann ich mir vorher noch Popcorn holen?«

Aisling murmelte ein paar Worte, und noch bevor der Dämon etwas erwidern konnte, hatte sie ihn nach Akasha verbannt. »Ich muss mich für Jim entschuldigen. Es tut ihm ganz gut, wenn er mal ein bisschen zur Besinnung kommt. In einem hat er allerdings recht.«

Ich warf Gabriel einen Blick zu. Er beobachtete mich mit einer Intensität, die mir schmeichelte, mir aber zugleich auch Unbehagen bereitete. »Ja, das stimmt wohl leider ... Anscheinend bin ich trotz der Tatsache, dass ich eine Doppelgängerin bin, wohl deine Gefährtin.«

»Ich verstehe nicht, wie ...« Cyrene sank weniger anmutig als sonst auf einen Stuhl. Offensichtlich hatte es ihr die Sprache verschlagen.

»Das Wie ist nicht wichtig«, antwortete Gabriel und zeigte seine Grübchen. »Wichtig ist nur, dass das Unmögliche geschehen ist. Es freut mich, dass du verstehst, was es bedeutet, dass du mein Feuer teilst, May. Ich habe nicht damit gerechnet, jemals eine Gefährtin zu finden, darum freut es mich umso mehr.«

Ich wollte zum Schatten werden und an einem ruhigen Ort alles noch einmal überdenken. Ich war eine Diebin, verdammt noch mal, eine Schattengängerin, Untergebene eines Dämonenfürsten, Bewahrerin von Cyrenes gesundem Menschenverstand und verantwortlich für mein und ihr Wohlergehen. Und jetzt sollte ich an einen Fremden gebunden sein? Ich schüttelte den Kopf. Ich hatte einfach keine Erfahrung mit Männern, geschweige denn mit Drachen. Die Situation schien unhaltbar.

»Ich verstehe überhaupt nichts mehr«, sagte Cyrene und warf mir einen verletzten Blick zu. »Du magst also *doch* Männer?«

»Es tut mir leid«, sagte ich und sank neben ihr in die Knie. Ich ergriff ihre Hand und drückte sie. Ganz gleich, wie oft sie sich in Schwierigkeiten brachte und dann von mir erwartete, dass ich sie da heraushole, sie war immer noch mein Zwilling. Ich verdankte ihr meine Existenz. »Ich wollte dich nicht täuschen, aber ich dachte, es sei stressfreier für alle Beteiligten, wenn du glaubtest, ich hätte kein Interesse an Männern.«

»Du bist die Gefährtin eines Drachen«, sagte sie langsam, als müsse sie dieses neue Bild von mir erst einmal verarbeiten. »Ich kann immer noch nicht ... Bist du sicher, dass wir nicht beide deine Gefährtinnen sind?«, fragte sie den Wyvern der silbernen Drachen.

Gabriel betrachtete sie einen Moment lang.

»Schließlich sind wir identisch«, fuhr sie fort. »May ist eine exakte Kopie von mir. Na ja, sie ist keine Najade, aber ansonsten ist sie mein Duplikat.«

Es hat mir nie etwas ausgemacht, als ihr Zwilling bezeichnet zu werden, aber dass sie mich mit Ausdrücken belegte, die aus mir eine Sache machten, ärgerte mich ein wenig. Ich unterdrückte das Gefühl jedoch, so gut ich konnte: mit Ausnahme des gesunden Menschenverstands – ein Charakterzug, den ich bei meiner Schöpfung übernommen hatte – war ihre Formulierung ja korrekt.

»Du bist geboren worden«, sagte Gabriel sanft und ergriff ihre Hand. »Die schwarzen Drachen sind mit dem Fluch belegt, dass ihnen nie eine Gefährtin *geboren* wird.«

»Aber wenn May ...«, widersprach sie.

»Die Frage ist ganz leicht zu klären«, unterbrach er sie. Seine Fingerspitzen flammten plötzlich auf, und Cyrene zog kreischend die Hand weg, als er ihr Handgelenk berührte.

»Entschuldige, wenn ich dir wehgetan haben sollte«, sagte er und beugte sich über ihren Arm. Erstaunt sah Cyrene ihn an, als er zuerst auf die kleine Brandwunde pustete und dann sachte mit der Zunge darüberfuhr.

Wut stieg in mir auf. Gabriel *leckte* Cyrene.

»Äh …«, sagte ich und trat einen Schritt näher.

»Es ist schon in Ordnung, mach dir keine Sorgen«, sagte Aisling, die den Vorgang mit Interesse verfolgte. »Gabriel hat einen geradezu wundersamen Speichel. Das haben alle silbernen Drachen. Sie machen wundervolle Heilsalben daraus, aber am stärksten wirkt er natürlich direkt aus der Quelle.«

»Äh …« Ich tippte Gabriel auf die Schulter. Er blickte auf. »Das sieht nicht sehr hygienisch aus.«

»Ich versichere dir, es tut ihr nur gut«, erwiderte er lächelnd und ließ mit einer kleinen Verbeugung Cyrenes Hand los.

Die kleine rote Brandwunde war verschwunden.

»Das war wundervoll«, hauchte Cyrene.

Ich unterdrückte meine Irritation. Er tat ja schließlich nur seinen Job.

Allerdings brauchte er es ja nun wirklich nicht so offensichtlich zu genießen, oder?

»Und jetzt May«, sagte Gabriel. Ich blickte ihn einen Moment lang an. Was für einen Mann hatte mir das Schicksal da zugedacht? Ich streckte die Hand aus und sah interessiert zu, wie er ein Symbol aus Flammen auf mein Handgelenk zeichnete. Es brannte sich fröhlich in meine Haut ein, aber ich spürte lediglich eine milde Wärme.

»Drachengefährtinnen besitzen die Fähigkeit, Drachenfeuer zu teilen. Sie können es benutzen und Macht daraus ziehen, wenn sie es brauchen«, sagte er und schaute zu, wie ich die kleine Flamme mit den Fingerspitzen aufnahm. Ich legte die andere Hand dagegen und formte sie zu einer Kugel, die ich einen Moment lang in der Handfläche hielt, bevor ich sie Gabriel zuwarf.

Ein Lächeln breitete sich auf seinem Gesicht aus, als der Flammenball an seiner Brust explodierte und seinen Oberkörper ein paar Sekunden lang in Licht tauchte, bevor er sich auflöste. »Ich glaube, das beantwortet deine Frage, Cyrene.«

»Nicht einmal im Entferntesten«, antwortete sie leise. Ich wich ein paar Schritte von Gabriel zurück. Der Unterton in Cyrenes Stimme erschreckte mich.

»Nun, wie gesagt, es spielt keine Rolle, wie es passiert ist – es ist passiert, und das allein ist schon ein Wunder. Ich hoffe, ihr beide werdet sehr glücklich«, sagte Aisling. Sie umarmte Gabriel und wandte sich dann zu mir, um mich ebenfalls in ihre Arme zu nehmen.

Ich runzelte die Stirn. »Ich fürchte, ich kann dir nicht ganz folgen. Wie, glücklich?«

Sie blickte rasch zu Gabriel. »Äh ... glücklich zusammen.«

Es dauerte ein paar Sekunden, bis ich verstand, was sie meinte. »Oh, wir sind nicht zusammen. Wenigstens nicht so, wie du das meinst.«

»Nein?«, fragte sie verwirrt.

»Nein. Das kann ich nicht. Es ist einfach nicht möglich«, erwiderte ich an Gabriel gewandt. »Es tut mir leid, wenn du angenommen hast, dass eine Art ... romantische Beziehung zwischen uns besteht.«

Seine Augen wurden zu flüssigem Silber. »Du hast gerade akzeptiert, dass du meine Gefährtin bist.«

»Ja, es ist sicher albern, es zu leugnen, wo doch alles darauf hindeutet. Aber deswegen sind wir noch lange kein ... kein Paar.«

Drake blickte seine Frau an. »Du hast sie angesteckt.«

Aisling warf ihm einen empörten Blick zu. »Das habe ich nicht!«

Er kniff seine grünen Augen zusammen und schaute mich an. »Du hast einen amerikanischen Akzent.«

»Ja«, antwortete ich. Was hatte das denn damit zu tun? »Cyrene hat in Louisiana gelebt, als ich erschaffen wurde. Kurz danach bin ich an die Westküste gezogen.« Den Grund dafür erwähnte ich nicht – Magoth war fasziniert von den Anfängen der Filmindustrie gewesen. Er hatte sich in Hollywood niedergelassen, und da ich an ihn gebunden war, blieb mir nichts anderes übrig, als meinen Zwilling zu verlassen.

»New Orleans fehlt mir«, sagte Cyrene wehmütig. »Ich lebe jetzt in London. Es wird zwar kulturell viel mehr geboten, aber mir fehlt dieses ›Je ne sais quoi‹ in den Vereinigten Staaten.«

»Ich wusste es.« Drake nickte Aisling zu. »In Amerika muss irgendetwas im Wasser sein, das amerikanische Frauen zu den eigensinnigsten Geschöpfen auf dem ganzen Planeten macht. Das kannst du nicht abstreiten.«

Sie lächelte mich an. »Wir sind nicht eigensinnig, Süßer – wir sind klug. Wir wollen einfach nur wissen, was wir bekommen, wenn wir uns auf etwas einlassen.«

»Na ja, das ist ein Grund«, sagte ich, um nicht zu viel preiszugeben. »Und außerdem bin ich einfach nicht in der Lage, mehr als eine Fernbeziehung aufrechtzuerhalten.«

»Du bist meine Gefährtin«, sagte Gabriel unbeirrt.

»Ja, ich glaube, das haben wir bereits festgestellt«, erwiderte ich und blickte auf die Uhr. »Es ist schon sehr spät. Da

Cyrene sich von ihrer Verletzung erholt zu haben scheint, machen wir uns besser wieder auf den Weg.«

»Du kannst nicht gehen!«, platzte Maata heraus.

»Ich habe leider noch einige Verpflichtungen, denen ich nachkommen muss.« Ich schaute Gabriel an. »Wir sollten wahrscheinlich in Kontakt bleiben. Lebst du hier in Griechenland?«

»Nein, wir sind nur bei Drake und Aisling zu Besuch, solange sie hier Urlaub machen. Meine Heimat ist Manukau.«

Ich runzelte fragend die Stirn.

»Neuseeland«, fügte er erklärend hinzu. »Aber ich wohne zur Zeit in London, weil sich Kostya angeblich dort aufhalten soll. Zu den Verpflichtungen, die du erwähnst, kann ich nichts sagen, bevor ich nicht nähere Informationen habe, aber ich versichere dir, dass die Gefährtin eines Wyvern wesentlich mehr Zeit und Aufmerksamkeit aufwenden muss, als in einer Fernbeziehung möglich ist.«

Der Nachdruck, den er auf die letzten Worte legte, war unmissverständlich, ebenso wie das Leuchten in seinen Augen.

»Sie wird dich durch die Hölle jagen«, murmelte Drake kopfschüttelnd.

Aisling stieß ihn vor die Brust. »Im Grunde siehst du das richtig, May«, sagte sie. »Lass dir Zeit, Gabriel kennenzulernen. Lass dich von niemandem in etwas hineindrängen. Natürlich ist es zeitaufwändig, die Gefährtin eines Wyvern zu sein, aber es gibt keinen Grund, warum du nicht auch deinem Job nachgehen solltest. Um Gabriel und die silbernen Drachen kannst du dich trotzdem kümmern.«

»Sie ist eine Diebin«, bemerkte Drake.

»Ja, und? Du auch«, entgegnete sie und blickte ihn aus blitzenden Augen an. »Und sie hat wahrscheinlich auch einen sehr guten Grund dafür. Cyrene und May haben vielleicht eine pflegebedürftige Mutter, oder es gibt jemand anders, um den May sich kümmern muss.«

Alle Augen wandten sich mir zu. Ich hob das Kinn und lächelte. »So in der Art. Wenn ihr uns nun entschuldigen wollt, Cyrene und ich müssen gehen. Hast du eine Telefonnummer in London, unter der ich dich erreichen kann, Gabriel?«

Schweigend zog er eine Visitenkarte aus der Tasche und reichte sie mir. Ich steckte sie in die Innentasche meiner Lederweste. »Danke. Es tut mir leid, dass wir euren Abend gestört haben. Es war uns ... ein Vergnügen. Gute Nacht.«

Ich packte Cyrene am Arm und zog sie zur Tür.

»Wir werden euch ins Hotel begleiten«, sagte Gabriel, der plötzlich vor uns stand und uns die Tür aufhielt.

Aisling murmelte etwas davon, dass sie die Bannzauber wegnehmen müsse, und eilte an uns vorbei. Ich schaute mich um. Maata und Tipene sahen unheilverkündend in unsere Richtung. »Warst du ... warst du nicht eben dahinten?«, fragte ich Gabriel.

»Drachen können sich sehr schnell bewegen, wenn es sein muss. Drake, richte bitte Aisling meinen Dank aus für den angenehmen Abend! Wegen des Phylakteriums melde ich mich bei dir. Und nun, meine Liebe ...« Gabriel wies auf die offene Tür.

Ich versuchte einen Blick mit Cyrene zu wechseln, aber sie sah zu Boden und wich mir offensichtlich aus. »Du weißt doch gar nicht, wo wir wohnen«, sagte ich. »Das ist für dich vielleicht ein beträchtlicher Umweg.«

»Du bist meine Gefährtin«, sagte Gabriel. »Nichts, was du von mir verlangst, ist mir zu schwer.«

»Hervorragend. Dann verlange ich von dir, uns alleine zu lassen. Ich rufe dich in ein paar Tagen an, wenn wir wieder in London sind.« Ich schob Cyrene aus der Tür und schlüpfte an ihm vorbei.

»Ich wünschte, es wäre so einfach, aber ich bin leider durch die Sippentradition dazu verpflichtet, auf dein Wohlergehen aufzupassen«, sagte er und folgte uns auf die Einfahrt. Tipene ging auf einen schwarzen BMW zu. Einen Moment lang überlegte ich, ob ich Cyrene Gabriel anvertrauen sollte. Es war nicht zu befürchten, dass er ihr etwas tun würde, aber Drachen waren seltsame Wesen – sie sahen menschlich aus, benahmen sich aber offensichtlich nicht so. Allerdings machte er mir nicht den Eindruck, als ob er seinen Zorn an einer unschuldigen Person auslassen würde.

Cyrene wich meinen Blicken immer noch aus. Das tat zwar weh, aber jetzt war nicht der richtige Zeitpunkt, um mich mit ihr auszusöhnen. Ich erlaubte Gabriel und Maata, mich zum Auto zu begleiten, aber kaum waren wir weit genug von den Lichtern des Hauses entfernt, wurde ich zum Schatten und huschte in die entgegengesetzte Richtung.

Gabriel schrie meinen Namen, aber ich ignorierte ihn. Ich sprang über eine hohe Hecke, wobei ich darauf achtete, mich im tiefsten Schatten zu halten. Aus nächster Nähe konnte er mich vielleicht sehen, aber wenn uns ein paar Meter trennten, war das sicher nicht mehr möglich.

Ich rannte die Straße entlang, durch Gärten, um Häuser

herum, vom Haus des Magiers weg, bis ich sicher war, dass mich niemand mehr verfolgte. Dann schlich ich mich zurück, wobei ich mich vorsichtig umblickte, aber niemand sprang aus den Schatten, um mich zu packen.

Anscheinend versuchte Gabriel noch nicht einmal, mich zu finden. Seltsamerweise ärgerte mich das, aber ich sagte mir, dass das albern und unreif sei. Es gab viel wichtigere Dinge als das Rätsel, das mein Herz lösen wollte.

Trotzig reckte ich das Kinn, straffte die Schultern und ging zum Haus des Magiers.

8

Die Stimmen waren gerade so laut, dass ich sie verstehen konnte, als ich unter dem Wohnzimmerfenster des Erzmagiers Kostich hockte. »... garantieren könnte, dass Sie für den Verlust entschädigt würden, würde das einen Unterschied machen?«

Es war eine Männerstimme ... eine vertraute Männerstimme, die über meine Haut glitt wie Satin. Ich erstarrte. Wieso redete Gabriel mit Dr. Kostich? Warum brachte er nicht wie vorgesehen Cyrene nach Haus?

»Der Gegenstand, der mir gestohlen wurde, ist unersetzlich«, antwortete der Magier. »Keine noch so große Summe Geld könnte mich dafür entschädigen.«

»Dürfen wir davon ausgehen, dass Sie wissen, wo sich die Meisterdiebin Mei Ling aufhält?«, fragte eine dritte Stimme, die ich nicht kannte.

Ich spähte durch das Fenster. Gabriel saß mit dem Rücken zu mir und schaute ruhig zu, wie Dr. Kostich im Zimmer auf und ab ging. Zuerst sah ich keine dritte Person, aber dann tauchte vor dem Fenster eine Silhouette auf. Rasch drückte ich mich wieder flach an die Mauer. Theoretisch konnte mich niemand sehen, wenn ich nachts als Schatten unterwegs war, aber manche Geschöpfe nahmen mehr wahr als andere, und solange ich nicht wusste, mit wem ich es zu tun hatte, wollte ich lieber kein Risiko eingehen.

»Nein, ich weiß nicht, wo sie ist«, antwortete Gabriel. »Ich weiß jedoch, wie ich Kontakt zu ihr aufnehmen kann.

Und ich glaube, ich kann sie überzeugen, ihren Fehler einzusehen.«

Ich schnaubte verächtlich. Was bildete Gabriel sich ein? Glaubte er wirklich, er könne mich kontrollieren, nur weil sich herausgestellt hatte, dass ich seine Gefährtin war?

»Ich finde es recht sonderbar, dass ein Drache Ihres Ranges, ein Wyvern, an einem gewöhnlichen Dieb interessiert ist«, sagte der namenlose Mann langsam. Er hatte einen englischen Akzent, aber ich wusste weder, wer er war, noch, was er mit Dr. Kostich zu tun hatte.

»Ich bin an vielen Dingen interessiert, Diebesfänger«, erwiderte Gabriel mit ruhiger Selbstsicherheit.

Ich erstarrte. Kostich hatte seine Drohung wahr gemacht und einen Diebesfänger zu Hilfe gerufen, einen Kopfgeldjäger der Anderwelt. Diebesfänger waren dafür berüchtigt, dass sie die Gesetze missachteten, um ihr Ziel zu erreichen. Sie galten als gerissen, hartnäckig und ausgesprochen gefährlich.

»Stehen Sie in irgendeiner Verbindung zu Mei Ling?«, fragte der Diebesfänger.

Ich hätte mich nur zu gerne vorgebeugt, um mir diesen Mann anzusehen – damit ich ihm nur ja aus dem Weg gehen konnte –, aber jedes Mal, wenn ich dachte, ich könnte es wagen, hielt mich eine Bewegung in der Nähe des Fensters davon ab.

Gabriels Stimme klang gleichmütig. »Welche Art von Verbindung sollte das denn sein?«

»Das ist die Frage, nicht wahr?«

»Eine Frage ohne jeglichen Belang, weshalb ich auch keine Veranlassung sehe, sie zu beantworten«, erwiderte Gabriel.

»Ich bin der Meinung, dieser Drache protestiert ein bisschen viel«, warf der Diebesfänger ein.

Gabriel erhob sich langsam. »Wenn Sie meinen ...«

»Genug jetzt!«, unterbrach Kostich und stellte sich vor Gabriel. Nachdrücklich sagte er: »Ich bin hin- und hergerissen zwischen dem Verlangen, das zurückzubekommen, was mir gestohlen wurde, und meinem Zögern, jemanden auf die Person anzusetzen, die offensichtlich doch eine Gefahr darstellt. Sie stehen zwar nicht unter dem Schutz des Au-delà, aber wir betrachten die Drachen schon lange als unsere Freunde. Und aus diesem Grund werde ich Ihrem verlockenden Angebot widerstehen und Sie stattdessen warnen, sich weiterhin mit Mei Ling einzulassen.«

»Sie brauchen nicht um meine Sicherheit zu fürchten«, erwiderte Gabriel amüsiert. »Drachen sind bekanntermaßen äußerst schwer zu vernichten, und ich habe keine Bedenken, als Mittelsmann zwischen Ihnen und Mei Ling zu agieren.«

Der Diebesfänger schnaubte.

»Ich muss zugeben, dass auch ich gerne wissen möchte, warum Sie dazu bereit sind«, sagte Kostich.

Gabriel drehte seinen Kopf so, dass ich das Grübchen in seiner Wange sehen konnte. »Sie haben eine großzügige Belohnung ausgesetzt. Sicher sind Ihre Diebesfänger ...« – die Pause, die er machte, betonte das nächste Wort – »... *geeignet*, aber Sie sollten das Interesse nicht unterschätzen, das wir Drachen an solchen Belohnungen haben.«

Meine Finger krampften sich um die Fensterbank, und Wut stieg in mir auf. Um die Belohnung zu bekommen, würde er mich wahrhaftig an Kostich ausliefern. Wollte er deshalb in den Besitz des Drachen-Phylakteriums gelangen?

Nur um mich anschließend zu verraten und die Belohnung zu kassieren? Mir wurde übel bei dem Gedanken, obwohl mein Gehirn mich darauf hinwies, dass ein Wyvern seine Gefährtin wohl kaum solchen Gefahren aussetzen würde.

»Geeignet?« Auch die Stimme des Diebesfängers klang amüsiert. Der Schatten am Fenster bewegte sich, und ich riskierte rasch einen Blick. Aber der Mann war zur Seite getreten, außerhalb meines Blickfeldes.

Ich huschte an den zwei Fenstern vorbei. Alles war still und dunkel, und sogar die Nachtvögel schwiegen, als ich zu einem verdunkelten Fenster schlich. In die Scheibe waren Bannzauber eingeritzt, aber sie konnten mich nicht abhalten. Kurz hob sich meine Laune wieder – anscheinend hatten sie keine Ahnung, mit wem sie es zu tun hatten, und daher konnte ich die magischen Fallen, die Dr. Kostich um die Fenster gelegt hatte, mit Leichtigkeit umgehen.

Im Arbeitszimmer war es dunkel, bis auf ein schwaches Licht oben in der Vitrine, in die ich eingebrochen war. Als Schatten huschte ich durch den Raum zu der Ecke, in der ich die Überwachungskamera gesehen hatte. Darunter blieb ich stehen und lauschte aufmerksam.

Aus dem Zimmer neben mir drangen leise Männerstimmen. Dieser verdammte Gabriel! Wahrscheinlich erläuterte er Dr. Kostich gerade, was er als Belohnung verlangte. Ich presste die Lippen zusammen. Am liebsten hätte ich ihm die Meinung gesagt, aber ich musste mich jetzt um ein wichtigeres Problem kümmern. Aus der Innentasche meiner Weste zog ich eine kleine Silberscheibe mit Klebeband, mit der ich die Kameralinse abdeckte. Auch die Quintessenz nahm ich aus der Tasche. Meine Finger strichen über die unsichtbaren

Kanten des Kästchens, und ein seltsames Verlangen überkam mich. Ich wollte noch einmal ihre Pracht spüren, ihre Schönheit und alles, was sie mir geben konnte, aufnehmen. Warum sollte ich sie Dr. Kostich zurückgeben, wenn der Mann doch offensichtlich ihren wahren Wert gar nicht kannte?

Etwa fünf Sekunden lang kämpfte ich mit mir. Es war verführerisch ... aber schließlich öffnete ich die Vitrine und stellte den unsichtbaren Kasten auf das Regal, wo ich ihn gefunden hatte.

»Ich mag eine Diebin sein«, sagte ich leise, als ich die Vitrine wieder schloss und leicht amüsiert zusah, wie sich die Arkana-Schutzsymbole von selbst wieder zusammenfügten, als wären sie nie gebrochen worden. »Aber deswegen muss ich noch lange nicht unehrenhaft sein.«

Rechtschaffenheit erfüllte mein Herz. Ich wandte mich zum Gehen, konnte mich jedoch nicht bewegen.

»Was zum ...« Meine Füße schienen am Teppich festgeklebt zu sein. Entsetzen stieg in mir auf, als ich herunterblickte und feststellte, dass in den Teppich ein Muster eingewebt war, das nicht auf dem Arkana basierte. Es war etwas Älteres, Elementares, das mich so bewegungslos an Ort und Stelle verharren ließ, als wäre ich festgeschraubt.

Panisch wurde ich zum Schatten, in der vergeblichen Hoffnung, dass mich dies von dem Zauber befreien würde. Ich wehrte und wand mich, und nach und nach gelang es mir, einen Fuß herauszuziehen. Plötzlich jedoch ging die Tür auf, und die Gestalt eines Mannes erschien im Rahmen.

»Würde es Ihnen vielleicht etwas ausmachen, mir zu zeigen, von wo es entwendet wurde? Solche Dinge machen mich immer neugierig«, sagte Gabriel und schaltete das Licht einer Stehlampe neben der Tür ein. Ich erstarrte, mein Herz raste, als mir klar wurde, wie aussichtslos meine Lage war. Ich stand direkt neben der Vitrine und konnte mich nicht aus eigener Kraft fortbewegen, da ein Fuß immer noch am Boden festgeklebt war. Die Lampe stand zwar neben der Tür, gab aber so viel Licht ab, dass jeder mich sehen konnte, wenn ich mich bewegte. Ich saß in der Falle.

»Das ist aber ein merkwürdiger Wunsch«, sagte der Diebesfänger. »Wozu soll das gut sein?«

»Ich habe festgestellt, dass gerade die Dinge, von denen wir es am wenigsten denken, am aufschlussreichsten sind.« Gabriel kam auf mich zu, und seine silbernen Augen glitten gleichmütig über mich hinweg. Einen Moment lang fragte ich mich, ob es im Zimmer dunkel genug war und er mich wirklich nicht sehen konnte. Wenn er mich nicht gesehen hatte, würde er mich sicher sehen, sobald er näher kam. Aber wenn er mich gesehen hatte ... mein armes, verwirrtes Hirn hatte keine Zeit, um darüber nachzudenken. Bevor ich auch nur einen Finger rühren konnte, stand er direkt vor mir, so nahe, dass sein Arm mich streifte, als er sich zu Dr. Kostich und dem Diebesfänger umdrehte.

»Sie haben ein paar hübsche Dinge hier. Stammt diese Fruchtbarkeitsstatue aus Irland?«, fragte Gabriel und wies auf die Vitrine. Sein Körper versperrte mir die Sicht auf die Männer.

Was allerdings auch bedeutete, dass Dr. Kostich und der Diebesfänger mich ebenfalls nicht sehen konnten.

»Aus Wales, glaube ich.« Kostich klang ein wenig gereizt, aber Gabriel schien sich nichts anmerken zu lassen.

»Ach so. Und das ist also die Vitrine? Wurde der Gegenstand daraus entwendet?«

»Ja. Und da somit Ihre Neugier befriedigt ist, würden Sie dann vielleicht die Freundlichkeit besitzen zu gehen? Es ist schon spät«, sagte Dr. Kostich schroff.

»Ich sehe, Sie haben Arkana-Runen zum Schutz benutzt«, sagte Gabriel unbeeindruckt. »Sehr klug. Es gibt nur wenige Wesen, bei denen ihre Wirkung versagt.«

Ganz offensichtlich versuchte Gabriel mich zu schützen, aber ich hielt mich nicht damit auf, mich darüber zu wundern, sondern versuchte weiter meinen Fuß freizubekommen.

»Gibt es einen besonderen Grund für Ihr Interesse?«, fragte Kostich, der sich nicht einmal mehr den Anschein gab, höflich zu sein.

Gabriel lächelte. »Ich bin ein Drache. Wenn es um Schätze geht, sind wir alle sehr interessiert an Sicherheitsmaßnahmen. Ich hatte noch keine Gelegenheit, Arkana-Magie zum Schutz meines eigenen Lagers auszuprobieren, aber ich sehe bei Ihnen, dass ich wirklich einmal darüber nachdenken sollte. Allerdings muss ich zugeben, dass ich mich ungern nur auf eine einzige Art von Magie verlasse. Mir ist die Verwendung vieler verschiedener Methoden lieber.«

»So dumm wäre ich auch nicht. Wenn Sie ein paar Zentimeter nach rechts treten, dann werden Sie von einem bindenden Erdelement festgehalten.«

»Clever«, murmelte der Diebesfänger. »Sehr clever.«

»Ein Erdelement? Sie sind also ein Alchimist?« Gabriel verschob leicht sein Gewicht, vermutlich um mich besser abzuschirmen.

»Ich interessiere mich dafür.«

»Ah. Kann ich also davon ausgehen, dass der Gegenstand, der Ihnen entwendet wurde, alchimistischer Natur ist?«

Jetzt klang Kostich ernsthaft gereizt.

»Mir wurden ein Liquor Hepatis sowie ein anderes Element gestohlen.«

Mein Fuß war beinahe frei. Ich verdrehte ihn mit einer Kraftanstrengung, die meine Muskeln aufbegehren ließ, und sank auf die Knie, als Gabriel sich plötzlich vorbeugte, um in die Vitrine zu spähen.

»Ich hätte schwören können, dass ich gerade etwas gesehen habe ... aber jetzt ist es wieder weg. Muss wohl eine optische Täuschung gewesen sein.«

Ich blickte um Gabriels Hüfte herum, konnte jedoch nur Dr. Kostich sehen, der Gabriel einen Moment lang stirnrunzelnd anschaute, und dann rasch an die Vitrine trat, wobei er mit den Händen ein paar Gesten machte, um den Bindezauber zu lösen. Ich fiel fast um, als mein Fuß plötzlich frei war.

»Was ... da ist sie ja! Die Quintessenz ist wieder da!«

Ich sah Dr. Kostichs Hände, die ein beinahe unsichtbares Objekt hielten. Er öffnete kurz den Deckel, und sofort war der Raum mit einem warmen Schimmer erfüllt. »Aber wie ... ich war sicher, dass sie weg war. Ja, sie war weg. Ich *weiß* es.«

»Was ist es denn?«, fragte Gabriel, als Kostich den Deckel wieder geschlossen hatte.

»Quintessenz«, antwortete Dr. Kostich geistesabwesend. Stirnrunzelnd betrachtete er die Vitrine. »Sie ist von unschätzbarem Wert. Ich weiß nicht, wie ich sie übersehen konnte ...«

»Sehr verwirrend, in der Tat«, warf der Diebesfänger ein.

Ich knirschte mit den Zähnen. Seine Stimme klang unerträglich selbstgefällig. Ich hatte ihn immer noch nicht zu Gesicht bekommen, aber ich wagte es nicht, mich weiter vorzubeugen, aus Furcht, dass er mich sehen könnte.

»Vielleicht ist der Kasten in der ganzen Aufregung über den Diebstahl des anderen Objektes übersehen worden«, sagte Gabriel.

»Nein. Das wäre mir nie passiert. Er hat nicht auf dem Bord gestanden.«

»Aber jetzt steht er da«, erwiderte Gabriel mit seiner glatten, seidigen Stimme. »Und da er jetzt wieder in Ihrem Besitz ist, werden Sie doch sicher Ihre Maßnahmen gegenüber Mei Ling neu überdenken, oder?«

»Ich weiß, ich habe die Vitrine durchsucht ... hm? Oh, nein«, sagte Dr. Kostich entschieden. Er stellte die Quintessenz wieder in die Vitrine zurück und zeichnete das bindende Element neu auf den Boden. Zum Glück war ich ein paar Schritte zurückgewichen. Zwischen mir und den beiden Männern stand Gabriel, und ich konnte nur hoffen, dass ich in dem schwachen Licht unsichtbar war. »Sie muss gefangen werden. Sie hat viel zu viele Personen im Au-delà bestohlen.«

Gabriel war offensichtlich nicht allzu glücklich über die Antwort, aber was sollte er dazu noch sagen, ohne unnötige Aufmerksamkeit zu erregen?

»Und jetzt muss ich darauf bestehen, dass Sie gehen«, sagte der Magier, gerade als ich erneut versuchte, einen Blick auf die beiden Männer zu erhaschen. Ich duckte mich hinter Gabriels breite Schultern und hielt die Luft an. »Ich habe noch einiges zu tun, bevor die Sonne aufgeht.«

Lächelnd wies Gabriel auf die Tür. »Nach Ihnen.«

Dr. Kostich zögerte, ging aber voraus.

Der Diebesfänger verharrte noch eine Weile vor der Vitrine, bevor er sich nach kurzem Schweigen ebenfalls in Bewegung setzte. Gabriel folgte ihm. An der Tür schaltete Gabriel das Licht aus und warf mir dabei einen unergründlichen Blick zu. »Sie können jetzt bestimmt ruhig schlafen, da Sie wissen, dass Ihr kostbarster Besitz vor weiteren Diebstählen sicher ist.«

Ich verzog das Gesicht über seine deutliche Warnung und wartete, bis er die Tür hinter sich zugezogen hatte. Dann eilte ich zum Fenster.

Zweifellos hatte Gabriel mich aus dieser unangenehmen Situation gerettet. Aber jeder wusste, dass Drachen nie etwas umsonst taten. Was mochte er wohl als Entschädigung verlangen?

Der Gedanke ging mir auf dem Weg zurück ins Hotel nicht mehr aus dem Kopf.

Cyrene schlief schon fast, als ich an ihre Tür klopfte.

»Alles in Ordnung?«, fragte ich, als sie aufmachte.

»Ja.« Wortlos ging sie wieder ins Bett und ließ mich verlegen stehen.

Ihre heruntergezogenen Mundwinkel und die Tatsache, dass sie mich nicht anschaute, verursachten mir Schuldgefühle.

»Wie geht es deinem Hals?«, fragte ich.

Sie zuckte mit den Schultern und zog sich die Decke bis ans Kinn. »Gut. Er tut nicht mehr weh.«

»Du siehst nicht gerade glücklich aus«, sagte ich kläglich.

»Das bin ich auch nicht.« Einen Moment lang blickte sie mich vorwurfsvoll an. »Du hast mich angelogen.«

»Ja. Und es tut mir auch leid, aber …« Ich trat ans Fenster und schob die Vorhänge beiseite, um auf die schlafende Stadt zu blicken. In ein paar Stunden würde die Sonne aufgehen, und ein neuer Tag würde beginnen. »Es erschien mir so viel einfacher. Erinnerst du dich noch an die Sechzigerjahre, als du ständig Männer mit nach Hause gebracht und mich gedrängt hast, mit ihnen ins Bett zu gehen?«

»Das taten damals alle«, sagte sie und presste die Lippen zusammen. »Ich wollte doch nur, dass du glücklich bist. Du kamst mir so einsam vor. Und daran scheint sich bis jetzt nichts geändert zu haben.«

»Das ist lieb von dir, aber wilder Sex mit jedem, der über die geeignete Ausrüstung dafür und die nötige Libido verfügt, war noch nie mein Weg zur Glückseligkeit.«

»Aber warum hast du mir das nicht gesagt?«, beklagte sie sich und schlug mit der flachen Hand auf die Bettdecke. »Du hättest mir sagen sollen, dass ich dich nicht mit allen möglichen Männern zusammenbringen soll. Wenn ich daran denke, welche Mühe ich mir gegeben habe, Männer für dich zu finden … und später Frauen … ich könnte weinen, Mayling, wirklich!«

»Cy!« Ich fuhr herum. »Ich habe es dir doch gesagt. Mehrmals. Aber du bist immer nur schreiend weggerannt, wenn ich das Thema aufgebracht habe.«

Ungläubig blinzelte sie mich an. »Ja? Mayling, ich habe nicht ein einziges Mal geschrien und bin weggerannt, wenn du über Männer geredet hast.«

»Nein, nicht Männer, *Mann*. Ein einziger Mann. Der Mann, der der Grund dafür ist, dass ich keine Beziehungen eingehen kann, ob mit Männern oder mit Frauen.«

Als sie begriff, wovon ich sprach, änderte sich ihre Miene schlagartig. Ihr Gesicht wurde kalt und hart, sie schloss die Augen und wandte den Kopf ab. »Ich will nicht darüber reden.«

Ich schwieg einen Moment. »Es spielt keine Rolle«, sagte ich schließlich und ging zur Tür.

»Mayling, warte ...«

Ich drehte mich um. In ihren Augen standen Tränen, und ihr Gesicht war gerötet.

»Es spielt *doch* eine Rolle. Und du hast recht, ich bin dem Thema ausgewichen ... aber was mit mir passiert ist, hat nichts mit dir zu tun.«

Ich zog eine Augenbraue hoch. »Ich bin hier. Also hat es doch etwas mit mir zu tun.«

»Nein«, sagte sie scharf und biss sich auf die Unterlippe. »Du hast recht, du hast immer recht, und ich verstehe jetzt, dass ich zumindest zum Teil schuld daran bin, dass du das Gefühl hast, du könntest nicht offen mit mir sein. Aber das ist vorbei. Wir können darüber reden.«

Ich hob die Hand und ließ sie mutlos wieder sinken. »Ich glaube nicht, dass es etwas nützt, über die Vergangenheit zu reden. Was geschehen ist, ist geschehen, und wir können es nicht mehr ändern.«

»Aber, Mayling, du verstehst nicht«, sagte sie. Sie sprang aus dem Bett, ergriff meine Hand und drückte sie. »Nur weil ich ... weil Magoth ...«

»Du warst fasziniert davon, dass er dich zu seiner Gemahlin machen wollte«, beendete ich den Satz, den sie offensichtlich nicht aussprechen konnte.

»Und deswegen wurdest du erschaffen. Ich bereue es nicht. Du bist wie die Schwester, die ich nie hatte.«

Ich musste unwillkürlich lächeln. Manchmal fragte ich mich, wie sie wohl gewesen wäre, wenn sie mir nicht ihren gesunden Menschenverstand überlassen hätte.

Ihre Miene verfinsterte sich, und sie schlug die Augen nieder. Leiser fügte sie hinzu: »Und ... Menschen sind gestorben.«

»Es ist vorbei, Cy.«

»Nein«, widersprach sie eigensinnig und schüttelte den Kopf. »Ich muss es einmal aussprechen. Weil Magoth mich verzauberte ... weil ich ihm nachgab, zwang er mich, meinen Geliebten zu töten.«

Sie schlang die Arme um sich und sank auf die Bettkante. Ich hasste es, dass sie sich selbst quälte, aber sie musste ein für alle Mal verstehen, in welcher Lage ich mich befand.

»Aber das hat nichts mit dir zu tun«, sagte sie, nachdem sie eine Weile leise vor sich hin geweint hatte.

Ich reichte ihr die Schachtel mit den Taschentüchern, die auf ihrem Nachttisch stand.

»Meine Niederlage, meine Sünden gehen doch nicht auf dich über. Und nur weil du für Magoth arbeitest, muss er doch nicht zwangsläufig versuchen ...«

»Er hat es schon«, unterbrach ich sie.

Sie riss entsetzt die Augen auf.

»Nein, bis jetzt hat er noch keinen Erfolg gehabt; trotz seiner Verführungskünste habe ich einen kühlen Kopf bewahrt. Aber die letzten Male war er nahe dran, Cy, und ehrlich gesagt weiß ich nicht, ob ich dem nächsten Versuch widerstehen kann.«

Sie blickte mich stumm an.

Ich nickte. »Du siehst also, warum ich mich mit keinem

Mann einlassen kann. Wenn Magoth mich in seinen Bann schlägt, dann wird er mich benutzen, um den Mann zu töten, der seine Stellung herausfordert ... und das bedeutet, jeder Liebhaber, jeder Freund, jeder Gatte wäre zum Tode verdammt.«

»Oh, meine arme Mayling, meine arme, unschuldige Mayling!« Tränen rollten ihr über die Wangen. »Aber ... heute Abend ... der Wyvern ...«

»Hat sich für eine gemeinsame Zukunft die falsche Frau ausgesucht«, sagte ich gleichmütig. Aber mein Herz weinte dicke, kummervolle Tränen.

9

»Es ist nicht fair«, sagte ich ins leere Zimmer hinein, als ich die Tür hinter mir schloss.

»Das Leben, meinst du? Nein, das ist es nicht, obwohl wir uns bemühen, das wieder wettzumachen«, antwortete eine Männerstimme. Ich stieß einen leisen Schrei aus, wurde zum Schatten und drehte mich zum Badezimmer, aus dem die Stimme gedrungen war.

Ich fürchte, mein Mund stand ein wenig offen, als ich den Mann sah. Die Kerzen, die überall im Zimmer angezündet waren, tauchten seinen Körper in einen warmen Schimmer. Er trug einen wadenlangen schwarzen Seidenmorgenmantel, eine dazu passende Schlafanzughose ... und sonst nichts. Mein Blick glitt von seinen schönen Lippen, die zu einem sinnlichen Lächeln geformt waren, zu seiner entblößten Brust, die so sehr meinem männlichen Schönheitsideal entsprach, dass mein Mund ganz trocken wurde. »Was tust du hier?«, stieß ich hervor.

Gabriels Grübchen wurden tiefer, und er hielt eine staubige Flasche hoch. »Ich habe etwas zu trinken mitgebracht.«

Mit äußerster Willenskraft gelang es mir, meinen Blick von ihm loszureißen, und so nonchalant wie möglich fragte ich: »Wieso kannst du mich sehen, wenn ich zum Schatten werde? Im Zimmer ist es eigentlich so dunkel, dass du mich nur sehen dürftest, wenn ich direkt neben dir stehe.«

»Du bist meine Gefährtin«, sagte er und ging zu einem kleinen Tisch, auf dem Weingläser standen. »Du kannst dich nicht vor mir verstecken.« Er hob seinen Kopf, als nähme er Witterung auf. »Vor allem nicht vor meiner Nase.«

Ich ließ den Schatten fallen. »Tut mir leid, wenn ich deinen empfindlichen Geruchssinn beleidige.«

»Im Gegenteil«, antwortete er mit seiner tiefen Samtstimme, die mich erbeben ließ. »Dein Duft ist unwiderstehlich.«

Unwillkürlich trat ich zwei Schritte auf ihn zu. »Inwiefern?«

Er goss den Drachenblutwein in zwei Gläser und bot mir eines an. Ich schüttelte den Kopf.

»Du riechst nach ...« Er schloss die Augen und atmete tief ein. »Du riechst nach Wald, nicht nach diesem plätschernden Bach wie dein Zwilling, sondern so, als kämest du aus dunklen, verborgenen Schluchten, kühl und geheimnisvoll, wie dieser kleine, schillernde Vogel, der zwischen der Dunkelheit und dem Licht hin und her fliegt. Dein Wesen ist aus den Düften der Erde entstanden.«

Während er redete, trat er langsam auf mich zu. Seine Worte umschlangen mich wie eine seidene Schnur des Verlangens, das ich mir zwar versagte, aber nicht mehr leugnen konnte.

»Du riechst wie eine Frau, wie *meine* Frau, und ich werde bis ans Ende meiner Tage dankbar sein, dass du mich zum Gefährten erwählt hast.«

Wer konnte solch verführerischen Worten schon widerstehen? Ich schmiegte mich an ihn, und mein Körper erwachte, wie ich es niemals für möglich gehalten hätte. Tief in mir begann es zu prickeln. Ich wich nicht zurück, als sein Atem über mich glitt, sondern hob ihm meinen Kopf entgegen und liebkoste mit meinen Lippen seinen Mund.

Mein gesunder Menschenverstand schrie düstere Warnungen, aber ich konnte nicht aufhören. »Es ist nicht richtig«, flüsterte ich an Gabriels Mund.

»Es sollte so sein«, antwortete er. Er machte keinen Versuch, mich enger an sich zu ziehen, und ich hatte den Eindruck, er hielt sich absichtlich zurück, damit ich mich an ihn gewöhnen konnte. Ich hatte allerdings keine Ahnung, woher er wusste, wie nervös ich wegen meines Mangels an sexueller Erfahrung war, da ich versuchte, so erfahren wie möglich zu wirken.

Verfluchte Nerven, dachte ich, während mein Mund an seiner Kinnlinie entlangglitt. Ich genoss seinen Duft und seinen Geschmack, und das leise Stöhnen der Lust, als ich an seinem Ohrläppchen knabberte, machte mich ganz heiß.

»Mayling, ich werde dich besitzen müssen, wenn du das noch einmal machst«, murmelte er und wand sich unter meinen forschenden Händen.

Mein Magen zog sich zusammen, als er »Mayling« sagte. Cyrene hatte mich seit meiner Schöpfung so genannt, aber nie hatte der Name ein so warmes Glücksgefühl in mir ausgelöst wie jetzt, als Gabriel ihn aussprach. Vielleicht war es ja tatsächlich so, dass wir füreinander bestimmt waren. Warum sollte ich mein Schicksal nicht akzeptieren? Wäre es so falsch, der Versuchung einmal nachzugeben ...?

Ein leichter Schauer lief mir über den Rücken, als die kühle Luft der Klimaanlage über meine bloße Haut strich, aber daran lag es nicht, dass ich erstarrte.

Auf einmal stand mir Magoths Bild vor Augen, unglaublich attraktiv, kühl berechnend.

»Nein«, sagte ich fast schluchzend und stieß Gabriel, der

bereits begonnen hatte, mich auszuziehen, zurück. Rasch knöpfte ich meine Bluse wieder zu und wich vor ihm zurück.

»Was ist, süße May ...?«, fragte er.

»Hör auf!«, unterbrach ich ihn. »Nenn mich nicht so. Er sagt das auch immer. Mir wird übel davon ...«

Gabriel blickte mich aus seinen wissenden Augen an. Ich wandte mich ab. Die Verbindung mit Magoth beschmutzte mich. Wie konnte ich meinem Verlangen nachgeben, wo ich doch wusste, dass es nur in einer Tragödie enden konnte?

»Welches Wort regt dich so auf? Süß?«

Ich nickte. Ich war so ein Feigling, dass ich ihm noch nicht einmal ins Gesicht sehen konnte. Langsam hob ich den Kopf.

Zu meiner Überraschung blickte er mich gar nicht an. Nachdenklich betrachtete er die Flasche Wein und staubte sie mit einem Handtuch ab. »Hast du etwas dagegen, wenn ich dich bei deinem Kosenamen nenne?«, fragte er schließlich.

»Nein, das macht mir nichts aus. Cyrene nennt mich Mayling, solange ich denken kann.«

Er nickte. »Dann nenne ich dich auch so. Setzt du dich jetzt zu mir und trinkst mit mir ein Glas Wein? Wenn du nicht willst, dass ich mich in deiner Nähe aufhalte, gehe ich auf den Balkon.«

Allmächtiger, wie hatte das alles nur so weit kommen können? Unglücklich sank ich auf die Bettkante. »Ich glaube, wir wissen beide, dass ich nichts dagegen habe, wenn du mir nahe bist. Schließlich habe ich dich überall angeknabbert.«

»Nein«, sagte er und setzte sich neben mich, allerdings nicht so nahe, dass er mich berührte. Er lächelte schief. »Nicht überall, nur mein Gesicht. Das habe ich sehr genossen, aber überall?«

Er blickte nach unten. Auch mein Blick glitt über seinen Brustkorb, und ich schluckte. Er war nicht stark behaart, aber die wenigen Haare, die ich sah, sahen weich wie Seide aus. Unter seinem Bauchnabel führte eine verführerische kleine Spur zu seinem Hosenbund und verschwand dort. Am liebsten wäre ich ihr mit Händen und Mund gefolgt.

»Ich habe dir Angst gemacht. Das tut mir leid. Du bist bestimmt von alldem überwältigt, und ich werde von nun an langsamer vorgehen.«

Meine Wangen brannten. »Du meinst, mit dem Sex?«, fragte ich. »Nein, da irrst du dich. Oh, es stimmt natürlich, was Cyrene gesagt hat, und ich fand es nicht angenehm, dass sie das in aller Öffentlichkeit hinausposaunt hat. Ich hatte noch nie zuvor Sex mit einem Mann. Aber ich bin auch keine schüchterne Jungfrau. Ich habe Filme gesehen und Bücher gelesen, und ich habe in den Siebzigerjahren sogar einige Tantra-Seminare besucht. Ich bin nicht prüde, und Sex ist mir nicht fremd; ich habe nur noch nie mit einer anderen Person geschlafen.«

»Ich verstehe.« Seine Augen funkelten, und ich schmolz dahin. Er schubste mich leicht mit der Schulter an. »Magst du duftende Massageöle? Es gibt ein Passionsfruchtöl, das ich schrecklich gerne bei dir ausprobieren möchte.«

Auf einmal fiel mir das Schlucken schwer. »Es geht bei mir nicht um Sex«, stieß ich hervor. »Es geht um Sex mit Männern.«

»Du willst mir doch nicht erzählen, dass du Frauen bevorzugst, oder? Vielleicht gefällt es dir ja mit beiden Geschlechtern? Ich teile diese Vorliebe zwar nicht, aber ich werde dich bestimmt nicht dafür verurteilen. Allerdings werde ich meine Gefährtin mit niemandem teilen, weder mit einem Mann noch mit einer Frau ...«

»Nein«, unterbrach ich ihn und legte ihm unwillkürlich die Hand auf die Brust. Kleine Flammen züngelten aus meinen Fingerspitzen.

Er blickte an sich herunter. »Du hast bereits Kontrolle über mein Feuer. Das ist sehr gut. Aisling konnte Drakes Feuer monatelang nicht kontrollieren, und ab und zu entweicht es ihr immer noch unvermutet. Es freut mich sehr, dass du schon so auf mich eingestellt bist, dass du mein Feuer beherrschst.«

Ich zog erschreckt meine Hand weg und sprang auf. »Lass mich ausreden«, bat ich ihn. »Ich muss dir etwas Wichtiges erklären, und das wird nicht einfach sein.«

»Gut«, willigte er ein und nickte. Er lehnte sich auf dem Bett zurück und stützte sich auf die Ellbogen. »Fahr fort.«

Am liebsten hätte ich mich auf ihn gestürzt, ihm den Morgenmantel vom Leib gerissen und jeden Zentimeter von ihm abgeleckt. Aber ich drehte mich entschlossen um und wandte mich zum Fenster, um meine Libido in den Griff zu bekommen.

»Ich bezweifle, dass du in der Lage bist, lange Erklärungen abzugeben«, sagte er.

»Hörst du bitte auf, meine Gedanken zu lesen!«, sagte ich empört. »Ich wusste gar nicht, dass Drachen das können.«

»Meine Sippe kann das normalerweise auch nicht, aber meine Mutter war aus Australien.«

Ich blinzelte ihn verständnislos an.

»Sie war eine Aborigine, und ihre Wurzeln waren fest in der Traumwelt verankert.«

»Ich weiß nicht, was ...« Ich runzelte die Stirn.

»Die eingeborenen Stämme in Australien glauben, dass es zwei Realitäten gibt – diese und den Traum. Und die Menschen, die in beiden leben können, besitzen oft Fähigkeiten, die von den Sterblichen als übernatürlich angesehen werden.«

»Und dazu gehört das Gedankenlesen? Das muss ja für einen Wyvern praktisch sein.«

Seine Mundwinkel zuckten. »Bis jetzt kann ich nur die Gedanken meiner Eltern und deine lesen.«

Ich war mir nicht sicher, ob ich ihm das glauben sollte, aber das spielte jetzt auch keine Rolle. »Ich will nicht, dass du das Wort ›süß‹ benutzt, weil der Dämonenfürst, der entschlossen ist, mich zu verführen, es ebenfalls tut«, stieß ich hastig hervor, um es hinter mich zu bringen.

Gabriel richtete sich auf. »Ein Dämonenfürst will dich verführen?«

Ich nickte.

Er kniff die Augen zusammen. »Welcher?«

»Magoth. Ich bin an ihn gebunden, Gabriel.« Mein Magen krampfte sich zusammen. »Ich bin eine Dienerin Magoths. Verstehst du jetzt, warum ich nur dem Namen nach deine Gefährtin sein kann?«

Langsam stand er auf. »Warum hast du dich an ihn gebunden?«

»Das habe ich nicht getan.« Ich zögerte einen Moment lang, weil ich mein schmutziges Geheimnis nicht vor ihm ausbreiten wollte, aber etwas anderes als die ganze Wahrheit würde er nicht akzeptieren. »Im letzten Jahrhundert hat Cyrene Magoth zufällig kennengelernt. Ich weiß nicht wo. Das hat sie mir nie erzählt, aber das spielt auch keine Rolle. Er sieht sehr gut aus, und sie verliebt sich leicht, und ... na ja, trotz der Tatsache, dass sie eigentlich glücklich liiert war mit einem österreichischen Troll namens Hugo, verführte er sie.«

»Das ist bedauerlich, kommt aber häufiger vor«, sagte Gabriel.

»Es wäre auch nichts weiter als ein Ausdruck von Cyrenes Schwäche für gut aussehende Männer gewesen, wenn Magoth nicht beschlossen hätte, sie eine Weile behalten zu wollen. Er unterjochte sie. Weißt du, was das ist?«

Gabriel schürzte die Lippen. »So eine Art Zauber?«

»Mehr oder weniger. Er unterjochte sie also und zwang sie, seinen Konkurrenten, ihren Liebhaber Hugo, zu töten.« Ich ballte die Fäuste. »Bei einem Saufgelage, über das ich lieber nichts Genaues wissen möchte, beschloss Cyrene, dass sie gerne eine Doppelgängerin hätte, und da man dazu einen Dämonenfürsten braucht und sie glaubte, sie würde Magoths Gattin werden, bereitete sie alles dafür vor.«

»Aber es lief nicht wie geplant?«, fragte er.

Ich schüttelte den Kopf. »Magoth war Cyrenes überdrüssig geworden. Er hob das Joch auf und willigte unter der Bedingung ein, dass sie ihre Doppelgängerin an ihn binden würde. Da sie für meine Schöpfung ihren gesunden Menschenverstand geopfert hatte – es wird mir auf ewig ein Rätsel bleiben, warum sie nicht ihre Reizbarkeit oder so etwas in der Art gewählt hat –, war sie einverstanden. So wurde ich im Augenblick meiner Schöpfung sofort eine Dienerin Magoths.«

»Und er nutzt deine Fähigkeit zum Schattengehen zu seinem Vorteil«, stellte Gabriel fest.

Ich nickte. »Er versucht, einen Fuß in die Welt der Sterblichen zu bekommen, und schickt mich los, damit ich ihm Dinge besorge, die ihm hier Macht verleihen könnten.«

»Und du hast gedacht, ich wollte dich auf die gleiche Art und Weise ausnutzen«, sagte er. »Aber vermutlich ist der Unterschied für dich wirklich nur unerheblich. Jedenfalls verstehe ich jetzt, warum du dich geweigert hast, mir zu helfen.«

»Ich habe mich nicht geweigert, dir zu helfen«, sagte ich erschöpft und sank auf einen Stuhl. »Ich kann nur keinen Sex mit dir haben. Ich kann dich nicht ... lieben.«

»Liebe ist ein Gefühl, das man nicht einfach erzwingen kann«, sagte er und strich mir über die Wange.

Ich blickte auf. Seine Miene war undurchdringlich.

»Ich würde keine Liebeserklärungen von dir verlangen. Ich würde darauf hoffen, dass das Gefühl sich irgendwann entwickelt, aber ich meine schon jetzt eine Anziehung zu verspüren, die ausreichend ist. Für den Anfang«, setzte er hinzu und streichelte mir erneut über die Wange.

Ich widerstand dem Verlangen, mich an ihn zu schmiegen. »Davon mal abgesehen, bin ich trotzdem nicht die Gefährtin, die du dir wünschst. Oder die du verdienst. Magoth will mich unbedingt verführen, und er hat mir auch schon angeboten, mich zu seiner Gemahlin zu machen. Es wird zunehmend ... *schwieriger*, ihm zu widerstehen.« Er sollte die ganze hässliche Wahrheit wissen. »Ich würde ihn mir nicht für eine Beziehung aussuchen, aber er ist sehr mächtig, und ich weiß, der Tag wird kommen, an dem er trotz all meines Widerstands Erfolg haben wird. Und wenn es erst einmal so weit ist, wird es ein Kinderspiel für ihn sein, mich zu unterjochen, und dann ...«

Nachdenklich blickte Gabriel mich an. »Dann wird er dir befehlen, mich zu töten.«

»Ja.« Ich rieb mir die Finger. »Ich mag dich, Gabriel. Du bist wahrscheinlich ein hervorragender Wyvern und ein guter Mann. Wenn die Dinge anders wären, würde ich nur zu gerne deine Gefährtin – in jeder Hinsicht. Aber ich werde dein Leben nicht für ein paar flüchtige Augenblicke sexueller Lust aufs Spiel setzen.«

Seine Grübchen vertieften sich. »Ich kann dir versichern, es werden mehr als nur ein paar flüchtige Augenblicke sein.«

»Du weißt, was ich meine.«

»Ja.« Plötzlich sank er vor mir auf die Knie und zog mich an sich, sodass ich auf seinen Oberschenkeln zu sitzen kam. »Mayling, mein kleiner Vogel, so sehr daran gewöhnt, die Last der ganzen Welt auf deinen zarten Schwingen zu tragen. Nein, widersprich nicht!« Er küsste mich, und sein Feuer fuhr rasch durch mich hindurch, bevor er sich wieder zurückzog. »Ich bin Wyvern der silbernen Drachen. So leicht bin ich nicht zu töten.«

»Aber ...«

»Mach dir keine Sorgen, Mayling. Du bist meine Gefährtin. Ich werde dich nie aufgeben, auch nicht für einen Dämonenfürsten.«

»Aber ich bin an ihn gebunden«, erwiderte ich. Ich wünschte, ich könnte auf Gabriels Angebot eingehen. »Ich habe doch keine Wahl, verstehst du denn nicht? Er ist widerlich, das personifizierte Böse, das Wesen, das ich auf der ganzen Welt am meisten fürchte, und doch spüre ich, wie ich seinen Verführungskünsten allmählich erliege. Es ist unerheblich, ob du mich aufgibst ... ich werde mich letztendlich selbst aufgeben.«

»Seit hundert Jahren widerstehst du seinen Annäherungsversuchen«, erklärte Gabriel. »Ich werde dir beibringen, wie es dir weiterhin gelingen kann.«

Leise Hoffnung keimte in mir. »Weißt du denn einen Weg, wie ich mich seinem Zauber widersetzen kann?«

»Nun ... nicht direkt. Aber es gibt andere, die es wissen, und die werden wir finden. Mach dir keine Sorgen, mein kleiner Vogel. Du bist mein, und ich gebe nicht auf, was ich besitze.«

Ich blickte tief in seine Augen, und einen Moment lang glaubte ich ihm. Sein Glaube an sich war so unerschütterlich wie seine Zuneigung zu mir. »Selbst wenn wir jemanden finden, der es mir beibringen kann, so kennen wir einander doch erst, na ja ... seit ein paar Stunden. Und so gerne ich dich küsse und berühre ...«

»Und du dir wünschst, mich in dir zu spüren«, sprach er meine Gedanken aus.

Ich schlug mir die Hand vor den Mund und warf ihm einen finsteren Blick zu.

»Selbst wenn all das stimmen würde – und ich wäre dir sehr dankbar, wenn du endlich aufhören würdest, meine unzüchtigen Gedanken über dich zu lesen –, so fühle ich mich doch unwohl bei der Vorstellung, schon am ersten Tag mit dir zu schlafen. Dass ich unerfahren bin, bedeutet noch lange nicht, dass ich schon beim ersten verführerischen Lächeln mit jemandem ins Bett hüpfe.«

Zu meiner Überraschung erlosch sein Lächeln. »Du bist die Gefährtin eines Wyvern.«

»Ja, ich weiß …«, erwiderte ich, aber er unterbrach mich.

»Oder genauer gesagt, du bist meine Gefährtin, und ich muss dich in Besitz nehmen, und zwar körperlich. Danach wirst du mich und die Sippe akzeptieren, und erst dann wirst du vor allem sicher sein außer dem *lusus naturae.*«

»*Lusus* was?«, fragte ich.

Er holte tief Luft, und ich war für einen kurzen Moment abgelenkt, weil sich sein Oberschenkel so fest an mich presste, dass ich keinen klaren Gedanken mehr fassen konnte.

»Gefährtinnen von Wyvern sind selten. Sie werden geboren – oder wie in deinem Fall erschaffen –, um Gefährtin eines Wyvern zu sein.«

»Und?«, fragte ich verständnislos.

»Die *jedes* Wyvern«, fuhr er fort.

Endlich fiel bei mir der Groschen. »Soll das heißen, ich bin nicht nur *deine* Gefährtin, sondern die Gefährtin *jedes* Wyvern?«

»Jedes Wyvern, der keine Gefährtin besitzt, ja. Es gibt vier Wyvern im Weyr … zwei von ihnen haben Gefährtinnen, zwei nicht. Allerdings sind wir nicht ganz sicher, ob einer der Wyvern noch am Leben ist.«

»Es gibt also da draußen andere Wyvern, die ankommen könnten und … ja was? Könnten sie mich dir wegschnappen?«

Gabriel verzog unbehaglich das Gesicht.

»Was? Ist der andere Wyvern kein Mann?«

»Nein, er ist, es ist ... eine lange Geschichte, die ich dir jetzt wirklich nicht zumuten möchte, aber der blaue Wyvern wurde herausgefordert und von einem anderen Wyvern, dem wahren Wyvern, besiegt, deshalb könnte man sagen, es gibt jetzt zwei blaue Wyvern.«

»Ihr Drachen seid seltsam«, sagte ich.

»Und dann ist da noch Kostya.«

»Das ist der Typ, den ich bestehlen soll.«

»Ja. Er behauptet, der Wyvern der schwarzen Drachen zu sein, aber sie existieren als solche eigentlich nicht.«

»Na toll! Dann stehen jetzt also schon drei mögliche Junggesellen auf der Liste«, stellte ich fest.

Gabriel zögerte. »Möglicherweise vier, wenn Chuan Ren nicht auf Abaddon beschränkt ist, wo Aisling sie hinverbannt hat.«

»Die schwangere Aisling hat einen Wyvern in die Hölle geschickt?«, fragte ich erstaunt.

»Sie ist eine Hüterin«, sagte er lächelnd. »Und zwar eine sehr mächtige.«

»Ja, das hört sich so an. Aber das erklärt trotzdem nicht, warum diese vier anderen Wyvern mich als ihre Gefährtin haben möchten. Ich meine, du und ich ... na ja, irgendwie war es doch Liebe auf den ersten Blick.«

Er drückte mich fester an sich. »Du gehörst mir, Mayling. Kein anderer Wyvern wird dich bekommen. Aber solange du mich noch nicht richtig als Gefährten akzeptiert hast, bist du angreifbar. Wir müssen uns heute Nacht vereinigen. Du musst mich als deinen Wyvern und die silbernen Drachen als deine Sippe akzeptieren, sonst bin ich gezwungen, dich ständig vor den anderen Wyvern versteckt zu halten. Und dann habe ich keine Zeit mehr, dich aus den Klauen von Magoth zu befreien.«

Tränen brannten mir in den Augen. Im Gegensatz zu Cyrene, die bei der kleinsten Gelegenheit in Tränen ausbrach, weinte ich selten, aber der Gedanke, dass Gabriel die unsägliche Mühe auf sich nehmen wollte, mich von Magoth zu befreien, berührte mein Herz zutiefst. »Das würdest du für mich tun?«, hauchte ich.

Seine Augen versprachen mir alles. »Wenn du es wünschst, werde ich Himmel und Hölle in Bewegung versetzen.«

Der Augenblick war so romantisch, dass ich es kaum ertragen konnte, aber ich wäre nicht Cyrenes Zwilling gewesen, wenn ich nicht gefragt hätte: »Kann ich dich und deine Sippe nicht auch ohne Sex akzeptieren?«

Er verzog die Lippen zu einem Lächeln. »Schon. Aber es würde nicht annähernd so viel Spaß machen.«

10

»Bedauerlicherweise werde ich vielleicht nicht in der Lage sein, so zärtlich und sanft mit dir umzugehen, wie du es verdienst«, murmelte Gabriel an meinem Schlüsselbein, während er mir rasch und geschickt Bluse und Büstenhalter auszog.

Ich erschauerte, als die kühle Luft über meine heiße Haut strich. Meine Brüste streiften seine Brust, und ich keuchte, als seine Hand tiefer glitt, zu meiner Hose. Ich stand auf und ließ sie mir ausziehen, wobei ich mit wachsender Sorge zuschaute, wie er sich ebenfalls seiner Schlafanzughose entledigte.

»Ich bin klein«, sagte ich, als er nackt vor mir stand.

Seine Lippen zuckten. »Das würde ich nicht sagen. Zierlich ist das bessere Wort.«

»Ja, aber ...« Entsetzt starrte ich auf seinen Penis. Er war etwas dunkler und besaß alle üblichen Attribute, aber er war auch erstaunlich ... na ja, groß. »Du bist viel größer als ich.«

Er lachte leise. Dann nahm er meine Hand und legte sie um sich. »Wir passen zueinander, keine Angst, kleiner Vogel.«

»Ich habe keine Angst. Ich mache mir nur Sorgen.«

»Ich versichere dir, dass ich mich in dieser Hinsicht von anderen Männern nicht unterscheide.«

Ich kniff die Augen zusammen. »Du brauchst mich nicht zu belehren. Ich habe schon nackte Männer gesehen. Und auch Sex ist mir nicht fremd, nur eben nicht mit einem Mann.«

»Es würde mir nicht im Traum einfallen, dich belehren zu wollen. Soll ich mich hinlegen, damit du meinen Körper erkunden kannst?«

»Ich habe diverse Spielzeuge«, sagte ich zu seinem Penis. Es gefiel mir, wie heiß er sich in meiner Hand anfühlte. Da er mich dazu aufgefordert hatte, ließ ich meine Finger darübergleiten. Das Ergebnis bestätigte meine Vermutungen. »Aber keins von ihnen erreicht diesen Grad an ... äh ... Größe. Ich weiß, dass Frauen so gebaut sind, dass sie sich den verschiedenen Formen und Größen anpassen, Gabriel, aber es gibt sicherlich auch Grenzen. Und da wir so unterschiedlich groß sind ... na ja ...«

»May.«

Widerwillig riss ich meinen Blick von seinen unteren Regionen los. »Was ist?«

»Ich verstehe ja, dass du nervös bist. Du bist dir nicht sicher, ob du dich schon darauf einlassen möchtest. Ich wünschte, ich könnte dir mehr Zeit lassen, um dich an die Vorstellung, dass du jetzt meine Gefährtin bist, gewöhnen zu können, aber wir befinden uns im Krieg. Ich muss dich heute Abend in Besitz nehmen.«

»Du bist erregt«, stieß ich hervor.

»Ja.«

»Aber wir haben uns doch gerade erst kennengelernt. Ich bin nicht erregt.«

Er schlang die Arme um mich, und sein Kopf senkte sich über eine meiner Brüste. Seine Zunge glitt heiß über den Nippel, und auf einmal stand mein gesamter Körper in Flammen. Vor Lust stöhnte ich auf. Ich packte seine Schultern. »Oh Gott! In Ordnung, ich nehme alles zurück, ich bin erregt! Mach das mit der anderen Brust auch!«

Stöhnend bog ich mich ihm entgegen und wand mich in einer seltsamen Mischung aus Schmerz und Lust, als er an dem Nippel saugte. Seine Finger zogen Feuerspuren über meine Haut, als er mir das Höschen herunterzog und mich für seine brennende Berührung öffnete.

Ich biss ihm in die Schulter und stöhnte vor Ekstase, als sein Finger in mich stieß und das Feuer sich in mir aufbaute, bis es mir in den Ohren brauste. Sein Mund brannte eine glühende Spur über mein Kinn, und seine Haut fühlte sich an wie heiße Seide. »Ich will ...« Ich brach ab, unfähig, die Empfindungen, die mich in einen Strudel des Verlangens zogen, in Worte zu fassen.

»Was willst du?«, fragte er, und seine Stimme glitt wie Wasser über meine Haut. »Sag mir, was du willst.«

»Ich will ... mehr«, gestand ich. Ich musste ihn in mir spüren, musste das Gefühl haben, dass er mit mir verschmolz.

Er bog meinen Kopf zurück, seine Pupillen waren wie schwarze Schlitze in reinem, flüssigem Silber. Ich wusste auf einmal, dass es stimmte, was er sagte: Wir waren füreinander bestimmt; ich war da, um ihn in diesem Augenblick in mein Leben und meinen Körper aufzunehmen und mich für alle Zeit an ihn zu binden.

»Mein kleiner Vogel, ich muss ... wir müssen das auf Drachenart tun«, murmelte er mit rauer Stimme. »Nur so kann ich dich nehmen.«

Wir sanken zu Boden. Gabriels Mund und Hände bauten das Inferno, das in mir wütete, nur noch mehr auf. Er drehte mich, und sein Körper bedeckte meinen. Mit einem Arm stützte er sich auf dem Teppich ab, mit der freien Hand drückte er mir die Beine auseinander, während ich mich ihm entgegenbog.

Ich griff hinter mich, um ihn zu packen und dorthin zu leiten, wo das Feuer am heißesten brannte. Mit einem leisen Grollen drang er in mich ein, ein harter, glühend heißer Eindringling, den ich mit einem Freudenschrei willkommen hieß. Als er sich bewegte, empfand ich reine Lust. Er stieß fest in mich hinein und atmete keuchend, als er meine Hüften mit einem Arm näher an sich heranzog. Ich schloss die Augen, am liebsten hätte ich vor Freude geweint. Plötzlich jedoch schrie ich auf, als ein brennender Schmerz durch mein Schulterblatt fuhr.

»Das ist mein Brandzeichen, die Markierung der silbernen Drachen«, sagte Gabriel und leckte den Schmerz weg, während er weiter in mich hineinstieß. »Jetzt gehörst du mir.«

In mir baute sich ein Orgasmus auf, von einer Tiefe, wie ich es noch nie erfahren hatte, eine Spannung, die vertraut und fremd zugleich war und sich auf einen strahlenden Punkt hin entwickelte.

Immer fester stieß Gabriel in mich hinein, und dann erreichte ich den Höhepunkt.

Er biss mir in den Nacken und brüllte vor Lust, als er selbst zum Höhepunkt kam. Seine Arme, mit denen er sich zu beiden Seiten meines Körpers aufstützte, schimmerten einen Moment, und Tränen der Lust traten mir in die Augen.

Ein weiteres Mal stieß er in mich hinein und schrie meinen Namen. Ich begrüßte das Feuer, das an meiner Haut leckte, genoss es, bevor ich es beinahe widerstrebend an ihn zurückgab. Meine Brüste rieben sich am Teppich, als Gabriel auf mir in sich zusammensank. Dann rollte er von mir herunter und nahm mich in die Arme.

»Mayling, habe ich dir Angst gemacht? Habe ich dir wehgetan?«

Seine Stimme klang wieder nach Samt und Seide. Ich schlug die Augen auf und blickte ihn an. »Nein, du hast mir nicht wehgetan. Du hast übrigens recht gehabt, obwohl ich wirklich nicht begreife, wie du in mich hineinpasst.«

Lachend zog er mich höher, sodass mein Kopf auf seinem Schlüsselbein lag. Seine Hände glitten über meinen Rücken. »Du bist entzückend. Ich kenne keine Frau, die so ist wie du.«

»Das ist auch unwahrscheinlich«, meinte ich trocken. »Es sei denn, du kennst eine, die mit einem Dämonenfürsten schläft.«

»Es tut mir leid, wenn die Paarung dir Angst gemacht hat«, sagte er.

Ich wählte meine Worte sorgfältig. »Sie hat mich ein wenig überrascht. Diese Intensität habe ich nicht erwartet. Du wirktest so machtvoll, so ... kraftvoll.«

»Wie ein Tier?« Sein Tonfall war leicht, aber er hatte einen merkwürdigen Unterton in der Stimme. Ich richtete mich auf und blickte ihn an.

»Du bist kein Tier, Gabriel. Na ja, zumindest nicht im eigentlichen Wortsinn. Du bist ein leidenschaftlicher Liebhaber, und du wirkst so menschlich, dass ich beinahe vergessen hätte, dass das nicht deine wirkliche Gestalt ist.«

»Ich bin immer das gleiche Wesen, gleichgültig in welcher Gestalt ich erscheine«, sagte er bedächtig und blickte mich voller Wärme an. »Und du bist meine Gefährtin, die Frau, die mein Leben komplett macht. Drachen verändern bei sexueller Ekstase oft ihre Gestalt, aber wenn meine Drachengestalt dir unbehaglich ist, dann werde ich mich bemühen, sie unter Kontrolle zu halten.«

Ich biss mir auf die Lippe. Ich hasste mich zwar dafür, dass ich so jämmerlich war, war aber zugleich unendlich dankbar dafür, dass er seine menschliche Gestalt behalten würde. »Es hört sich bestimmt ziemlich intolerant an, wenn ich sage, dass ich mich mit einer nicht menschlichen Gestalt nicht wohlfühle.«

Er schaltete seine Grübchen ein. »Weißt du eigentlich, dass du bei deinem Höhepunkt zum Schatten wurdest?«

Ich blickte ihn überrascht an. »Nein! Tatsächlich? Das habe ich gar nicht gemerkt. Bist du sicher?«

»Ja. Die Frau, die ich in den Armen hielt, war auf einmal völlig durchsichtig.«

»Das tut mir leid«, sagte ich. »Fandest du es sehr schlimm?«

»Nein. Ich finde nichts an dir schlimm.«

Ich schwieg, um diesen intimen Augenblick nicht zu zerstören. Er zog mich an sich und streichelte träge über meinen Rücken. Als seine Finger über eine empfindliche Hautstelle glitten, fiel mir das Brandzeichen wieder ein. »Was hast du mir eigentlich auf die Schulter gebrannt?«

Er fuhr das Muster mit dem Finger nach. »Es ist das Zeichen der silbernen Drachen. Es bedeutet, dass du meine Gefährtin bist.«

Ich runzelte die Stirn. »Ich weiß nicht genau, ob es mir

gefällt, ein Brandzeichen zu tragen wie eine Kuh. Hättest du mich nicht vorher fragen können?«

»Alle Mitglieder der Sippe tragen das Zeichen, hier unten.« Er berührte eine Stelle oberhalb meines Hinterteils. »Nur Wyvern und ihre Gefährtinnen tragen es höher, auf der Schulter.«

»Lass mich deins sehen.«

Er setzte sich auf und drehte sich so zur Seite, dass ich das Emblem sehen konnte, das in seine Haut gebrannt war. Ich fuhr mit dem Finger über das Muster. Es hatte die Form einer Hand, die eine Mondsichel hielt. »Das ist wirklich schön. Was bedeutet es?«

»Es steht für unsere Beziehung zur Sippe und zur Natur«, antwortete er rätselhaft und zog mich hoch. »Es ist Morgen. Ich wünschte, ich könnte dich schlafen lassen, aber zuerst musst du mich als Gefährten akzeptieren, damit ich die Vorbereitungen treffen kann, um dich der Sippe zu präsentieren.«

Ich blickte zu Boden, wo ich mich vor ein paar Minuten noch in Ekstase gewunden hatte. »Hat ... äh ... hat der Sex nicht schon ausgereicht?«

Er schüttelte den Kopf und blickte mich aus glühenden Augen an. »Du musst mich offiziell zu deinem Gefährten nehmen.«

»Na gut«, sagte ich ein wenig verlegen. Ich stand nackt vor einem schönen, ebenfalls nackten Mann, der sich jederzeit in einen Drachen verwandeln konnte. Mein Mund wurde trocken. »Welche Worte muss ich sagen?«

»Was immer du in deinem Herzen fühlst.«

»Bist du sicher?«, fragte ich ihn nach kurzem Schweigen. »Wir dürfen Magoth nicht vergessen ...«

»Um ihn kümmere ich mich, das verspreche ich dir, Mayling.«

Mein gesunder Menschenverstand warnte mich, aber mein Herz hüpfte vor Freude bei dem Gedanken, dass ich alles haben konnte.

Ich würde darauf vertrauen, dass er die einzige Person war, die eine Beziehung mit mir überleben konnte. »Ich bin May Northcott, Doppelgängerin und deine Gefährtin. Dein Leben ist an meines gebunden, und mein Leben an deines. Du bist nun ein Teil meines Lebens, und ich werde mein Bestes tun, um dich und die silbernen Drachen glücklich zu machen.«

Er umarmte mich. »Ich Gabriel Tauhou, Wyvern der silbernen Drachen, nehme dich zur Gefährtin, um dich zu behüten und zu beschützen, für dich zu sorgen und dich zu lieben bis ans Ende meiner Tage.«

Er küsste mich mit Drachenfeuer, und ich nahm es auf und rieb mich an ihm und entzündete dabei schlummernde Feuer. Grollend warf er mich aufs Bett und küsste eine feurige Spur von meinem Hals zu meinen Brüsten.

»Machen wir es noch einmal?«, fragte ich erstaunt, wenngleich erfreut, als ich sah, dass sich sein Penis erneut aufrichtete.

»Jetzt machen wir es wie die Menschen«, sagte er und hob seinen Kopf aus dem Tal zwischen meinen Brüsten. Sein Blick brannte sich durch meine Haut, und ich zitterte vor Verlangen. »Aber dieses Mal gehen wir es langsam an. Ich werde dir unendliche Lust bereiten und dir genügend Zeit geben, um ...«

Ich packte seine weichen, dünnen Dreadlocks und zog

seinen Kopf zu mir herunter. Dann schlang ich die Beine um seine Hüften und rief: »Jetzt!«

Er lachte, als er in mich hineinstieß. »Mein fordernder kleiner Vogel.«

»Du hast ja keine Ahnung«, stöhnte ich. Ich bog ihm meine Hüften entgegen und küsste ihn leidenschaftlich. »Gib mir dein Feuer! *Bitte!*«

Er sagte nichts mehr, sondern ließ stattdessen sein Drachenfeuer auflodern, bis es uns verzehrte und mich erneut in eine Welt schickte, in der es nur Gabriel und mich gab – und die Glut, die uns einhüllte.

11

»Lass mal sehen, ob ich das richtig verstanden habe.«

Ich rieb mir die Stirn und wünschte mir zum fünfzigsten Mal in den letzten zehn Minuten, dass sich plötzlich ein Portal öffnete und mich verschlang.

»Trotz der Tatsache, dass du mir gerade erst erklärt hast, warum du dich mit keinem Mann einlassen könntest ...«

Kurz wurde Cyrenes Stimme von der Ankunft eines weiteren Feuerwehrwagens übertönt.

»... in den Wind geschlagen und hast mit Gabriel geschlafen? Oh, Mayling! *Wirklich!*«

In der Stille, die herrschte, nachdem die Sirene verklungen war, war Cyrenes Stimme deutlich zu verstehen.

Ich schloss die Augen und fragte mich, was wohl passieren würde, wenn ich plötzlich vor den etwa zwanzig Menschen um uns herum zum Schatten würde. Glücklicherweise schienen die Leute gar nicht so an uns interessiert zu sein. Nur ein großer, drahtiger Mann musterte Cyrene und mich mit offenkundigem, beinahe schon aufdringlichem Interesse.

»Bist du sicher, dass es jetzt auch jeder mitbekommen hat«, zischte ich leise und warf dem Mann einen bösen Blick zu. Er blinzelte, dann ging er weiter.

Cyrene verdrehte die Augen. »Tatsache ist doch, du hast mit Gabriel geschlafen, und ihr hattet offensichtlich so wilden Sex, dass das Bett in Flammen aufging. Ist diese Zusammenfassung der Ereignisse des Abends korrekt?«

Ich nahm sie am Arm und zog sie so weit wie möglich von unserem Publikum weg. Wir standen mit den anderen Gästen etwa einen Block vom Hotel entfernt, während die Feuerwehr den Brand löschte, der die gesamte Etage, auf der sich mein Zimmer befand, zerstört hatte. Hochrot vor Verlegenheit sagte ich: »So war es gar nicht!«

»Und wenn sich dieser äußerst gut aussehende Feuerwehrmann, der dich herausgebracht hat, nicht irrt, dann hat dein kleines Liebesfest mit Gabriel nicht nur die Einrichtung deines Zimmers in Flammen aufgehen lassen – eine Tatsache, die ihr anscheinend beide nicht bemerkt habt –, sondern das Feuer hat sich auch auf die umliegenden Räume ausgebreitet.«

Ich knirschte mit den Zähnen.

»Sehe ich das richtig?«

Ich hob das Kinn und blickte sie an. »Es waren besondere Umstände. Außerdem sind die Brandschutzvorrichtungen des Hotels absolut veraltet. Die Sprinkleranlage ist erst angegangen, als die Vorhänge schon beinahe verbrannt waren.«

Sie musterte mich mit einem merkwürdig gleichmütigen Blick. »Gabriel muss ja ein wahrer Teufelskerl von einem Liebhaber sein.«

»Das gehört nicht hierher«, erwiderte ich so würdevoll wie möglich.

Cyrene schwieg einen Moment lang, dann sagte sie leiser zu mir: »Du hast mit ihm geschlafen. Du hast wirklich mit ihm geschlafen?«

»Ich wollte es eigentlich gar nicht. Ich habe das, was ich

zu dir gesagt habe, ernst gemeint, aber ... aber irgendwie hat Gabriel mich davon überzeugt, dass ich aus der Situation mit Magoth vielleicht herauskommen kann.«

»Bedeutet das Ganze dann ...« Sie machte eine vage Geste. »... dass du ein Drache bist?«

»Ich habe ihn als Gefährten akzeptiert«, erwiderte ich vorsichtig. »Ich glaube nicht, dass ich mich dadurch verändert habe.«

Ein weiteres Feuerwehrfahrzeug traf ein, und wir wichen noch ein Stück zurück. »Was meinst du, was Magoth tun wird?«

»Wahrscheinlich wird er weiter versuchen, mich zu verführen, aber ich glaube ...« Ein warmes Gefühl durchflutete mich, als ich an Gabriel dachte. »Ich glaube, jetzt wird es leichter für mich sein, ihn zurückzuweisen. Die Beziehung zu Gabriel macht mich stark.«

»Ich komme immer noch nicht darüber hinweg, dass du Sex hattest. Nach all den Jahren, in denen ich versucht habe, einen Mann für dich zu finden ...«

»Also, so ganz keusch habe ich nicht gelebt«, erwiderte ich lächelnd. »Das solltest du eigentlich wissen, schließlich hast du mir den Pink-Bunny-Tinglator geschenkt.«

Cyrene lächelte. »Das war ein guter Kauf, nicht wahr? Aber nicht so gut wie ein Mann.«

»Nein, definitiv nicht.«

Sie überlegte einen Moment lang. »War er Mann oder Drache?«

»Wirklich, Cy, spielt das eine Rolle?« Ich legte die Decke, die ich um mich geschlungen hatte, über einen Strauch und schlüpfte in Bluse, Hose und Lederweste, die ich zum Glück noch ergriffen hatte, bevor Gabriel mich aus dem brennenden Zimmer gescheucht hatte.

»Nein, natürlich nicht, ich bin einfach nur neugierig. Ich hatte noch nie Sex mit einem Gestaltwandler, deshalb weiß ich nicht, wie sie es ... äh ... machen.«

»Na, wie jeder andere *Mensch*«, erwiderte ich.

»Ja, aber Drachen sind doch keine Menschen. Sie sind ... na ja, ich vermute mal, sie sind Tiere.«

»Gabriel ist kein Tier«, flüsterte ich wütend. »Er ist ein Drache, und das sind keine Tiere. Es sind ... na, eben Drachen. Für gewöhnlich nehmen sie menschliche Gestalt an, aber manchmal auch andere Gestalten.«

»Und ... hat er es in Drachengestalt gemacht?«

Ich blickte mich suchend nach dem großen, attraktiven Mann um, der der Feuerwehr gerade erklärte, warum mein Zimmer in Flammen aufgegangen war. »Ich möchte wirklich nicht darüber reden.«

»Ja, ich kann mir vorstellen, dass du nicht gerne über Sex mit Tieren reden möchtest, aber ich finde es trotzdem faszinierend.«

Ich warf meinem Zwilling einen bösen Blick zu und flüsterte: »Das war kein Sex mit Tieren!«

»Du hattest Sex mit ihm in Drachengestalt – also mit der guten, alten Missionarsstellung hat das nichts zu tun«, erwiderte sie fröhlich.

»Er war nicht in Drachengestalt. Er hat zwar gesagt, er könnte es, aber er hat es nicht getan, und ehrlich gesagt, bin ich froh ... Ach, das ist albern. Ich werde nichts mehr dazu sagen.«

Cyrene tätschelte mir den Arm. »Versteh mich nicht falsch – ich bewundere dich, wirklich. Ich weiß noch gut, wie früher Zeus ständig um uns herumschwirrte und versuchte, mich und die Schwestern zu verführen. Hattest du schon jemals einen Schwan am Bein? Es ist alles andere als reizvoll, das kannst du mir glauben.«

Ich starrte sie mit offenem Mund an. »*Zeus?*«

»Oh ja, er war ständig hinter uns Najaden her. Er trieb es am liebsten im Wasser, hieß es. Aber wir wollen das Thema nicht weiter vertiefen.«

Dazu gab es auch nicht mehr viel zu sagen, aber ich nahm mir vor, noch einmal die griechischen Sagen zu lesen.

»Da ist er«, sagte Cyrene und blickte Gabriel, der aus der Menge auftauchte, entgegen. Ihre Stimme hatte einen Unterton, der mir nicht gefiel.

»Cy, du bist doch nicht böse, weil ich seine Gefährtin bin und nicht du?«, fragte ich.

Sie überlegte einen Moment lang, dann schüttelte sie den Kopf. »Zuerst schon, aber dann dachte ich mir, was es für dich bedeuten würde, wenn ich ihn dir wegschnappte, und ich beschloss, es nicht zu tun. Du hast einen Mann für dich selbst verdient.«

Mir lag schon auf der Zunge, dass sie ihn mir gar nicht hätte wegnehmen können, aber ich verkniff mir die Bemerkung. Sie sollte ihr Gesicht wahren.

Gabriel blieb vor mir stehen. Sein Gesichtsausdruck war grimmig.

»Was ist los?«, fragte ich.

»Hast du Maata oder Tipene gesehen?«

Ich blickte mich suchend um, konnte aber die beiden großen Bodyguards nirgendwo entdecken. »Nein. Sind sie denn nicht dorthin zurückgegangen, wo du wohnst?«

Er schüttelte den Kopf. »Sie haben hier Zimmer bezogen, um auf dich aufzupassen.«

»Auf mich?« Heiße Wut stieg in mir auf. Es verletzte mich, dass er mir nicht vertraute. »Hast du gedacht, ich würde etwas von dir stehlen und mich damit aus dem Staub machen?«

»Du hast mir schon etwas gestohlen, aber darum geht es nicht.«

Besorgt suchte er die Menschenmenge nach seinen Bodyguards ab. Ich packte ihn am Arm und funkelte ihn böse an. »Wie kannst du es wagen. Ich habe dir überhaupt nichts gestohlen. Ich bin keine echte Diebin, und ich dachte, du hättest das begriffen, nachdem ich dir von Magoth erzählt habe.«

»Mayling ...«

»Wie konntest du all das mit mir machen, wenn du der Überzeugung bist, ich sei nur eine kleine Diebin ...«

Er unterbrach meine Tirade mit der effektivsten Methode, die ihm zur Verfügung stand. Er küsste mich mit einer Leidenschaft, die mir den Atem raubte.

»Mein Herz, mein kleiner Vogel ... du hast mein Herz gestohlen.«

Ich klappte den Mund wieder zu. Ein warmes Gefühl breitete sich in mir aus.

»Ich müsste beleidigt sein, dass du so eine schlechte Meinung von deinem Gefährten hast«, fuhr er fort, »aber dafür habe ich jetzt keine Zeit. Wenn Maata und Tipene nicht hier sind, dann kann das nur bedeuten, dass sie etwas Bedrohliches bemerkt haben, dem sie nun auf der Spur sind. Und das kann nur eins bedeuten.«

»Was?«, fragte ich. Am liebsten hätte ich ihm die Arme um den Hals geschlungen und ihn auf die besorgt gerunzelte Stirn geküsst.

Er sprach den Namen aus, als sei er ein Fluch. »Kostya.«

»Wer ist Kostya?«, fragte Cyrene und trat gähnend auf uns zu. »Warum können wir nicht wieder in unsere Zimmer gehen? Ich muss mein Morgenbad nehmen, sonst bin ich nicht fit für den Tag.«

»Er ist der schwarze Drache, der nicht will, dass Gabriel Wyvern seiner Sippe ist«, sagte ich. Irgendetwas stimmte hier nicht. »Warum gerade Kostya?«, fragte ich Gabriel. »Oder vielmehr, wie?«

Gabriel warf mir einen verwirrten Blick zu.

»Du hast doch gesagt, deine Bodyguards wollten mich beschützen, aber warum ist das überhaupt nötig? Es weiß doch noch niemand von mir. Wir sind uns doch gerade erst begegnet.« Ich blickte auf meine Armbanduhr. »Vor nicht einmal zwölf Stunden. Woher soll Kostya denn wissen, wer ich bin, geschweige denn, dass ich deine Gefährtin bin.«

»Da hat sie recht«, warf Cyrene ein.

»Er ist Drakes Bruder«, entgegnete Gabriel.

Ich zog eine Augenbraue hoch. »Ich dachte, Drake und Aisling wären deine Freunde. Würde er dich denn so einfach an seinen Bruder verraten?«

Einen Augenblick lang stand ein unbehaglicher Ausdruck in seinen Augen. »Unser Verhältnis war in der letzten Zeit ... ein bisschen belastet. Es gab bedauerliche Vorfälle, durch die ich ein wenig ins Zwielicht geraten bin.«

»Bedauerliche Vorfälle?«, fragte ich und musterte ihn. »Was für bedauerliche Vorfälle?«

Er ergriff meine Hand und zog mich den Bürgersteig entlang. Ich packte Cyrene am Arm und zog sie mit.

Unruhig blickte Gabriel sich nach seinen Leibwächtern um. »Das ist eine komplizierte Geschichte.«

»Oh, oh. Wie komme ich nur darauf, dass es mehr mit Aisling zu tun hat als mit Drake?«

Er grinste. »Bist du etwa eifersüchtig?«

»Oh ja.«

Er blieb stehen. Sowohl überrascht als auch erfreut sah er mich an. »Tatsächlich?«

»Sie ist hübsch, mächtig und die Gefährtin eines Wyvern. Außerdem hat Drake gesagt, dass du dich immer einmischst bei ihr, und da habe ich gedacht, dass du vielleicht etwas mit ihr gehabt hast.«

Lachend drückte er meine Hand. »Das ist schmeichelhaft für mich, aber die Wahrheit wird dich wohl kaum eifersüchtig machen. Aisling hat immer nur Drake geliebt.«

»Und was war dann der bedauerliche Vorfall?«

»Ist es in Ordnung, wenn ich euch hier ein paar Minuten lang stehen lasse?«, fragte er und parkte uns neben einer Gruppe von Polizisten.

Ich verzog das Gesicht. »Ich passe schon seit mehr als achtzig Jahren auf mich selber auf, und Cy ist über zwölfhundert Jahre alt, deshalb werden wir ja wohl noch in der Lage sein, hier stehen zu bleiben, ohne dass eine Katastrophe über uns hereinbricht.«

Cyrene schlug mit dem Ende ihrer Decke nach mir. »Du sollst ihm nicht sagen, wie alt ich bin. Du weißt doch, wie empfindlich ich in diesem Punkt bin.«

»Was war der bedauerliche Vorfall?«, fragte ich noch einmal, weil ich meine Neugier einfach nicht unterdrücken konnte.

»Ich habe Aisling und Drake verraten. Bleib hier, solange ich mit dem Taxifahrer spreche!«

Gabriel verschwand in der Menge, noch bevor ich antworten konnte.

»Hat er gerade gesagt, er hat sie verraten?«, fragte Cyrene.

Ich nickte. »Ja. Was er doch für ein interessanter Mann ist.«

»Drache.«

»Er steckt voller Überraschungen. Wenn du denkst, du hast ihn durchschaut, offenbart er eine neue Seite an sich.«

»Ach du liebe Güte«, sagte Cyrene nachdenklich. »Das hört sich alles so exotisch an. Und dann kann er auch noch seine Gestalt verändern. Ich habe mir schon gedacht, dass das unglaublich erotisch sein müsste. Ob ich denn wohl auch jemanden kenne, der das kann ...«

Gabriel kam zurück. Er wirkte noch besorgter und fluchte leise. Bevor ich fragen konnte, was los war, führte er uns zu einem Taxi.

»Kein Glück?«, fragte ich ihn, als wir einstiegen.

»Nein, ich werde Drake um Hilfe bitten müssen.«

»Ist das klug, wenn er doch mit seinem Bruder zusammenarbeitet?«

»Ich habe nie behauptet, dass er mit Kostya zusammenarbeitet – aber es ist sehr wahrscheinlich, dass er seinem Bruder von dir erzählt hat. Vielleicht hat er ja geglaubt, dass Kostya dann aufhört, uns anzugreifen.« Er schüttelte den Kopf. »Verflucht! Ich wollte Drake in all das nicht hineinziehen, aber ich sehe keine Alternative.«

»Ich helfe dir nur zu gerne«, sagte ich und berührte seine Hand.

Sein Lächeln hätte Stahl zum Schmelzen bringen können. »Ich zähle auf deine Unterstützung, Mayling.«

Ich konnte seinen Grübchen nicht widerstehen und gab ihm einen Kuss. »Habe ich dir schon gesagt, was du für schöne Augen hast?«

»Ich werde jetzt aus dem Fenster schauen«, verkündete Cyrene. »Voyeurismus ist nicht mein Ding.«

»Nein«, beantwortete Gabriel meine Frage und knabberte an meiner Unterlippe. »Aber sie sind nicht annähernd so faszinierend wie deine wunderbaren, geheimnisvollen Teiche, mein kleiner Vogel.«

»Es sind doch einfach nur blaue Augen«, sagte ich lachend.

»Hallo! Es sind *meine* Augen, die du gerade so geringschätzig abtust, und darüber sind Oden geschrieben worden! Na ja, eine Ode und ein Sonett und ein paar Limericks, obwohl die eigentlich eher meinen anderen Körperteilen galten.«

Eine halbe Stunde später standen wir vor der gemieteten Villa, die bei Tageslicht sogar noch hübscher war.

»Es ist noch ziemlich früh«, sagte ich zu Gabriel, als er das Taxi bezahlte und zum Eingang ging. »Meinst du, sie sind schon auf? Die Nacht war ziemlich lang.«

»Sie sind auf«, sagte er mit rauer Stimme.

»Woher weißt du das?«, fragte ich.

Er zeigte zur Garage neben dem Haus, in der ein elegantes schwarzes Autos stand. »Das ist nicht Drakes Wagen.«

Cyrene und ich blieben ein paar Schritte zurück, als Gabriel an die Tür hämmerte.

»Diese Drachen sind immer so furchtbar ernst, findest du nicht auch?«, sagte Cyrene und musterte Gabriel besorgt.

»Ich glaube, es geschieht einiges, von dem wir nicht einmal eine Vorstellung haben«, antwortete ich. Ich fragte mich, ob das Auto wohl Drakes Bruder gehörte. »Aber im Großen und Ganzen hast du natürlich recht – ja, sie sind ernst. Was nicht zwangsläufig ...«

István öffnete die Flügeltür. Er schien nicht überrascht zu sein, uns zu sehen. Allerdings schien er sich auch nicht zu freuen, aber er sagte nichts und trat einen Schritt zurück, um uns einzulassen.

Cyrene fasste sich an den Nacken, als sie ihn sah, ging aber mit ihrer üblichen Anmut und Grazie an ihm vorbei.

Ich prallte gegen einen Bannzauber, und sosehr ich meinen Körper auch verdrehte, es gelang mir nicht, über die Schwelle zu schreiten.

»Tut mir leid«, sagte ich schließlich und wich zurück. »Ich komme nicht durch.«

»Er ist gegen dunkle Wesen«, sagte István und warf mir einen misstrauischen Blick zu.

»Aisling muss ihn einfach auflösen«, sagte Gabriel und ging hindurch. »Ist sie da?«

»Auf der Terrasse.«

»Aisling? Könntest du bitte den Zauber lösen, damit May hereinkommen kann?«, rief Gabriel mit lauter Stimme.

Die Person, die von der Terrasse auftauchte, war jedoch nicht Aisling. Es war ein Mann mit dunklen Haaren und dunklen Augen, ein wenig größer als Gabriel, aber schlanker, mit wesentlich weniger Körpermasse. Das schien jedoch keine Rolle zu spielen – er flog förmlich auf Gabriel zu, und beide taumelten gegen die nächste Wand.

12

»Was ...« Cyrene blickte verwirrt auf die beiden Männer, die sich kämpfend auf dem Fußboden wälzten.

Ich wartete erst gar nicht ab, was geschah – ich wurde zum Schatten, rannte um das Haus herum und sprang über den Zaun, um in einem Tempo zur Terrasse zu kommen, das ich selbst nicht für möglich gehalten hätte.

Drake half gerade Aisling wieder auf die Beine, und Jim rannte aufs Haus zu. Ich lief an den beiden vorbei.

»Was um alles in der Welt – was war das? Drake, hast du gerade auch jemanden ...« Und dann war ich drinnen und warf mich auf den Rücken des Mannes, der Gabriel zu erwürgen versuchte. István hielt ihn an einem Arm fest, Pál am anderen, aber sie konnten nicht viel ausrichten.

Ich packte mit beiden Händen seine Haare, stemmte meine Knie als Hebel gegen seinen Rücken und zog ihn nach hinten.

Der Mann schrie, als er mit dem Kopf auf dem Steinboden aufschlug.

»Was ist hier los – du lieber Himmel! Ist das May da auf Kostya? Sie ist so schwer zu sehen, sie ist ja fast durchsichtig. Gabriel, ist alles in Ordnung?«, fragte Aislings Stimme.

»Hört auf!«, brüllte Drake, aber ich ignorierte ihn. Ich saß auf Kostya und schlug seinen Kopf auf die Fliesen. »Gabriel! Halt deine Gefährtin zurück!«

»Mayling, du musst aufhören. Kostya hat einen zu dicken Schädel, du machst nur die Fliesen kaputt.«

Ich betrachtete den Mann finster und stellte befriedigt fest, dass eins seiner Augen bereits zuschwoll. Anscheinend hatte es Bekanntschaft mit Gabriels Faust gemacht. »Na gut, aber nur weil du ihn heilen müsstest, wenn er ernsthaft verletzt wäre.«

»Du bist wirklich zu umsichtig«, bemerkte Drake trocken. Gabriel, der ein wenig keuchte, ergriff meine Hand und zog mich an sich.

Ich blickte ihn an. Von seiner Oberlippe tröpfelte Blut, und am Hals hatte er blaue Flecken, die aber bereits blasser wurden, noch während ich hinschaute. »Alles in Ordnung?«

»Ja.« Er räusperte sich. »Mir geht es gut, aber das nächste Mal wüsste ich gerne vorher, wenn Kostya vorhat, mich umzubringen.«

Kostya erhob sich gerade, und ich freute mich insgeheim, als ich sah, dass niemand ihm half. Er schwankte ein wenig, und sein Gesicht war übel zugerichtet, aber das blaue Auge wurde bereits besser. Er äußerte etwas in einer Sprache, die slawisch klang.

Seufzend ergriff Drake Aislings Arm. »Warum hast du ihn denn überhaupt angegriffen, Kostya? Wir haben dir doch schon gesagt, dass Gabriel das Phylakterium nicht hat.«

»Das Phylakterium?« Gabriel runzelte verwirrt die Stirn. »Was soll das, Kostya?«

»Komm auf die Terrasse, dann erklären wir es dir«, sagte Aisling. Sie wirkte erschöpft. Ich dachte schon, Drake würde sie tragen, aber sie warf ihm einen warnenden Blick zu und ging zu einer bequemen Rattan-Couch mit Blick auf Garten und Strand.

Wie mochte es wohl sein, so geliebt zu werden? Trotz meiner Beziehung zu Cyrene war ich die meiste Zeit meines Lebens allein gewesen – sie hatte ihre Najaden, und ich hatte Magoth.

»Was ist los?«, fragte Gabriel leise. Er stand hinter mir und legte mir in einer besitzergreifenden Geste die Hand auf die Schulter, was mir jedoch seltsamerweise gefiel. »Du machst ein Gesicht, als ob du gerade auf einen Mistkäfer gebissen hättest.«

»Ich habe an Magoth gedacht«, antwortete ich.

»Mach dir keine Sorgen, mein kleiner Vogel. Alles wird gut.«

Ich klärte ihn nicht darüber auf, dass ich keineswegs darüber nachgedacht hatte, ob Magoth mich überreden würde, Gabriel zu zerstören – seit ich spürte, wie stark das Band zu Gabriel war, hatte ich kaum noch Angst vor Magoths Verführungskünsten. Ich hatte mich gefragt, wie es wohl sein mochte, mit Gabriel zu leben, sein Kind zu tragen und mich von ihm wie das kostbarste Geschöpf auf diesem Planeten behandeln zu lassen. Und auch die Aufmerksamkeit, die zwischen Drake und Aisling herrschte, fand ich bemerkenswert. Nicht, dass sie einander häufig berührten, aber sie schienen sehr aufeinander zu achten, und wenn Aisling sich nur ein wenig bequemer hinsetzte, war Drake sofort zur Stelle, um ein Kissen aufzuschütteln oder ihr ein Glas näher hinzuschieben.

Ich fragte mich, ob dieses Band zwischen ihnen wohl einzigartig war oder ob es bei mir und Gabriel auch so sein würde.

Leicht glitten seine Finger über meinen Nacken, wie eine unausgesprochene Antwort.

»Kostya behauptet, du hättest das Phylakterium«, sagte Drake.

Sein Bruder, der auf der Terrasse auf und ab ging, fuhr herum und blickte Gabriel böse an. »Niemand sonst würde es stehlen! Er muss es haben. Ich verlange, dass er es mir zurückgibt.«

Gabriels Finger schlossen sich fester um meine Schulter. »Abgesehen von der Tatsache, dass ich das Phylakterium nicht habe, hast du überhaupt keinen Anspruch darauf. Drake hat es in Fiats Lager gefunden – wenn jemand Anspruch darauf erheben kann, dann wohl Drake ... oder schlimmstenfalls Fiat. Aber nicht du, Konstantin Nikolai Fekete.«

Dem schwarzen Drachen gefiel offensichtlich nicht, dass Gabriel ihn mit seinem vollen Namen ansprach, und ich konnte ihn verstehen. Namen besitzen Macht, und ich würde auch nicht wollen, dass ein Wyvern, gegen den ich mehr oder weniger Krieg führte, meinen gegen mich verwendete.

Kostya knurrte und wäre auf Gabriel losgegangen, wenn nicht István und Pál neben ihm Position bezogen und ihn festgehalten hätten.

Ich sprang auf und wurde zum Schatten, bereit, mich auf ihn zu stürzen, falls Drakes Männer ihn nicht unter Kontrolle halten konnten.

»Ich glaube, du bist eher ein Falke als eine Amsel, Mayling«, murmelte Gabriel und drückte mich sanft wieder in den Stuhl zurück. »Mach dir keine Sorgen wegen Kostya.«

»Mei Ling?«, fragte Kostya und verzog überrascht das Gesicht. »Mei Ling, die Meisterdiebin?«

»Sie ist keine Diebin, jedenfalls keine echte«, erwiderte Gabriel mit blitzenden Augen. »Sie besorgt die Objekte nur für ihren Arbeitgeber, mehr nicht.«

»Und du behauptest, du hättest mein Phylakterium nicht gestohlen?« Kostya wandte sich wütend an seinen Bruder. »Was für Beweise brauchst du denn noch? Sie ist eine Diebin und seine Gefährtin. Anscheinend hat sie es gestohlen, um ihm zu gefallen.«

»Das kann nicht sein.« Aisling schüttelte den Kopf.

»Gabriel und May sind sich gestern Nacht zum ersten Mal begegnet«, erklärte Drake.

»Pah! Das wollten sie euch glauben machen, aber ich lasse mich nicht so leicht täuschen wie du, Bruder. Sie arbeiten zusammen, und ich werde nicht zulassen, dass sie ihre infamen Pläne durchführen.«

Der berechnende Blick, den er mir zuwarf, jagte mir einen kalten Schauer über den Rücken. »Gabriel«, flüsterte ich aufgeregt und schmiegte mich eng an ihn. »Ich glaube, wir haben ein Problem.«

»Er wird dir nichts tun«, versicherte er mir mit lauter Stimme. »Du brauchst keine Angst um deine Sicherheit zu haben, Gefährtin. Er wird dich nicht anfassen.«

»Das habe ich nicht gemeint«, sagte ich. Ich wollte ihm erklären, dass Kostya möglicherweise Dr. Kostich, der ja die Belohnung auf meinen Kopf nicht zurückgezogen hatte, Informationen weitergeben könnte, um das Geld zu kassieren. Mit einem mächtigen Erzmagier an der Seite standen ihm ganz andere Möglichkeiten zur Verfügung.

Bevor ich jedoch all dies vorbringen konnte, begann Kostya erneut über die Ungerechtigkeiten zu wüten, die ihm zugefügt worden waren. »Ich schwöre euch, dass die schwarzen Drachen wieder zurückgewinnen werden, was ihnen einst gehörte!«

»Oh, nicht schon wieder«, stöhnte Aisling. »Was meinst du, können wir ihn nicht vorspulen?«, flüsterte sie ihrem Mann zu.

»Wir werden dem Tod ins Auge schauen, um den Stolz und den Ruhm der Sippe wiederherzustellen«, erklärte Kostya mit großartiger Geste.

»Es reicht!«, brüllte Gabriel plötzlich. Alle zuckten erschreckt zusammen. »Ich habe jetzt genug von deinen Spielchen, Kostya. Ich kann nur vermuten, dass du Drake mit diesen ungeheuerlichen Behauptungen gegen mich einnehmen willst, aber ich werde nicht länger meine Zeit damit verschwenden, mich zu verteidigen. Es gibt wichtigere Dinge, um die wir uns kümmern müssen.«

Jim setzte sich neben mich und erklärte leise: »Drake hat – als neutraler Vermittler – Kostya und Gabriel dazu gebracht, hierherzukommen und miteinander zu reden. Das war natürlich, bevor du versucht hast, Kostya auf dem Steinboden das Gehirn aus dem Kopf zu schlagen. Jetzt ist die Atmosphäre wahrscheinlich ein wenig angespannt.«

Ich warf dem Dämon einen Blick zu, den er grinsend erwiderte.

»Ihr könnt eigentlich auch jetzt gleich miteinander reden«, sagte Aisling. »Der Zeitpunkt ist wahrscheinlich so gut wie jeder andere.«

»Ich werde keine Friedensgespräche mit Kostya führen, bevor er nicht Maata und Tipene freilässt«, entgegnete Gabriel.

Kostya blickte ihn überrascht an. »Ich weiß nicht, wovon du sprichst.«

»Maata und Tipene sind weg?«, fragte Aisling. »Ich habe mich schon gewundert, wo sie sind. Kostya ...«

»Ich weiß nicht, wovon er redet«, wiederholte Kostya lauter. »Ich habe überhaupt nichts mit seiner Sippe zu tun. So lautet doch die Vereinbarung, die wir getroffen haben.«

»Eine Vereinbarung, die du einfach ignoriert hast, als du die Gelegenheit hattest, meine Leibwächter gefangen zu nehmen«, fuhr Gabriel ihn an.

»Wenn ich einen silbernen Drachen aus dem Verkehr ziehen wollte«, erwiderte Kostya mit leiser, bedrohlicher Stimme, »wäre er nicht verschwunden, sondern tot.«

Gabriel zitterte am ganzen Körper, so sehr musste er sich beherrschen. »Ich glaube dir nicht«, sagte er schließlich.

Kostya zuckte mit den Schultern. »Das interessiert mich wenig. Vielleicht behauptest du ja nur, sie seien verschwunden, damit Drake Mitleid mit dir hat.«

»Anscheinend sind wir wieder mal in eine Sackgasse geraten.« Gabriel knirschte mit den Zähnen.

»Und daran wird sich auch nichts ändern, bis du mir mein Phylakterium zurückgibst«, schrie Kostya.

»Du wirst Maata und Tipene unverletzt freilassen, sonst werde ich beenden, was vor Jahrhunderten begonnen wurde!«, erwiderte Gabriel wütend. Seine Augen glühten.

Ich stand auf und ergriff seinen Arm. Pál und István traten wieder näher an Kostya heran. Die beiden Wyvern funkelten einander böse an. Ich spürte, wie das Feuer in Gabriel wütete, aber er hielt es unter Kontrolle.

»Dann gibt es nichts mehr zu sagen. Dieses Treffen war reine Zeitverschwendung.« Kostya riss sich von den beiden grünen Drachen los und verbeugte sich vor Aisling. »Ich wünsche euch einen guten Tag, Aisling, Bruder ...«

Dann trat er einen Schritt auf Gabriel zu, blickte jedoch mich aus seinen schwarzen Augen an. Mir lief es kalt über den Rücken. »Was dich angeht, Meisterdiebin ...«

Gabriel trat vor mich und hüllte uns in einen Feuerring ein. »Bedrohst du meine Gefährtin?«

Ich starrte erstaunt auf Gabriels Rücken. Dass mein samtzüngiger Gabriel zu einer solch nackten Wut fähig war ...

»Du solltest gar keine Gefährtin haben«, zischte Kostya. »Kein silberner Drache hat eine Gefährtin verdient, da sie die Gefährtin des schwarzen Wyvern gestohlen haben.«

»Wir haben sie nicht gestohlen! Wir haben uns nur zurückgeholt, was uns gestohlen wurde! Ysolde de Bouchier war ein silberner Drache!«

»Das gehört jetzt nicht hierher«, sagte Drake und trat zwischen die beiden Streithähne. Gabriel wich sofort zurück und legte den Arm um mich. Drake warf seinem Bruder einen warnenden Blick zu, und schließlich gab auch Kostya nach.

»Über eine zukünftige Vereinbarung zwischen Kostya und den silbernen Drachen zu sprechen ist sinnlos, solange Maata und Tipene nicht freigelassen worden sind«, sagte Gabriel.

»Ich habe nichts damit zu tun!«, schrie Kostya und schlug mit der Faust auf einen Metalltisch.

»Wenn nicht du, wer dann?«, sagte Gabriel. »Wer sollte denn den silbernen Drachen sonst etwas zuleide tun wollen? Fiat? Sein Kampf hat mit uns nichts zu tun. Bastian und seine blauen Drachen sind Freunde der silbernen Drachen, und wir hegen auch keinen Groll gegen die roten Drachen, ob ihr Wyvern nun Chuan Ren ist oder ein anderer. Zwischen der grünen und der silbernen Sippe herrscht seit Langem ein Verhältnis, das von Freundschaft und Vertrauen geprägt ist.«

»Und deshalb hast du dich auch an Fiats Seite gestellt, um Drake zu vernichten und Aisling zu deiner Gefährtin zu machen, was?«, sagte Kostya höhnisch.

Ich blickte den Mann neben mir an. Er presste die Kinnmuskeln zusammen und erwiderte: »Es war nie meine Absicht, Drake oder die grünen Drachen zu vernichten. Fiat hatte beides im Sinn, und ich habe nur dafür gesorgt, dass die Zerstörung auf ein erträgliches Maß begrenzt wurde.«

Nachdenklich musterte ich die hochschwangere Aisling. Sie lächelte leise. »Er wollte niemals *mich*, weißt du. Er wollte nur eine Gefährtin.«

Mein Magen zog sich zusammen, und ich fragte mich angstvoll, ob er mich nur deshalb so begeistert in Empfang genommen hatte, weil er endlich eine Gefährtin hatte.

»Nein«, sagte er, ohne Kostya aus den Augen zu lassen.

Es spielte keine Rolle ... oder vielmehr, es spielte doch eine Rolle, aber jetzt war nicht der richtige Moment, um den Mann zu prüfen, an den ich mich gebunden hatte. Wie Gabriel gesagt hatte, es gab Wichtigeres wie zum Beispiel die Frage, wo sich Maata und Tipene befanden.

Trotzdem ging mir der Satz nicht aus dem Kopf. *Er wollte nur eine Gefährtin.*

13

»Nun, das muss man Gabriel lassen – was Häuser anbelangt, hat er einen guten Geschmack.« Cyrene stellte ihren Koffer auf dem dicken Teppich in der Eingangshalle ab. »Ich hoffe, der Rest ist ebenso schön wie der Eingang. Es ist viel hübscher als meine Wohnung und auf jeden Fall besser als das dunkle Loch, das du bewohnst. Wie viele Zimmer hat es, hast du gesagt?«

»Sieben Schlafzimmer.« Ich schloss die Haustür auf und gab den Sicherheitscode ein, den ich mir auf einem kleinen Zettel notiert hatte.

»Dann nehme ich Gabriels Einladung, bei dir zu bleiben, bis er kommt, dankend an«, sagte sie und öffnete eine Tür. »Hier ist das Wohnzimmer. Meinst du, die Küche ist dahinten?«

»Ich nehme es an.« Einen Moment lang blieb ich im Flur stehen und dachte, dass Cyrene mit ihrer Beurteilung, was das Haus anbelangte, absolut richtiglag. Es war zwar keine riesige Villa, aber es lag in Marylebone, mitten in London, und schien nicht üppig, aber elegant möbliert zu sein. Ich berührte die halbhohen Holzpaneele an der Wand mit dem Finger, bevor ich Cyrene folgte. Sie erkundete das Haus und stieß begeisterte Entzückensschreie aus, während wir von Raum zu Raum gingen. Ich bewunderte das Wohnzimmer, das mit Antiquitäten in Creme, Rosé und Gold eingerichtet war, die Küche mit ihrem riesigen Mittelblock mit Marmorplatte und schließlich den Wintergarten mit Parkettboden, hohen Palmen und einem wunderschönen Kamin aus blaugrauem Granit, der mindestens dreihundert Jahre alt war.

Es war wirklich schön … und völlig ohne Leben. Es war so, als sei Gabriel hier überhaupt noch nie gewesen. Seine Anwesenheit war nirgendwo zu spüren.

»Die große Badewanne ist himmlisch!«, verkündete Cyrene, die gerade aus dem ersten Stock kam. »Macht es dir etwas …«

»Nein, nur zu«, sagte ich und ließ mich vorsichtig auf der Kante eines zierlichen Stuhls nieder.

»Du weißt ja, dass ich mich nach einem Bad immer besser fühle.« Sie wandte sich zum Gehen, blickte sich aber noch einmal nach mir um. »Stimmt etwas nicht, Mayling? Du machst so ein seltsames Gesicht. Gefällt dir das Haus nicht?«

»Das Haus ist wunderschön. Es ist nur …« Ich zögerte. Es fiel mir schwer, meine seltsame Stimmung in Worte zu fassen. »Es kommt mir so unbewohnt vor.«

»Na ja, Gabriel hat ja auch gesagt, dass er sich nicht oft in London aufhält. Vielleicht hat er noch nicht die Zeit gehabt, es wirklich zu einem Zuhause zu machen. Außerdem ist das doch auch deine Aufgabe, oder?«

Ihre Worte brachten alle meine Zweifel, die ich in den letzten zwölf Stunden sorgfältig verdrängt hatte, wieder an die Oberfläche.

»Mayling?« Cyrene runzelte die Stirn. »Du wirst doch mit Gabriel glücklich, oder?«

Ihre Besorgnis rührte mich, und ich vergaß, wie sehr ich mich über sie geärgert hatte. Nach diesem Muster hatte unsere Beziehung schon immer funktioniert ... sie geriet in Schwierigkeiten, ich ärgerte mich über sie, weil ich ihr helfen musste, aber schließlich verzieh ich ihr wieder, wenn sie mir ihre aufrichtige Zuneigung und Dankbarkeit schenkte. »Natürlich werde ich glücklich. Wie könnte es anders sein? Ich habe einen Mann, der so sexy ist, dass er buchstäblich ein Hotel in Flammen aufgehen lässt, der ein fantastisches Haus mitten in London besitzt und mir freie Hand bei allem lässt, was ich tun möchte. Ich wäre ja wahnsinnig, wenn ich nicht glücklich wäre.«

»Ja«, sagte Cyrene und berührte leicht meine Wange, »das wärst du wohl. Diese Drachen sind unglaublich sexy, findest du nicht auch?«

Ich blickte sie forschend an, aber ihr verträumter Gesichtsausdruck ließ kein Zeichen von Eifersucht erkennen. »So kann man es auch ausdrücken.«

»Ich glaube, das kommt daher, dass sie so ... ach, ich weiß nicht ... so exotisch sind. Weißt du, was ich meine? Sie haben so etwas Gefährliches an sich, so als ob sie kaum die Bestie in sich zurückhalten können.«

Sie hatte nicht unrecht, aber ich wollte diese Diskussion jetzt eigentlich nicht führen. »Ja, vermutlich hast du recht, allerdings scheint Gabriel mir ausgeglichener zu sein als Drake oder sein widerlicher Bruder.«

»Widerlich!« Cyrene riss die Augen auf. »Wie kannst du so etwas über Kostya sagen? Er ist nicht widerlich! Er ist einfach ... fordernd. Ausgesprochen fordernd. Und er sieht so gut aus, findest du nicht auch?«

Ungläubig lauschte ich ihren Lobeshymnen auf Kostya. Ich erkannte die Zeichen nur zu gut, da ich schon mindestens hundert von Cyrenes Beziehungen miterlebt hatte. »In emotionaler Hinsicht kommt er mir nicht besonders ausgeglichen vor«, sagte ich langsam.

»Wer? Kostya?« Sie trat zu einer Palme und streichelte sie geistesabwesend. Die Pflanze würde jetzt bestimmt neue Triebe bekommen. (Pflanzen lieben Najaden.) »Das hat schließlich seine Gründe. Ich habe mich eben lange mit Aisling unterhalten, und sie hat mir erzählt, wie Kostya sich verstecken musste, nachdem er seinen Wyvern getötet hatte, und dass er entführt worden ist und in einem schrecklichen Gefängnis verhungert wäre, wenn Drake und Aisling ihn nicht gerettet hätten. Du siehst also, er hat in den letzten zweihundert Jahren so einiges mitgemacht, was sein schlechtes Benehmen entschuldigt.«

Bei dem Ausdruck »schlechtes Benehmen« musste ich mir ein Grinsen verkneifen. Auch versagte ich mir jegliche Bemerkung hierzu, weil mir klar war, dass ihre Schwärmerei ohne meine Einmischung schneller vergehen würde.

»Ich frage mich, ob er wohl Wyvern seiner Sippe wird«, sagte sie und blickte versonnen durch die hohen Fenster auf den dunklen Garten.

»Ich hatte den Eindruck, es gibt gar keine Sippe.«

»Aisling meinte, es wären noch ein paar schwarze Drachen übrig, aber sie hielten sich versteckt.« Cyrene drehte sich wieder zu mir um und verzog das Gesicht. »Entschuldigung, ich rede und rede, und du bist sicher müde und solltest dich ausruhen. Ich bade schnell, und dann kannst du ins Badezimmer.«

Sie eilte davon und überließ mich meinen trüben Gedanken.

Bevor Cyrene und ich Griechenland verlassen hatten, war ich die meiste Zeit unruhig in Aislings Haus auf und ab gegangen und hatte auf Gabriel und Drake gewartet, die sich auf die Suche nach Maata und Tipene gemacht hatten. Es hatte mich frustriert, tatenlos zusehen zu müssen, aber ich verstand zu wenig von Drachen, um die Gefahr einschätzen zu können, in die ich mich begeben würde.

»Und?«, fragte ich Gabriel, als er nach vier Stunden zurückkam.

»Nichts.« Er legte den Arm um mich und führte mich von Aisling weg, die Drake in die Mangel nahm. »Niemand hat sie gesehen. Ihre Sachen wurden nicht berührt, und sie haben keine Nachricht für mich hinterlassen. Ich befürchte das Schlimmste.«

Ich legte ihm die Hand auf die Brust. »Du glaubst, sie sind ... tot?«

Er schwieg einen Moment, dann schüttelte er den Kopf. »Nein, das würde ich spüren. Aber jemand hält sie gegen ihren Willen fest, und dieser Jemand ist Kostya.«

»Er sagt, er habe sie nicht.«

Gabriels Augen blitzten so hell wie Quecksilber, und seine Miene jagte mir Angst ein. »Er lügt. Er hat schon einmal versucht, Drake auf seine Seite zu ziehen. Das ist nur ein weiterer Versuch, mich in ein schlechtes Licht zu rücken, damit er als Opfer dasteht.«

»Ich muss sagen«, begann ich langsam, »dass er auf mich einen echt überraschten Eindruck gemacht hat, als du ihn der Entführung beschuldigt hast.«

»Er ist ein sehr guter Schauspieler. Er hatte Zeit, dieses Talent zu perfektionieren ... aber mich kann er nicht täuschen. Die silbernen Drachen befinden sich mit niemandem im Krieg, und es gibt keinen Grund, warum jemand meine Leibwächter entführen sollte. Es muss Kostya sein.«

»Und was tun wir jetzt?«, fragte ich.

Er blickte mich liebevoll an. »Du gehst mit deinem Zwilling nach London, wie du es vorgehabt hast.«

Ich war überrascht und verletzt zugleich, dass er mich fortschicken wollte.

»Glaub nicht, dass ich dich nicht bei mir haben will«, sagte er und strich mir zärtlich eine Haarsträhne aus der Stirn. »Im Norden von Griechenland wohnen ein paar grüne Drachen, und Drake hat sie gebeten, uns bei der Suche zu helfen.«

»Gibt es hier denn keine silbernen Drachen?«

Er schüttelte den Kopf. »Sie leben hauptsächlich in Afrika und im südpazifischen Raum. Einige sind in der letzten Zeit in die Karibik und an die amerikanische Westküste gezogen. Aber in Europa leben nur ganz wenige silberne Drachen.«

»Warum? Was hält sie von hier fern?«, fragte ich.

»Nichts. Ich selbst ziehe das südliche Klima vor, halte mich aber aus geschäftlichen Gründen hauptsächlich in der nördlichen Hemisphäre auf. Ich will mich nicht von dir trennen, Mayling, aber es ist leichter für mich, wenn ich weiß, dass du zu Hause in Sicherheit bist. Auch dein Zwilling kann dort wohnen – es ist besser so, und du hast Gesellschaft. Ich komme spätestens morgen nach. Bis dahin …« Er küsste mich sanft. »… werde ich dich sehr vermissen.«

Diese Szene ging mir durch den Kopf, als ich alleine in dem leeren, hallenden Wintergarten saß. Regen plätscherte gegen die Scheiben, und es wurde immer dunkler. Ich zitterte, war mir aber nicht sicher, ob vor Kälte an diesem relativ kühlen Londoner Frühlingsabend oder wegen des Verdachts, dass Gabriel eher seine Gefährtin als mich vermissen würde.

»Das tut dir nicht gut«, sagte ich laut. Meine Stimme klang dünn. Ich räusperte mich und versuchte es noch einmal. »Du musst einen Plan aufstellen. Konzentrier dich auf die Dinge, die du erledigen musst!«

Von oben drang Cyrenes fröhliches Geplapper aus dem Badezimmer. Ich zog den Erpresserbrief aus der Tasche, den sie mir gegeben hatte. Er war kurz und prägnant. Der Erpresser verlangte, dass ich ihm einen Dienst erwies, ansonsten würde er den Behörden ein Videoband übergeben.

Zögernd wählte ich die Nummer, die der Erpresser angegeben hatte.

»Ja?«, meldete sich eine mürrische Männerstimme.

»Ich bin Cyrene Northcotts Zwilling. Sie wollten mit mir sprechen?«

»Oh, die Doppelgängerin!« Die Stimme des Mannes hatte einen harten amerikanischen Akzent. »Es wurde auch Zeit, dass Sie anrufen. Sie sollen einen Job für mich erledigen. Sie müssen etwas für mich stehlen.«

»Was veranlasst Sie zu der Annahme, dass ich etwas Illegales tun würde?«

Der Mann grunzte. »Ich habe Sie bei diesem Orakel gesehen. Sie waren hinter dem gleichen Ding her wie ich – dem Arkanum. Sie sind eine Doppelgängerin, ich habe mich erkundigt – Sie können sich unsichtbar machen und sich an Orte begeben, an die normale Menschen nicht kommen. Also kommen Sie mir jetzt nicht so herablassend!«

Mir lagen eine Menge Erwiderungen auf der Zunge. Ich war erleichtert, dass er nichts von Mei Ling erwähnt hatte. Offensichtlich wusste er also nicht, dass ich das war. Das Arkanum war nicht besonders wertvoll – Magoth hatte es bloß sehen wollen –, und vor allem war es nicht von der gleichen Qualität wie die anderen Gegenstände, die die berüchtigte Mei Ling schon gestohlen hatte. Wahrscheinlich würde er die Doppelgängerin May nicht mit der chinesischen Meisterdiebin in Verbindung bringen. »Was wollen Sie haben?«

»Ach, Sie leugnen es also nicht?« Das Lachen des Mannes war so unangenehm wie seine Stimme. »Kluges Mädchen. Hier in London gibt es ein kleines goldenes Amulett. Es ist gut geschützt, deshalb müssen Sie schon Ihren Verstand benutzen, um es zu bekommen. Haben Sie etwas zu schreiben? Hier ist die Adresse.«

Ich notierte mir alles. Was mochte das wohl für ein Amulett sein? Und wie konnte ich vermeiden, es stehlen zu müssen? Am besten würde ich den Erpresser in dem Glauben lassen, dass er mich in der Hand hatte, aber ich würde auf keinen Fall etwas stehlen, über das ich nichts wusste. »In Ordnung, ich habe die Adresse aufgeschrieben. Mein Zwilling hat gesagt, Sie arbeiten für einen Schreckenslord. Für wen?«

»Das geht Sie nichts an«, erwiderte er scharf.

»Nun, wem gehört denn das Amulett, das ich stehlen soll?«

Er schwieg.

»Hören Sie, ich weiß nicht, wozu Sie Doppelgänger für fähig halten, aber wir können uns nicht unsichtbar machen, und wir können auch nicht durch Wände gehen. Wir sind aus Fleisch und Blut wie jeder andere auch ... mehr oder weniger ... und wir lösen Alarm und Sicherheitssysteme aus. Je mehr ich über die Person weiß, die dieses Amulett hat, desto besser kann ich mich schützen und vorbereiten.«

»Stehlen Sie das verdammte Ding einfach! Sie brauchen Ihre Nase ja nicht in alles zu stecken. Besorgen Sie mir das Teil! Rufen Sie mich an, wenn Sie es haben!«

»Ich kann keine Wunder bewirken ...«, protestierte ich.

»Wenn er Sie erwischt, bringt er Sie um«, unterbrach mich der Mann. »Also lassen Sie sich nicht erwischen!«

»Aber wer ...«

Er hatte aufgelegt, bevor ich ihn fragen konnte, wen ich denn bestehlen sollte. Seufzend sank ich in den Sessel und starrte blicklos auf das Blatt Papier mit der Adresse. Ich hatte ein schlechtes Gefühl bei der Sache, aber ich hatte keine andere Wahl. Ich würde mir wohl das Haus des Opfers zumindest einmal ansehen müssen.

Erst als ich in meinem Zimmer meine Arbeitskleidung anlegte, ging mir auf, dass an der Adresse, die er mir gegeben hatte, irgendetwas merkwürdig war.

»Verdammt!«, sagte ich kurz darauf, als ich auf die Karte blickte, die Aisling mir gegeben hatte. Vorne stand ihre Adresse in London, und auf die Rückseite hatte sie die Adresse von Kostyas Lager geschrieben.

Es war die Adresse, die der Erpresser mir gegeben hatte.

Anderthalb Stunden später schlüpfte ich aus der Hintertür von Gabriels Haus und warf einen letzten Blick auf das Fenster von Cyrenes Zimmer. Ein schwaches Licht flackerte durch einen Spalt in den Vorhängen und deutete darauf hin, dass Cyrene im Bett lag, mit einer ihrer Najadenschwestern telefonierte und der Fernseher lief. Ich hatte ihr nichts von meinen Plänen erzählt, weil sie mich sonst bestimmt hätte begleiten wollen ... und wohin ich ging, konnte sie mir definitiv nicht folgen.

Warum wollte der Erpresser einem Drachen etwas stehlen? Kein Wunder, dass er mir nicht sagen wollte, um wen es sich handelte – niemand, der bei Verstand war, würde auf die Idee kommen, etwas aus einem Drachenlager zu stehlen.

»Viel wichtiger ist die Frage, für wen er arbeitet«, murmelte ich vor mich hin. »Und hat das irgendetwas mit dem Phylakterium zu tun, das Gabriel haben will?«

»Was ist?«

Ich zuckte zusammen, als der Taxifahrer vor einem dunklen, ziemlich heruntergekommenen Lagerhaus anhielt. »Entschuldigung, ich habe mit mir selbst geredet. Ist es hier?«

»Ja. Das macht dann fünf Pfund.«

Ich bezahlte den Mann und schaute zögernd auf das Lagerhaus. Ich war normalerweise nicht ängstlich, aber ich musste zugeben, dass mich das dunkle Gebäude ein wenig nervös machte. »Ich nehme an, Sie wollen nicht auf mich warten?«

»Hier?« Der Taxifahrer drückte mir mein Wechselgeld in die Hand. »Nicht für fünfmal so viel. Viel Glück!«

Er raste in die Dunkelheit davon, ohne sich noch einmal umzusehen. Ich huschte in die Schatten.

Das Schloss an der Tür zum Lagerhaus stellte kein Problem für mich dar. Ich lächelte, als ich die Finger darumlegte und es gehorsam aufsprang. Ich wusste nicht, warum Doppelgänger über die Fähigkeit verfügten, Schlösser zu knacken, aber es war auf jeden Fall ein nützliches Talent, das ich besser nicht infrage stellte. Als die Tür aufging, wurde ich zum Schatten und ging vorsichtig hinein. Durch die hohen, schmutzigen Fenster fiel schwaches Licht von den Gebäuden zu beiden Seiten hinein, sodass ich die zwei großen Kisten in dem ansonsten leeren Raum gut sehen konnte.

»Kostya lebt in einem verlassenen Gebäude in der Nähe von Greenwich«, hatte Aisling mir erzählt, als Gabriel und Drake auf der Suche nach den beiden verschwundenen Leibwächtern waren.

»Ach ja?«, hatte ich erwidert, ein wenig überrascht von dem plötzlichen Themenwechsel im bis dahin harmlosen Gespräch.

»Ja. Ich sage es dir jetzt, denn wenn Gabriel so ähnlich ist wie Drake, wird er nicht wollen, dass du etwas aus eigenem Entschluss tust. Drachen sind so: ausgesprochen fürsorglich, vor allem die Wyvern – das ist zwar ganz süß, aber ihnen ist einfach nicht klar, dass wir Profis sind und manchmal auch den nötigen Freiraum brauchen, um unser eigenes Ding zu machen.«

Ich nickte. Ich hatte sowieso den Verdacht, dass ich außen vor gelassen wurde.

»Du hast den Ruf, dass du so gut wie alles stehlen kannst ... na ja, fast alles jedenfalls. Ich meine, jemand, der in Dr. Kostichs Haus einbricht und ihm etwas Wertvolles entwendet, muss schon ziemlich gut in seinem Job sein.«

Ich wand mich ein bisschen. »Äh ... danke. Ich glaube schon.«

»Oh, das war ein Kompliment«, sagte Aisling und lachte. »Ich habe Respekt vor starken Frauen, die sich nehmen, was sie haben wollen. Aber darum geht es jetzt nicht – ich schreibe dir jetzt Kostyas Adresse auf. Wenn du heute Abend nach London fliegst, kannst du dir ja sein Lager mal ansehen.«

Ich warf ihr einen neugierigen Blick zu. »Glaubst du, Kostya lügt, was das Phylakterium und Maata und Tipene anbelangt?«

Aisling dachte nach. »Ich weiß nicht«, sagte sie schließlich. »Ich werde aus Kostya nicht ganz schlau. In vieler Hinsicht ist er wie Drake, aber manchmal ist er mir auch völlig fremd. Er ist so launisch. Mein Onkel glaubt, das hätte etwas mit der Kriegsgefangenschaft zu tun, aber ich bin mittlerweile zu der Ansicht gelangt, dass es einfach seine Persönlichkeit ist. Auf jeden Fall willst du dir den Ort sicher einmal anschauen, und da habe ich mir gedacht, ich sage dir einfach, was ich weiß.«

Ich machte mir im Geiste eine Notiz, dass ich mich unbedingt bei Aisling bedanken musste. Nicht auszudenken, was passiert wäre, wenn ich mich nur auf die Information des Erpressers hätte verlassen müssen.

Das Amulett sollte bei den übrigen Schätzen Kostyas in einem kleinen Raum im ersten Stock liegen, der laut Drake – er war der Einzige, der ihn außer Kostya gesehen hatte – mit einer Vielzahl von elektronischen Alarmanlagen und Schlössern gesichert war.

»Es geht doch nichts darüber, zwei Fliegen mit einer Klappe zu schlagen«, sagte ich zu mir.

Es gab im Lagerhaus eine Art Zwischengeschoss, in dem früher wahrscheinlich einmal Büros untergebracht waren. Vorsichtig ging ich den schmalen Flur entlang, um nicht auf die Ratten zu treten – die mich als Schatten nicht sehen konnten – und nicht gegen die kaputten Büromöbel zu stoßen, die an der Innenwand aufgestapelt waren. Ein schwaches rotes Blinklicht oben an der Wand zeigte eine Sicherheitskamera an. Vor der Tür zum letzten Büro blieb ich stehen und betrachtete sie prüfend. Für normale Augen sah sie aus wie eine einfache Holztür, ausgestattet mit einem elektronischen Schloss, das mit einem Netzhaut-Scanner an der Wand verbunden war, aber sie enthielt noch andere Dinge, die dem unaufmerksamen Betrachter verborgen blieben, wie zum Beispiel unleserliche Wörter, die in die Oberfläche eingeritzt waren.

»Ein Drachenbann«, murmelte ich und betrachtete ihn sorgsam aus mehreren Winkeln. Ich hatte so etwas noch nie gesehen, da Magoth nie von mir verlangt hatte, einen Drachen zu bestehlen, aber Aisling hatte mich davor gewarnt, dass Kostyas Schätze wahrscheinlich von einem Bann geschützt wurden.

Er sah machtvoll aus und glänzte golden an der Tür aus dunklem Holz. Seufzend versuchte ich mich zu erinnern, was Aisling dazu gesagt hatte.

»Ein Drachenbann ist wirklich kompliziert und kann tödlich sein, wenn du nicht weißt, was du tust«, hatte sie hastig erklärt, da Cyrene und Jim auf uns zugekommen waren. »Ich musste bei Fiats Bann vier Dämonen überwinden, aber ehrlich gesagt, würde ich dir raten, die Finger von allem zu lassen, was Kostya mit einem Bann belegt hat. Es ist einfach zu gefährlich.«

Diese Worte kamen mir in den Sinn, als ich die Tür nun auf mögliche Schwachstellen hin untersuchte. Es gab jedoch keine. Ein rascher Blick in die anderen Zimmer, die mit konventionellen Mitteln geschützt waren, ergab ebenfalls nichts. Ich kletterte aus dem Fenster des Zimmers nebenan zum Fenster des versiegelten Raums, wobei ich mich vorsichtig auf dem schmalen Sims entlangtastete. Zwar bezweifelte ich ernsthaft, dass Kostya einen Eingang zu seinem Lager übersehen hatte, aber es konnte ja nichts schaden nachzuschauen.

Das Fenster wurde nicht nur von einem, sondern gleich von drei verschiedenen Sicherheitssystemen geschützt, alles Marken, die kaum zu knacken waren. Ich stand eng an die Mauer gepresst da und überlegte fieberhaft, wie ich sonst noch in den Raum gelangen konnte. Über die Decke? Von unten? Alle möglichen hoffnungslosen Ideen schwirrten mir durch den Kopf, als mir auf einmal etwas Seltsames am Fenster auffiel ... Eine der Scheiben schimmerte leicht in der Brise, die vom Fluss heraufwehte.

Ich legte eine Hand darauf, bereit, sofort zu verschwinden, wenn die Alarmanlage losgehen sollte. Aber nichts dergleichen geschah. Die Scheibe gab nach und schwang auf, ohne dass Alarm ausgelöst wurde.

Ich drückte sie noch ein wenig weiter auf und steckte meinen Kopf in den Raum, um mir das Kästchen mit der Alarmanlage anzuschauen. Jemand hatte sie ausgeschaltet.

»Hm. Und jetzt?«, murmelte ich und leuchtete mit meiner Stabtaschenlampe in den Raum. Er war klein und verstaubt und wirkte merkwürdig stickig, als sei er seit tausend Jahren versiegelt. Es befanden sich keine Möbelstücke darin außer drei hölzernen Truhen mit Eisenbeschlägen, die an einer Wand standen. Vorsichtig kletterte ich durch das Fenster.

Im Raum war es still wie in einem Grab, und jedes Geräusch, selbst meine Atemzüge, hallte unnatürlich laut. Ich untersuchte alle Oberflächen auf elektronische Vorrichtungen hin und atmete erleichtert auf, als ich nichts fand. Entweder hatte Kostya in der Gefangenschaft verlernt, wie er seinen Schatz richtig schützen musste, oder ... das war gar nicht sein Lager.

Stirnrunzelnd blickte ich zur Tür. Warum hatte er denn dann den Eingang mit einem Bann belegt? Gerade machte ich einen Schritt aufs Fenster zu, als der Boden des Zwischengeschosses ganz leicht vibrierte.

Jemand hatte die schwere Metalltür geschlossen, die sich im Erdgeschoss direkt unter mir befand. Ich musste hier heraus ... aber konnte ich ein anderes Mal auf einen so leichten Zugang zum Lager hoffen?

Ich überlegte nicht lange. Ich hatte etwa dreißig Sekunden Zeit, um das Phylakterium und das Amulett zu finden, bevor Kostya – oder wer auch immer gerade ins Lagerhaus gekommen war – hier oben war. Ich leuchtete mit der Taschenlampe über die erste der drei Holztruhen.

Sie war mit einem glänzenden neuen Schloss versehen, aber mit sonst nichts weiter. Die zweite war mit starken Bannzaubern und ein paar Arkana-Sprüchen verschlossen, wobei die Bannzauber mich beträchtlich aufhalten würden. Die dritte Truhe war merkwürdigerweise ungeschützt.

Eine leichte Vibration sagte mir, dass jemand die Eisentreppe hinaufkam. Selbst ein Standardschloss würde mich jetzt zu viel Zeit kosten, also hockte ich mich vor die dritte Truhe, obwohl mir klar war, dass niemand so etwas Wertvolles wie ein Amulett oder ein Drachen-Phylakterium ungeschützt herumliegen lassen würde. In der Truhe befanden sich verschiedene antike Kunstgegenstände, hauptsächlich aus Gold, aber auch ein paar mit Edelsteinen besetzte Stücke, die wertvoll aussahen. Ganz unten lag eine kleine Schachtel mit einem hässlichen Goldklumpen, der in blaue Seide gewickelt war. Ich seufzte erleichtert auf. Das Gold hatte eine grobe Drachenform und fühlte sich irgendwie urtümlich an.

»Eine geschafft, eine fehlt noch ... aber keine Zeit mehr«, murmelte ich leise.

Als ich ein Geräusch an der Tür hörte, steckte ich den Goldklumpen schnell in meine Weste und legte alle übrigen Sachen hastig wieder in die Truhe zurück.

Ich wurde zum Schatten und war fast schon am Fenster, als die Hölle losbrach. Strahlende, blau-weiß fluoreszierende Lichter – der Bann für Doppelgänger, da sie die Schatten auflösen – erleuchteten den Raum wie Scheinwerfer. Am Fenster ging der Alarm los, und ein Gitter aus rot glühenden Laserstrahlen überzog die Scheiben. Ich hatte das schreckliche Gefühl, dass sie mehr konnten, als nur Bewegung wahrzunehmen.

»Du!«, brüllte ein Mann hinter mir. Ich brauchte mich nicht umzusehen, um zu wissen, dass es Kostya war. Hastig sprang ich zum Fenster, zertrümmerte die Scheibe und ignorierte den schneidenden Schmerz, als sich die Laserstrahlen durch die Kleidung in meine Haut brannten. Kostya schrie etwas, aber ich stürzte mich einfach aus dem Fenster.

Einige Sekunden lang blieb ich benommen liegen. Glücklicherweise hatte ich mich in einen Schatten verwandelt, als ich fiel, sodass die Dunkelheit mich vor Kostya verbarg, als er hinter mir hersprang. Ich rollte ein paar Meter weg, hinter einen Zementpfosten an einem schweren Eisenzaun, der Fußgänger davor schützte, in den Fluss zu fallen.

Kostya ging dicht an mir vorbei, und ich konnte hören, dass sich noch eine andere Person zu ihm gesellt hatte. Ich war immer noch halb betäubt vom Sturz, aber mir war klar, dass ich nicht liegen bleiben und warten konnte, bis sie auf mich treten würden. Über einen flachen Abhang rutschte ich ins Wasser. Es war eiskalt, aber jetzt hatte ich zumindest wieder einen klaren Kopf.

Ich finde die Themse nicht so zum Schwimmen geeignet, und vor allen Dingen nicht den Teil des Flusses, der durch Industriegebiet fließt. Ich bemühte mich, den Kopf über Wasser zu halten, um Öl, Schmutz und wer weiß, was sonst noch im Fluss war, zu vermeiden, und schwamm leise vom Lagerhaus weg. Die Laser-Brandwunden auf meiner Brust und meinen Armen taten im Wasser schrecklich weh, aber die Stimmen von Kostya und seinem Gefährten, die meinen

Namen riefen, trieben mich an, obwohl ich am liebsten ohnmächtig geworden wäre.

Die Zeit verging. Wie lange ich im Fluss war, weiß ich nicht, alles war wie ein einziger Nebel aus Schmerz und Kälte, der sich zu einer Ewigkeit dehnte. Irgendwann jedoch klammerte ich mich an glitschige Steinstufen, die aus dem Fluss herausführten.

»Brauchen Sie Hilfe?«, drang eine Männerstimme aus der Dunkelheit zu mir.

Ich erstarrte, als ich feststellte, dass ich kein Schatten mehr war. Der Mann stand im Lichtkegel einer Straßenlaterne.

Er kam mir irgendwie bekannt vor, jedoch konnte ich sein Gesicht nicht einordnen. Vorsichtig stieg ich eine Stufe hoch und entspannte mich ein wenig, als ich sah, dass er kein Drache war.

»Äh ... ja. Danke!« Ich ergriff seine Hand, dankbar für die Kraft, mit der er mir die schmalen, rutschigen Stufen hinaufhalf.

»Sind Sie in den Fluss gefallen?«, fragte er, als ich zitternd vor Schock, Kälte und Schmerz vor ihm stand. Ich war schmutzig, stank zum Himmel, und meine Kleidung war mit Blutflecken bedeckt.

»So in der Art«, murmelte ich und versuchte vergeblich, den schlimmsten Dreck abzuwischen. »Danke für Ihre Hilfe. Ich komme jetzt schon alleine zurecht.«

»Es war mir ein Vergnügen.« Der Mann hatte ein sympathisches Gesicht, dunkelblonde Haare, blaugraue Augen und diese kleine Spalte im Kinn, die Frauen angeblich so verrückt macht. »Sie sehen ganz schön mitgenommen aus.

Warten Sie, ich helfe Ihnen. Mein Auto steht gleich dort drüben.«

Ich schüttelte den Kopf, als der Mann vorsichtig meinen Arm ergriff und mich zu einem kleinen Parkplatz neben einem Restaurant am Fluss führte. »Danke, aber mir fehlt nichts, was nicht mit Desinfektionsmittel und einer Dusche behoben werden könnte. Äh ... sind wir uns schon einmal begegnet? Normalerweise habe ich ein gutes Personengedächtnis, und Sie kommen mir irgendwie bekannt vor, aber ich kann mich nicht erinnern, wo wir uns schon einmal begegnet sind.«

»Wir kennen uns auch nicht«, erwiderte der Mann. »Das wüsste ich.« Trotzdem löste seine Stimme eine kleine Alarmglocke in meinem Kopf aus. »Hier, wickeln Sie sich darin ein. Mir macht es nichts aus, den Samariter zu spielen, aber das Auto gehört meinem Chef, und er schätzt es bestimmt nicht, wenn seine Ledersitze durchnässt werden.«

Benommen nahm ich die Decke entgegen, die er aus dem Kofferraum eines Autos geholt hatte. Mir war klar, dass ich besser weglaufen sollte, aber ich war ein wenig durcheinander. Ich griff mir an den Kopf und zuckte zusammen, als ich auf eine große Beule stieß. Anscheinend war ich mit dem Kopf auf dem Boden aufgeschlagen, als ich aus dem Fenster gesprungen war. »Na ja ... wenn Sie meinen. Ich möchte Ihnen keine Probleme machen.«

»Ist schon gut, deshalb bin ich ja hier.« Er hielt mir die Beifahrertür auf und steckte sorgfältig die Decke um mich herum fest (vermutlich eher aus Sorge um die Lederpolster, als um mich zu wärmen). Dann schnallte er mich an.

»Ich bin May«, sagte ich, als er den Wagen anließ.

»Savian.« Er musterte mich kurz und lächelte dann. »Sie sehen schrecklich aus, May. Sie brauchen etwas Heißes zu trinken.«

»Ich komme schon klar, danke. Ich wohne in Marylebone, in der Wimpole Street. Das ist bestimmt nicht weit von hier.«

»Hübsche Gegend«, sagte er unverbindlich.

Ich versuchte verzweifelt draufzukommen, warum er mir so bekannt vorkam, aber ich war zu benommen. Einen Moment lang schloss ich die Augen und überlegte, was ich in Kostyas Schatzhöhle wohl gefunden hatte. Ich hatte keinerlei Gewissensbisse, dass ich ihn bestohlen hatte. Er hatte Gabriel angegriffen. Das Phylakterium war vermutlich in der Truhe, die mit den Zaubersprüchen verschlossen war.

Ich schreckte auf, als ein Polizeiwagen mit Sirene an uns vorbeifuhr. Verwirrt blickte ich auf die hellen Lichter vor uns. »Savian? Das ... äh ... das scheint der Flughafen zu sein.«

»Das stimmt«, erwiderte er und grinste breit, als er auf dem Parkplatz hielt.

Es dauerte noch ein bisschen, aber schließlich schrillten sämtliche Alarmglocken in meinem Kopf.

»Das war ja eine wilde Jagd, Mei Ling. Ich kann schon gar nicht mehr zählen, wie oft Sie mir entwischt sind, wenn ich Sie gerade packen wollte, und ich muss zugeben, dass Sie wahrscheinlich auch dieses Mal entkommen wären, wenn Sie sich nicht bei Ihrem Sturz aus dem Fenster den Kopf angeschlagen hätten. Nun, Ende gut, alles gut. Hier entlang, bitte.«

»Was ...? Wer ...? Mein Gehirn funktionierte immer noch nicht richtig, und es dauerte eine ganze Weile, bis ich seine

Worte verarbeitet hatte. Er schnallte mich los und zog mich aus dem Auto. Dabei hielt er meine Handgelenke unerbittlich fest.

»Entschuldigung, ich habe mich Ihnen noch gar nicht richtig vorgestellt«, sagte er schmunzelnd. Mit einer Hand hielt er mich weiter fest, mit der anderen machte er eine schwungvolle Verbeugung, wie sie nur die Mitglieder der Anderwelt beherrschten. »Savian Bartholomew, Diebesfänger des Au-delà, zu Euren Diensten. Und Ihr, werte Meisterdiebin, seid meine Gefangene.«

14

Die Mitglieder der Anderwelt und die Sterblichen kommen im Allgemeinen gut miteinander aus. Wir leben schließlich alle in derselben Welt, deshalb ist es sinnvoll, dass wir menschliche Schwächen und Launen angenommen haben, aber die offiziellen Personen der Anderwelt betreiben einen beachtlichen Aufwand, damit die sterbliche Welt sie im richtigen Licht sieht.

»Es würde mir vermutlich gar nichts nützen zu schreien«, sagte ich, als Savian, der Diebesfänger, dem Flughafenangestellten eine offiziell aussehende Karte zeigte.

»Nein, gar nichts. Ich besitze die diplomatische Vollmacht, Gefangene in und aus diesem und siebzehn anderen Ländern zu bringen. Etwaige Proteste würden also auf taube Ohren stoßen. Ah, ich sehe, wir haben die ersten drei Reihen für uns. Hervorragend! Müssen Sie zur Toilette?«, fragte er höflich und blieb vor dem winzigen Flugzeugwaschraum stehen.

Ich schüttelte den Kopf und zog meine mittlerweile klatschnasse Decke fester um mich.

»Na gut. Wenn Sie sich dorthin setzen möchten.«

Offensichtlich war es ihm gelungen, diesen Teil des Flugzeugs für uns frei zu halten. Es war leider viel zu hell – es würde nichts nützen, wenn ich mich in einen Schatten verwandelte. Ich sank auf den Sitz und überlegte fieberhaft, wie ich diesem entsetzlichen Dilemma entfliehen konnte. »Keine Handschellen?«, fragte ich sarkastisch und griff nach dem Sitzgurt. Ich schnallte mich an und warf ihm einen finsteren Blick zu, als er leise lachte.

Er legte einen Bindezauber über mich. »Handschellen brauche ich nicht, Mei Ling. Nach langem Suchen habe ich einen Bindezauber entdeckt, mit dem man Doppelgänger festhalten kann, und wie Sie sehen, ist er ziemlich effektiv.«

Entsetzt stellte ich fest, dass er recht hatte – ich konnte mich nicht bewegen. Was mochte das Au-delà-Komitee wohl machen, wenn der sexy Diebesfänger Savian mich ihnen übergab?

»Wenigstens weiß ich jetzt, warum Sie mir so bekannt vorgekommen sind«, brummte ich.

Er blickte mich neugierig an. »Haben Sie gemerkt, wie ich Ihnen heute Abend gefolgt bin?«

»Nein, ich schäme mich, es zuzugeben, aber ich habe gar nichts gemerkt«, sagte ich bedauernd. »Ich habe Sie in Dr. Kostichs Haus gestern Nacht gehört.«

»Ah«, sagte er. »Sie waren da? Ich habe mich die ganze Zeit gefragt, was der Drache wohl wollte und warum er so interessiert an Ihnen war. Ich habe schon gedacht, er wollte die Quintessenz vielleicht wieder zurück in die Vitrine schmuggeln. Aber anscheinend haben Sie das gemacht.«

»Ja.« Mein armer angeschlagener Kopf pochte, aber ich zwang mich, alle Fakten durchzugehen und einen Aktionsplan zu entwerfen. »Vor allem möchte ich gerne wissen, wie Sie mich überhaupt gefunden haben. Wenn Sie mich bei Dr. Kostich nicht gesehen haben, woher wussten Sie denn überhaupt, wo Sie suchen sollten?«

»Nun, wissen Sie, es ist so«, erwiderte er und setzte sich bequem hin. Er ließ sich von der Flugbegleiterin ein Glas Wein bringen. »Kostich hat mich engagiert, um Sie und seine Quintessenz zu suchen. Ich fand es merkwürdig, dass der silberne Wyvern zufällig an der gleichen Sache interessiert zu sein schien, und folgte ihm. Er ging in ein Hotel und kam bis heute Morgen nicht mehr heraus.«

Ich setzte mich abrupt auf. »Sie waren der Mann vor dem Hotel, der Cyrene und mich so unverschämt angestarrt hat.«

»Ich wollte Sie damit nicht beleidigen, ich war nur erstaunt«, sagte er lächelnd. »Stellen Sie sich folgende Situation vor: ein attraktiver Held – meine Wenigkeit – hat die ganze Nacht auf seine Beute gewartet, bis sie endlich aus ihrem Liebesnest auftaucht.«

Ich weigerte mich zu erröten und blickte ihn gleichmütig an.

Er grinste nur. »Und dann fängt auf einmal das Hotel zu brennen an, und die Gäste strömen heraus, einschließlich des Drachen und seines köstlichen Appetithäppchens.«

»Wenn Sie glauben, mich damit wütend machen zu können, haben Sie sich geirrt«, sagte ich tonlos.

Sein Grinsen wurde breiter. »Ich habe mir schon gedacht, dass Sie gut darin sind.«

»Das erklärt, wie Sie mich gefunden haben, aber nicht, weshalb Sie mich mit den Diebstählen in Verbindung bringen«, sagte ich leise.

»Jetzt wird die Geschichte spannend«, versicherte er mir. »Da stand ich also und sah nicht nur den Mann, dem ich gefolgt war, sondern auch eine schöne Frau. Stellen Sie sich meine Überraschung vor, als ich entdeckte, dass die schöne

Frau eine Zwillingsschwester hat, die ihr zum Verwechseln ähnlich sieht. Und dann verwandelte sich meine Überraschung in äußerstes Erstaunen, als ich an den beiden Damen vorbeiging und den Namen der meistgesuchten Einbrecherin in der Geschichte der Anderwelt hörte.«

Ich stöhnte unwillkürlich. »Cyrene hat Mayling zu mir gesagt.«

»Genau, auf offener Straße, wo jeder sie hören konnte«, bestätigte er fröhlich. »Ich habe ein paar Nachforschungen angestellt und herausgefunden, dass die Frau mit dem losen Mundwerk der Zwilling einer gewissen May Northcott ist. Dann habe ich zwei und zwei zusammengezählt … nun ja, May.«

Ich schüttelte den Kopf. »Und dann sind Sie uns einfach nach London gefolgt und haben mich im Lagerhaus erwischt. Ich fasse es nicht, dass ich Sie nicht gesehen habe.«

»Ich bin sehr gut im Verfolgen von Personen«, erwiderte er unbescheiden. »Es ist sozusagen meine Spezialität.«

Während des restlichen Flugs nach Paris dachte ich über all das nach. Auf seine weiteren Gesprächsversuche ging ich nicht mehr ein und brütete stattdessen in rabenschwarzer Verzweiflung über meinem Unglück.

»Glauben Sie bloß nicht, dass Sie mir wieder entwischen können«, sagte Savian, als das Flugzeug in Orly landete.

Er wartete, bis alle Passagiere den Flieger verlassen hatten. Nur noch die Flugbegleiter waren an Bord. Sie musterten mich interessiert. Ich hatte keine Ahnung, was für eine Geschichte er ihnen aufgetischt hatte, und es war mir auch egal. Ich wollte nur irgendwohin, wo es dunkel war, damit ich als Schatten entkommen konnte.

»Wissen Sie, es tut mir beinahe leid, dass ich Sie gefangen habe«, bemerkte er im Plauderton, als wir über die Rampe das Flugzeug verließen. »Es war ziemlich aufregend, mit Ihnen Schritt zu halten. Sind Sie tatsächlich die Gefährtin des silbernen Wyvern?«

Ich warf ihm einen verblüfften Blick zu.

»Solche Geschichten verbreiten sich schnell«, erklärte er und stieß mich weiter.

»Sie sind ein seltsamer Mann«, sagte ich zu ihm. Ich hatte eher erwartet, dass Diebesfänger barsche, hässliche kleine Männer ohne Seele und fernab jeglicher menschlichen Rührung wären. Aber Savian war ... na ja, er war charmant. Und attraktiv. Und offensichtlich wusste er das auch.

»Ja, das hat man mir schon öfter gesagt. Eigentlich betrachte ich es als Kompliment. Wer will schon ein langweiliges Leben führen?« Er führte mich in einen Raum, der anscheinend vom Zoll als Vernehmungszimmer genutzt wurde. »Es dauert nur eine Minute, bis wir durch den Zoll sind. Sie wollen das wahrscheinlich auch alles hinter sich bringen, nicht wahr?«

»Ich gehe nicht davon aus, dass Sie für Bestechung zu haben sind?«, fragte ich.

Das überraschte ihn. »Was hatten Sie sich denn vorgestellt?«

Ich ging im Geiste meine Möglichkeiten durch. Geld kam nicht infrage – Magoth zahlte zwar meine Reisespesen, ohne mit der Wimper zu zucken, aber ansonsten verdiente ich bei ihm nicht viel. Kurz überlegte ich, ob ich ihm das Amulett anbieten sollte, das ich unter die linke Brust in die Innentasche meiner Lederweste gesteckt hatte, aber diesen

Gedanken verwarf ich sofort wieder. Ich hatte mich doch nicht solch schweren Verletzungen ausgesetzt, nur um meine Beute dem ersten Diebesfänger zu überreichen, der des Weges kam.

Mir blieb nur noch eine Möglichkeit, um meine Freiheit wiederzuerlangen. Ich straffte meine Schultern. »Wie wäre es mit mir?«

Er riss die Augen auf. Dann musterte er mich von Kopf bis Fuß. »Was würde denn Ihr Wyvern zu diesem Angebot sagen?«

Mir wurde übel bei dem Gedanken, Sex mit Savian haben zu müssen. »Mit ihm hat das nichts zu tun. Es geht nur Sie und mich etwas an.«

»Tja«, sagte er und trat auf mich zu. Ich zwang mich, stehen zu bleiben, und reckte das Kinn.

»Sie sind eindeutig eine Klassefrau. Allerdings riechen sie nach Dingen, die ich noch nicht einmal benennen möchte.«

»Danke! Welche Frau möchte nicht gerne hören, dass sie nach Gosse stinkt?«

Er lachte. »Hm. Trotz Ihres gegenwärtigen Zustandes muss ich zugeben, dass ich Ihren Vorschlag verführerisch finde. Unter dem ganzen Dreck sind sie wirklich reizend.« Er berührte meine Haare, und ich musste mich zwingen, seine Hand nicht wegzuschlagen. »*Sehr* verführerisch. Ach, zum Teufel, man lebt nur einmal!«

Er wandte sich zur Tür, öffnete sie und rief dem Zollbeamten, der mit einem Clipboard auf uns zukam, etwas zu.

Ich versuchte, ruhig zu bleiben, aber mein Widerwillen stand mir wohl ins Gesicht geschrieben, denn als Savian sich umdrehte, brach er in Lachen aus. »Du lieber Himmel, Sie sehen aus, als würde man etwas abgrundtief Verwerfliches von Ihnen verlangen. Ich vermute, Ihr Angebot gilt nicht mehr?«

Ich sank auf einen der drei Stühle, die zusammen mit einem Tisch die gesamte Einrichtung des Zimmers darstellten. »Es tut mir leid. Ich dachte, ich könnte es, aber ich kann es einfach nicht.«

Savian blickte mich einen Moment lang nachdenklich an. »Liegt es an mir? Oder lieben Sie Ihren Wyvern?«

»Ich liebe niemanden«, murmelte ich und ließ den Kopf auf die Arme sinken. Das alles war einfach absurd, und ich wusste nicht, ob ich darüber lachen oder weinen sollte.

»Also liegt es an mir? Finden Sie mich nicht ... attraktiv? So eine Art Mischung aus Han Solo und MacGyver?«, fragte Savian besorgt.

Ich blickte lächelnd zu ihm auf. »Nein, Sie haben schon ziemlich was von Han Solo. Es ist nur ... na ja, ich habe versprochen, Gabriels Gefährtin zu sein. Es mag ja albern erscheinen, heutzutage Treue noch ernst zu nehmen, aber ich kann nicht anders.«

Er schwieg einen Moment, dann nickte er. »Er darf sich glücklich schätzen. Gibt es noch etwas, womit Sie mich bestechen wollen? Oder war es das?«

»Nein, das war es.«

»Nun gut. Vielleicht haben Sie ja ein andermal einen unbezahlbar wertvollen Goldschatz an ihrem hübschen Körper versteckt.«

Ich blickte ihn an, aber er war schon wieder an der Tür und rief den Zollbeamten.

»Das wird nicht mehr lange ...«

Plötzlich wurde er aus der Tür gezerrt. Ich sprang auf und wollte weglaufen, schrie aber erschreckt auf, als ein großer, dicker Mann mit schmutzigen dunklen Haaren, kalten Augen und einer gefährlich aussehenden Narbe, die sich von seinem Auge bis zu seinem Ohrläppchen zog, in der Tür auftauchte. »... dauern«, sagte er und packte mich grinsend am Handgelenk. Grob zerrte er mich hinter sich her.

»Wer zum Teufel sind Sie?«, fragte ich und versuchte verzweifelt, mich zu befreien. Rechts beugten sich ein paar Leute über eine Gestalt, die leblos am Boden lag. Eine Person hatte ein Funkgerät in der Hand und rief offenbar Hilfe. »Und was haben Sie mit Savian gemacht?«

Der untersetzte Mann packte mich fester am Handgelenk, während ich protestierend aufheulte und auf seinen Arm einschlug. »Hören Sie sofort mit dem Geschrei auf, oder ich sorge dafür, dass Sie endlich still sind! Hier!« Er hielt dem Zollbeamten, der hastig Platz machte, einen Ausweis hin.

»Hilfe!«, schrie ich und versuchte mich loszureißen. »Ich werde entführt! Hilfe! Er ...«

Der Mann wandte sich mir mit erhobener Faust zu, und dann explodierte ein weiß glühender Schmerz in meinem Kopf. Danach versank ich in einer Dunkelheit, die mich tröstend umfing. Ich wandelte über die Pfade der Schattenwelt, jenem Ort zwischen den Realitäten, den nur wenige erreichen und noch viel weniger verlassen können, wenn sie erst einmal dort sind. Es war eine Traumwelt für die, denen die Realität zu viel geworden war, und einen Augenblick lang war ich versucht, dort zu bleiben, in Sicherheit und ohne Schmerzen. Aber dann sah ich Gabriel vor meinem inneren Auge, und die Erinnerung an seine brennenden Küsse schürte mein Verlangen aufs Neue.

Ein kalter Wasserschwall brachte mich aus der Schattenwelt wieder in meinen Körper zurück. Spuckend und würgend setzte ich mich auf und wischte mir das Wasser aus dem Gesicht. »*Agathos daimon!*«

»Du wirst vor die Kammer gerufen«, sagte eine völlig emotionslose Stimme. Blinzelnd blickte ich den schlanken jungen Mann an, der vor mir stand.

»Wer bist du? Und wo bin ich?«

»Ich bin Tej, der Lehrling von Monish Lakshmanan. Du bist in Paris.«

»Paris«, stöhnte ich und stand mühsam und unter Schmerzen auf. Die Laser-Verbrennungen waren schon lange verheilt, aber mein Handgelenk tat immer noch weh und war blau angelaufen. Die Szene mit dem Diebesjäger und dem dunkelhaarigen, grobschlächtigen Mann stand mir auf einmal wieder vor Augen. »Was ist mit dem Diebesjäger passiert?«

»Porter? Er holt sich seine Belohnung. Bitte kommen Sie hier entlang.«

Ich stolperte aus dem kleinen Zimmer und blicke mich hektisch nach einer Fluchtmöglichkeit um. Unsere Schritte hallten in dem langen Flur, in dem hier und da Stühle und kleine Tische standen. »Wo genau in Paris?«, fragte ich.

»Im Suffrage House«, antwortete er.

Mein Herz sank. Suffrage House war die Villa einer längst verstorbenen Suffragette, die das Au-delà gekauft und zu seinem Hauptquartier gemacht hatte. Obwohl ich in einem kleinen, dunklen Raum eingesperrt gewesen war, der offenbar als Gefängniszelle genutzt wurde, da er ohne jegliche Möbel war, musste ich zugeben, dass ich schon an viel schlimmeren Orten gewesen war.

»Wer ist Monish Lakshmanan?« Ich blickte Tej fragend an. Er schien Inder zu sein, und er musterte mich misstrauisch aus sanften braunen Augen, während wir den langen Flur entlanggingen.

»Monish ist ein Orakel und Mitglied der Wache.«

Na wundervoll. Die Wache war so etwas wie die Polizei des Au-delà, und ich konnte mir Schöneres vorstellen, als einem ihrer Mitglieder zu begegnen. »Ich stelle ja ungern ständig Fragen, aber wohin gehen wir?«

»Zum Sozialdienst. Du musst telefonieren, ja?«

Wir betraten ein Büro mit vier Schreibtischen. An dreien saßen Frauen, die aussahen wie Sekretärinnen.

Vor dem Schreibtisch, der uns am nächsten war, stand ein Mann, der gerade sagte: »... nachdem er sie mir gestohlen hatte. Porter hat keinen Anspruch auf die Belohnung, weil ich die ganze Arbeit getan und sie zuerst gefangen habe.«

»Hör mit dem Gejammer auf!«, knurrte der unangenehme dunkelhaarige Mann, der danebenstand. Tej ging mit mir zu dem leeren Schreibtisch und wies mich an, mich auf den Stuhl dort zu setzen. »Du kennst die Regeln ebenso gut wie ich – derjenige, der den Verdächtigen bringt, bekommt die Belohnung. Ich nehme sie jetzt entgegen.«

»Das gilt nur, wenn der Verdächtige einem Diebesfänger entkommt, das weißt du ganz genau«, erwiderte Savian und schlug mit der Hand auf den Tisch. »Tatsache ist aber, dass du sie mir gestohlen hast. Du hast sie nicht aufgegriffen, sondern du hast sie *gestohlen*. Und als ob das nicht schon schlimm genug wäre, hast du auch noch eine illegale Leibesvisitation bei ihr vorgenommen, als ich dich gefunden habe.«

»Eine illegale Leibesvisitation?« Die Frau am Schreibtisch runzelte die Stirn.

»Was für eine illegale Leibesvisitation?«, fragte ich. Mir wurde übel bei dem Gedanken, dass dieser Porter mich angefasst hatte, während ich bewusstlos war.

»Halt dich da raus, das geht dich nichts an!«, knurrte der fiese Typ (der anscheinend Porter hieß).

Die Worte hallten in meinem Kopf. Überrascht trat ich einen Schritt zurück. So etwas Ähnliches hatte ich doch vor ein paar Stunden schon einmal gehört. Cyrenes Erpresser war ein Diebesfänger? Worum ging es hier eigentlich? Und warum hatte er mich seinem Kollegen entführt?

»Er wollte Sie gerade entkleiden, meine Liebe. Sie können sich später bei mir dafür bedanken, dass ich Sie davor bewahrt habe«, erklärte Savian und zog vielsagend die Augenbrauen hoch.

»Mich entkleiden? Warum?«, fragte ich. Vor meinen Augen drehte sich alles.

Mit verschlagener Miene zupfte Porter sich am Ohrläppchen. »Da steht wohl dein Wort gegen meins.«

Verwirrt schüttelte ich den Kopf. Warum sollte er mich durchsuchen wollen? Das Einzige von Wert, was ich bei mir hatte, war das Amulett, das ich für ihn stehlen sollte. Es machte doch keinen Sinn, dass er mich kidnappte, um das zu bekommen, was ich für ihn besorgen sollte. Er konnte doch nicht wissen, dass ich es ihm nicht geben würde, solange ich nicht wusste, was es war.

»Das ist ein Problem.« Die Sekretärin runzelte erneut die Stirn. »Ich kann leider die Belohnung nicht auszahlen, solange sie angefochten wird. Eure Behauptungen müssen erst vom Komitee überprüft werden.«

Porter fluchte laut und unanständig und warf mir einen Blick zu, der mich eigentlich auf der Stelle hätte töten müssen.

»Da gibt es nichts zu überprüfen«, begann Savian, aber die Sekretärin unterbrach ihn, indem sie die Bestimmungen herunterleierte, die für Klagen galten.

Porter stieß noch einen Fluch aus und marschierte aus dem Zimmer. Ich eilte ihm rasch nach. Leise, damit die anderen mich nicht hörten, sagte ich zu ihm: »Welches Spiel spielst du eigentlich?«

Er blickte mich misstrauisch an. »Wovon redest du?«

»Zum Beispiel davon, dass du mich überredet hast, ein Drachen-Amulett zu stehlen, obwohl du doch eigentlich die Gesetze des Au-delà befolgen musst. Du bist ein Diebesfänger, aber zugleich arbeitest du für einen Dämonenfürsten und stiehlst.«

Einen Moment lang schien er verblüfft. Dann sagte er: »Du bist verrückt.«

Ich beugte mich dicht zu ihm, obwohl mir von seiner Nähe schlecht wurde. »Es kann nicht besonders schwer sein herauszufinden, für welchen Dämonenfürsten du arbeitest. Ich kann mir nicht vorstellen, dass er glücklich darüber ist, dass du gleichzeitig eine Stellung im Au-delà hast. Und dem

Komitee gefällt es bestimmt auch nicht, dass einer der Ihren für einen Prinzen von Abaddon arbeitet.«

Zu meiner Überraschung breitete sich ein hässliches Lächeln auf seinem Gesicht aus. Er packte mich hart am Arm und zog mich so dicht an sich heran, dass mir sein fauliger Atem ins Gesicht schlug. »Du hältst dich wohl für besonders schlau, aber das bist du nicht. Wenn du auch nur ein einziges Wort über das Amulett verlierst, dann bist du tot. Kapiert? Wenn ich dich nicht umbringe, dann tut es der Schreckenslord.«

»Wenn du mich umbringst, kriegst du das Amulett nicht«, erwiderte ich, ohne ihm zu verraten, dass ich das fragliche Teil bereits besaß.

Er knurrte etwas anatomisch Unmögliches. »Du besorgst es schon.«

»Und wenn nicht?«, fragte ich. »Du kannst wohl kaum erwarten, dass ich für jemanden stehle, der mich so behandelt. Ehrlich gesagt, würde ich an deiner Stelle eher über die Auswirkungen nachdenken, mit denen du dich auseinandersetzen musst, wenn du Cyrenes Handlungen in Nova Scotia an die Öffentlichkeit bringst.«

»Bring das Amulett, oder du hast keinen Zwilling mehr, den du beschützen kannst!«

Ich starrte ihn mit offenem Mund an, aber bevor ich auf seine Drohung reagieren konnte, stieß er mich weg und stürmte davon. Savian trat an meine Seite und blickte Porter stirnrunzelnd hinterher. »Ist alles in Ordnung? Ich habe gesehen, wie er Sie gepackt hat. Sind Sie verletzt?«

»Nein, es geht mir gut«, erwiderte ich und rieb meinen Arm. »Ich bin nur ein bisschen verwirrt.«

Er blickte mich nachdenklich an. »Da sind Sie vermutlich nicht die Einzige. Sie wollen mir wohl nicht erzählen, worum es ging?«

Ich schüttelte den Kopf und kehrte zum Schreibtisch zurück, wo Tej mich interessiert musterte. »Wen genau soll ich anrufen?«

Der junge Mann wirkte etwas überrascht. »Sie haben das Recht, jemanden anzurufen. So sind die Regeln.«

»Die Regeln? Welche Regeln?«

Die Frau am Schreibtisch hinter mir legte mir ein paar Papiere zur Unterschrift vor. »Würden Sie bitte diese Quittung über Ihre persönlichen Sachen unterzeichnen, Miss Ling? Während der Verhandlung waren Sie bewusstlos, deshalb musste ich für Sie unterschreiben.«

Ich starrte auf die Liste der Gegenstände, die ich bei mir hatte: Brieftasche, drei Pässe, Handy, ein bisschen Geld, Zimt-Kaugummi, zwei Schlüssel und eine kleine goldene Figur.

Sofort fiel mir das Amulett wieder ein. Hastig griff ich in die Innentasche meiner Weste. Das goldene Drachen-Amulett war weg. Ich fand es merkwürdig, dass sie gerade das weggenommen und das kleine Messer, das ich an der Wade trug, übersehen hatten, aber ich hatte nicht vor, sie darauf hinzuweisen.

»Wo werden meine persönlichen Gegenstände aufbewahrt?«, fragte ich die Sekretärin. Möglicherweise hatte Porter gemerkt, dass ich bluffte, und war jetzt gerade auf dem Weg, sich das Amulett zu holen.

»Alle Wertsachen der Gefangenen werden natürlich im Tresorgewölbe aufbewahrt«, antwortete sie.

»Und ist das Gewölbe sicher? Ich meine, wirklich sicher?«

»Es ist der Tresorraum des Au-delà«, erwiderte sie empört. »Seit mindestens einem Jahrhundert ist niemand dort eingedrungen.«

Erleichtert unterschrieb ich die Liste.

»Verurteilte können ein Gesuch auf Rückgabe der Dinge stellen, die als nicht gefährlich gelten«, fügte sie hinzu.

»Verurteilte?« Ich bekam plötzlich Kopfschmerzen. Ich rieb mir über die Stirn und versuchte mich zu erinnern. »Ich wurde verurteilt?«

»Oh ja«, sagte die Sekretärin. »Vorhin, als man Sie vor das Komitee gebracht hat. Es wurde Anklage erhoben, verhandelt, und dann wurden Sie verurteilt. Wenn Sie jetzt bitte diese Formulare unterschreiben würden, dann kann ich Ihren Transfer nach Akasha vorbereiten.«

»Nach Akasha?« Langsam kam ich mir vor wie ein gestörter Papagei, weil ich alles wiederholte, was die Frau sagte. Mir wurde eiskalt bei dem Gedanken an Akasha – es war ein Ort, den die Sterblichen manchmal als Vorhölle bezeichneten, ein Ort, an den Dämonen und andere Verbannte geschickt wurden. Akasha bedeutete ewige Nicht-Existenz, ständige Qualen und eine so schreckliche Bestrafung, dass sie nur den schlimmsten Verbrechern vorbehalten war – oder Personen, die das Komitee gründlich verärgert hatten.

Und diese Frau verlangte von mir, ich solle Papiere unterzeichnen, damit sie mich dort hinschicken konnten? »Das glaube ich nicht«, sagte ich laut und ergriff das Telefon. Ich brauchte nicht nachzudenken, wen ich anrufen wollte; ich zog die Karte mit Gabriels Handynummer heraus und gab sie ein.

»Ich würde zu gerne mit Ihnen sprechen«, versicherte mir Gabriels glatte Stimme, »aber leider kann ich Ihren Anruf zurzeit nicht entgegennehmen. Bitte hinterlassen Sie eine Nachricht auf dem Band.«

Am liebsten wäre ich vor allen Anwesenden in Tränen ausgebrochen, aber ich habe ja bereits erwähnt, dass ich nicht besonders weinerlich bin. »Ich bin es. Äh … May. Ich bin in Paris und war anscheinend bewusstlos, als das Au-delà-Komitee mich zur Verbannung nach Akasha verurteilt hat. Es wäre schön, wenn du etwas dagegen unternehmen könntest, bevor sie mich dorthin schicken.« Ich gab ihm die Telefonnummer durch, die auf dem Apparat stand, und legte auf. Verzweiflung überkam mich.

»Habe ich richtig verstanden, dass Sie sich weigern, die Formulare zu unterschreiben?«, fragte die Sekretärin mit gereizter Stimme.

»Das ist absolut korrekt. Ich werde nichts unterschreiben, ehe mein … äh … Wyvern nicht einen Blick darauf geworfen hat.«

Sie schnappte sich die Papiere und marschierte zu ihrem Schreibtisch, wobei sie etwas über unvernünftige Leute murmelte, die keine Ahnung davon hatten, wie viel sie zu tun hatte.

Tej beobachtete mich einen Moment lang mit traurigen Augen, und dann begleitete er mich zurück in seine Zelle. Vorher durfte ich noch das Badezimmer aufsuchen.

»Die Fenster sind mit Gitterstäben verriegelt«, erklärte er mir, bevor ich die Toilette betrat. Und so war es dann auch. Der Luftschacht war zu eng, um hindurchzuklettern, die Decke war fest gemauert ohne jede Öffnung für einen Ventilator, und es gab keinen anderen Ausgang als die Tür, und die führte geradewegs zu Tej.

Seufzend machte ich mich frisch, wobei ich zu allen möglichen Göttern betete, dass Gabriel seine Mailbox abhörte, bevor ich nach Akasha geschickt wurde.

15

Ich wusste nicht, wie viel Zeit vergangen war, seit Tej mich in meine stickige, öde Zelle zurückgebracht hatte. Ich wusste ja noch nicht einmal, wie lange ich mich in der Schattenwelt aufgehalten hatte – anscheinend lange genug, um in einem Prozess verurteilt zu werden. Allerdings fragte ich mich, warum sich niemand die Mühe gemacht hatte, mich zu wecken. Wahrscheinlich war die Antwort darauf nicht schmeichelhaft.

Irgendwann brachte Tej mir etwas zu essen, aber ich hatte keinen Appetit. Da mein Zimmer kein Fenster hatte, wusste ich nicht einmal, ob Tag oder Nacht war. Ich überlegte, ob ich mich wieder in die Schattenwelt begeben sollte, aber das war keine Lösung.

Etwa vier Stunden später ging die Tür zu meiner Zelle auf. Überrascht blickte ich der Person entgegen, die hineingeschoben wurde.

»... weißt du, wer ich bin? Ich bin eine Najade, du Idiot! Ein Mitglied der Schwesternschaft der Hydriaden! Du kannst mich nicht einsperren!«

Die Tür schlug hinter Cyrene zu.

Ich sprang auf. »Was um alles in der Welt machst du hier?«, fragte ich entgeistert.

»Schscht«, erwiderte sie. Dann hämmerte sie mit beiden Fäusten gegen die Tür und schrie: »Ich verlange das Komitee zu sprechen! Sie können mich nicht so behandeln! Ich bin ein Wasserwesen! Ich habe Rechte!«

»Cy?«

Sie schlug ein letztes Mal mit der Faust gegen die Tür, dann drehte sie sich zufrieden zu mir um. »Das ist fabelhaft! Es tut mir leid, Mayling, du weißt ja, dass ich dich aufrichtig liebe, aber das hier macht wesentlich mehr Spaß, als sich in Bäumen zu verstecken. Ich habe sehr überzeugend geklungen, was? Wahrscheinlich hätte ich nach deiner Erschaffung in Hollywood bleiben sollen, aber Magoth war so unangenehm, und … na ja, du weißt ja. Aber das hier ist wirklich mein Ding! Ich bin ein Naturtalent, findest du nicht auch?«

Ich lehnte mich gegen die Wand und verschränkte die Arme. »Ich nehme an, du hast einen Plan. Einen Plan, zu dem du dich einsperren lassen musstest?«

»Ah, sieh mal einer an! Ich habe Drake gesagt, dass du es sofort begreifen würdest, aber er hatte seine Zweifel.«

»Drake?« Ich richtete mich auf. »Ist Gabriel bei ihm? Hat er meine Nachricht bekommen?«

»Natürlich. Deshalb bin ich doch hier. Gibt es hier keinen Stuhl?«, fragte sie stirnrunzelnd.

»Nein. Warum genau bist du denn hier? Ist Gabriel in der Lage, mich vor Akasha zu bewahren? Wird er das Urteil anfechten?«

»Nein, besser noch«, erwiderte sie lächelnd. Sie blickte sich rasch um, dann beugte sie sich dicht zu mir und flüsterte: »Wir werden dich hier heraushauen.«

»Mich heraushauen …« Ich schloss einen Moment lang die Augen. »Du hast zu viele Western gesehen. Heutzutage bricht niemand mehr aus dem Gefängnis aus. Vor allem nicht, wenn es vom Komitee des Au-delà bewacht wird.«

»Deshalb ist ja der Plan so unglaublich gerissen«, sagte sie und drückte meinen Arm. »Sie erwarten alle, dass du versuchst auszubrechen – aber dass wir dich hier herausholen, damit rechnet niemand.«

»Oh«, sagte ich und rutschte an der Wand auf den Boden. »Das muss ja schiefgehen. Du hast dir diesen Plan nicht etwa selber ausgedacht, oder?« Ich blickte sie misstrauisch an.

Sie warf mir einen beleidigten Blick zu. »Jetzt sei nicht immer so negativ. Gabriel hat sich den Plan ausgedacht, und Drake und ich helfen ihm. Ich bin der Köder, verstehst du?«

»Ja, klar. Und was ist das für ein grandioser Plan?«

Sie presste die Lippen zusammen. »Das darf ich dir nicht sagen.«

»Warum nicht?«

»Hier könnten ja Wanzen sein. Sie sollen doch nichts von unseren Plänen wissen.«

»Wenn sie uns belauschen, wissen sie ja jetzt sowieso schon, dass wir etwas vorhaben«, erwiderte ich.

»Ja, aber nicht, was«, sagte sie und entledigte sich ihres Jacketts, gefolgt von ihrer Bluse, ihren Schuhen, der Jeans und den glitzernden rosa Socken, die sie so gerne trug, obwohl sie besser zu einer Zwölfjährigen gepasst hätten.

Verwirrt schaute ich ihrem Striptease zu, plötzlich jedoch kam mir ein Gedanke.

»Du meinst doch nicht …«

»Schscht«, sagte sie und zog sich den Schal vom Kopf, mit dem sie ihre Haare zurückhielt. »Wanzen.«

Ich überlegte einen Moment. Der Plan, den Gabriel sich

offenbar ausgedacht hatte, gefiel mir zwar nicht, aber ich hatte keine Alternative. Ich zog mich aus.

Eine halbe Stunde später öffnete Tej die Tür. »Cyrene Northcott? Sie können jetzt zum Komitee kommen.«

Ich ignorierte Cyrene, die in meinen Sachen in der Ecke kauerte, und trat zur Tür. Zwar war ich mir nicht sicher, ob überhaupt jemand auf den Trick hereinfallen würde, zumal Cyrenes Haare ein bisschen länger waren als meine, aber Tej warf mir keinen zweiten Blick zu, als ich aus der Zelle marschierte. »Das wurde aber auch Zeit«, sagte ich mit Cyrenes melodischer Stimme. »Ich war ja eine Ewigkeit da drin. Sie haben kein Recht, mich festzuhalten! Ich habe nichts getan!«

Tej schwieg und führte mich in einen Raum.

Mein Magen zog sich zusammen, als ich sah, dass einer der drei Männer, die an einem langen Tisch saßen, Dr. Kostich war, aber dann fiel mir ein, dass Cyrene als Najade ihn nicht zu fürchten brauchte. Mit hocherhobenem Kopf stürmte ich auf den Tisch zu. »Das ist eine absolute Unverschämtheit! Ich verlange sofort freigelassen zu werden. Wenn nicht, werde ich meine Schwestern rufen, und das wird Ihnen noch leidtun.«

Der Mann am Ende des Tisches, ein dunkelhäutiger Mann mit schönen braunen Augen verzog das Gesicht. »Ich bin Monish Lakshmanan, zurzeit Leiter der Wache. Sie sind Cyrene Northcott?«

»Ja, wer sonst.«

»Ich kann Ihnen mitteilen, dass die Anklage gegen Sie aus Mangel an Beweisen fallen gelassen wurde.«

»Das ist auch nur richtig so. Ich habe diese ... äh ... Person nie angegriffen!«, erwiderte ich.

»Der fragliche *Drache*«, sagte Monish und blickte mich wachsam an, »weigerte sich, eine Aussage zu machen, und hat das Gebäude eilig verlassen.«

»Er war ein Lügner«, erwiderte ich und warf den Kopf mit einer für Cyrene typischen Geste zurück.

»*Sie* hat auf jeden Fall keine Aussage gemacht, die für eine Anklage ausreicht«, sagte Monish.

Ich zwang mich zu einem plätschernden Lachen. »Sind Sie etwa auf diese Transvestiten-Nummer hereingefallen? Ich hätte Sie nicht für so dumm gehalten. Sie können mir glauben, Mr Lakshmanan – dieser Drache war keine Dame.«

Niemand sagte etwas.

Monish räusperte sich und warf dem Magier neben sich einen Blick zu. »In der Tat. Ihre Anwesenheit scheint ein merkwürdiger Zufall zu sein, Miss Northcott. Ihre Schwester wurde verhaftet und verurteilt, und am selben Tag wird gegen Sie Anzeige erstattet und auf mysteriöse Weise sofort wieder fallen gelassen.«

Ich bemühte mich, mir meine Überraschung nicht anmerken zu lassen. *Schwester?* Monish hatte *Schwester* gesagt, nicht Zwilling. In Verbindung mit einer Doppelgängerin wurde das Wort »Schwester« eigentlich nie gebraucht, es sei denn als liebevolle Anrede des Zwillings. Das konnte nur bedeuten, dass Monish und die anderen sich über unsere wahre Beziehung nicht im Klaren waren. Savian wusste, dass ich eine Doppelgängerin war, ebenso wie Porter. Warum hatte keiner von ihnen das dem Komitee gesagt? Aber das Warum spielte jetzt keine Rolle. Wichtig war nur, dass mein wahrer Ursprung offensichtlich verborgen geblieben war, und genau das war, wie ich nun verstand, der Schlüssel zu Gabriels Plan.

»Nun, natürlich ist es kein Zufall«, gab ich zu. Meine Gedanken überschlugen sich. »Sie ist meine Schwester! Glauben Sie, ich sehe tatenlos zu, dass Sie Gott weiß was mit ihr machen? Diese ganze Geschichte, dass die arme May ein Dieb sein soll, ist einfach lächerlich. Lächerlich! Sie ist so unschuldig wie ich!«

»In der Tat«, sagte Dr. Kostich. Er betrachtete mich eingehend, und ich hatte das schreckliche Gefühl, dass er weit mehr sah, als mir lieb war. »Es fällt mir schwer, das zu glauben.«

Hochmütig hob ich das Kinn. Magier und Elementarwesen verband eine lange Geschichte voller Auseinandersetzungen und Missverständnisse, und ich wusste, dass Cyrene ihn nicht besonders mochte. »Stellen Sie meine Worte infrage, Magier?«

»Nicht Ihre Worte, Najade«, antwortete er glatt. »Ich mache mir nur Gedanken über Ihre Identität.«

»Meine *Identität*?«, schnaubte ich. »Glauben Sie etwa nicht, dass ich eine Najade bin?«

»Sie sehen ihrer Schwester sehr ähnlich«, erklärte Monish. »Sind Sie Zwillinge?«

Ich konnte nicht lügen. Das hätten beide Männer sicher sofort gemerkt. Ausflüchte waren eine Sache – das lag einem Doppelgänger im Blut, aber Lügen sprach ich nur selten aus, weil ich nicht gut darin war. »Ja, wir sind Zwillinge. Aber es gibt deutliche Unterschiede zwischen uns!« Wie zum Beispiel die Tatsache, dass ich eine Doppelgängerin und Cyrene ein Elementarwesen war.

»In diesem Fall macht es Ihnen doch sicher nichts aus, uns zu beweisen, dass Sie auch tatsächlich eine Najade sind«, sagte Dr. Kostich mit einem Lächeln.

»Sie glauben mir nicht? Mir, der neunten Schwester aus dem Haus der Hydriaden? Ich bin eine Najade, eine Tochter von Tethys, und Sie besitzen die Kühnheit, das anzuzweifeln? Ich bin noch nie so beleidigt worden!«

»Es ist nicht als Beleidigung gemeint«, erwiderte Kostich besänftigend. »Eher als Überprüfung ...«

»Na gut!«, brüllte ich und schlug mit beiden Händen auf die Tischplatte. »Ich soll beweisen, dass ich eine Najade bin? Soll ich Wasser beschwören, um Ihnen, einem Magier, der nichts von den Elementen versteht, meinen Wert zu beweisen? Wollen Sie das?« Ich hob die Hände. »Na gut! Ich werde Wasser beschwören, und zwar so viel Wasser, dass dieses lächerliche Zimmer überflutet wird und Sie mit ihm! Und wenn Ihnen das Wasser bis zum Hals steht und Sie nach Luft schnappen, dann glauben Sie mir vielleicht!«

»Warten Sie!«, unterbrach Monish. Er blickte nervös von Kostich zu mir. »Äh ... bei allem gebotenen Respekt, Sir, ich glaube, so ein extremer Akt ist nicht notwendig. Dieses Zimmer kann solche Wassermassen nicht aufnehmen.«

Kostich kniff die Augen zusammen, aber bevor er antworten konnte, flog die Tür auf. Mein Herz machte einen Satz, als ich Gabriel sah, der, begleitet von Drake und seinen beiden Leibwächtern, hereinstürmte.

»Ich verlange, dass meine Gefährtin freigelassen wird«, knurrte Gabriel. Sein Blick glitt so gleichgültig über mich hinweg, dass ich einen Augenblick lang glaubte, er würde mich nicht erkennen, aber ich verwarf diesen Gedanken sofort wieder.

»Es wurde aber auch Zeit, dass du kommst«, erklärte ich und warf einmal mehr den Kopf zurück.

»Halt den Mund, Frau!«, fuhr er mich an, ohne seinen Blick von Dr. Kostich zu wenden.

Einen Moment lang erschreckte mich die Wut in seiner Stimme. Was für eine Rolle sollte ich als Cyrene spielen? Die Unterwürfige? Nein, das war nicht Cyrene. Sollte ich schweigen und ihm das Reden überlassen? Nein, das sah Cyrene auch nicht ähnlich. Wenn sie sich über irgendetwas aufregte, erfuhr die ganze Welt davon.

Ich ergriff den Stapel Papiere auf dem Tisch vor mir und warf ihn nach Gabriel. »Halt den Mund? *Halt den Mund?* Ich bin die Einzige, die sich überhaupt darum gekümmert hat, dass May entlassen wird, du großer ... großer ... Drache! Wag es nicht, mir den Mund zu verbieten! Ich verlange, dass Sie *mir* zuhören und nicht ihm«, sagte ich zu Monish.

Er schnalzte mit der Zunge und wies den Büroboten an, die Papiere aufzuheben.

»Sprich nicht so mit mir!«, brüllte Gabriel. Er packte meinen Arm und zerrte mich zurück. Seine Augen sprühten Feuer.

Erneut ergriff ich einen Stapel Papiere und warf sie ihm an den Kopf. »Ich spreche mit dir, wie ich will. Du bist ja nicht *mein* Gefährte, den Göttern sei Dank. Immer machst du Ärger. Wahrscheinlich bist du überhaupt schuld, dass die arme May im Gefängnis sitzt.«

»Und du bist eine Gefahr für dich und andere. Du wirst von nun an May nur noch sehen, wenn ich dabei bin.«

»Oh!«, schrie ich und griff nach dem Wasserkrug, der vor Dr. Kostich stand.

»Schluss jetzt!«, schrie Kostich, hochrot im Gesicht vor

Wut. »Dieses Benehmen ist unerhört. Wachtmeister, schaffen Sie diese Frau aus meinen Augen.«

»So lasse ich mich nicht behandeln«, schrie ich und goss das Wasser über den kleinen Mann, der die Papiere aufhob. »Sie werden noch von mir hören, Magier. Die Schwesternschaft wird ebenso davon erfahren wie der Rat der Elementalisten! Ich verlange Gerechtigkeit.«

Ich drehte mich auf dem Absatz um und marschierte hocherhobenen Hauptes aus dem Zimmer. Der klatschnasse Wachtmeister rannte hinter mir her. Drake, der die ganze Zeit geschwiegen hatte, zog eine Augenbraue hoch, als ich wütend an ihm vorbeirauschte.

»Was Ihre Forderungen angeht, Tauhou ...«, sagte Kostich, aber den Rest hörte ich nicht mehr. Der Wachtmeister fasste mich nicht an. Er scheuchte mich hastig die Treppe hinunter und aus dem Gebäude heraus, wobei er murmelte, ich solle nur wiederkommen, wenn ich gerufen würde.

Ich schnaubte empört, als er wieder ins Haus zurückging, und stieß einen Seufzer der Erleichterung aus, sobald er außer Hörweite war.

Ich war mir nicht sicher, was ich jetzt tun sollte, aber ich brauchte nicht lange zu warten. Ich war erst ein paar Schritte gegangen, als die Drachen aus dem Gebäude gestürmt kamen. Gabriel belegte Monish, der mit dem Wachtmeister den Eingang versperrte, mit Flüchen.

Dicht gefolgt von Drake und den beiden Bodyguards rannte Gabriel an mir vorbei. »Hey!«, schrie ich und lief ihnen nach. »Ich bin noch nicht fertig mit euch!«

Die Männer blieben an einer eleganten schwarzen Limousine aus den Dreißigerjahren stehen. Ich wartete erst gar nicht auf eine Aufforderung; ich stieß Gabriel zur Seite und kletterte hastig auf den Rücksitz. Im Stillen betete ich, dass jetzt niemand kam, der mich wieder ins Gebäude zurückholte.

Erst als der Wagen um die Ecke gebogen war und eine belebte Pariser Straße entlangfuhr, entspannte ich mich. Gabriel legte den Arm um mich und küsste mich leidenschaftlich.

»Du bist eine verdammt gute Schauspielerin«, murmelte er an meinen Lippen.

Lächelnd biss ich in seine Unterlippe; mein Herz schlug mir bis zum Hals. Zum Teil lag das an meinem Adrenalinspiegel wegen der Szene mit Kostich, hauptsächlich jedoch an dem Mann, auf dessen Schoß ich saß.

Ich gab einen kleinen Laut der Enttäuschung von mir, als Gabriel sich von mir löste.

»Ich weiß deinen Enthusiasmus zu schätzen, mein kleiner Vogel, aber jetzt ist nicht der richtige Zeitpunkt.« Er nickte zu Drake hin, der uns gegenübersaß.

Ich kniff ihn in die Hand. »Du kannst vor einem anderen Drachen deine eigene Gefährtin nicht küssen?«

»Es gehört sich nicht«, antwortete Drake gleichmütig. Ich hätte schwören können, dass er ein Lächeln unterdrückte.

»Drachen-Etikette verlangt, dass Gefährtinnen mit dem höchsten Respekt in der Öffentlichkeit behandelt werden«, sagte Gabriel ernst. »Übermäßige Zurschaustellung von Gefühlen wird von den anderen Drachen nicht gern gesehen.«

Seine Worte mochten ja gesetzt klingen, aber seine Augen glühten wie geschmolzenes Silber.

»Scheiß auf die Etikette!«, sagte ich, packte seinen Kopf

und zog ihn über mich. Ich stöhnte, als seine Zunge in meinen Mund drang. Am liebsten wäre ich in ihn hineingekrochen.

»Feuer!«, flüsterte ich. Seine Lippen verzogen sich zu einem Lächeln, und dann wurde ich von Drachenfeuer erfüllt und verzehrt. Ich genoss seine Wärme und gab es ihm mit einer Freude zurück, die meine Seele in Brand zu setzen drohte.

»Ich erwähne es nur ungern, aber die Polster sind zwar feuersicher, allerdings nur bis zu einem gewissen Grad«, warf Drake ein. »Das hier ist das Lieblingsauto von Aisling, und ich möchte nicht, dass es Schaden nimmt.« Drakes Stimme goss Wasser auf die Flammen unserer Leidenschaft.

»Ich sollte dich bestrafen, weil du dich nicht an die Etikette hältst«, sagte Gabriel. Sinnliche Versprechungen schwangen in seiner schönen Stimme mit.

»Es nützt nichts«, sagte Drake und seufzte. »Ich habe viele Male versucht, Aisling zu belehren, aber sie hört einfach nicht auf mich. Ich habe festgestellt, dass dies für amerikanische Frauen typisch zu sein scheint. Aber vielleicht hast du ja mit May mehr Glück.«

Ich schnaubte. »Bild dir nur ja keine Schwachheiten ein«, sagte ich zu Gabriel.

Er grinste, und ich schmolz dahin.

»Amerikanische Frauen«, sagte Drake kopfschüttelnd.

»Was passiert jetzt mit Cy?«, fragte ich Gabriel. »Habt ihr ihre Rettung auch geplant?«

»Sie befreit sich selbst in etwa ...« Er blickte auf die Uhr. »... zwei Stunden. Genug Zeit für uns, um dich sicher nach England zu schaffen. Dann wird sie sich als wahre Najade zu erkennen geben und behaupten, du hättest sie betäubt, um zu fliehen.«

»Werden Sie denn nicht merken, dass sie gar nicht betäubt worden ist?«

»Aber sie wird ja betäubt sein«, erwiderte Gabriel und strich mir übers Bein. »Sie hat ein kleines Fläschchen mit einem Schlafmittel dabei, das sie wahrscheinlich genommen hat, nachdem du die Zelle verlassen hast. Wenn sie aufwacht, wird sie ihre Fähigkeiten als Najade einsetzen, und da das Komitee nichts gegen sie vorzubringen hat, müssen sie sie gehen lassen.«

»Das ist klug eingefädelt«, sagte ich bewundernd.

»Ja, das fanden wir auch. Und da du jetzt wieder frei bist, möchtest du uns vielleicht erzählen, wie du überhaupt dorthin gekommen bist?«, fragte Drake.

Ich zögerte einen Moment. Eigentlich wollte ich ihnen nichts von dem Erpresser und dem Amulett erzählen, aber mir war klar, dass die Verbindung zu Kostya wichtig war. Also berichtete ich ihnen, dass Cyrene erpresst worden war und der Erpresser mir befohlen hatte, das Amulett zu stehlen.

»Von Kostya?« Drakes Miene war nachdenklich.

»Hat der Erpresser denn gesagt, was es für ein Amulett war?«, fragte Gabriel.

»Nein. Er hat überhaupt nichts gesagt, weder was es war, noch warum er es wollte oder wie Kostya in den Besitz gelangt ist.« Als ich das Amulett erwähnte, fiel mir etwas ein. »Was passiert denn mit meinen Sachen, die das Komitee in Verwahrung genommen hat, als sie mich festgenommen haben?«

Gabriel überlegte. »Sie werden sie wahrscheinlich irgendwo eingeschlossen haben. Wir können jetzt nicht gut darum bitten, dass sie sie uns zurückgeben.«

»Ja, aber ...« Ich biss mir auf die Lippe.

»War etwas von Wert dabei?«, fragte Drake. Seine Augen glitzerten, und er hob die Nase, als ob er Witterung aufnähme.

»Nein, nicht wirklich. Allerdings hätte ich meine Pässe gerne zurück«, sagte ich vorsichtig. »Ich brauche sie, wenn ich nicht erkannt werden will.«

»Wir lassen dir neue machen«, sagte Gabriel.

Wieder schnüffelte Drake, dann sprang er plötzlich auf mich zu und drückte sein Gesicht zwischen meine Brüste. Ich kreischte auf und wich zurück. Gabriel knurrte.

»Ich wollte nicht respektlos sein«, sagte Drake, als Gabriel ihn auf seinen Platz zurückdrückte. »Deine Gefährtin hat Gold bei sich getragen. Es ist noch nicht lange her.«

Beide Drachen blickten mich an. »Gold?«, fragte Gabriel. »Du hast Gold?«

»Nein, ich habe kein Gold«, erwiderte ich. Ihre Reaktion amüsierte mich. »Kostya hat Gold. Ich habe ein paar Schmuckstücke berührt, als ich in seiner Truhe gekramt habe.«

»Was für Gold?«, fragte Gabriel. In seinen Augen glomm ein gieriges Licht.

»War das Amulett aus Gold?«, fragte Drake.

»Ich glaube schon. Allerdings kann ich über die Qualität des Goldes nichts sagen. Kostya hatte eine ganze Menge Sachen, und das Phylakterium war ganz bestimmt in einer der verschlossenen Truhen. Es waren insgesamt drei, zwei davon verschlossen und versiegelt. Das Amulett habe ich ganz unten in der unverschlossenen Truhe gefunden.«

»Unverschlossen«, sagte Drake geringschätzig. »Er würde nie etwas Wertvolles in einer unverschlossenen Truhe aufbewahren. Dieses Amulett kann nicht viel wert sein.«

»Aber es war aus Gold«, sagte Gabriel. »Was hast du denn im Lager noch gefunden?«

Ich musste unwillkürlich lächeln. »Ich wusste ja, dass Drachen Gold lieben – aber dass du so besessen davon bist, war mir nicht klar.«

»Ich bin nicht besessen ... na ja, ein bisschen vielleicht ... aber wir Drachen finden Gold eben unglaublich ...« Er zog meine Hand an die Lippen und malte mit seiner Zunge eine Feuerspur auf meine Fingerspitzen.

»Wertvoll?« Ich fragte mich, warum Männer mit solchen Reichtümern so hinter ein bisschen Gold her waren. »Kostbar?«

»Begehrenswert«, sagte Drake.

»Erregend«, korrigierte Gabriel ihn und knabberte an meinen Fingerspitzen. Mir liefen kleine Schauer über den Rücken.

»Ja, erregend. Überaus erregend.« Drake runzelte die Stirn und zog sein Handy hervor. »Ich muss Aisling anrufen.«

Ich drehte mich zu Gabriel, damit Drake ungestört telefonieren konnte. »Und was ist mit dir?«, fragte ich und erschauerte erneut, als seine Zunge über meinen Daumen glitt. »Hat Gold auf dich auch eine erotische Wirkung?«

Sein Blick war heiß. »Absolut. Ich freue mich schon darauf, dich nur mit meinem Gold bekleidet zu sehen ...«

Ich hätte mich am liebsten an ihn geschmiegt, und es kostete mich Überwindung, wieder zu unserem Gespräch zurückzukehren. »Äh ... was hattest du mich noch mal gefragt?«

Auch ihn kostete es Anstrengung, seine Gedanken wieder zu sammeln, eine Tatsache, die mich freute. »Äh ... was du in Kostyas Lager gefunden hast.«

»Ah ja, genau.« Ich überlegte einen Augenblick lang. »In der unverschlossenen Truhe war nicht viel. Ein paar Ketten, das Amulett, ein paar alte Teppiche und mehr nicht.«

»Du hattest also keine Schwierigkeiten, in das Lager zu kommen?«, fragte Drake und steckte sein Handy wieder in die Tasche. »Hat dich der Erpresser hereingelassen?«

»Im Gegenteil, er meinte, es wäre nicht einfach, hineinzukommen. Aber ... na ja, es war jemand vor mir da.« Ich erzählte ihnen von dem Drachenbann an der Tür, und dass das Fenster offen gewesen war.

»Kostya kam herein, als ich in der unverschlossenen Truhe kramte. Er war sichtbar überrascht, er hat bestimmt nicht damit gerechnet, dass jemand in seinem Lager war. Und das bedeutet, dass jemand anders die Alarmanlage ausgestellt und das Fenster geöffnet haben muss.«

Drake warf Gabriel einen Blick zu.

»Ich war doch den ganzen Tag mit dir zusammen, weil wir versucht haben, Maata und Tipene zu finden«, erklärte Gabriel.

»Oh!«, sagte ich schuldbewusst. »Es tut mir leid. Ich war so mit meinen eigenen Problemen beschäftigt, dass ich dich gar nicht nach ihnen gefragt habe. Hast du etwas herausgefunden?«

Gabriel schüttelte den Kopf. »Nein. Sie sind wie vom Erdboden verschluckt.«

»Und jemand ist in Kostyas Lager eingebrochen«, sagte Drake nachdenklich.

Gabriel verzog das Gesicht. »Fiat?«

»Möglicherweise. Oder einer der roten Drachen«, antwortete Drake. »Vielleicht ist Chuan Ren ja aus Abaddon entlassen worden. Allerdings glaube ich, dass sie dann zuerst auf Aisling und mich losgegangen wäre.«

»Es muss Fiat sein. Er würde vor nichts zurückschrecken, um wieder Kontrolle über die blauen Drachen zu bekommen.« Gabriel ergriff meine Hand. »Und Kostya hat nichts zu verlieren, wenn er Maata und Tipene gefangen hält.«

»Glaubst du, er tut ihnen etwas an?«, fragte ich.

»Wenn er das täte, würde er Krieg gegen sich heraufbeschwören, nicht nur mit den silbernen Drachen, sondern auch mit den anderen.« Fragend blickte er Drake an.

Drake nickte. »Es wäre ein feindseliger Akt gegen eine Sippe des Weyr, wenn er deine Leibwächter töten würde. Nach den Gesetzen müssten die anderen ihn dann vernichten.«

»Porter hat übrigens einen überraschten Eindruck gemacht, als ich ihn gefragt habe, für welchen Dämonenfürsten er arbeitet«, sagte ich nachdenklich. »Ich frage mich, ob Cyrene ihn wohl richtig verstanden hat, als er sagte, er würde für einen Schreckenslord arbeiten.«

»Schreckenslord?«, fragte Drake. »Hat er dieses Wort benutzt?«

Ich nickte. »Hat es eine spezielle Bedeutung? Ich weiß nur, dass es ein anderes Wort für Dämonenfürst ist.«

Drake und Gabriel wechselten einen Blick. »Heutzutage ja, aber in früheren Jahrhunderten hatte es viele Bedeutungen ... unter anderem auch Wyvern.«

»Oh! Dann arbeitet Porter vielleicht für einen Drachen? Einer von denen, die du erwähnt hast?«

»Ich weiß es nicht«, erwiderte er. »Aber das ist ein interessanter Gedanke.«

»Und was wollen wir jetzt tun?«, fragte ich. Ich war auf einmal schrecklich erschöpft.

Gabriel zog mich an sich, und ich genoss seine Wärme und Nähe. »Zuerst bringen wir dich außer Landes.«

»Du kannst gerne bei Aisling und mir wohnen«, bot Drake an. »Offensichtlich haben die Diebesfänger dein Haus gefunden, Gabriel.«

Gabriel nickte. »Und dann werden wir wohl einen Blick in Kostyas verschlossene Truhen werfen müssen. Das Phylakterium muss in einer von beiden sein.«

»Und das Amulett?«, fragte ich.

»Es stellt uns vor viele Fragen, aber ich glaube nicht, dass es wichtig ist«, erwiderte Gabriel nach kurzem Überlegen. »Es wurde in einer unverschlossenen Truhe aufbewahrt, und Kostya hätte es nie dort hineingelegt, wenn es wertvoll wäre. Vielleicht wollte der Diebesfänger dich absichtlich in die Irre führen.«

»Oder er hat auf eigene Rechnung gearbeitet«, sagte Drake.

Gabriel nickte.

»Und wenn sich nun herausstellt, dass er tatsächlich für einen Drachen arbeitet?«, fragte ich.

Gabriel zog mich enger an sich. »Dann werden wir auch

damit fertig. Aber am wichtigsten ist das Phylakterium. Es ist der einzige Gegenstand, mit dem ich um die Freilassung meiner Leibwächter verhandeln kann. Ich muss es einfach haben.«

»Einverstanden«, sagte Drake nach kurzem Zögern. »Wahrscheinlich rechnet er damit.«

Gabriel antwortete nicht, aber sein Lächeln jagte mir erneut einen Schauer über den Rücken ... dieses Mal vor Kälte.

16

»Endlich allein«, sagte Gabriel und ließ seine Grübchen sehen. Er schloss die Tür und lehnte sich dagegen. Ich schaute ihn an. Drake schien oft die Farbe seiner Sippe zu tragen, aber Gabriel war nicht in Silber gekleidet. Er trug verblichene Jeans und ein dunkelrotes Hemd, das am Hals so weit offen stand, dass man die Kette sehen konnte, an der das silberne Emblem seiner Sippe hing. Er war der sexyste Mann, der mir je begegnet war, und ich wollte ihn gerade anspringen, als es an der Tür klopfte. Als sie aufging, stieß sie gegen seinen Kopf.

»Oh, Entschuldigung, ich wusste nicht, dass du da bist«, sagte Aisling, als Gabriel die Tür ganz aufmachte. Sie lächelte uns an. »Ich wollte nur nachsehen, ob alles in Ordnung ist. Dort ist übrigens das Badezimmer.« Sie zeigte auf die Tür an der gegenüberliegenden Wand.

»Danke, wir hätten es schon gefunden«, erwiderte ich.

Aisling zog die Bettdecke glatt und trat an einen großen antiken Schrank. »Hier müssten auch noch zusätzliche Decken sein, wenn es euch kalt wird. Oh, und natürlich ist alles feuerfest, sodass ihr ... na ja ... das brauche ich wohl nicht zu erklären.«

»Alles ist wunderbar«, sagte ich verlegen. Gabriel schaute mich mit einer Intensität an, dass mir ganz heiß wurde, aber es war mir peinlich, dass alle es mitbekamen.

Auf einmal tauchte Drake in der Tür auf. Mit einem entschuldigenden Blick in Richtung Gabriel schalt er seine

Frau: »*Kincsem*, du solltest schon seit einer Stunde im Bett liegen. Du überanstrengst dich.«

»Ich bin schwanger, nicht blöd, Drake! Natürlich weiß ich, dass sie alleine sein wollen, aber ich wollte mich nur rasch vergewissern, dass sie auch alles haben, was sie brauchen. Es gibt nichts Ärgerlicheres, als mittendrin unterbrochen zu werden, weil ...« Aislings Stimme wurde leiser, als die beiden den Gang hinuntergingen.

Seufzend schloss Gabriel die Tür und lehnte sich dagegen. Seine Augen blitzten, und er sah mich verheißungsvoll an. »Endlich all...«

Erneut öffnete sich die Tür und ließ Gabriel ein paar Schritte vorwärtstaumeln. Auf der Schwelle stand der schwarze Hund.

»He! Cy ist gerade gekommen, May. Ich dachte, du wolltest das vielleicht wissen, weil du dir doch Sorgen gemacht hast. Ich glaube, Aisling hat sie in dem Zimmer am anderen Ende des Flurs untergebracht. Willst du sie sehen, bevor Gabe und du euch an die Arbeit macht?«

Ich zögerte. Wahrscheinlich sollte ich mich besser mit eigenen Augen davon überzeugen, dass es Cyrene gut ging.

»Ist sie verletzt?«, fragte Gabriel.

Jim schüttelte den Kopf. »Nein. Sie hat erzählt, sie hätte das Haus fast unter Wasser gesetzt, ehe sie sie gehen ließen, aber es geht ihr gut. István hat ihr gesagt, dass wir einen Pool im Keller haben, und dort ist sie jetzt.«

»Dann reicht es, wenn wir sie morgen früh sehen«, sagte Gabriel mit fester Stimme und schob den Dämon aus dem Zimmer.

»Sie hat allerdings gemeint, sie müsse May etwas sagen.

Wenn ich euch helfen soll, die Möbel zu verrücken, damit ihr es auf Drachenart machen könnt, sagt mir Bescheid ...«

Gabriel schlug ihm die Tür vor der Nase zu.

»Ich wollte nur nett sein!«, schrie er.

Gabriel warf einen grollenden Blick auf die Tür und wandte sich wieder mir zu.

Ich beschloss, dass er eine Belohnung verdient hatte. Langsam schlüpfte ich aus Bluse und Hose und ließ meine Hände sinnlich über meine Hüften gleiten.

Gabriel riss die Augen auf und verschlang mich mit seinen Blicken. Er schluckte ein paarmal und sagte dann mit erstickter Stimme: »Endlich all...«

»Wir bringen euer Gepäck«, sagte jemand hinter ihm. Gabriel sprang zur Seite, ehe er erneut die Tür in den Rücken bekam. István trat ein und trug meine Koffer herein. Es geschah so schnell, dass ich mir nicht einmal meine Bluse vorhalten konnte.

István zog die Augenbrauen hoch, als er meine Kleidung auf dem Stuhl sah. »Oh, Entschuldigung! Ihr könnt die Tür auch abschließen.«

»Ich werde beim nächsten Mal darauf achten«, erwiderte Gabriel.

István grinste und verschwand wieder. Gabriel verschloss die Tür und zählte seufzend bis zehn. »Sollen wir es noch einmal versuchen?«

»Ich weiß nicht – ich komme mir langsam vor wie in einem Film von den Marx Brothers, findest du nicht auch?«

Sein Lächeln wärmte mich bis in die Zehenspitzen, aber

sein Blick gab mir das Gefühl zu brennen. »Du bist hinreißend, ich weiß gar nicht, wo ich anfangen soll.« Sein Blick glitt über meinen Körper.

Lachend stellte ich einen Fuß auf den Stuhl und wies mit dem Kinn auf das Messer an meinem Knöchel. »Am besten hilfst du mir zuerst, das hier abzunehmen.«

Er blickte auf mein Bein. Er blickte auf meine Brüste, dann wieder auf mein Bein, mit einem kurzen Zwischenstopp auf Hüften und Bauch.

»Nein?«, fragte ich amüsiert, erregt und leicht verwirrt von seinem Zögern.

Er schluckte und schüttelte den Kopf. »Ich begehre dich«, sagte er schließlich mit erstickter Stimme.

»Das sehe ich«, erwiderte ich und blickte auf die Ausbuchtung in seiner Hose.

»Ich meine, ich will dich wirklich. Ich brauche dich. Jetzt, auf der Stelle.«

»Nun, ich sehe da kein Problem, es sei denn, Cyrene kann auf einmal Türschlösser knacken«, sagte ich und schnallte das Messer ab.

Ich richtete mich auf und fragte mich, was ihn denn davon abhielt, sich auf mich zu stürzen. Ich beschloss, ihn ein wenig zu ermutigen. Ich öffnete meinen Büstenhalter und ließ ihn zu Boden fallen.

Gabriel fluchte leise in seiner Muttersprache und blickte mich aus großen Augen an.

Ich beobachtete ihn einen Moment lang. Er war so steif wie ein Brett, und nur an seinen Augen, die über meinen Körper wanderten, sah man, dass er noch lebte. Er hatte sogar aufgehört zu atmen.

Ich schlüpfte aus meiner Unterwäsche und wandte ihm mein Hinterteil zu.

Ein seltsam gurgelnder Laut entrang sich ihm, aber es geschah nichts.

»Mache ich etwas falsch?«, fragte ich schließlich. Frustriert hob ich die Hände. »Soll ich nicht nackt sein?«

Er wimmerte leise und ballte die Fäuste. »Ich kann mir im Moment nichts Schöneres vorstellen.«

»Warum stehst du denn stocksteif da und gibst seltsame Laute von dir? Ich bin nackt, und wenn du noch lange wartest, habe ich das Gefühl, ich müsste erst mal zehn Pfund abnehmen, damit du mich reizvoll findest.«

Er schloss für einen Moment die Augen. Sein Gesicht war schmerzverzerrt. »Ich mag ja ein Drache sein, aber ich bin kein Tier, Mayling. Du willst mich offensichtlich mit diesem ... unglaublichen ... Striptease erregen, und ich bleibe hier stehen und lasse dich weitermachen. Und wenn es mich umbringt.«

»Gabriel«, sagte ich lächelnd.

»Nicht«, erwiderte er, die Augen immer noch geschlossen. Er zitterte am ganzen Körper.

»Was nicht?«

»Sag nicht meinen Namen. Ich glaube, ich kann es nicht ertragen.«

Ich schüttelte den Kopf und trat lachend auf ihn zu, um ihm das Hemd aufzuknöpfen. »Ich verstehe dich nicht. Du verhältst dich so, als wolltest du mit mir schlafen, aber ich darf deinen Namen nicht sagen?«

»Nein«, antwortete er mit rauer Stimme. »Wenn du meinen Namen sagst, kann ich nur noch daran denken, mich mit dir zu vereinigen. Du bist meine Gefährtin, Mayling, ich will nicht nur mit dir schlafen. Ich muss mich mit dir vereinigen. Ich hungere nach dir, so wie ein Sterblicher hungert, wenn er keine Nahrung erhält.«

»Warum stehen wir dann hier und reden, während wir schon längst im Bett liegen und heiße Drachenliebe machen könnten?«, fragte ich und ließ meine Hand über seine Brust zu seinem Bauch gleiten.

»Ich bin kein Tier«, wiederholte er, »aber ich bin natürlich ein Drache, und wenn wir uns paaren, so ist das intensiv. Du bist eine Frau und musst erst so erregt sein, dass ich dir beim Beischlaf nicht wehtue.«

»Redest du über das Vorspiel?«, fragte ich. So langsam dämmerte mir, was er meinte.

»Ja. Du verdienst ein Vorspiel, aber ich brauche bloß deine seidenweiche Haut zu berühren, und schon kann ich mich nicht mehr beherrschen. Ich kann dir kein Vorspiel geben, Mayling. Es tut mir schrecklich leid, aber ich kann es einfach nicht.«

»Aber du kannst hier stehen und darüber reden«, erklärte ich.

»Nur weil ich fest entschlossen bin, dir zu beweisen, dass ich dich mehr schätze als alles andere in meinem Leben. Ich wäre dir sehr dankbar, wenn du meinen Bauch nicht mehr streicheln würdest, denn das halte ich nicht aus. Am liebsten wäre es mir, du würdest dich selbst erregen und mir sagen, wenn du so weit bist.«

Er hatte die Augen schon wieder geschlossen, als könne er mich nicht anschauen.

»Ich soll mich also selbst erregen?«, sagte ich und verkniff mir das Lachen.

»Ja. Normalerweise würde ich das ja übernehmen, aber heute kann ich es nicht.«

Ich lächelte, amüsiert und gerührt zugleich. Er versuchte mit aller Macht, mir zu vermitteln, dass er mehr Mann als Tier war, aber ich hatte auch Bedürfnisse, und die wurden nicht befriedigt, wenn wir hier standen und redeten. Ich packte sein Hemd mit beiden Händen und riss es ihm förmlich vom Leib. »Nimm mich!«, verlangte ich. *»Auf der Stelle!«*

Ich brauchte ihn nicht zweimal aufzufordern. Im nächsten Moment lag ich auf dem Bett und ein nackter Gabriel halb auf mir.

»Das Vorspiel holen wir später nach«, sagte er. Sein heißer Atem glitt über meinen Hals, als er mir einen Arm um die Taille legte. »Dann werde ich dich erregen, aber zuerst muss ich mich mit dir vereinen.«

Ich wollte schon erwidern, dass eine solche Aktivität eher ein Nachspiel wäre, aber die Empfindungen, die in mir aufstiegen, ließen mich nicht mehr klar denken. Hart drang er in mich ein, und das Zusammenspiel unserer Muskeln und Gliedmaßen machte mir bewusst, dass er das Wort »Vereinigung« wörtlich gemeint hatte. Ich bog mich nach hinten und hob meine Hüften, um ihn noch tiefer aufnehmen zu können. Er grollte leise, und seine langen, gebräunten Finger spannten sich um meine Brüste.

Ich zog scharf die Luft ein, als ich ihn in mir spürte – wie ein Kolben hämmerte er in mich hinein und verursachte mir mit jedem Stoß kleine Schauer der Erregung. Ich keuchte, und auch Gabriels Atem kam in harten, keuchenden Zügen. Stöhnend saugte er an meinem Hals und hinterließ mit seiner Zunge lange, nasse Bahnen.

Eine Hand glitt von meiner Brust über meinen Bauch herunter zum Zentrum meiner Lust.

»Mayling, ich kann nicht mehr warten«, stöhnte er.

Ich spannte meine Muskeln an, bis der Ball der Leidenschaft tief in mir zu explodieren drohte. »Feuer«, keuchte ich. »Ich will dein Feuer. Ich *brauche* es jetzt.«

Er gab es mir und hüllte uns beide in eine Woge der Ekstasen, bis wir gemeinsam in einer Million kleiner Funken vergingen.

Als ich wieder zu mir kam, stellte ich erfreut fest, dass das Bett dieses Mal nicht brannte. Auch nicht die Vorhänge oder die Möbel.

Flammen flackerten an Gabriels Körper, als er sich auf den Rücken drehte, und der feine Schweißfilm, der seine Haut bedeckte, verdampfte beinahe sofort.

Mein Körper fühlte sich schwer an im Vergleich zu dem strahlenden Phönix, der wir zusammen gewesen waren.

»Du stehst in Flammen«, sagte ich zu ihm.

Er hatte die Augen geschlossen, und bei jedem Atemzug hob und senkte sich sein Brustkorb. Jetzt öffnete er ein Auge, um mich anzublicken, und zeigte seine Grübchen. »Danke! Du bist eine fordernde Frau, mein kleiner Vogel, deshalb kostet es mich viel Energie, deine Wünsche zu befriedigen.«

Ich verdrehte die Augen und streichelte über seinen brennenden Brustkorb. »Ich habe es wörtlich gemeint.«

Er blickte an sich herunter. »Ach, tatsächlich? Wie merkwürdig. Es muss wohl etwas mit dir zu tun haben.«

Ich klopfte die Flammen auf seiner Brust und seinem Bauch aus, und auch der Rest des Feuers erlosch. »Mit mir? Wie das? Du bist der Drache – und nur du hast Feuer.«

Er schlang einen Arm um mich und zog mich an sich, sodass ich halb über ihm lag. Zufrieden schloss er erneut die Augen und seufzte glücklich. »Das ist mir noch bei keiner anderen Frau passiert. Es muss daran liegen, dass du meine Gefährtin bist. Wenn du mir das Feuer zurückgibst, wird es stärker.«

»Stärker?« Träge glitt meine Zunge über den braunen Nippel direkt neben meinem Mund.

»Ja, stärker.« Er machte eine vage Geste mit der Hand. »Es ist ... reiner. Stärker eben. Ich kann es nicht wirklich erklären. Es ist einfach ... mehr.«

»Ah.« Stolz lächelte ich seinen Nippel an.

»Was machst du da?«, fragte er und hob den Kopf.

»Ich lächle deinen Nippel an. Gerade habe ich mich gefragt, wie er wohl schmeckt.«

Seine Augen blitzten. »Ist das jetzt das Vorspiel?«

»Das, mein Drache, ist Nachspiel«, sagte ich und setzte mich auf seine Oberschenkel. Ich beugte mich vor, um an seinem Nippel zu lecken, aber in dem Moment kroch mir ein vertrautes Prickeln den Rücken hinauf. Angst überfiel mich, und fluchend warf ich mich zur Seite, um die Decke zu packen, die zu Boden gerutscht war.

»May? Was ist ...«

Das Prickeln wurde stärker, und die Welt um mich herum schien zu erschauern. Ich wurde aus dem Zimmer in Drakes Haus geschleudert und landete nackt, eine Decke an mich gepresst, auf einem kühlen Fliesenboden.

»Ich sehe, du hast deine Meinung über mich geändert. Ich bin entzückt, obwohl du mich bezüglich deiner Absichten besser vorgewarnt hättest«, sagte eine weiche, melodische Stimme.

Ich bekam sofort eine Gänsehaut und wickelte mich hastig in die Decke ein. Finster blickte ich den Mann an, der vor mir stand. Er hatte die Haare straff nach hinten gekämmt und schaute mich aus seinen dunklen Augen begehrlich an.

Ich sagte das Erstbeste, was mir einfiel. »In diesem Film über den arabischen Scheich hast du mir nie gefallen. Der nächste Film war erträglich, aber der erste? Das war vielleicht ein Schinken!«

Magoth schnaubte wütend, was die Raumtemperatur um mindestens weitere zehn Grad senkte. »Das war mein größter Film«, zischte er. »Der Beginn meiner Karriere!«

»Ich fand dich ungeschickt, brutal und wenig überzeugend.«

Sein Gesicht wurde hart. »Frauen auf der ganzen Welt fielen in Ohnmacht, wenn sie mich auf der Leinwand sahen. *Sie fielen in Ohnmacht!* Manche begingen sogar Selbstmord wegen mir!«

»Das war doch nur dieser Hollywood-Hype«, erwiderte ich nonchalant. Mir war klar, dass ich (sozusagen) mit dem Feuer spielte, aber ich konnte meiner Wut nicht anders Luft machen. »Du hattest einen sehr guten Manager, soweit ich mich erinnere. Ich fand es sehr clever von ihm, dich zum richtigen Zeitpunkt sterben zu lassen. Wenn es dich noch länger gegeben hätte, hättest du diese geheimnisvolle Aura wohl kaum aufrechterhalten können.«

Einen Moment lang spiegelten sich Magoths Gefühle auf seinem Gesicht wider, aber dann hatte er sich wieder unter Kontrolle. Ich wusste, dass ich gefährlich nahe daran war, für meine Bemerkungen hart bestraft zu werden, aber sie erfüllten ihren Zweck: Sie lenkten ihn davon ab, mich verführen zu wollen.

Er trat an eine Bar und schenkte sich ein Glas Sangria ein. Ich setzte mich in den Korbsessel ihm gegenüber und ignorierte die beiden Dämonen, die ebenfalls zugegen waren. Anscheinend befanden wir uns in seiner Villa in Spanien.

»Ich überlege gerade, ob du mit deinen Kommentaren über meine Filme nicht einen bestimmten Zweck verfolgst«, sagte er und gab sich betont weltmännisch.

»Nein, das war nur so ein Gedanke. Du hast deine Haare seit vielen Jahrzehnten nicht mehr so getragen – und deshalb kam es mir wieder in den Sinn, als ich dich sah.«

Er lächelte, kein angenehmer Anblick. »Ich habe mit dem Gedanken gespielt, wieder zum Film zurückzukehren, aber mein Terminkalender lässt mir dazu leider keine Zeit. Und das bringt mich auf ein interessantes Gerücht, das ich gehört habe.«

Sein Blick fiel auf die Decke, die ich fest um mich gewickelt hatte. »Es wird gemunkelt, du hättest dich mit einem Drachen zusammengetan. Einem Wyvern, um genau zu sein.«

»Ja«, sagte ich und kämpfte gegen die Angst an, die in mir aufstieg. Ich hatte ja gewusst, dass der Moment kommen würde, und zählte auf Gabriels Stärke.

Magoth zog eine Augenbraue hoch. Er setzte sich und schlug die Beine übereinander. »Ist das alles, was du dazu zu sagen hast?«

»Es gibt sonst nichts zu sagen. Ich habe einen Wyvern kennengelernt und eingewilligt, seine Gefährtin zu sein. Ende der Geschichte.«

»Oh, das glaube ich nicht«, sagte er amüsiert. Mein Magen zog sich zusammen. Gabriel würde wahrscheinlich wütend und besorgt wegen meines plötzlichen Verschwindens sein. Wenn er nun hinter mir herkam? Was würde Magoth mit ihm machen? »Ich habe noch ein Gerücht gehört, eines, das ich sogar noch interessanter finde.«

Ich runzelte die Stirn und ließ im Geiste die letzten Tage Revue passieren. Die Quintessenz hatte ich Kostich doch zurückgegeben, und ich konnte mir nicht vorstellen, was sonst noch für Magoth interessant sein könnte. »Was für ein Gerücht?«

»Es heißt, dass ein Diebesfänger dich gefasst hat.« Er lehnte sich auf dem Rattansofa zurück und klopfte einladend auf den Platz neben sich. »Wir wollen doch nicht so formell sein. Setz dich neben mich.«

»Ich sitze hier sehr bequem«, erwiderte ich einigermaßen erleichtert, weil er mich offenbar nicht verzaubern wollte.

»Das ist keine Einladung«, sagte er, und ich erhob mich gehorsam von meinem Stuhl. Ich zog die Decke noch enger um mich und ließ mich zögernd auf der Kante des Sofas nieder, so weit wie möglich von ihm entfernt.

»Nun, ist das nicht ein bisschen komfortabler?« Er legte mir die Hand aufs Knie und lehnte sich zurück. Im nächsten Moment waren die Dämonen verschwunden ... ebenso wie Magoths Kleider.

»Ich glaube, ich werde an der Südküste ein Nudisten-Hotel eröffnen«, sagte er nonchalant. »Ich finde den Anblick der menschlichen Gestalt wesentlich erfreulicher, wenn sie nicht hinter Kleidern verborgen ist.«

Ich schlug ihm auf die Finger. »Das hängt vom Körper ab. Ich ziehe es vor, bekleidet zu bleiben, vielen Dank!«

»Süße May. Süße, anbetungswürdige May. Gefällt dir meine Gestalt? Ich habe daran gedacht, sie zu verändern, aber nichts ist so gut wie das Original, findest du nicht auch?« Er deutete mit einer lässigen Handbewegung auf seinen Körper.

Offensichtlich hoffte er, mich zu schockieren oder auch nur einzuschüchtern, aber ich zwang mich, ihn gleichmütig zu mustern. »Sie ist sehr schön, aber das weißt du ja selbst nur zu genau, schließlich hast du unzählige Frauen verführt, in deinen Bann gezogen und zu ewigen Qualen verdammt.«

»›Qual‹ ist ein viel zu hartes Wort. Ich ziehe ›Erkenntnis‹ vor.«

Meine Neugier gewann die Oberhand. »Du hast gesagt, dies sei deine ursprüngliche Gestalt ... musstest du eigentlich die Frauen mit einem Stock abwehren, als du sterblich warst?«

Seine Lippen zuckten. »Von dem Moment an, als mir die ersten Haare zwischen den Beinen wuchsen, haben die Frauen mich verfolgt. Nur wenige konnten mir widerstehen. Du gehörst dazu, aber ich glaube, selbst du bist mir gegenüber nicht immun, oder?« Mit glitzernden Augen wies er auf seine entblößte Brust. »Vielleicht entspricht mein Körper nicht deinem Geschmack? Findest du meinen Brustkorb zu breit?«

»Nein, er ist in Ordnung, wenn auch für meinen Geschmack ein bisschen zu behaart«, erwiderte ich und räusperte mich. Er ließ mich nicht die volle Macht seines Charmes spüren, aber so dicht neben seiner nackten Gestalt zu sitzen, machte mir bewusst, dass auch die Gefährtin eines Drachen ihm erliegen konnte. Ich musste versuchen, ihm das Gefühl zu nehmen, er müsse mir etwas beweisen. »Ich weiß aber, dass andere Frauen darauf stehen.«

»Und mein Bauch. Diese Muskeln sind doch der neueste Trend, oder? Meine sind knallhart.«

»Ja, Sixpack.« Ich nickte.

»Ich kann Dinge mit meinem Schwanz machen, die dich vor Lust in Ohnmacht fallen lassen würden«, sagte er mit halb geschlossenen Augen. »Wie findest du ihn?«

Ich biss mir auf die Lippe und betrachtete sein Glied. Sein Penis war erigiert und schwankte ein wenig in der leichten Brise. »Er sieht so aus wie andere männliche Genitalien auch, obwohl wahrscheinlich die wenigsten ihren Penis tätowieren lassen würden.«

»Darauf hatte ich keinen Einfluss«, sagte er achselzuckend. »Das war der erste Fluch eines sehr eifersüchtigen Wahrsagers, Jahre bevor ich an die Macht kam. Wenn du die Worte des Fluchs mit den Fingerspitzen verfolgst, leuchten sie«, fügte er lüstern hinzu.

»Ich glaube, ich widerstehe lieber der Versuchung, einen leuchtenden Penisfluch zu sehen. Bist du jetzt fertig, oder soll ich auch deine Beine bewundern?«

Er seufzte gespielt dramatisch. »Ich tue mein Bestes, um dir zu gefallen, aber du weist mich immer noch ab. Sag mir, hast du den tierischen Akt mit deinem Drachen genossen?«

»Ja, sehr sogar«, erwiderte ich. »Aber du hast mich bestimmt nicht hierher bestellt, um mit mir über mein Liebesleben zu sprechen, oder?«

Er legte mir die Finger um den Hals und zog mich zu sich

herunter. »Du verletzt mich mit deinen harten Worten. Lass mich dich küssen, damit ich dir verzeihe, und dann können wir darüber reden, warum ich dich hierher bestellt habe.«

»Willst du wirklich Gabriels Unmut mit so etwas Trivialem wie einem Kuss hervorrufen?«, fragte ich langsam.

Er hielt inne und blickte mich nachdenklich an. Ich nutzte die Gelegenheit, mich aus seinem Griff zu winden.

»Dein Drache ... ist er eifersüchtig?«

»Er ist ein Drache. Sie sind sehr besitzergreifend.«

»Interessant.« Er lehnte sich zurück und betrachtete mich ein paar Sekunden lang mit ausdruckslosem Gesicht. »Wie weit würde er wohl gehen, um seine Gefährtin zurückzubekommen?«

Der Gedanke, dass Gabriel gegen jemand so Mächtigen wie Magoth kämpfen müsste, bereitete mir Unbehagen.

»Erzähl mir von diesem zweiten Gerücht, süße May«, fuhr er fort. »Hat dich ein Diebesfänger tatsächlich endlich erwischt?«

»Ja. Ich wurde verhaftet und nach Akasha verbannt.«

»Und doch bist du hier, in voller Pracht«, bemerkte er.

»Gabriel hat mir geholfen zu entkommen.«

»Schon wieder der Drache«, sinnierte er. Ein kleines Lächeln spielte um seine Lippen. Seine Augen jedoch waren so kalt und berechnend wie immer. »Ich habe gehört, der Diebesfänger hat dich erwischt, als du das Lager eines anderen Drachen ausgeraubt hast. Erzähl mir, Dienerin, was hast du ihm gestohlen?«

17

»Ich habe Gabriel gar nichts gestohlen«, erwiderte ich. Ich verstand ihn absichtlich falsch, damit ich Zeit zum Nachdenken hatte. Warum war er so interessiert an den Drachen? Sollte das goldene Drachen-Amulett tatsächlich wertvoll sein? In der unverschlossenen Truhe war sonst nichts gewesen, also galt Magoths Interesse wohl dem Amulett oder Gegenständen aus den verschlossenen Truhen.

Ein schrecklicher Gedanke kam mir – wenn nun Porter für Magoth arbeitete? Sollte das eine Art Test sein? Sollte ich ersetzt werden? Nein, das konnte nicht sein. Wenn Porter tatsächlich Magoths Diener war, dann hätte er gewusst, was ich war. Seine Drohung, der Schreckenslord werde mich töten, wenn ich das Amulett erwähnte, passte einfach nicht.

Und es erklärte auch nicht, warum Magoth so interessiert an Kostyas Lager war.

»Du spielst Spiele mit mir, aber es sind nicht die Spiele, an denen wir uns beide erfreuen können«, sagte Magoth leichthin. Sein drohender Unterton ließ mir das Blut in den Adern gefrieren. »Antworte auf meine Frage, *Dienerin*!«

Das Wort war wie ein Peitschenhieb. Ich wollte ihm nicht die Wahrheit sagen, aber auf eine direkte Frage musste ich eine Antwort geben, wenngleich ich diese natürlich ein wenig abwandeln konnte. »Ich hatte nicht viel Zeit im Lager des Drachen, deshalb habe ich nur einen Gegenstand genommen, ein goldenes Amulett in Form eines Drachen.«

»Ein Amulett?« Stirnrunzelnd setzte er sich auf. Erfreut

stellte ich fest, dass seine Erektion nachgelassen hatte. »Was für ein Amulett? Wie sah es aus?«

»Es war nichts Besonderes«, sagte ich erleichtert. Er hatte weder gefragt, was ich dort gesucht hatte, noch wollte er wissen, wer mich geschickt hatte, um das Amulett zu holen. Dass er annahm, ich sollte für Gabriel einen anderen Drachen bestehlen, war tausendmal besser, als ihm vom Phylakterium zu berichten. »Es war etwa so groß, aus Gold, aber nicht besonders fein gearbeitet, so als ob es ein Kinderspielzeug wäre.«

Er erstarrte. »Beschreib es.«

»Das habe ich doch gerade.« Was fand er denn an diesem Amulett so interessant? Ich schüttelte den Kopf. »Es ist einfach ein Amulett. Gold, ungefähr wie ein Drache geformt, sehr primitiv und ehrlich gesagt nicht besonders reizvoll. Es war in der *unverschlossenen* Truhe, deshalb kann es nicht besonders viel wert sein.«

»Das Lindwurm-Phylakterium«, murmelte er ungläubig.

Mir fiel fast der Unterkiefer herunter. »Das ... das *was*?«

»Kann das sein?« Er kniff die Augen zusammen. »Ich habe nichts davon gehört, dass es wieder aufgetaucht ist. Es war in einer unverschlossenen Truhe, sagst du? Das ist sehr unwahrscheinlich.«

»Das Phylakterium? Meinst du, dieser hässliche kleine Goldklumpen war das *Phylakterium*?« Ich schüttelte den Kopf. »Das kann nicht sein. Es sieht überhaupt nicht so aus wie das Güldene Phylakterium, das ich diesem Orakel in Südafrika stehlen musste. Das war doch eine schöne Kristallphiole. Aber das Ding, von dem ich rede, war nichts als ein primitives Drachen-Amulett.«

Magoth erhob sich und ging auf und ab. »Warum legt ein Drache das wertvollste Artefakt seiner Spezies in eine unverschlossene Truhe? Das macht keinen Sinn, und doch passt die Beschreibung.«

»Es macht überhaupt keinen Sinn. Ich verstehe zwar nicht viel von Drachen, aber nach dem, was Gabriel mir gesagt hat ...« Erschreckt schlug ich die Hand vor den Mund.

Magoth fuhr herum und warf mir einen so furchterregenden Blick zu, dass ich bis an die Wand zurückwich. Das Blut rauschte in meinen Ohren, und einen Moment lang wusste ich nicht, wo ich war.

»Der Wyvern hat mit dir darüber gesprochen?« Es wurde eiskalt im Raum. Magoth holte tief Luft. Ich bin im Allgemeinen nicht feige, aber er war so wütend, dass ich mich in die Ecke kauerte und schützend die Hände über den Kopf hielt.

»Er hat dich geschickt, es zu holen!«, brüllte Magoth so laut, dass die Fensterscheiben klirrten. Scherben flogen herum und schnitten mir in die Haut.

Ich blieb zusammengekauert hocken, bis das Schlimmste vorbei war, dann hob ich den Kopf und sah Magoth an.

Seine Augen leuchteten furchteinflößend. »Wo ist das Lindwurm-Phylakterium, May?«

»Ich habe es nicht«, sagte ich rasch.

Magoth packte mich mit einer Hand am Hals und hob mich hoch wie eine Puppe. »Wo ist das Lindwurm-Phylakterium, *Dienerin*?«

»Ich weiß es nicht.«

Er schüttelte mich nach Leibeskräften. »Wo?«

»Das Au-delà hat es!«, schrie ich. »Sie haben es mir abgenommen. Es ist in ihrem Tresorgewölbe.«

Er öffnete die Hand und ließ mich zu Boden fallen. Keuchend rang ich nach Luft, aber bevor ich mich erholen konnte, zerrte er mich wieder hoch und blickte mich durchdringend an.

»Du wirst es finden und zu mir bringen.«

»Das kannst du doch unmöglich wollen«, krächzte ich. »Es ist ein Artefakt der Drachen ...«

»Du wirst mir das Phylakterium bringen«, wiederholte er, und die Macht seiner Worte kroch über meine Haut wie tausend Giftschlangen.

»Warum?«, schrie ich.

Er ließ mich los und setzte sich wieder hin. Ein paar Minuten lang schwieg er, aber schließlich wandte er den Kopf und schenkte mir ein sardonisches Lächeln. »Weil ich es will.«

»Es hat gar keinen Wert für dich«, sagte ich. »Du kannst seine Macht nicht nutzen.«

»Es hat keine Macht über Sterbliche, das stimmt ... aber für die Drachen ist es die Grundlage aller Macht.«

Kopfschüttelnd zog ich die Decke wieder enger um mich. »Dann war es nicht der Gegenstand, den ich gesehen habe. Ich hätte doch etwas fühlen müssen, wenn es solche Macht besitzt, und ich kann dir nur sagen, dass dieser kleine Goldklumpen überhaupt nichts ausgestrahlt hat. Er war einfach nur alt.«

»Du bist auch kein Drache. Für dich hat es keine Macht, weil es mit dir nicht verbunden ist.«

»Na gut. Lass uns also annehmen, es war das Phylakterium – auch wenn es überhaupt nicht ausgesehen hat wie ein Gefäß ...«

»Es ist ein Gefäß«, unterbrach er mich. »Es ist Teil des Drachenherzens und enthält die Essenz des ersten Drachen. Hat dir dein Wyvern das nicht gesagt, als er dir befahl, es für ihn zu stehlen?« Mit gespielter Betrübung schüttelte er den Kopf. »Ob du es glaubst oder nicht, es ist für mich von Wert.«

Mir schwirrte der Kopf. Jetzt verstand ich auf einmal, warum Porter gewollt hatte, dass ich das Amulett stehlen sollte, aber es erklärte immer noch nicht, warum Kostya so etwas Wertvolles in einer unverschlossenen Truhe aufbewahrte. Und mir war auch nicht klar, warum Magoth unbedingt eine Drachen-Reliquie haben wollte, die ihm keine Macht über Sterbliche gab – oder über Wesen in der Anderwelt. Nur über die Drachen natürlich, dämmerte mir. »Du willst es gegen die Drachen verwenden«, sagte ich entsetzt.

Er lächelte mich nur an.

»Du kannst sie nicht beherrschen«, sagte ich. Furcht stieg in mir auf. »Es sind Drachen, Magoth. Sie beugen sich Abaddon nicht. Das haben sie noch nie getan.«

»Es hat auch noch nie zuvor ein Dämonenfürst das Lindwurm-Phylakterium besessen«, sagte er leise. Mir wurde todschlecht. »Damit und mit den anderen Teilen des Drachenherzens erringe ich die Macht über den Weyr ... und ich habe die Chance, mich in der Welt der Sterblichen zu etablieren.«

Meine Beine gaben nach, und ich sank auf die Knie. Seine Worte verursachten mir Übelkeit.

»Bring mir das Phylakterium, süße May.«

Ich schüttelte den Kopf, obwohl ich wusste, dass er mich für meinen Ungehorsam streng bestrafen konnte.

»Bring mir das Phylakterium, und du wirst belohnt werden.«

»Du kannst mir nichts geben, absolut nichts, das mich veranlassen würde, die Drachen so zu betrügen.«

Er legte mir einen Finger unter das Kinn und zwang mich, den Kopf zu heben und ihn anzusehen. Was ich sah, ängstigte mich bis in die Tiefen meiner Seele. »Noch nicht einmal deine Freiheit?«

Ich blickte ihn stumm an.

Er verzog die Lippen zu einem wissenden, bösen Lächeln. »Wenn du mir das Phylakterium bringst, gewähre ich dir eine Aussetzung deiner Bindung an mich für ... sagen wir, für ein Jahrhundert?«

Ein Jahrhundert. Hundert Jahre Freiheit von Magoth und seinen Forderungen. Hundert Jahre Glück mit Gabriel, ungetrübt von Abaddon. Aber auch lebenslange Versklavung der Drachen.

Ich konnte es nicht tun. Nichts würde mich dazu bringen, Gabriel und seine Sippe, alle Drachensippen auf diese Weise zu verraten. »Nein«, sagte ich leise und wappnete mich für den Schlag.

Der Schmerz peitschte mit scharfer Präzision durch mich hindurch. Ich beugte mich vor und schlang die Arme um meinen Oberkörper. »Süße May. Schöne May. Es wäre eine Schande, eine so ergebene Dienerin wie dich zu verlieren.«

Er half mir aufzustehen und zog mich mit glühenden Augen an sich. Aber dieses Mal hatte er keine Erotik im Sinn. »Enttäusch mich nicht, May, sonst bin ich gezwungen, dich nach Abaddon zurückzubeordern, wo du bis zum Ende deiner Tage bleiben wirst.«

»... zu früh, um etwas zu tun. Ich habe ja noch nicht einmal gefrühstückt!«

»Du musst eben noch warten, Jim. May zu finden ist wichtiger, als dich zu füttern. Gabriel, bist du sicher, dass sie nichts gesagt hat, bevor sie verschwunden ist?«

Ich hörte die Stimmen, bevor ich durch den Riss in der Realität fiel, den Magoths Diener produziert hatte. Ich stürzte zu Boden, völlig desorientiert, wie immer, wenn ich in die Welt der Sterblichen zurückkam.

»Wenn man vom Teufel spricht. Aua! Sieht so aus, als wärst du in Abaddon gewesen«, sagte Jim direkt neben meinem Ohr. Anscheinend schnüffelte er an meiner Schulter. »Oh ja – Feuer und Schwefel. Na ja, du bist ja heil wieder hier, das ist die Hauptsache. Kann ich jetzt endlich Frühstück bekommen?«

Ich war immer noch benommen, als mich jemand hochriss und an sich zog ... ich wurde an einen warmen, harten Körper gedrückt, der himmlisch roch. Gabriel wartete erst gar nicht ab, was ich zu erzählen hatte – er küsste mich mit einem Verlangen, das für nichts anderes Raum ließ.

»Ich brauche dich«, sagte er leise grollend und durchbohrte mich mit seinen Blicken.

Überrascht blinzelnd blickte ich zur Seite, wo Drake mit Aisling stand. Anscheinend hatte der Dämon mich in Drakes Küche abgesetzt. Hinter den beiden standen Drakes Bodyguards und Istváns Freundin, die mich mit stummem Interesse musterten. Cyrene war nicht da. »Äh ... sofort?«

»Ja.« Gabriel zögerte nicht – er hob mich einfach hoch und eilte mit mir die Treppe nach oben.

Aisling blickte ihren Wyvern an. »Es geht uns ja nichts

an, aber glaubst du, May ist den Aktivitäten gewachsen, die Gabriel offenbar im Sinn hat?«

Drake gab ihr einen Kuss. »Sie ist ihm weggenommen worden und zurückgekehrt. So ist das bei den Drachen, *kincsem.*«

Das Letzte, was ich sah, bevor Gabriel mit mir entschwand, war der seltsame Blick, mit dem Aisling ihren Ehemann bedachte. »Wirklich? Mit mir hast du das nie gemacht. Vielleicht sollte ich mich mal kidnappen lassen ...«

»Ist das wahr?«, fragte ich Gabriel.

»Ja. Du bist nicht verletzt, oder?«

»Nein, es ist alles in Ordnung. Ich bin nur ... äh ... ein wenig erschrocken über deine plötzliche Leidenschaft.«

Er warf mir einen verlangenden Blick zu. »Es tut mir leid, mein kleiner Vogel, aber du bist meine Gefährtin. Ich muss dich besitzen. Es ist ein Urbedürfnis, das ich nicht kontrollieren kann. Ein Sterblicher könnte es vielleicht, aber ich nicht.«

»Oh!«, sagte ich. In Wahrheit schmeichelte es mir, dass er über mich herfiel, kaum dass ich wieder da war.

Er stieß mit dem Fuß die Tür zu unserem Zimmer auf, legte mich aufs Bett und schloss die Tür ab. Und noch bevor ich mich aus der Decke wickeln konnte, war er schon über mir und zog mit seiner Hand feurige Spuren über meinen Körper, als er meine Schenkel, meinen Bauch und meine Brüste liebkoste.

Ich weiß nicht, wie er so schnell aus seinen Kleidern herausgekommen war, aber ich wollte ihn auch nicht fragen. Seine Augen waren wie flüssiges Silber. »Mayling ...«

»Ich weiß«, sagte ich und drückte ihn auf den Rücken. »Kein Vorspiel.«

»Ich schwöre dir, das nächste Mal mache ich es langsam«, antwortete er und zog mich über sich. »Aber jetzt muss ich dich besitzen.«

Er packte mich einfach an den Hüften und drang in mich ein. Lust explodierte in mir, und ich bog mich ihm entgegen. Er hatte recht, hier ging es nur ums Besitzen, aber in diesem Fall beruhte es auf Gegenseitigkeit. Ich beugte mich vor, um an seinem Hals zu knabbern und genoss seinen Duft und seinen Geschmack. Ich brauchte ihn nicht erst um sein Feuer zu bitten; er gab es mir, als ich ihn ritt und unsere Münder sich trotz des wilden Tanzes fanden.

Ich schloss die Augen, als er mich an die Brust zog. Seine Haut war warm und feucht, und Flammen züngelten um uns herum. Als ich sanft in die empfindliche Stelle hinter seinem Ohr biss, stöhnte er, und daraus wurde ein brüllendes Feuer, als er den Höhepunkt erreichte. Auch ich kam und vergaß alles, meine Schuld und meine Angst. Es gab nur noch mich und den Mann, der ein Teil von mir geworden war und mich mit seiner Feuerspirale einhüllte.

Es musste einen Weg geben, Magoth aufzuhalten. Es musste einfach so sein.

18

Während unserer Vereinigung hatte ich an das Gespräch mit Magoth gar nicht mehr gedacht.

»Das Phylakterium!«, schrie ich plötzlich und richtete mich auf.

»Was ist damit?«, fragte Gabriel schläfrig.

»Ich weiß, wo es ist.«

»Was?« Er setzte sich so abrupt auf, dass ich auf dem Fußboden landete. »Mayling!«

»Ist schon gut. Nichts passiert«, sagte ich lachend. »Ich hätte wissen müssen, dass man einen Drachen nicht so erschrecken sollte.«

Er kniete sich neben mich und blickte mich ernst an. »Wo ist das Phylakterium?«

»In Paris. Im Tresorraum des Au-delà.«

Er riss die Augen auf. »Das Amulett, das du Kostya gestohlen hast?«

»Ja.«

»Warum hast du mir das denn nicht gesagt, als wir da waren?«

»Da wusste ich es ja noch nicht«, erwiderte ich und stand auf. Die Erinnerung an Magoth verursachte mir Gänsehaut. Rasch nahm ich mir ein Kleidungsstück aus meiner Reisetasche, die István ins Zimmer gebracht hatte, und hängte es mir um. Gabriel würde mir nichts tun, das wusste ich. Aber ich hatte trotzdem Angst davor, ihm zu erzählen, was zwischen dem Dämonenfürsten und mir vorgefallen war. »Gabriel, ich … Magoth weiß Bescheid.«

»Was?«

»Er weiß von dem Phylakterium.« Ich hob das Kinn und blickte ihm in die Augen. »Ich hatte keine Ahnung, dass das Amulett das Phylakterium war, schließlich lag es in der unverschlossenen Truhe. Wer würde so etwas Wertvolles schon so aufbewahren? Und ich schwöre dir, Porter hat mir keinen Hinweis gegeben, um was es sich wirklich handelte. Aber vielleicht wusste er es selbst nicht.«

Gabriel blickte mich verwirrt an. Er drückte mich sanft auf einen Stuhl und hockte sich vor mich, die Hände auf meinen Knien. »Erklär es mir noch einmal. Langsam. Und lass nichts aus.«

Ich berichtete ihm von meinem Telefongespräch mit Porter, dem Besuch in Kostyas Lager, dem Gespräch mit Porter in Paris und meinem Gespräch mit Magoth. Es quälte mich, dass ich Magoth auf die Spur des Phylakteriums gebracht hatte, aber Gabriel winkte ab, als ich mich kläglich entschuldigte.

»Der Erpresser stellt kein Problem dar. Mit ihm werden wir fertig, und er wird Cyrene und dich nicht mehr bedrohen.« Er stand auf und ging im Zimmer auf und ab. »Was jedoch den Dämonenfürsten angeht … mir wäre es lieber gewesen, nur wir wüssten, wo sich das Phylakterium befindet, aber da wir das Ganze nicht ungeschehen machen können, müssen wir einfach das Beste aus der Situation machen. Zuerst müssen wir uns das Phylakterium holen, bevor Magoth dir befehlen kann, es für ihn zu stehlen.« Er schwieg und blickte mich eindringlich an. »Oder hat er das etwa schon getan?«

Übelkeit stieg in mir auf. Am liebsten hätte ich Gabriel die Wahrheit gestanden, mich schluchzend bei ihm entschuldigt, aber das konnte ich ihm nicht antun, nicht solange es noch einen Funken Hoffnung gab, dass ich Magoths Befehl umgehen konnte.

Ich berührte meinen Hals an der Stelle, wo Magoth mich fast erwürgt hätte. »Als ihm klar wurde, was das Phylakterium war, hat er mich gewürgt. Ich wäre beinahe ohnmächtig geworden ...«

Wie ich gehofft hatte, ließ sich Gabriel sofort ablenken. Sanft fuhr er mit den Fingern über meinen Hals. »Du hattest hier blaue Flecken. Deine Haut hat die Verletzung noch nicht vergessen. Ich werde ihr die Erinnerung daran nehmen.«

Seine Lippen liebkosten meinen Hals und bauten das Feuer in mir auf, bis ich stöhnte.

Ich sank in seine Arme und küsste sein Kinn.

»Anscheinend kann ich nicht genug von dir bekommen, mein kleiner Vogel«, murmelte er, während seine Zunge über meinen Hals glitt. Er summte vor Lust, als ich mit den Händen über seine seidige Haut glitt. »Du bist so gut, Mayling. Du schmeckst so gut.«

Ich ließ meine Stirn an seine Schulter sinken. »Ich bin nicht gut. Ich bin überhaupt nicht gut, Gabriel. Selbst wenn wir davon ausgehen, dass wir uns keine Gedanken über Porter und seinen Auftraggeber machen müssen, so ist doch eines klar: Magoth wird Berge versetzen, um an das Phylakterium heranzukommen.«

»Dann müssen wir es uns eben vor ihm beschaffen«, antwortete Gabriel und küsste mich leicht auf den Mund. »Wir müssen dich in das Tresorgewölbe hineinbekommen, bevor Magoth dir einen direkten Befehl geben kann. Wir werden mit Drake und Aisling darüber reden – ich möchte sie eigentlich nicht involvieren, aber ohne Maata und Tipene sind wir in einer schwachen Position.«

Schweigend schmiegte ich mich an ihn und genoss es, ihn so nahe bei mir zu spüren. Wie oft hatte ich Cyrene getröstet, wenn eine ihrer Liebschaften zu Ende gegangen war. Ich hatte Herzeleid immer skeptisch gegenübergestanden, aber jetzt wusste ich, wie es sich anfühlte. Und ich wusste, dass ich niemandem außer mir selbst die Schuld daran geben konnte – es war Wahnsinn gewesen, mich mit Gabriel einzulassen, solange ich an Magoth gebunden war. Das war mir klar gewesen, und doch hatte ich die Realität einfach ignoriert. Und jetzt, wo meine Gefühle so viel tiefer geworden waren, musste ich den Preis dafür bezahlen.

Ich hatte mich verliebt. Es war ein seltsames Gefühl, eine Mischung aus prickelnder Erregung und tiefer Verzweiflung. Niemals zuvor hatte ich Liebe empfunden – höchstens Zuneigung für Cyrene, aber das auch nur aus einem gewissen Pflichtgefühl heraus, weil ich ihr schließlich meine Existenz verdankte. Mit Gabriel jedoch war es anders ... und es würde qualvoll enden, wenn ich keinen Ausweg fand, um Magoth nicht gehorchen zu müssen.

»Es ist schon fast Morgen«, sagte Gabriel und blickte auf die Uhr. Er hob mich hoch und trug mich zum Bett. »Alleine kann Magoth das Au-delà nicht angreifen, oder?«

Ich schüttelte den Kopf. »Er kann Abaddon nicht verlassen. Und selbst wenn ihm das gelänge, so hat die Anderwelt alle ihre Räume vor den Dämonenfürsten versiegelt. Von sich aus hat Magoth keinen Zutritt, dazu braucht er einen Mittelsmann.« Ich erstickte fast an meinen Worten.

»Wie ich es mir gedacht habe. Dann lass uns jetzt ruhen. Du brauchst Schlaf, und ich muss nachdenken. In ein paar Stunden werden wir uns mit Drake und Aisling beraten.«

Er legte sich neben mich und zog mich eng an sich. Ich entspannte mich in seiner Wärme und Geborgenheit. Er war mir unendlich teuer, kostbarer als mein eigenes Leben. Ich musste einen Ausweg finden – Aisling war doch eine Dämonenfürstin. Es hieß sogar, sie sei einmal ein Prinz von Abaddon gewesen, dann aber entlassen worden. Sie wusste bestimmt, wie ich Magoths Befehl umgehen konnte. Sie würde mir helfen ... sie musste einfach. An die Alternative mochte ich gar nicht denken.

Verwirrt fuhr ich aus einem unruhigen Schlaf hoch. Ich hörte die Alarmanlage und dann die durchdringende Stimme eines Mannes.

Die Tür ging gerade zu, als ich mich aufsetzte. »Gabriel?«

Im Zimmer war es leer, aber ein Stockwerk tiefer schien die Hölle los zu sein.

Eine Frau schrie. Ich sprang aus dem Bett, schlüpfte rasch in Hose und Bluse und rannte barfuß zur Treppe.

Mitten auf der Treppe stand Cyrene, ein Laken um sich gewickelt, so wie ich vor ein paar Stunden, und hinter ihr stand Kostya und hielt sie fest an sich gedrückt. Da alle anderen erstarrt um sie herumstanden, nahm ich an, dass er eine Waffe auf Cy gerichtet hatte.

»Ich meine es todernst, Gabriel. Deine Gefährtin mag ja unsterblich sein, aber selbst sie wird es nicht lange überleben, wenn ich ihr den Hals durchschneide.« Anscheinend glaubte Kostya, Cyrene sei ich.

Ich wurde zum Schatten und schlich die Treppe zu ihm herunter. Es war zwar Morgen, aber der Himmel war bedeckt und trüb, und noch hatte niemand den Kronleuchter, der von der Decke hing, eingeschaltet. Niemand sah mich, bis ich direkt hinter Kostya stand.

»Mayling, nein!«, schrie Gabriel und sprang auf mich zu.

Kostya bemerkte seinen Fehler zu spät, und als er sich zu mir umdrehte, riss Cyrene sich los, stolperte über ihr Laken und fiel die Treppe hinunter.

Ich stürzte mich auf Kostya und würgte ihn. Cyrene schrie, als Gabriel sie auffing. Ich bekam gerade noch mit, wie er sie sanft zu Boden setzte, und dann holte Kostya auch schon fluchend aus und schleuderte mich gegen die Wand.

Gabriels Wutschrei brachte die Fensterscheiben zum Klirren. Wenn er in diesem Moment an Kostya herangekommen wäre, hätte er ihm bestimmt den Kopf abgerissen, aber zum Glück für uns alle hielten Drakes Bodyguards ihn fest.

Drake zerrte mich aus Kostyas Griff und drückte seinen Bruder gegen die Wand, unterstützt von einem knurrenden Jim.

»Das hört jetzt ein für alle Mal auf!«, brüllte Drake und blickte wütend von seinem Bruder zu Gabriel.

»Misch dich nicht in Angelegenheiten, die meine Gefährtin betreffen«, grollte Gabriel drohend.

»Das fiele mir im Traum nicht ein, aber dieser Angriff ging nicht von May aus. Kostya, wenn du dich nicht endlich zivilisiert benimmst, werde ich zulassen, dass Aisling dich mit so viel Bannzaubern belegt, wie ihr nur einfallen, und ich kann dir versichern, sie ist in den letzten Monaten ziemlich einfallsreich geworden.«

Kostya fluchte unflätig, wehrte sich aber nicht mehr gegen seinen Bruder. Ich lief rasch die Treppe hinunter und umarmte Gabriel.

»Wenn ich sage, dass das hier langsam langweilig wird, würde mir irgendjemand Gehör schenken?«, warf Aisling ein.

»Nein«, antworteten Gabriel und Drake wie aus einem Mund.

»Nun«, sagte Aisling beleidigt, »es ist aber so. Ich habe es satt, dass ihr Drachen ständig euer Testosteron zur Schau stellen müsst. May und Cyrene sehen das sicherlich genauso.«

Gabriel legte den Arm um mich. »Dein Schwager scheint es sich zur Gewohnheit gemacht zu haben, meine Gefährtin anzugreifen. Ich werde das nicht tolerieren.«

»Du hast damit angefangen, als du mein Phylakterium gestohlen hast!«, schrie Kostya und schob seinen Bruder beiseite. »Die schwarzen Drachen werden sich zurückholen ...«

»Oh nein«, stöhnte Jim, »jetzt fängt er schon wieder mit dieser Braveheart-Nummer an.«

»... was ihnen genommen wurde.«

Als Gabriel versuchte, mich aus dem Weg zu schieben, sprangen die beiden grünen Drachen vor ihn.

»Aisling hat recht«, sagte ich. »Langsam wird es langweilig.«

»Wir werden dem Tod ins Auge schauen, um der Sippe ihren Stolz, ihren Ruhm und alles, was sie einmal ausgemacht hat, wiederzugeben!«, schrie Kostya.

Ich blickte ihn so scharf an, dass ich ihm damit ein Loch in den Kopf hätte bohren können. »Bist du jetzt fertig? Gut. Ich glaube, wir müssen uns unterhalten, Gabriel. Und zwar *alle*. Ohne dass wir uns gegenseitig angreifen.«

»Amen«, sagte Aisling. »Jim, begleite Kostya zum Wohnzimmer. Wenn er auch nur die leiseste Bewegung auf Gabriel oder May zumacht, darfst du ihn beißen.«

»Hast du verstanden, böser Junge?«, sagte Jim und stupste Kostya in die Wade. »Ich gehe dir sofort an die Eier. Nur dass du es weißt.«

Kostya warf Jim einen so empörten Blick zu, dass es fast schon wieder komisch war, aber mir war nicht nach Lachen zumute. Ein paar Minuten später hatte Aisling alle so weit, dass sie, im Wohnzimmer saßen.

»May hat absolut recht. Wir müssen reden, aber da Drake ständig nörgelt, ich müsse lernen zu delegieren ...«

»Ich nörgele nicht«, unterbrach Drake sie und eine kleine Rauchwolke stieg aus seinen Nasenflügeln auf. »Ich bin ein Drache. Drachen nörgeln nicht, sie schlagen vor.«

»Nun, da Drake ständig so nachdrücklich vorschlägt – was bei anderen Personen durchaus als Nörgeln bezeichnet werden könnte –, ich solle meine Aufgaben mit anderen teilen, bin ich heilfroh, dass May hier den Anfang macht.«

»Ich?« Ich hatte mich auf der Couch gegenüber von Aisling und Drake an Gabriel geschmiegt und setzte mich jetzt kerzengerade hin. Drakes Bodyguards lehnten an der Wand hinter ihm und behielten Gabriel und Kostya wachsam im Auge.

Der schwarze Drache ging vor dem Fenster auf und ab. Er erinnerte mich an einen Panther im Käfig, den ich vor Jahrzehnten einmal bei einem Wanderzirkus gesehen hatte.

»Warum gerade ich?«, fragte ich.

»Nun ... es ist doch eigentlich deine Angelegenheit. Also, Gabriels und deine, aber da Gabriel so aussieht, als ob er Kostya am liebsten ermorden würde, bist du diejenige, die die Gesprächsleitung übernehmen sollte. Keine Sorge, ich stehe dir bei.«

»Na gut«, erwiderte ich nach kurzem Überlegen. »Ich glaube, als Erstes müssen wir die Frage beantworten: Wo sind Maata und Tipene?«

Kostya seufzte demonstrativ. »Ich habe euch doch gesagt, dass ich nicht weiß, wo sie sind. Ich habe sie nicht entführt.«

»Wir haben nur dein Wort darauf«, sagte ich.

»Ihr habt aber auch keinen Beweis dafür«, fuhr er mich an.

Ich dachte einen Moment lang nach, dann gab ich zu: »Er hat recht.«

»Er lügt«, sagte Gabriel.

»Ich glaube nicht, dass wir deine Wachen schneller finden, wenn wir hier sitzen und uns streiten«, sagte ich.

»Er muss sie entführt haben. Wer sollte es denn sonst getan haben?«, ereiferte sich Gabriel.

»Ich habe nichts getan«, brüllte Kostya.

»Darauf werden wir später noch einmal zurückkommen«, fuhr ich fort, als wieder Stille eingekehrt war. »Die nächste

Frage ist, ob du einen Mann namens Porter engagiert hast.« Es fiel mir zwar schwer, mir vorzustellen, warum Kostya jemanden engagieren sollte, ihm etwas zu stehlen, was er bereits besaß, aber wir mussten so ziemlich jede erdenkliche Möglichkeit in Erwägung ziehen.

»Wen?«, fragte Kostya.

Ich blickte Gabriel an. »Was meinst du, ist das wahr oder gelogen?«

Kostya schnaubte missbilligend.

»Leider wahr«, sagte Gabriel widerwillig.

»Das glaube ich auch«, warf Aisling ein. »Ich kann ziemlich gut beurteilen, ob jemand lügt, und Kostya sagt die Wahrheit. Allerdings nicht immer«, fügte sie hinzu, was ihr einen scharfen Blick ihres Schwagers eintrug.

»Ich stimme mit euch überein«, sagte ich. »Die nächste Frage betrifft das Phylakterium.«

»Wieso du geleugnet hast, es gestohlen zu haben, obwohl ich dich in meinem Lager erwischt habe?«, grollte Kostya.

»Nein, das ist nicht die Frage«, antwortete ich.

»Warum Kostya darauf beharrt, dass du es genommen hast, obwohl es immer noch in seinem Besitz ist?«, fragte Aisling.

Ich schüttelte. »Nein, obwohl das Bestandteil der Frage ist.«

Kostya marschierte wutschnaubend auf und ab.

»Ist die Frage, wo das Phylakterium sich jetzt befindet?«, fragte Drake langsam.

»Nein, darum geht es im Moment nicht«, erwiderte ich und warf Gabriel einen Blick zu.

Er beobachtete Kostya aus halb geschlossenen Augen,

und ich spürte seine Anspannung. Ich legte ihm die Hand auf das Bein und drückte es leicht, damit er sich zusammennahm.

»Geht es darum, warum Kostya May und mich nicht unterscheiden konnte, obwohl ich doch eine ganz andere Frisur habe?«, fragte Cyrene.

So gut wie alle ignorierten sie.

»Nein«, sagte ich. »Ich möchte wissen, warum Kostya das Phylakterium in einer unverschlossenen Truhe aufbewahrt hat.«

Kostya blieb stehen und blickte mich aufrichtig überrascht an. »Was? Was für eine unverschlossene Truhe?«

»In deinem Lager waren drei Truhen.«

Jetzt drang auch bei ihm eine Rauchwolke aus den Nüstern. Ich beugte mich zu Gabriel und fragte leise: »Kannst du das auch?«

Er ließ Kostya nicht aus den Augen, aber er öffnete den Mund ein wenig, und eine kleine Rauchwolke kam zum Vorschein. Aus irgendeinem Grund freute mich das, aber meine Freude war von kurzer Dauer.

»Du gibst also zu, dass du in meinem Lager warst!« Kostya stürmte wütend auf mich zu. »Du gibst zu, dass du mein Phylakterium gestohlen hast!«

Sofort sprang Gabriel auf und stellte sich vor mich. István und Pál hielten Kostya fest, der knurrend zurückwich.

»Ja, ich habe es genommen«, erwiderte ich. »Aber ich wusste zu dem Zeitpunkt nicht, was es war.«

»Am besten erzählst du noch einmal, was passiert ist, als du im Lager warst«, schlug Drake vor.

»Das habe ich doch schon getan. Der Alarm war ausgeschaltet, und ich glaube nicht, dass Porter das getan hat, denn dann hätte er das Phylakterium ja selbst nehmen können.«

Kostya warf mir einen wütenden Blick zu. »Das ist doch lächerlich! Der Alarm ist immer eingeschaltet! Du lügst.«

»Mayling lügt nie. Na ja, fast nie«, warf Cyrene spitz ein.

»Danke für die Unterstützung«, murmelte ich, bevor ich fortfuhr: »Ich fand es auch höchst verwunderlich, dass du das Fenster ungeschützt gelassen hast, aber der Alarm war ganz offensichtlich ausgeschaltet.«

»Du hast ihn ausgeschaltet!«, beschuldigte Kostya mich.

Ich schüttelte den Kopf. »Nein, wie hätte ich das denn machen sollen? Er ist doch innen am Fenster.«

Das verschlug ihm die Sprache.

»Aber abgesehen von der Alarmanlage verstehe ich auch nicht, warum du das Phylakterium in einer unverschlossenen Truhe aufbewahrst.«

»Ich *habe* keine unverschlossene Truhe. Du hast die Bannzauber zerstört und die Truhe vor drei Tagen geöffnet, als du das Phylakterium gestohlen hast.«

»Vor drei Tagen war ich in Griechenland«, sagte ich nachdenklich.

»Da hast du das Phylakterium gestohlen«, beharrte Kostya. »Und dann bist du zurückgekommen, um noch mehr von meinen Schätzen zu stehlen. Die Truhe, die du aufgebrochen hast, war fast leer, als du aus dem Fenster gesprungen bist.« Er gestikulierte hektisch, während er auf und ab ging. »Du hast mir in jener Nacht viele Dinge gestohlen, aber am wichtigsten ist das Phylakterium. Ich will es wiederhaben.«

»Wenn May die Wahrheit sagt – und daran zweifle ich nicht –, dann beginne ich ihre Frage zu verstehen«, sagte Drake. »Kostya behauptet, das Phylakterium wurde vor drei Tagen gestohlen. Du bist dir sicher, Bruder, oder?«

»Ja.«

»Ah«, warf Aisling ein, »wenn das Phylakterium gestohlen wurde, als wir in Griechenland waren, dann muss jemand anders es genommen haben.«

»Und wenn weder May noch Kostya den Alarm ausgeschaltet und die Truhe geöffnet haben ...« Cyrene runzelte verwirrt die Stirn.

»Wer war es dann?«, fragte ich und blickte die anderen an. »War es Porter? Warum hat er mich erpresst, wenn er es war? Wie ist das Phylakterium wieder in die unverschlossene Truhe gekommen? Warum wurde es zurückgebracht? Und ist die Person, die all das getan hat, auch verantwortlich für das Verschwinden von Gabriels Leibwächtern?«

»Ich glaube diese Lügen nicht«, sagte Kostya und blickte mich böse an. »Sie ist die Meisterdiebin Mei Ling. Sie gibt zu, dass sie mein Phylakterium gestohlen hat. Sie will nur ihre Taten verschleiern.«

»Glaubst du eigentlich, ich würde hier so ruhig sitzen und mir anhören, wie du meine Gefährtin angreifst, wenn May mir das Phylakterium gegeben hätte?«, fragte Gabriel. Ich spürte, wie sich seine Muskeln erneut anspannten.

Kostya warf ihm einen verblüfften Blick zu.

»Wider besseres Wissen bin ich bereit zuzugeben, dass ich mich in Kostya geirrt habe«, fuhr Gabriel fort. »Zumindest was den Besitz des Phylakteriums angeht. Im Hinblick auf Maata und Tipene bin ich mir noch nicht sicher. Anscheinend gibt es noch einen weiteren Mitspieler in diesem Drama, der sich bis jetzt noch nicht zu erkennen gegeben hat. Jemand, der das Phylakterium zuerst aus Kostyas Lager genommen und es dann aus einem uns unbekannten Grund wieder zurückgelegt hat. Jemand, der den Diebesfänger Porter engagiert hat, wobei wir allerdings nicht wissen, ob er Porter auch befohlen hat, das Phylakterium zu stehlen. Es könnte sein, dass Porter eigenmächtig gehandelt hat. Wer auch immer dahintersteckt, er hatte jedenfalls keine Probleme, Kostyas Alarmanlagen und die Schutzzauber der Truhe auszuschalten. Mit anderen Worten, es ist jemand, der uns alle manipuliert, ohne dass wir es merken.«

»Wer?«, fragte Cyrene.

Die Drachen blickten sich an.

»Nein«, sagte Drake und schüttelte den Kopf. »Das ist unmöglich.«

»Wer?«, fragte auch Aisling und kniff Drake in die Hand.

»Es ist nicht unmöglich. Du hast doch in Fiats Haus Zeichen gefunden«, sagte Gabriel.

»Zeichen von wem?«

»Er ist tot«, sagte Drake, der immer noch den Kopf schüttelte. »Wir alle wissen, dass er tot ist … vor allem Kostya.«

Kostya stand da wie erstarrt. Die beiden Bodyguards wirkten ähnlich fassungslos. Wer rief eine solche Reaktion bei zwei Wyvern und zwei Drachen hervor?

»Wer denn?«, fragten Cyrene und ich gleichzeitig.

Die Drachen schwiegen.

»Wenn es keiner aussprechen will, tu ich es eben«, verkündete Jim. Er stand auf und schüttelte sich. »Die fragliche Person ist ein Wyvern, den Berichten zufolge vor ein paar

Hundert Jahren von seinem engsten Mitarbeiter und Anwärter auf den Wyvern-Thron getötet, weil er die Gefährtin eines silbernen Drachen gestohlen und zu seiner eigenen gemacht hat. Er ist auch verantwortlich für den Tod von Tausenden von Drachen und derjenige, der die silberne Sippe verflucht hat. Ja, es ist der große Kahuna, die ganze Enchilada, der Schreckenswyvern persönlich – Baltic.«

19

»Baltic ist tot. Kostya hat ihn vor langer Zeit in zwei Hälften gespalten«, sagte Drake in die Stille hinein, die Jims Worten folgte.

»Ja, das muss sein Ende gewesen sein«, stimmte ich ihm zu. »Ich wüsste niemanden, der so etwas überleben würde.«

»Das erklärt aber nicht die Tatsache, dass jemand die Ereignisse nach seinen Wünschen manipuliert«, sagte Gabriel.

»Das behaupte ich ja auch gar nicht, aber hinter der Sache mit dem Phylakterium muss ja nicht zwangsläufig Baltic stecken«, antwortete Drake.

»Da draußen ist jemand, der eine Gruppe von Drachen ohne bekannte Sippe oder Zugehörigkeit anführt. Das weißt du doch selbst, du bist ja mit Kostya von ihnen gefangen gehalten worden«, sagte Gabriel.

Erstaunt blickte ich die beiden an. »Ihr wurdet gefangen gehalten?«

Drake winkte ungeduldig ab. »Das war ein einmaliger Vorfall.«

»Sie waren hoch oben auf einem Berg«, warf Jim ein. »Aisling musste sie retten.«

»Das ist mein Job«, sagte Aisling lächelnd. »Ich bin eben ein Profi.«

»Und ein guter obendrein«, warf Cyrene ein. »Kannst du mir später vielleicht ein Autogramm geben?«

Aisling lächelte geschmeichelt.

»Und wer sind diese Drachen?«, fragte ich.

Schweigen breitete sich aus. Schließlich sagte Gabriel: »Das weiß niemand. Ich dachte zuerst, es seien Ouroboros – ausgestoßene, sippenlose Drachen, die sich zu Banden zusammenschließen –, aber mittlerweile bin ich mir nicht mehr so sicher. Um Kostyas Adlerhorst zu übernehmen, Drake zu überwältigen und jetzt diese Sache mit dem Phylakterium ... es braucht mehr als nur eine kleine Gruppe gesetzloser Drachen, um diese Aktivitäten zu koordinieren. Irgendjemand muss die Gruppe anführen, Drake, jemand mit der Erfahrung eines Wyvern. Es muss Baltic sein – jemand anders kommt nicht infrage.«

»Das scheint mir Sinn zu machen, Süßer.« Aisling schmiegte sich an Drake.

Er schüttelte erneut den Kopf. »Baltic ist tot. Kostya hat ihn umgebracht.«

Ich blickte Kostya nachdenklich an. »Du warst sehr still in den letzten Minuten, was ziemlich ungewöhnlich ist für dich. Normalerweise tobst und wütest du doch.«

»Ich habe nichts gesagt, weil Drake das ja schon getan hat.« Kostya winkte ab.

»Du hast also zum Tod Baltics nichts zu sagen?«

»Was denn zum Beispiel?« Kostyas Gesicht war eine ausdruckslose Maske.

»Hast du ihn überhaupt getötet? Oder behauptest du das nur?« Ich überlegte. »Vielleicht gibt es ja eine andere Erklärung. Wenn nun Kostya seinen Wyvern gar nicht getötet hat? Wenn er nur so getan hat, um einen anderen Plan zu verfolgen?«

»Einen anderen Plan, in dem ich zuerst ins Exil geschickt, ein paar Hundert Jahre lang eingesperrt, misshandelt, gefoltert und zu meinem eigenen Vergnügen zum Hungertod verdammt werde?«, fuhr er mich an.

»Vielleicht«, erwiderte ich langsam. »Wenn es die Idee untermauern würde, dass du deinen Wyvern getötet hast, dann liegt es doch im Bereich des Möglichen, dass du all das erleidest, weil du ja weißt, dass es irgendwann ein Ende hat. Fanatiker haben für ihren Glauben schon weit mehr erlitten.«

Kostya schnaubte und wandte mir den Rücken zu, aber er widersprach mir nicht.

Ich wandte mich an Gabriel, der Kostya ebenfalls nachdenklich betrachtete. »Ich glaube, ich habe noch nie gehört, was zwischen dir und Baltic tatsächlich passiert ist«, sagte er in einem ruhigen Tonfall. »Erzähl es uns doch!«

Kostya fuhr herum und warf ihm einen finsteren Blick zu. »Du hast kein Recht, mir Fragen zu stellen, Tauhou.«

»Er vielleicht nicht«, warf Aisling mit süßem Lächeln ein. »Aber mich interessiert es auch. Wenn du also nicht mit mehreren hässlichen Zaubern belegt werden möchtest, solltest du uns vielleicht die Details erzählen.«

»Gefährtin«, sagte Drake stirnrunzelnd. »Ich habe dir doch gesagt, dass Baltic tot ist. Kostya zu drohen führt zu nichts.«

»Ich will die Geschichte trotzdem hören. Und was hat Jim da erwähnt von einem schwarzen Drachen, der die Gefährtin eines silbernen Drachen gestohlen hat? *Das* hat ja wohl noch niemand erzählt.«

»Es ist eine alte Geschichte und jetzt nicht wichtig«, erwiderte Drake eigensinnig.

»Ich würde sie trotzdem gerne hören. Ich finde die Geschichte der Drachen faszinierend«, zirpte Cyrene. »Sie ist so romantisch.«

»Cyrene hat recht«, sagte Aisling zu ihrem Gatten. »Außerdem ist die Tatsache, dass Drachen sich gegenseitig ihre Gefährtinnen stehlen, *immer* ein wichtiges Thema. Und hör auf, mir erzählen zu wollen, das sei uninteressant. Du hast doch gesagt, du warst dabei ... Hast du eigentlich Baltics Leiche gesehen?«

Drake schwieg.

»Das habe ich mir gedacht.« Aisling wandte sich an Kostya. »Du wirst es wohl erzählen müssen – wir sind in der Überzahl. Also tu es lieber freiwillig und zwing uns nicht, es aus dir herauszuquetschen!«

Kostya reagierte nicht so aufbrausend, wie ich gedacht hätte. Er warf seinem Bruder einen Blick zu und trat ans Fenster, die Hände hinter dem Rücken verschränkt. »Ich werde es erzählen, aber nicht weil du mich mit deiner jämmerlichen Hüterinnen-Macht bedrohst ...«

Jim wollte schon auf den Drachen losgehen, aber Aisling hielt ihn zurück.

»Ich werde es erzählen, damit ihr ein für alle Mal die Wahrheit erfahrt. Ihr müsst wissen, dass ich immer hinter Baltic gestanden habe ...« Er warf Gabriel aus blitzenden schwarzen Augen einen Blick zu. »Er wollte die Sippe wieder zusammenführen.«

Ich spürte, wie Gabriel jeden Muskel anspannte. »Das wird nie geschehen, Kostya. Meine Sippe ist zufrieden, so wie sie ist.«

An Kostyas Kinn zuckte ein Muskel. »Obwohl Baltics Motive richtig waren, begann ich nach einer Weile an seiner

Methode zu zweifeln. Mit der Zeit wurde offensichtlich, dass er eigentlich die Herrschaft über *alle* Sippen anstrebte, und mir wurde klar, dass er die Zahl der schwarzen Drachen durch seine kriegerischen Akte dezimieren würde. Zu Beginn des achtzehnten Jahrhunderts wusste ich, dass Baltic seine Taktik ändern musste, weil er sonst die völlige Vernichtung der schwarzen Drachen riskieren würde.«

Seine Stimme klang bitter. Ich schmiegte mich an Gabriel und genoss seine Wärme.

»Ich sammelte meine Wachen und rief unsere Verbündeten zu Hilfe. Drake kam mit einer kleinen Gruppe grüner Drachen. Auch die blauen Drachen schickten Mitglieder, wenn auch nur wenige. Wir trafen uns, um mit Baltic zu verhandeln, aber er ...« Kostya schwieg einen Moment. »Er war wahnsinnig. Es war offensichtlich, dass er die Sippe eher vernichten würde als seinen großartigen Plan aufzugeben, den gesamten Weyr zu beherrschen. Ich hatte keine andere Wahl, als ihn zu töten. Aber es war zu spät – die silbernen Drachen hatten genau diesen Augenblick für ihren Angriff gewählt und töteten eine Handvoll schwarzer Drachen.«

»Wir haben nicht ohne Grund angegriffen«, sagte Gabriel mit zusammengebissenen Zähnen. »Wir sind provoziert worden.«

Ich legte ihm die Hand auf den Arm. Jetzt war nicht der richtige Zeitpunkt, um erneut einen Streit vom Zaun zu brechen.

Ein Hauch von Traurigkeit trübte Kostyas schwarze Augen, aber dann wurde seine Miene wieder feindselig und arrogant. »Für meinen Versuch, meine eigene Sippe zu retten, wurde ich beinahe von dem Mann vernichtet, nach dem ich benannt bin, ein Verräter, der sich über die Herrschaft des Wyvern hinweggesetzt hat.«

»Constantine Norka war ein Retter, kein Verräter«, schrie Gabriel und sprang auf. Auch ich erhob mich und stellte mich zwischen Kostya und ihn. »Er bat Baltic, seinen wahnsinnigen Plan aufzugeben, aber Baltic erklärte ihn zum Ouroboros und verwies ihn der Sippe. Und Ysolde beanspruchte er für sich.«

»Ysolde?«, fragte Aisling Drake leise.

»Constantine Norkas Gefährtin.«

Ich blickte Gabriel an und berührte seine Wange. Seine Augen loderten vor Wut. »Man kann die Gefährtin eines anderen Drachen *stehlen*?«, fragte ich.

»Es ist möglich, aber es kommt nicht oft vor.« Einen Moment lang glitt sein Blick zu Aisling. »Jedenfalls war das früher so.«

»Ysolde sollte Baltics Gefährtin werden. Er hatte sie gewählt, und sie hatte zu erkennen gegeben, dass sie ihn akzeptieren würde. Aber bevor das geschehen konnte, raubte Norka sie und machte sie zu seiner Gefährtin. Es ist mir klar, dass du den üblen Trick, den er anwandte, vor Mei Ling geheim halten möchtest«, sagte Kostya zu Gabriel.

»Baltic hat Ysolde misshandelt!«, schrie Gabriel. »Sie hasste ihr Leben mit ihm und bat Constantine, sie von ihm zu befreien ...«

»Das behauptest du. Aber wir alle wissen, wie viel Glauben wir den Worten eines Verräters schenken können«, antwortete Kostya lauernd.

»Bevor ihr euch wieder streitet, sollten wir uns besser alle hinsetzen«, schlug Aisling vor.

»Guter Vorschlag«, erklärte ich und schubste Gabriel zur Couch. Widerwillig gab er nach. Zuerst wollte ich mich neben ihn setzen, aber dann besann ich mich eines Besseren und ließ mich auf seinen Schoß sinken. »Damit du nichts Unbedachtes tust«, sagte ich und küsste ihn aufs Kinn.

»Süßer, ich bin ein wenig verwirrt. Hast du die Auseinandersetzung zwischen Baltic und Kostya mit eigenen Augen gesehen, oder hast du nur davon gehört?«, fragte Aisling Drake.

Drake warf seinem Bruder einen Blick zu. »Nein, *gesehen* habe ich nicht, wie Kostya Baltic getötet hat.«

»Aber die Leiche – es muss doch eine Leiche gegeben haben?«

Kostya drehte uns den Rücken zu und schaute aus dem Fenster, als wolle er uns aus seinen Gedanken ausschließen.

»Als Baltic klar wurde, was Kostya vorhatte, versuchte er zu entkommen. Die silbernen Drachen hatten Baltics Festung belagert und waren beinahe schon eingedrungen. Kostya erwischte Baltic in den Höhlen unter seinem Schloss und erschlug ihn. Aber unter dem Ansturm der silbernen Drachen wurde die Leiche nicht sofort geborgen, und damit Baltics Leiche und seine Burg nicht zum Schrein eines Märtyrers wurden, ließ Norka sie völlig zerstören«, sagte Drake.

»Dann hat also nur Kostya gesehen, was in diesen letzten Momenten geschehen ist«, sagte ich nachdenklich.

»Ich kam mit seinem Schwert zurück«, sagte Kostya rau. Seine Schultern zuckten irritiert. »Ich habe ihn damit in zwei Hälften gespalten. Er hat nicht überlebt.«

Ich legte Gabriel die Hand auf die Brust. »Hast du dabei geholfen, die Burg zu plündern?«

»Ich?« Gabriel blickte mich erstaunt an. »Für wie alt hältst du mich denn?«

»Nun ... ich weiß nicht. Fünfhundert Jahre?«

Er zeigte seine Grübchen.

»Sechs?«

»Ich wurde 1702 geboren«, antwortete er. »Mein Vater war jedoch bei Constantine, als er den finalen Schlag gegen Baltic ausgeführt hat. Es war ein Sieg, aber er wurde um einen hohen Preis errungen. Die Drachen, die dabei starben, gehörten einst zu unserer Familie.«

»Womit wir wieder bei dem Punkt angelangt wären, wer hinter alldem steckt«, warf Aisling ein. »Wenn nicht Baltic, wer dann?«

»Ich verstehe nicht, was das für eine Rolle spielt, solange das Phylakterium wieder zurückgebracht wurde«, sagte Cyrene.

Alle blickten sie an.

»Na ja, mal ehrlich, ist es wichtig, ob es dieser Baltic, ein anderer Drache oder eine gute Fee ist, die die Fäden zieht? Was zählt, ist doch nur, dass Gabriel seine Leibwächter zurückbekommt, nicht, wer sie entführt hat.«

»Die Frage, ob Baltic möglicherweise überlebt hat, ist von äußerster Bedeutung für die silbernen Drachen, das kann ich dir versichern«, erwiderte Gabriel.

»Warum?«, fragte sie und zog verwirrt die Nase kraus.

»Warum?« Gabriel schaute sie entsetzt an.

»Ich glaube, ich weiß, was sie meint«, warf ich ein. »Angenommen, Baltic lebt, dann ist er nicht mehr Wyvern der schwarzen Drachen. Du hast doch gesagt, die Sippe sei vernichtet worden, oder?«, fragte ich Drake.

Er nickte und warf seinem Bruder einen Blick zu. »Ja, obwohl Kostya ja offenbar vorhat, die restlichen Mitglieder zu sammeln und vom Weyr anerkennen zu lassen.«

»Selbst wenn ihm das gelingen sollte, würde das nicht zwangsläufig bedeuten, dass Baltic sie sofort als Wyvern übernehmen könnte, oder?«

»Baltic wird die schwarzen Drachen nie wieder anführen«, sagte Kostya leise mit drohendem Unterton. »Die Sippe wird wiederauferstehen, und ich werde derjenige sein, der sie anführt.«

Ich verkniff mir eine Bemerkung darüber, was ich von seinem Plan hielt. »Ich verstehe allmählich, worauf Cyrene hinauswollte. Angenommen Baltic lebt, so kann er ohne seine Sippe doch nichts ausrichten, und deshalb spielt es tatsächlich keine Rolle, ob er derjenige war, der das Phylakterium zurückgebracht hat.«

»Eben doch, weil es sich um Baltic handelt«, warf Gabriel ein.

»Du meinst, weil er wahnsinnig ist?«, fragte ich.

Kostya bedachte mich mit einem bösen Blick und wollte gerade etwas erwidern, als Aisling sich betont räusperte.

»Nicht nur das – Baltic verfügte über große Macht«, sagte Gabriel zögernd. »Mehr Macht, als für einen Wyvern normal ist. Es heißt, er habe die Künste des Arkana gelernt.«

»Arkana? Er war ein Magier?«, fragte Cyrene.

Kostya schwieg, was ihre Frage bestätigte.

»Ich wusste gar nicht, dass Drachen Magier sein können«, sagte ich.

Gabriel und Drake wechselten einen Blick. »Niemand hat

jemals die Fähigkeiten beherrscht, die ein Magier beherrschen muss.«

»Außer Baltic?«, fragte ich.

»Das glauben wir zumindest.«

»Und das bedeutet, wenn er wirklich noch am Leben ist, dann ist er als Drache eine echte Gefahr.«

»Das ist doch alles Blödsinn. Ich habe Baltic vor dreihundert Jahren getötet. Wichtig ist nur das Phylakterium – und ich will, dass es sofort zurückgegeben wird«, erklärte Kostya.

»Und wie erklärst du den Raub des Phylakteriums, wenn Baltic tatsächlich tot ist?«, fragte ich ihn.

Er blitzte mich böse an. »Du hast es mir gestohlen.«

»Und angenommen, ich war es nicht, wie erklärst du es dann?«

»Davon gehe ich gar nicht erst aus. Du hast doch zugegeben, es in der Nacht, in der ich dich in meinem Lager erwischt habe, genommen zu haben.«

»Oh, das bringt nichts«, sagte ich und stand auf. »Wir drehen uns im Kreis. Ob nun Baltic lebt oder nicht, wir müssen das Phylakterium holen und Maata und Tipene finden.«

»Hast du nicht gesagt, du hättest es?«

»Ich hatte es – und dann wurde ich festgenommen, und meine Sachen wurden mir abgenommen, einschließlich des Phylakteriums. Soweit ich weiß, befindet es sich mit den anderen Sachen im Tresorraum des Au-delà in Paris.«

Ich trat an die Tür, aber Kostya drängte mich beiseite.

»Wohin gehst du, Bruder?«, fragte Drake ihn.

»Mir holen, was mir gehört«, sagte er mit einem finsteren Blick auf Gabriel.

»Oh! Den Teufel wirst du tun!« Ich stürmte hinter ihm her. »Das Phylakterium gehört Gabriel.«

Alle drängten aus dem Zimmer und standen einen Moment lang im Flur herum. Dann murmelte Kostya etwas, Gabriel sprang auf ihn zu, und Aisling befahl ihrem Dämonenhund, ihren Schwager aufzuhalten. Aber Kostya war bereits weg, bevor Jim den Befehl ausführen konnte.

»Agathos daimon!«, fluchte ich unterdrückt.

»Soll ich ihm folgen?«, fragte Pál Drake.

Drake zögert kurz, schüttelte aber dann den Kopf. »Nein. Er würde dich nur abschütteln.«

»May kann ihm folgen«, sagte Cyrene. »Sie ist sehr gut darin. Ich hatte einmal einen Freund, der mich betrogen hat – er hatte so kleine Augen, und ich war immer schon der Meinung, ich könnte ihm nicht trauen –, und May hat ihn eine Woche lang beschattet, ohne dass er etwas gemerkt hat.«

»May bleibt bei mir«, sagte Gabriel. Er packte mich am Handgelenk und zog mich die Treppe hinauf.

»Nun ... ich könnte es vermutlich auch.« Cyrene runzelte leicht die Stirn. »So schwer kann es ja nicht sein, jemandem zu folgen. Außerdem habe ich May schon oft dabei zugesehen.«

»Lass dir das bloß nicht einfallen!«, rief ich von der Treppe. »Er ist viel zu gefährlich, Cy. Wir halten schon Ausschau nach ihm, keine Angst!«

Bevor Gabriel mich in unser Schlafzimmer zog, warf ich noch einen letzten Blick auf Cyrene, die mit geschürzten Lippen in der Diele stand. Aisling lächelte Drake an.

»Nach Paris?«, fragte sie.

»Nach Paris«, erwiderte Drake grimmig.

»Das ist wie in diesem verrückten Film, *Blackadder*, wo sie alle losrennen, um einen Schatz zu finden«, sagte Jim und kam hinter uns hergelaufen. »Nur dieses Mal mit Drachen, einer Doppelgängerin und einem echt attraktiven Neufundländer. Die Leute würden wahrscheinlich viel Geld bezahlen, um sich so etwas anzusehen.«

20

»Ich muss schnell mit Aisling reden«, sagte ich zu Gabriel, als wir auf unser Zimmer gingen, um für die Reise nach Paris zu packen. »Nur ein Gespräch unter Frauen, nichts Wichtiges.«

Gabriel runzelte die Stirn. »Gespräch unter Frauen? Geht es um intime Dinge? Habe ich dich verletzt?« Er legte mir die Hand auf den Bauch, als könne er innere Probleme erfühlen. »War ich zu grob?«

»Nein, darum geht es gar nicht.«

»May, ich bin nicht nur dein Wyvern, sondern auch Heiler«, sagte er ernst. »Du musst mir sagen, wenn du ein physisches Problem hast, ganz gleich, wie peinlich es dir sein mag.«

»Ehrlich, es ist nichts ...«

»Zieh dich aus«, sagte er und wies mit dem Kinn auf das Bett. »Ich werde dich untersuchen.«

»*Agathos daimon*! Ich will nur etwas mit Aisling besprechen, Gabriel! Ich brauche keine gynäkologische Untersuchung! Wenn ich mich jetzt ausziehe und aufs Bett lege, dauert es nicht lange, bis du auch nackt bist, und wir kommen nie nach Paris.«

»Wann war deine letzte Periode?«, fragte er stirnrunzelnd.

Ich ging zur Tür und warf ihm einen Respekt heischenden Blick zu. »Schluss jetzt! Und solltest du auf den Gedanken kommen, mir zu folgen, dann ... dann ... nun, ich weiß noch nicht genau, was ich dann tun werde, aber es wird nichts Angenehmes sein. Meine Tasche ist übrigens schon gepackt.«

Er schwieg, aber ich spürte seine Blicke im Rücken, als ich den Flur entlang zu Aislings Zimmer lief.

Ich blieb kurz vor Cyrenes Zimmer stehen und klopfte rasch an. Das Zimmer war leer. »Hast du Cyrene gesehen?«, fragte ich Pál, der mit zwei großen Koffern an mir vorbeikam.

»Ja, vor ein paar Minuten. Sie sagte, sie hätte etwas zu erledigen, und ist gegangen.«

»Sie ist weg? Was um alles in der Welt ...?« Ich zog mein Handy aus der Tasche und wählte ihre Nummer.

Drake kam mit einem weiteren Koffer aus dem Zimmer. Durch die offene Tür sah ich Aisling, die eine Büchertasche packte.

Jim trat auf mich zu. »Komische Zeit, um jemanden anzurufen.«

»Ich versuche, Cy zu erreichen.« Ich wartete ein paar Sekunden, bevor ich auflegte. Ein eiskaltes Gefühl machte sich in meinem Magen breit. »Die Mailbox springt an. Sie geht nicht dran. Ich habe das schreckliche Gefühl, ich weiß, wo sie ist.«

»Wo wer ist?«, fragte Aisling, die gerade das Zimmer verlassen wollte.

»Cyrene. Ich glaube, sie will Kostya beschatten. So was Dummes ... Er wird ihr doch nichts tun, wenn er sie sieht, oder?«, fragte ich Drake, der wieder die Treppe heraufkam.

Drake überlegte. »Er hat ja keinen Grund dazu. Er hat ihr ja nur ein Messer an den Hals gehalten, weil er sie mit dir verwechselt hat, und diesen Fehler wird er nicht noch einmal machen.«

Ich entspannte mich ein wenig. »Ich weiß auch nicht, warum ich mir Sorgen mache – aber sie hat noch nie jemanden verfolgt. Kostya merkt sicher sofort, dass sie ihn beschattet, und wird sie abschütteln. Ich hoffe nur, dass sie genügend Verstand hat, uns nicht nach Paris nachzukommen.«

»Ich habe eine Freundin in der Stadt. Wenn es dich beruhigt, kann ich sie anrufen, damit sie nach ihr schaut«, schlug Aisling vor. »Danke, Süßer! Das ist alles, glaube ich. Ich komme gleich.«

Drake nickte und ging nach unten. Ich folgte Aisling in ihr Schlafzimmer und trat unbehaglich von einem Bein aufs andere, während sie rasch den Anruf erledigte.

»Nora ist gerade nicht zu Hause, aber ich versuche es nachher noch einmal, okay?«, sagte sie, nachdem sie eine Nachricht auf Band hinterlassen hatte.

»Danke. Ich fühle mich einfach besser, wenn ich weiß, dass jemand ein Auge auf Cy hat. Äh ...« Ich biss mir auf die Unterlippe. »Hast du noch eine Minute Zeit? Ich möchte rasch etwas mit dir unter vier Augen besprechen.«

Erstaunt blickte sie mich an. Sie setzte sich ans Fußende des Bettes und wies auf einen Stuhl. »Ja, natürlich.«

Jim ließ sich mit einem Plumps zu ihren Füßen nieder.

Ich blickte den Dämon an. »Äh ...«

»Jim, raus!«, befahl Aisling sofort.

»Warum? Ich mache doch nichts.«

»May fühlt sich in deiner Gegenwart nicht wohl. Los, lauf mal zu den Männern!«

»Das ist bestimmt nicht halb so interessant, wie bei euch zu bleiben«, protestierte er.

»Ach, ich glaube, es ist sowieso egal«, warf ich ein. »Vielleicht hat Jim ja sogar eine hilfreiche Idee.«

»Immer gern zu Diensten, Schwester«, erklärte er grinsend. »Was ist das Problem? Du kannst Dr. Jim alles erzählen. Hat es etwas mit romantischer Liebe zu tun? Brauchst du einen Rat, wie du mit Gabriel umgehen sollst?«

»Nein. Danke ...«

»Dann ist es also der Sex, was? Ist heftiger, animalischer Drachensex zu viel für dich?«

Ich war drauf und dran, die Augen zu verdrehen. »Danke, aber mein Sexualleben steht hier nicht zur Debatte ...«

»Was ist das Element der silbernen Drachen? Erde?« Jim verzog das Gesicht. »Oh Mann, das bedeutet, dass er es ständig draußen tun will. Splitternackt in der Wildnis. Mein Rat lautet Sonnenschutz und Käferspray. Und vielleicht einen Spachtel oder so, damit du den Sand aus der Poritze kratzen kannst, falls er mit dir an den Strand geht.«

»Jim!«, sagte Aisling und legte dem Dämon die Hände um die Schnauze. Sie warf mir einen entschuldigenden Blick zu. »Es tut mir leid. Er weiß eigentlich, dass er keine unverlangten sexuellen Ratschläge erteilen soll.«

»Ich wollte nur hilfreich sein«, murmelte er mit erstickter Stimme.

»Nun, das bist du aber nicht. Und jetzt hältst du am besten den Mund, es sei denn, du hast etwas wirklich Wichtiges zu unserem Gespräch beizutragen«, erklärte Aisling und ließ die Schnauze los. »Red weiter, May. Was wolltest du sagen?«

»Es geht um Dämonenfürsten«, sagte ich leise und blickte zur offenen Tür. Niemand war zu sehen, aber ich wollte auf jeden Fall vermeiden, dass Gabriel uns hörte.

»Oh ja, richtig. Dein Zwilling hat gesagt, du seist an einen gebunden.« Aisling nickte. »Hast du ein Problem mit ... äh ... welcher ist es denn überhaupt?«

»Magoth.«

Sie überlegte einen Moment lang, schüttelte dann aber den Kopf. »Ich glaube nicht, dass ich ihm schon einmal begegnet bin.«

»Daran würdest du dich bestimmt erinnern«, erwiderte ich lachend. »Er ist ausgesprochen attraktiv.«

»Wenn man auf diesen glutvoll schmachtenden Stummfilm-Schauspielertypus steht«, warf Jim ein.

»Ist er etwa Schauspieler?« Aisling blickte mich verwirrt an.

»Er hat früher mal in Stummfilmen mitgespielt, aber das ist lange her.«

Aisling nannte den Namen eines Schauspielers aus den Zwanzigerjahren.

»Ja, genau, das war er. Aber darum geht es nicht. Mein Problem ist ...« Ich blickte rasch zum Flur. Niemand war zu sehen. »Gibt es einen Weg, sich dem direkten Befehl eines Dämons zu widersetzen?«

Aisling blinzelte.

»Oh!«, sagte Jim. »Willst du einem Befehl nicht gehorchen? Willst du zum Dibbuk werden?«

»Was ist das denn?«, fragte Aisling.

»Der Legende nach ist es eine wandernde Seele, die in einen lebendigen Körper schlüpft«, sagte ich langsam.

»In Abaddon bezeichnet es einen Dämon, der aus der Art geschlagen ist.« Jim blickte mich ernst an. »Dibbuks werden für gewöhnlich von ihren Herren wegen Ungehorsam zerstört, allerdings habe ich auch von welchen gehört, die am Leben gelassen und ewig gequält wurden. Feuer von Abaddon, May – viele Dämonen reden davon, aber ich habe noch nie von einem gehört, der wirklich darüber nachgedacht hat, es auch zu *tun.*«

»Ich bin kein Dämon«, erwiderte ich.

»Nein, das bist du nicht«, erwiderte Aisling. »Einem Befehl nicht zu gehorchen ... hm. Das ist kompliziert. Vielleicht würde es helfen, wenn du mir die genauen Umstände näher erklären würdest.«

Ich zögerte, weil ich mir nicht sicher war, ob ich ihr so etwas Gefährliches anvertrauen konnte. Aber ich hatte keine andere Wahl, und sie war meine beste Informationsquelle, was Dämonenfürsten anbelangte. »Magoth hat mir befohlen, das Phylakterium für ihn zu stehlen. Er will es einsetzen, um über die Drachen zu herrschen.«

Aisling riss die Augen auf, und Jim stieß einen leisen Pfiff aus.

»Ein direkter Befehl?«, fragte er.

Ich nickte elend. »Ich kann es nicht. Ich kann es einfach nicht. Ich würde es auch nicht tun, wenn ich nicht die Gefährtin von Gabriel wäre und mir die Drachen ganz egal wären. Er bekäme dadurch zu viel Macht.«

»Aber ... du musstest in der Vergangenheit doch bestimmt schon machtvolle Gegenstände für ihn stehlen«, wandte Aisling ein. »Wie hast du das denn umgangen? Oder hast du es getan?«

Ich schüttelte den Kopf. »Etwas von so großer Bedeutung musste ich noch nie für ihn stehlen. Magoth ist ...« Ich machte eine vage Handbewegung. »Er ist sehr flatterhaft, ehrlich gesagt. Er verfolgt immer hundert Projekte gleichzeitig, ohne jemals etwas zu Ende zu führen. Allerdings kann mir das nur recht sein, und ich bin die Letzte, die daran etwas ändern möchte.«

»Weil er dann für die sterbliche Welt nicht so gefährlich wird?«, fragte Aisling.

»Ja. Nichts, was ich in den letzten achtzig Jahren für Magoth stehlen musste, war auch nur annähernd so bedeutsam wie dieses Phylakterium. Ich werde zwar nicht gerne in die Rolle des Diebs gedrängt, aber zu wissen, dass die Dinge, die ich gestohlen habe, keine größere Rolle spielten, machte es irgendwie ein bisschen erträglicher. Magoth war einfach zu unkonzentriert, zu leicht abgelenkt.«

»Ja, er ist nicht der Hellste.« Jim nickte zustimmend.

»Genau. Aber dies hier ... ist etwas völlig anderes. Er scheint geradezu auf das Phylakterium fixiert zu sein, und das bereitet mir große Sorgen. Ich darf nicht zulassen, dass er es in die Finger bekommt. Aber ich weiß auch nicht, wie ich mich einem direkten Befehl entziehen kann.«

»Manchmal habe ich etwas Spielraum, wenn Ash mir einen Befehl erteilt«, sagte Jim. »Was genau hat Magoth gesagt?«

»Er sagte mir, ich solle ihm das Phylakterium bringen. Besonders viel Spielraum sehe ich da nicht.«

Nachdenklich blickte Aisling mich an. »Das bedeutet, dass du ihm das Phylakterium geben musst, sobald es physisch in deinem Besitz ist.«

»Ja«, erwiderte ich langsam. Worauf wollte sie hinaus?

»Wir dürfen also einfach nicht zulassen, dass du es berührst. Wenn es sich nicht in deinem Besitz befindet, kannst du es ihm auch nicht geben, oder? Kinderleicht – du bist zwar eine Meisterdiebin, aber die grünen Drachen sind auch nicht schlecht, wenn es darum geht, etwas zu stehlen. Und Drake ist *besonders* gut darin.«

»Daran habe ich auch schon gedacht«, erwiderte ich verzweifelt. »Das Tresorgewölbe des Au-delà wird schwer bewacht, und es übersteigt sicher die Fähigkeiten selbst des allergeschicktesten Drachen, dort hineinzugelangen ... aber ich verschaffe mir Zutritt zu Orten, die allen anderen versperrt sind. Es wird mir nichts anderes übrig bleiben, als das Phylakterium dort zu holen. Ich sehe keine andere Möglichkeit – deshalb habe ich ja gedacht, du hättest vielleicht eine Idee, wie ich den Befehl missachten könnte.«

»Es tut mir leid, aber da bin ich auch ratlos«, erwiderte Aisling bedauernd. »Jim?«

Der Dämon schüttelte seinen zottigen Kopf. »Nada. Mir fällt bloß Dibbuk ein, und dazu würde ich nicht raten. Magoth mag nicht der Hellste sein, aber er ist kein Idiot. Er würde bestimmt an dir ein Exempel statuieren.«

Angst und Schuld schnürten mir die Kehle zu.

»Ich nehme an, du hast nicht mit Gabriel darüber geredet?«, fragte Aisling und warf einen raschen Blick zur Tür.

»Nein, es ist schon schwer genug, ihn davon abzuhalten, geradewegs auf Magoth loszugehen – ich möchte nicht das Verlangen bei ihm wecken, mich von meiner Bindung zu befreien.«

»Auch darüber werde ich mit Nora sprechen«, sagte Aisling entschlossen. »Sie ist meine Mentorin, und sie weiß alles, wozu Hüterinnen in der Lage sind. Ich weiß, es ist schwer, May, aber mach dir keine Sorgen. Alle zusammen finden wir vielleicht einen Weg, deine Bindung an Magoth zu beenden.«

»Du kannst Ash vertrauen – sie kennt Abaddon. Schließlich ist es ihr gelungen, sich rausschmeißen zu lassen«, sagte Jim.

Aisling versuchte, ein bescheidenes Gesicht zu machen. »Das ist mein Job ...«

»... sie ist ein Profi«, fügte der Dämon hinzu.

»Entschuldigung!«, sagte ich weniger als eine Stunde später, als ich außer Atem die schmale Treppe zu einem kleinen Jet hinaufrannte. »Ich dachte, wir nehmen ein Portal.«

»Das lässt Drake nicht zu«, sagte Aisling lächelnd, während sie den Sicherheitsgurt über ihren mächtigen Bauch zog. »Er behauptet, sie seien für schwangere Frauen nicht sicher. Natürlich sagt er von Flugzeugen das Gleiche, aber es muss doch schließlich ein paar Vorteile haben, unsterblich zu sein, und einer davon ist, dass man fliegen kann, obwohl man schwanger ist.«

»Ah! Nun, ich muss mich entschuldigen, weil wir alle aufgehalten haben. Es ist meine Schuld, nicht Gabriels – ich wollte eine Doppelgängerin anrufen, die in Paris lebt, weil ich sie fragen wollte, ob sie uns mit dem Tresorgewölbe des Au-delà helfen kann, weil es so extrem gut geschützt ist. Es hat ewig gedauert, bis ich ihre Nummer herausbekommen habe, aber sie scheint nicht zu Hause zu sein.«

»Ophelia?«, fragte Aisling. Ich riss die Augen auf.

»Ja, so heißt sie. Du kennst sie?«

Aisling lächelte. »Ja, Amelie, eine Freundin von mir in Paris, sagte, sie habe das Land verlassen. Ihr ... äh ... Zwilling wurde nach Akasha verbannt, weißt du. Ophelia litt danach an Depressionen, aber zuletzt habe ich gehört, dass sie in Afrika in der Entwicklungshilfe arbeitet.«

Der Pilot schaltete das Warnsignal zum Anschnallen ein, und während ich der Aufforderung nachkam, fragte ich mich, was der Zwilling der Doppelgängerin wohl gemacht hatte, dass man ihn nach Akasha verbannt hatte.

Plötzlich klingelte mein Handy. »Oh, Entschuldigung«, sagte ich, als der Pilot, ein Drache, der sich mit Drake unterhalten hatte, stirnrunzelnd zu mir herüberblickte. »Ich schalte es aus. Ich ... Oh, dem Himmel sei Dank.« Auf dem Display leuchtete eine vertraute Nummer. »Cy? Wo bist du?«

»Oh, Mayling, du bist noch nicht weg ...« Der Rest des Satzes ging in einem lauten Motorengeräusch wie von einem Lastwagen unter. »... hat mich entführt, was wirklich das ... gerade mich!«

»Was? Cy, ich kann dich nicht verstehen. Wo bist du? Und was ist das mit der Entführung?« Das laute Hupen eines Lastwagens machte mich beinahe taub. Der Pilot und Drake warfen mir böse Blicke zu.

»Es tut mir leid, May, aber du musst dein Handy ausschalten«, sagte Drake.

»Was ist los?«, fragte Gabriel.

»Ich weiß nicht. Es ist Cy, und sie steht offensichtlich irgendwo mitten im Verkehr. Sie will mir etwas sagen ... Was ist das?«

»... der Erpresser! Kannst du mich jetzt hören? Er ist ...« Erneut überlagerten Motorengeräusche, was sie mir zu sagen hatte. »... schrecklicher Mann! Ich habe versucht, mich gegen ihn zu wehren, aber ... bitte, ich flehe dich an ...«

»Wo bist du?«, schrie ich ins Telefon.

»Hat Kostya sie wieder angegriffen?«, fragte Gabriel und erhob sich halb.

Meine Hoffnung war vergeblich. Ich hörte, wie Cy versuchte, gegen den Lärm anzusprechen, aber ich konnte sie nicht verstehen. Plötzlich riss die Verbindung ab, und alles war still.

Alle blickten mich an. Ich wandte mich an Gabriel, die einzige Person, der ich nichts zu erklären brauchte. »Nein, es hat mit Kostya nichts zu tun. Cyrene braucht meine Hilfe in einer persönlichen Angelegenheit.«

Er blickte mich aus seinen silbernen Augen an. Ich war hin- und hergerissen zwischen dem Verlangen, Cy zu helfen, und der dringenden Angelegenheit mit dem Phylakterium, aber ich hatte noch Cyrenes flehende Stimme im Ohr, und deshalb gab es für mich nur eine Entscheidung.

»Es tut mir sehr leid, Gabriel, aber ich kann nicht nach Paris fliegen.« Ich ergriff meinen kleinen Rucksack und stand auf.

Gabriel war deutlich anzusehen, wie enttäuscht, wütend und irritiert er war, aber er erhob sich und nickte. »Ich verstehe. Dein Zwilling kommt an erster Stelle.«

»Fahr du nach Paris. Sobald ich Cyrene gefunden habe, komme ich über ein Portal nach.«

Ein Ausdruck des Bedauerns huschte über Gabriels Gesicht. Er wandte sich an Drake. »Wir kommen so schnell wie möglich nach. Du wirst vermutlich alles in deiner Macht Stehende tun, damit das Phylakterium nicht erneut in Kostyas Hände gerät.«

Drakes Lippen zuckten. »Du vertraust es mir an?«, fragte er.

Gabriel schwieg. Dann nickte er. Der Pilot hatte bereits die Tür geöffnet und die Treppe heruntergelassen. Gabriel und ich verließen das Flugzeug und eilten zum Hangar.

»Du musst nicht mit mir kommen«, sagte ich zu ihm.

Er sagte kein Wort, bis wir im Taxi saßen.

»Wo ist sie?«, fragte er.

»Wir sollten zu Drakes Haus fahren. Dort war sie zuletzt.«

Gabriel nannte dem Fahrer die Adresse.

»Gabriel ... du brauchst aber nicht mitzufahren.«

»Dein Zwilling ist in Gefahr. Das ist wichtiger als das Phylakterium«, sagte er.

Ich blickte in sein schönes Gesicht, und mein Magen zog sich vor Glück zusammen. Das Phylakterium bedeutete Gabriel alles – wenn Kostya es wieder in die Hände bekam, würde er es zweifellos gegen die silbernen Drachen einsetzen. Deshalb war es ungeheuer wichtig, dass wir es vor ihm bekamen ... und doch war Gabriel bereit, mir zu helfen. Mein Herz stieß einen resignierten Seufzer aus, fügte sich in das Unvermeidliche und verliebte sich gleich noch einmal in Gabriel.

»Ich glaube, das ist das Netteste, was jemals jemand für mich getan hat«, sagte ich, als meine Rührung so weit nachgelassen hatte, dass ich wieder sprechen konnte.

»Würde es gegen die Drachen-Etikette verstoßen, wenn ich dich in einem Taxi leidenschaftlich küsse?«, fragte ich ihn.

Er lächelte. »Keineswegs.«

»Gut. Ich glaube nämlich nicht, dass ich mich noch länger beherrschen kann«, erklärte ich. Als seine Lippen meine berührten, schoss Feuer durch mich hindurch. Da ich nicht vorhatte, einem erschrockenen Taxifahrer zu erklären, warum der Rücksitz seines Autos in Flammen aufging, kontrollierte ich das Drachenfeuer und gab es an Gabriel zurück.

»Du schmeckst so gut«, murmelte er und versuchte, mich auf seinen Schoß zu ziehen. »Du schmeckst nach kühlem Wasser auf dem Grunde eines Stroms. Du schmeckst nach Nachtluft, weich und duftend und geheimnisvoll. Dein Geschmack macht mich wild. Ich möchte bei dir sein, in dir sein, aller Welt zurufen, dass du mir gehörst, und zugleich möchte ich dich verstecken, damit dich niemand außer mir zu Gesicht bekommt. Du gibst mir das Gefühl, unbesiegbar zu sein, mein kleiner Vogel.«

»Du *bist* unbesiegbar«, flüsterte ich und knabberte an seiner Unterlippe. »Du bist mein edler Ritter, der für mich diesen lästigen heiligen Georg erschlägt.«

Er lächelte, seufzte aber zugleich frustriert, weil er merkte, dass der Taxifahrer uns im Rückspiegel beobachtete. Züchtig setzte ich mich wieder neben Gabriel.

»Den heiligen Georg?«, fragte er.

»Na ja, er heißt eigentlich Porter und ist kein Heiliger, aber ich kann dir sagen, dass er nun eindeutig zu weit gegangen ist.«

»Du meinst, der Erpresser hat deinen Zwilling gekidnappt?«

»Kannst du dir sonst jemanden vorstellen, der so etwas Verrücktes tun würde?«

Gabriel schüttelte den Kopf. »Nein. Anscheinend will er Druck auf dich ausüben, indem er Cyrene als Geisel hält.«

»Genau. Er hat sich wahrscheinlich gedacht, ich brauche

einen kleinen Anstoß, um ihm das Phylakterium wieder zu besorgen.«

»Du hättest mir von Anfang an davon erzählen sollen. Ich hätte mich für dich um ihn gekümmert«, sagte Gabriel mit unerschütterlichem Selbstvertrauen.

Ich warf ihm einen tadelnden Blick zu. »Ganz sicher nicht! Hältst du mich für so schwach, dass ich mit einem kleinen Erpresser nicht selbst fertig werde? Ich kann mich schon alleine um ihn kümmern!«

Gabriel grinste. »So ein grimmiger kleiner Vogel.«

»Ich mag ja klein sein, aber mit mir ist nicht zu spaßen«, erwiderte ich und wies mit dem Kinn auf meine Wade, an der der Dolch befestigt war.

»Daran zweifle ich nicht, aber solange ich in deiner Nähe bin, brauchst du das nicht zu beweisen. Was hast du denn mit dem Diebesfänger Porter vor?«

»Ich habe noch nicht darüber nachgedacht. Zuerst muss Cyrene in Sicherheit sein.«

»Ich kümmere mich um ihn«, erklärte Gabriel. »Wir werden deinen Zwilling retten und dann dafür sorgen, dass dieser Diebesfänger dich nicht wieder behelligt. Und danach können wir uns wichtigeren Dingen zuwenden.«

»Apropos ...« Ich ergriff seine Hand. »Ich kann dir gar nicht sagen, wie viel es mir bedeutet, dass du bereit bist, auf das Phylakterium zu verzichten, nur um meinem Zwilling zu helfen, aber es gibt ein kleines Problem.«

Er fuhr mit dem Daumen über meine Lippen.

»Es gibt kein Problem. Und ich verzichte auch nicht auf das Phylakterium.«

»Du lässt Drake allein nach Paris fahren. Wenn er es –

hoffentlich – zuerst bekommt, dann wird er es vermutlich behalten. Er wird es natürlich nicht wie sein Bruder gegen dich verwenden, aber ich habe angenommen, dass es dich doch ärgert, dass Drake es bekommt.«

»Noch ist nicht Mittag«, antwortete er lächelnd.

»Was hat denn die Tageszeit damit zu tun?«

»Der Tresorraum des Au-delà liegt im Suffrage House, in dem Gebäude, in dem du auch eingesperrt warst. Es wird streng bewacht, wie du dir denken kannst, aber tagsüber ist der Schutz noch größer, da ja alle Angestellten dort sind.«

»Ach so. Dann wolltest du also gar nicht tagsüber einbrechen?«

Er schüttelte den Kopf. »Das wäre Wahnsinn. Wir werden es heute Abend versuchen – und in der Zwischenzeit kann ich mich um das Problem mit Cyrene kümmern.«

Mein Schuldgefühl ließ ein bisschen nach, aber was ich als Nächstes sagen musste, fiel mir ebenso schwer. »Das war leider nicht das einzige Problem, Gabriel. Ich ... oh, wir sind ja schon da.«

Das Taxi hielt vor Drakes Haus. Ich nutzte die wenigen Sekunden, in denen wir ausstiegen und Gabriel den Fahrer bezahlte, um mir zurechtzulegen, was ich sagen wollte.

»Gabriel, du weißt, dass ich eine Doppelgängerin bin«, sagte ich, als das Taxi wegfuhr. Er wollte mich sanft zur Haustür schieben, aber ich blieb stehen.

»Das ist mir nicht entgangen«, erwiderte er und zeigte seine Grübchen.

»Ich weiß nicht, wie viel du über Doppelgänger weißt – nicht viel, nehme ich an, da es nur eine Handvoll von uns gibt. Aber Doppelgänger können nicht nur zum Schatten werden.«

»Ach ja?«

»Wir können auch in die Schattenwelt eindringen.«

Gabriel zog die Augenbrauen hoch. »Schattenwelt?«

»So nennen wir Doppelgänger eine Art Ebene, die parallel zu unserer Realität existiert. Es ist schwer zu beschreiben, wie sie aussieht, aber die Dinge sind darin ein wenig ... anders.«

»Ah, du redest vom Jenseits.« Gabriel nickte. »Ich dachte, das sei das Reich von Elfen und Feen.«

»Sie machen auch den größten Teil der Population aus. Als Doppelgängerin gehöre ich jedoch zu den anderen, die es ebenfalls betreten können, trotz der Tatsache, dass ich an Magoth gebunden bin.«

»Ich verstehe, aber was hat das mit unserer Situation zu tun?«

»Ich weiß nicht, wo Cyrene ist, weil ich fast nichts von dem, was sie gesagt hat, verstanden habe. Das bedeutet, dass ich ihrer Spur folgen muss.«

Als intelligenter Mann begriff Gabriel sofort, worauf das Ganze hinauslief. »Und das kannst du nur, wenn du dich im Jenseits aufhältst.«

»Ja. Und ich kann dich nicht mitnehmen.«

Er zog die Augenbrauen hoch. »Du hast doch gerade gesagt, dass auch andere dieses Jenseits betreten können.«

»Manche Personen, ja. Elfen zum Beispiel können jemanden hineinbringen, aber Doppelgänger ...« Ich seufzte. »Wir sind ja selbst nur Schatten, deshalb können wir auch leicht hinein und wieder hinaus, aber wir können eben niemanden mitnehmen. Ich kann höchstens Cys Spur folgen und dich anrufen, wenn ich sie gefunden habe. Ich hätte dich natürlich gerne dabei, aber ich weiß nicht, wie ich das machen soll.«

»Wie willst du ihre Spur verfolgen?«, fragte er.

»Wie? Oh ... sie ist ein Elementarwesen und hinterlässt überall eine schwache Spur. In unserer Welt ist sie nicht sichtbar, aber in der Schattenwelt bleiben solche Spuren länger erhalten. Und da noch nicht allzu viel Zeit vergangen ist, müsste ich sie eigentlich aufspüren können.«

»Interessant.« Er warf mir einen neugierigen Blick zu. »Hinterlassen Drachen auch Spuren?«

Ich lächelte. »Drachenspuren glitzern wie ... na ja, sie glitzern im Jenseits. Und ich will dich ja nicht beleidigen, aber du ...« Ich fuhr mit der Hand über seinen Nacken und zeigte ihm anschließend meine Handfläche, auf der es leicht funkelte. »Du verlierst Schuppen. Ziemlich viele sogar.«

»Ich weiß nicht, ob ich beleidigt sein oder dir den Vorschlag machen soll, meine Schuppen über deinen nackten Körper zu reiben«, sagte Gabriel mit blitzenden Silberaugen. »Nur zu, mein kleiner Vogel, begib dich ins Jenseits!«

Ich blickte mich um. Niemand war in der Nähe. »Ich rufe dich, sobald ich sie gefunden habe. Versprochen.«

Gabriel schwieg und schaute zu, wie ich in die Schattenwelt verschwand und mich dort die Straße entlang auf den Weg machte.

21

Die Spur war vor mir auf dem Boden, schwach zwar, aber trotzdem sichtbar, als sei Cyrene mit nassen Füßen über einen trockenen Boden gegangen. Auch andere Elementarwesen hatten Spuren hinterlassen – London war der Hauptsitz für zahlreiche Anderwelt-Gruppen –, aber es war nicht schwer, Cyrenes herauszufinden.

Ich war noch nicht weit gegangen, als es zwischen meinen Schulterblättern unangenehm zu prickeln begann. Ich fuhr herum, um zu sehen, wer mir folgte, und starrte den Mann, der hinter mir stand, mit offenem Mund an. »Wie ist dir das denn gelungen?«, fragte ich und stieß ihn vor die Brust, um mich zu vergewissern, dass er keine Täuschung war.

Meine Hand ging durch den Brustkorb hindurch, als wenn dort nichts wäre. »Okay. Wie ist es dir gelungen, in die Schattenwelt zu gelangen, Gabriel?«

»Jenseits, Schattenwelt, Traumreich ... unterschiedliche Bezeichnungen für das Gleiche«, antwortete er und zeigte seine Grübchen. »Ich habe dir doch erzählt, dass meine Mutter eine Schamanin war.«

»Du hast gesagt, deshalb könntest du gelegentlich meine Gedanken lesen. Aber das erklärt noch lange nicht, warum du ein ... Schatten oder ein Bild oder was auch immer bist. Du bist nicht wirklich hier, nicht wahr?«

»Nein. Ich bin in Drakes Haus. Beziehungsweise, mein Körper ist dort. Ich kann mich in der Traumwelt bewegen, aber ich kann hier nicht interagieren. Meine Mutter meinte, das läge daran, dass ich halb Drache bin.« Er zuckte mit den Schultern. »Ich kann zwar nichts berühren, aber ich kann dich begleiten.«

»Siehst du Cyrenes Spuren?«, fragte ich und zeigte auf den Boden.

Er blinzelte. »Schwach. Du siehst hier irgendwie anders aus.«

»Anders? Tatsächlich?«, fragte ich erschrocken. Mir war klar, dass die meisten Dinge von der Schattenwelt aus gesehen anders wirkten, aber ich war Teil dieser Welt – ich dürfte eigentlich nicht anders aussehen. »Wieso?«

»Du hast einen Schimmer um dich. Eine Art silbernes Leuchten.« Er lächelte. »Es ist das Zeichen dafür, dass du Teil meiner Sippe bist. Es gefällt mir, dass sich das bei dir als Aura zeigt.«

Ich blickte auf meine Arme. »Du lieber Himmel, du hast recht! Ich bin May, die wundersam Leuchtende. Wie merkwürdig … aber wir haben jetzt leider keine Zeit, diesem Phänomen auf den Grund zu gehen. Cys Spur verblasst langsam.«

Er nickte und bedeutete mir weiterzugehen. Seine Anwesenheit wirkte beruhigend auf mich, auch wenn er nicht substanziell vorhanden war. Da wir Cyrenes Spur folgen mussten, konnten wir kein Taxi nehmen und waren gezwungen, eine beachtliche Strecke zu Fuß zurücklegen. Etwa eine Stunde später gelangten wir zu einem heruntergekommenen Hotel in einer Seitenstraße von King's Cross. Zwischendurch hatten wir die Spur ein paarmal verloren, weil Cyrene anscheinend irgendwann in ein Auto gestiegen war, aber da wir zu zweit waren, fanden wir sie immer wieder.

»Geh nicht hinein, mein kleiner Vogel!«, warnte Gabriel mich, als ich das Hotel von außen musterte. Es wirkte eher wie eine Absteige und wurde offensichtlich eher von Fixern oder Alkoholikern frequentiert. »Es könnte gefährlich sein, und ich kann dir in dieser Gestalt nicht helfen. Warte am besten hier draußen, bis ich körperlich hier bin.«

»Einer der Vorteile des Schattengehens ist die Fähigkeit, sich umschauen zu können, ohne dass jemand es merkt«, erwiderte ich und knackte das Türschloss. Es ging widerstandslos auf, als ob sich die Atmosphäre der Hoffnungslosigkeit, die das Gebäude ausstrahlte, auch auf das Schloss übertragen hätte.

Gabriel gefiel das Ganze nicht, aber er schwieg, als wir eine schmale Treppe hinaufhuschten. Auf der einen Seite war ein kleiner Raum, der als Lobby und Rezeption diente, aber es war niemand da. Überall auf dem Boden lag Abfall verstreut – leere Flaschen, Fast-Food-Schachteln, zerknüllte Zigarettenpäckchen und zerfledderte Pornomagazine ... Es roch nach kaltem Rauch und Urin, nach Mäusekot und anderen Gerüchen, deren Ursprung ich lieber nicht ergründen wollte. Auch hier war Cyrenes Spur nur sporadisch zu erkennen, als sei sie die Treppe hinaufgezerrt worden. Vor einer Tür im zweiten Stock waren ihre beiden Fußabdrücke jedoch klar und deutlich zu erkennen.

Ich blickte Gabriel an. »Kannst du durch Wände gehen?«, flüsterte ich.

Er schüttelte den Kopf. »Nein, ich kann weder interagieren noch durch feste Substanzen gehen. Die Tür muss geöffnet werden, damit ich hineingehen kann.«

»Dann werde ich diese Tür eben öffnen müssen.«

»May ...« Er runzelte die Stirn. »Das gefällt mir nicht. Du solltest warten, bis ich dir zu Hilfe kommen kann. Dieser Erpresser ist offensichtlich gefährlich. Du könntest verletzt werden.«

Bei seinen Worten stieg ein warmes Gefühl in mir auf. Noch nie hatte sich jemand Sorgen um mich gemacht, wenn ich einen Job erledigen musste – Cyrene schien es gar nicht erst in den Sinn zu kommen, dass mir etwas passieren könnte, und Magoth ... na ja, Magoth war es egal, solange ich den Auftrag erfolgreich ausführte.

»Wenn du körperlich hier wärst, würde ich dich die ganze Zeit küssen, und wir kämen nie dazu, Cy zu retten«, sagte ich lächelnd zu ihm. »Keine Sorge, sobald die Tür auf ist, werde ich wieder zum Schatten. Hier im Flur ist es dunkel genug.«

Mit besorgtem Blick beobachtete er mich, als ich die Tür aufschloss.

»Nun, wir haben uns wohl umsonst Gedanken gemacht«, sagte ich einen Augenblick später, als Gabriel sich neben eine leblose Gestalt auf dem Boden hockte. »Ist er tot?«

»Ich glaube schon. Ich kann kein Lebenszeichen entdecken, aber ich müsste ihn anfassen, um es mit Sicherheit sagen zu können.«

Ich stieß die Leiche mit dem Fuß an und drehte sie auf den Rücken. »*Agathos daimon*! Das ist Porter.«

»Der Diebesfänger?«, fragte Gabriel und blickte auf den

toten Mann auf dem Fußboden. Der Griff eines Messers ragte aus seiner Brust.

Ich vermied es, in das verzerrte Gesicht zu blicken, und untersuchte den Messergriff, so gut es ging, ohne ihn zu berühren. Er war aus Silber, mit eingravierten Runen, die ich nicht entziffern konnte. Irgendetwas regte sich in meinem Hinterkopf. »Ich glaube, das habe ich schon einmal gesehen.«

»Wo?«

»Ich kann mich nicht erinnern. Es kommt mir einfach ... bekannt vor.« Ich legte dem Mann zwei Finger an den Hals. Die Leiche fühlte sich kühl an. »Kein Puls.«

»Wenn er tot ist, wo ist dann dein Zwilling?«, fragte Gabriel.

Ich erhob mich und blickte mich im Zimmer um. In einer Ecke standen ein schmutziges Bett, ein Stuhl und ein dreibeiniger Tisch. Ein verdrecktes Waschbecken mit Rostflecken hing schief an der Wand gegenüber, unter einem Spiegel, der so gut wie blind war. »Das ist eine sehr gute Frage.«

Ich war aus der Schattenwelt getreten, um die Leiche des Diebesfängers zu untersuchen, schlüpfte jetzt aber wieder in sie hinein, um nach Zeichen von Cyrene Ausschau zu halten.

»Da«, sagte Gabriel und zeigte zum Fenster.

»Warum benutzt eigentlich nie jemand die Tür?«, grummelte ich und trat ans Fenster. Es war heruntergezogen, aber nicht von innen verriegelt. Und auf der Fensterbank war ein Fußabdruck. »Sieht so aus, als müssten wir auf die Feuerleiter.«

»Ich widerspreche einer Dame ja nur ungern, aber es gibt Situationen, in denen die Pflicht wichtiger ist als gute Manieren«, sagte eine Stimme hinter mir.

Ich fuhr herum. Savian, der Diebesfänger, stand in der Tür. Er blickte kurz auf Porter, bevor er fortfuhr: »Wie ich sehe, hatten Sie ein wenig Aufregung, Mei Ling. Wollen Sie nicht aus den Schatten treten, damit wir uns unterhalten können?«

Ich erstarrte. Es war zwar Tag, aber im Zimmer war es so dunkel, dass Savian mich eigentlich nicht sehen durfte, wenn ich mich nicht bewegte.

Bevor ich reagieren konnte, schoss er durch das Zimmer auf mich zu.

»Was ist? Du willst doch nicht etwa gehen, Mei Ling? Das kränkt mich jetzt aber wirklich«, sagte er und packte mich. Er stand so dicht bei mir, dass er mein Schattenbild sicher erkannte. »Ich dachte, zwischen uns gäbe es eine ganz spezielle Verbindung.«

Widerwillig löste ich mich aus dem Schatten und entwand meinen Arm aus seinem Griff.

»Nimm deine Hände von meiner Gefährtin!«, brüllte Gabriel. Er stürmte auf Savian zu, vergaß einen Moment lang, dass er ja nicht körperlich da war, und fuhr direkt durch ihn hindurch.

Savian blickte sich verwirrt um. »Was war *das* denn?«

»Ich bin kein Was!«, fuhr Gabriel ihn an. Er baute sich vor Savian auf und warf ihm einen finsteren Blick zu. »Ich bin der silberne Wyvern, und du hast gerade meine Gefährtin angefasst.«

Ich zog die Augenbrauen hoch. Es amüsierte mich, dass

Gabriel so besitzergreifend war. »Ich wusste gar nicht, dass du im Hinblick auf mich so aufbrausend bist.«

»Aufbrausend?«, wiederholte Savian. »Wie soll ich das denn verstehen?«

Ich blickte ihn an. »Kannst du ihn nicht hören?«

»Wen hören?«, fragte Savian.

Ich blickte wieder zu Gabriel. »Wieso kann ich dich hören und er nicht?«

»Du bist meine Gefährtin, er nicht«, grollte er und fixierte Savian aus brennenden Augen. »Wer ist dieser Mann?«

»Darf ich vorstellen, Savian, der Diebesfänger, Gabriel Tauhou, Wyvern der Sippe der silbernen Drachen«, sagte ich und wies auf Gabriel. »Lassen Sie sich nicht von der Tatsache verwirren, dass Sie Gabriel weder hören noch sehen können – er ist in der Schattenwelt, aber er ist trotzdem hier. Äh ... so in der Art.«

Savian blickte mich forschend an. »Ein Drache im Jenseits? Ich wusste gar nicht, dass das möglich ist.«

»Das scheint heute der Tag für Unmögliches zu sein«, erwiderte ich und verschränkte die Arme vor der Brust. »Was wollen Sie? Das heißt, abgesehen davon, dass Sie mich wieder vor das Komitee zerren wollen?«

»Nun ...« Er lächelte. Es war ein besonders charmantes Lächeln, das von Humor zeugte, und kurz ging mir durch den Kopf, dass ich den Mann hinter diesem Lächeln gerne kennengelernt hätte, wenn ich Gabriel nicht begegnet wäre. »Es geht um das kleine Angebot, das Sie mir gemacht haben.«

Ich erstarrte vor Entsetzen, als die Erinnerung zurückkam. »Das hat doch hiermit nichts zu tun«, sagte ich und warf Gabriel einen Blick zu.

»Ach, tatsächlich?« Ich wusste schon, was er antworten würde, bevor er es aussprach. »Glauben Sie wirklich, dass es hiermit nichts zu tun hat, dass Sie sich mir anbieten, damit ich Sie gehen lasse?«

»Sie sind eine Ratte«, sagte ich zu ihm. »Das war echt gemein.«

»Ich weiß«, erwiderte er breit grinsend. »Aber Sie müssen zugeben, für eine Ratte bin ich ziemlich charmant.«

Gabriels Blick wanderte von Savian zu mir.

»Du wirst mir vermutlich nicht glauben, wenn ich dir sage, dass ich mich ihm keineswegs angeboten habe, damit er mich gehen lässt, oder?«, fragte ich ihn.

»Doch, ich glaube dir«, erwiderte er, ohne zu zögern. »Du bist meine Gefährtin, und das wärst du nicht, wenn du mich nicht ebenso achten und respektieren würdest wie ich dich.«

»Ich habe mich ihm angeboten«, gestand ich. Ich musste ihm einfach die Wahrheit sagen. »Und er hat mich auch beim Wort genommen, aber ich konnte es nicht.«

Gabriel schwieg einen Moment, und seine Augen wurden trüb. Schließlich nickte er. »Ich würde von dir erwarten, dass du alle verfügbaren Mittel einsetzt, um dich zu befreien. Dass du mich nicht betrogen hast, überrascht mich allerdings nicht.«

»Es war nahe dran«, warf Savian mit einem süffisanten Lächeln ein.

»Das stimmt nicht! Ich habe nicht einen einzigen Knopf geöffnet! Ich war gar nicht dazu in der Lage, weil ich an Gabriel gedacht habe.«

»Sie wollen aber jetzt keine Liebesschwüre von sich geben, oder?«, fragte Savian und blickte auf die Uhr. »Ich kann Ihnen leider nur fünfzehn Minuten gewähren, und dann müssen wir uns auf den Weg machen, sonst verpassen wir den Flieger nach Paris.«

»Verlass diesen Raum nicht!«, befahl Gabriel.

Erstaunt drehte ich mich zu ihm um.

»Ich bin in zehn Minuten hier«, sagte er. »Geh nicht aus dem Zimmer, es sei denn, die Polizei kommt! Und biete dich diesem ... diesem ... *Sterblichen* nicht wieder an!«

Ich musste unwillkürlich über seinen empörten Gesichtsausdruck lächeln.

»Soll das jetzt ›nein‹ heißen?«, fragte Savian.

Ich nahm den einzigen Stuhl im Zimmer, legte ein Stück Zeitungspapier auf den fleckigen Sitz und setzte mich. »Ja, danke, ich glaube, ich verzichte darauf.«

»Ah, ist der Drache weg?«

Ich nickte.

»Nun gut.« Er trat zur Tür und schloss sie. Dann warf er mir einen verführerischen Blick zu, der beinahe Magoth-Qualität erreichte. »Vielleicht darf ich Ihnen zeigen, wie Sie bei mir Ihren kostbaren Wyvern vergessen können?«

»Nein, danke. Nutzen Sie doch lieber die wenigen Minuten, bis Gabriel wieder zurück ist, dazu, mir zu erzählen, was Sie vor dem Zimmer Ihres ermordeten Kollegen zu suchen haben.«

Er lehnte sich an die Wand neben dem Fenster. »Merkwürdig, ich wollte gerade Sie fragen, was Sie hierher verschlagen hat. Sollen wir unsere Geschichten austauschen? Ich kann Ihnen vierzehn Minuten geben.«

»Und ich kann Ihnen ...« Ich schürzte die Lippen und überlegte. »Ich würde sagen, Sie haben etwa acht Minuten Zeit, bevor ein sehr ärgerlicher Drache die Tür eintritt. Deshalb sollten Sie vielleicht anfangen, nur für den Fall, dass Gabriel hier auftaucht, bevor Sie die Chance hatten, etwas zu sagen.«

Das musste ich Savian lassen – die Aussicht, gleich Gabriel gegenüberzustehen, schien ihn nicht sonderlich aus der Fassung zu bringen. Er verzog lediglich leicht den Mund.

»Es ist zwar nicht besonders höflich, aber da Sie es wünschen, werde ich den Anfang machen. Ich bin hier, weil ich eine Spur verfolgt habe, und sie hat mich zu diesem Zimmer geführt.«

»Eine Spur im Hinblick auf einen Ihrer Kollegen?«, fragte ich.

Er zuckte mit den Schultern. »Porter war weniger ein Kollege als ein Rivale. Wir Diebesfänger ... nun, wir sind Einzelgänger und haben nicht viel miteinander zu tun. Und Porter war sowieso ... anders.«

»Ja, das kann man so sagen. Wissen Sie, dass er meinen Zwilling erpresst hat?«

»Nein, aber es überrascht mich nicht«, erwiderte Savian. Er rieb sich das Kinn. »Das erklärt einiges.«

»Was denn? Haben Sie gegen Porter ermittelt?«

Er lächelte. »Sagen wir mal, ich bin meinem Gefühl gefolgt, dass Porter in etwas verwickelt war, von dem er besser die Finger gelassen hätte.«

»Sie wissen nicht zufällig, für wen er gearbeitet hat?«

»Nein, das habe ich leider noch nicht herausgefunden.« Sein Lächeln erlosch. »Ehrlich gesagt, hatte ich überhaupt noch nicht besonders viel über Porter herausgefunden. Ich weiß lediglich, dass er in eine große Sache verwickelt war. Vielleicht haben Sie mehr Informationen?«

»Vielleicht, aber ähnlich wie Sie ziehe ich es vor, sie für mich zu behalten.«

»Aber Sie können ja wenigstens so aufrichtig zu mir sein wie ich zu Ihnen«, sagte er und zog eine Augenbraue hoch.

»Viel habe ich nicht zu sagen – er hat mich erpresst, damit ich etwas für ihn stehle, aber warum er es wollte, ob es für ihn war oder für den Schreckenslord, für den er arbeitete, weiß ich nicht.«

»Ach, ein Schreckenslord?« Savian überlegte. »Interessant. Könnte ein Dämonenfürst sein, aber auch jemand anders.«

»Genau. Und da er jetzt tot ist, wissen wir mit Sicherheit, dass noch jemand anders seine Finger im Spiel hat. Aber warum wurde er getötet?«

Wieder zuckte Savian mit den Schultern. »Bis wir Antworten auf unsere Fragen haben, können wir nur spekulieren. Würden Sie mir denn jetzt bitte mitteilen, warum ich Sie hier bei Porter angetroffen habe?«

»Porter hat Cyrene gekidnappt, um mich erneut zu erpressen.«

»Ah!« Sein Blick glitt zu dem toten Mann.

»Er war schon tot, als wir hier ankamen. Ich glaube nicht, dass Cyrene ihn getötet hat. Dazu ist sie nicht in der Lage.«

»Ja, Ihr Zwilling ist eine Najade.« Savian nickte. »Es wäre zwar möglich, aber es ist ziemlich unwahrscheinlich, dass ein Elementarwesen wie sie einem Sterblichen etwas tut ... selbst jemandem, der so widerwärtig ist wie Porter. Das Ganze ist ein Rätsel.«

Schweigend standen wir eine Weile da. Schließlich sagte ich: »Gabriel lässt nicht zu, dass Sie mich verhaften.«

»Ja, das ist mir klar«, antwortete er liebenswürdig.

»Warum stehen wir dann hier und plaudern, während er auf dem Weg hierher ist?«, fragte ich. »Sollten Sie nicht wenigstens den Versuch unternehmen, mich zu ergreifen? Nicht, dass ich das möchte, aber es macht mich neugierig.«

»Nun, es ist so«, erwiderte er und kratzte sich die Bartstoppeln am Kinn. »Als ich Sie hier gesehen habe, dachte ich, mein Glück hätte sich gewendet und ich könnte Sie verhaften. Allerdings hatte ich einen Moment lang Bedenken, ob ich Sie dazu bringen könnte, auf friedliche Weise mitzukommen. Sie sind keine leichte Gegnerin.«

»Danke«, sagte ich höflich. »Ich bin auch nicht die Frau, die darauf wartet, dass ein Mann ihr hilft, obwohl ich Hilfe nicht ablehne, wenn sie mir angeboten wird.«

»Das kann ich gut verstehen. Und ich habe auch begriffen, dass Sie mir nicht freiwillig folgen würden, als Sie erwähnten, dass der Wyvern in geistiger Gestalt anwesend sei.«

»Sehr hellsichtig von Ihnen.«

»Ich tue mein Bestes«, erwiderte er bescheiden. »Ich hoffe nur, Ihr schuppiger Freund dankt es mir, dass ich Ihnen keinen Ärger gemacht habe.«

»Er ist nicht schuppig«, sagte ich. »Und wenn ich gewusst hätte, dass Sie auch für etwas anderes als meinen Körper empfänglich sind, hätte ich Sie auf traditionellere Weise bestochen.«

»Aber Ihre Bestechung hätte viel mehr Spaß gemacht«, erwiderte er grinsend. »Sind Sie sicher ...«

»Absolut sicher. Gabriel ist ...« Ich hielt inne, weil ich nicht wusste, wie ich meine Gefühle in Worte kleiden sollte. »Er ist warmherzig und stark. Er macht sich Gedanken und ist mitfühlend. Er steht mit beiden Beinen auf der Erde. Ich bin zwar kein Elementarwesen wie Cyrene, aber ich wurde aus ihr erschaffen, und für mich ist Gabriel genau richtig. Er ist außerdem sehr weltmännisch und elegant, nicht im Mindesten ... ach, ich weiß nicht, primitiv. Der andere Wyvern, den ich kennengelernt habe, hat so etwas Gefährliches an sich, aber Gabriel ist viel edler. Ich könnte ihn mir gut auf der Titelseite von *GQ* vorstellen, wenn sie dort jemals einen Drachen abbilden würden.«

Savians Lächeln wurde breiter.

»In mancher Hinsicht ist er auch arrogant, seiner selbst zu sicher und unbeirrbar, was sicher noch zu Streit zwischen uns führen wird«, fügte ich hinzu, da ich das sichere Gefühl hatte, dass Gabriel hinter mir in der Tür stand.

»Nur wenn du es zulässt«, antwortete er und trat neben mich. Er war ein wenig außer Atem, als ob er die ganze Strecke gerannt wäre. »Du hast nicht erwähnt, wie besitzergreifend ich bin«, fügte er hinzu und blitzte Savian warnend an.

»Sie sind ein Drache – da versteht sich das von selbst«, warf Savian ein. Er blickte auf seine Armbanduhr. »Sollen wir weitermachen? Die Zeit läuft uns davon.«

»Wie viel?«, fragte Gabriel.

»Sie kommen direkt zur Sache. Das gefällt mir. Kennen Sie den Standardlohn für einen Diebesfänger?«

Wir schüttelten beide den Kopf.

Er nannte einen Betrag, für den ich Cyrene zehn Jahre lang Badesalz kaufen könnte.

»Ich verdreifache ihn«, sagte Gabriel sofort, ohne mit der Wimper zu zucken, obwohl es sich um eine sechsstellige Summe handelte.

»Das ist viel Geld«, sagte ich leise. »Mehr als nötig, finde ich.«

»Im Gegenteil, das ist genau die Summe, die ich für Ihre Verhaftung bekäme«, sagte Savian.

»Abgemacht«, erklärte Gabriel und schüttelte Savian die Hand. »Teilen Sie Ihre Kontoverbindung der Weyr-Bank mit, und ich lasse Ihnen das Geld überweisen.«

Savian neigte zustimmend den Kopf. »Ich muss Sie allerdings warnen, dass die anderen Diebesfänger nicht so entgegenkommend sein werden.«

»Andere Diebesfänger? Sind noch mehr außer Ihnen und Porter hinter mir her?«, fragte ich.

»Oh ja«, erwiderte er amüsiert. »Sie sind die erste Person, die aus dem Suffrage House entkommen ist, seit ... wenn ich recht darüber nachdenke, so hat es vor Ihnen noch niemand geschafft. Das Komitee ist darüber alles andere als erfreut. Und wenn Sie Dr. Kostichs Kopfgeld und die hohe Geldsumme, die das Komitee für Ihre Ergreifung ausgesetzt hat, zusammenrechnen, dann werden Sie sicher verstehen, warum im Moment alle verfügbaren Diebesfänger in Europa ausgeschwärmt sind, um Sie ausfindig zu machen.«

Stöhnend sank ich auf die Kante der Fensterbank. »Na toll. Das kann ich gerade brauchen – noch mehr Leute, die hinter mir her sind.«

Gabriel blickte mich einen Moment lang ernst an, aber dann zeigte er seine Grübchen. »Es hat schon etwas Ironisches, dass Mayling sich gerade dort aufhalten wird, wo niemand sie erwartet – im Suffrage House.«

»Zuerst einmal muss ich dorthin kommen«, sagte ich düster.

Er ignorierte meine trübe Stimmung. »Komm, mein kleiner Vogel! Wie der Diebesfänger schon bemerkt hat, die Zeit läuft uns davon, und wir müssen deinen Zwilling finden.«

»Ich biete meine Hilfe selten unentgeltlich an, aber da ich bei meinem aktuellen Fall ein wenig im Dunkeln tappe und darüber hinaus der beste Spurensucher im Au-delà bin, könnte ich Ihnen helfen, Ihren Zwilling zu finden.«

Gabriel kniff die Augen zusammen. »Was wollen Sie dafür?«

»Oh …« Savian überlegte, dann bedachte er uns beide mit einem Lächeln. »Sagen wir, Sie können mir dafür zu einem späteren Zeitpunkt einen Gefallen erweisen.«

»Was für einen Gefallen?«, fragte ich misstrauisch.

»Das überlege ich mir dann noch«, erwiderte er.

Gabriel und ich wechselten einen Blick. Er zuckte mit den Schultern. Anscheinend bereitete es ihm kein größeres Kopfzerbrechen, Savian einen Gefallen zu schulden. Ich war mir zwar nicht so sicher, ob es klug war, uns in seine Schuld zu begeben, aber was blieb mir anderes übrig?

»Nun gut«, stimmte ich zu. »Es wäre schön, wenn Sie uns helfen würden. Cys Spur wird langsam schwach.«

Gabriel nickte zu der Leiche hin. »Das geht nicht etwa auf Ihre Kappe, oder?«, fragte er Savian.

»Nein, obwohl ich nichts dagegen gehabt hätte. Er war nicht gerade ein Aushängeschild für die Wache.«

»Was sollen wir denn mit ihm machen?«, fragte ich.

»Das ist nicht unser Problem«, erklärte Gabriel.

»Nicht direkt, aber sein Auftraggeber hat ihm wahrscheinlich gesagt, er solle sich an mich wenden.«

Gabriel verzog das Gesicht. »Um diese Angelegenheit kümmern wir uns, wenn wir das Phylakterium geholt haben.«

»Wir können ihn hier nicht einfach liegen lassen«, widersprach ich. »Ich mochte ihn zwar nicht besonders, aber das heißt noch lange nicht, dass wir seine Leiche einfach ignorieren können.«

Seufzend zog Savian sein Handy aus der Tasche. »Können Sie die Spur Ihres Zwillings noch sehen?«

Ich glitt ins Jenseits und trat ans Fenster. An der Wand hing eine baufällige Feuerleiter. Als ich wieder in der Realität war, nickte ich. »Ja, so gerade noch.«

»Sie und der Wyvern verfolgen die Spur. Ich rufe die Wache an, um sie über Porter zu informieren, und komme nach, sobald ich kann.«

»Wie wollen Sie uns denn finden, wenn die Spur bis dahin weg ist?«, fragte ich.

Er grinste. »Die Spur Ihres Zwillings mag ja verschwunden sein ... aber Ihre nicht. Ich bin Ihnen schließlich nicht umsonst gefolgt, Mei Ling.«

Gabriel knurrte leise, was mich insgeheim freute. Aber da er nicht denken sollte, ich sei ein schwaches Wesen, das Schutz brauchte, ignorierte ich es und schob mich durch das Fenster auf die Feuerleiter.

Gabriel war direkt hinter mir, als ich hinunterkletterte.

»Ich kann dir jetzt nicht folgen, Mayling«, sagte er, als ich

Cyrenes Fußspuren bis zur Straße verfolgt hatte und wieder in die Realität zurückgekommen war, um ihm zu berichten, was ich gefunden hatte. »Du musst alleine gehen. Aber wenn du sie findest, ruf mich an!«

Ich nickte. Am liebsten hätte ich ihn leidenschaftlich geküsst, aber wir standen mitten auf dem Bürgersteig einer belebten Straße. »Weißt du, was ich gerade denke?«, fragte ich.

Er richtete seinen silbernen Blick auf mich. »Ja. Und das Gefühl ist gegenseitig, obwohl ich Honig der Schlagsahne vorziehe. Er ist klebriger, und man muss länger lecken, um ihn zu entfernen.«

»Ein Drache, der gern Süßes mag – das muss ich mir merken«, sagte ich. Dann blickte ich mich suchend nach einer dunklen Ecke um, in der ich unbemerkt in die Schattenwelt schlüpfen konnte.

»Du bist das Süßeste, was ich mir vorstellen kann«, murmelte er und zog mich an sich. Gegen alle Drachen-Regeln der Schicklichkeit küsste er mich leidenschaftlich, wobei er mich hart gegen die Holztür hinter mir drängte.

»Und du hältst mich nicht für gefährlich und primitiv?«, grollte er und ließ seine Hände über meine Hüften gleiten. Stöhnend rieb ich mich an ihm und hätte mich am liebsten auf der Stelle mit ihm vereinigt.

Erneut grollte er. Er zerrte mich von der Tür weg und öffnete sie. Ich blickte in die erstaunten Gesichter von zwei Angestellten einer Videothek, aber Gabriel schob mich sofort durch eine weitere Tür, die er hinter uns zuschlug.

Wir befanden uns in einem dunklen Lagerraum voller Kisten und kaputter Möbel, aber ich nahm mir nicht die Zeit, mich umzuschauen. Rasch schlüpfte ich aus Jeans und

Slip und schlang ihm die Arme um den Hals, als er mich auch schon hochhob und gegen die Tür drückte.

»Du unterschätzt die wahre Natur eines Drachen, mein kleiner Vogel«, sagte Gabriel und zog mit seinen Lippen eine brennende Spur über mein Kinn. Er schlang sich meine Beine um die Hüften, und stöhnend öffnete ich den Reißverschluss seiner Hose. Sein Schaft brannte hart und heiß in meiner Hand. »Hältst du mich für dermaßen erhaben, dass ich über grundlegenden primitiven Bedürfnissen stehe, Mayling? Ich mag ja aussehen wie ein Mensch, aber vergiss nicht, ich bin in erster Linie ein Drache. Und du, meine Süße, bist meine Gefährtin.«

Er drang in mich ein, und die Tür bebte unter seinen Stößen. Sein Mund war überall, er küsste, biss und verbrannte mich. Das Blut rauschte mir in den Ohren, als er mit keuchendem Atem immer wieder seinen heißen Penis in mich rammte. Ich stand kurz vor dem Höhepunkt, und meine inneren Muskeln zogen sich um ihn zusammen, während er hart und schnell in mich hineinpumpte. Unsere Körper bewegten sich mit einer Zügellosigkeit, die so alt war wie die Zeit. Das war reine, primitive Paarung, ohne Sanftheit, ohne Zärtlichkeit ... und doch war es eine tiefe Vereinigung. Schließlich brüllte Gabriel seinen Orgasmus heraus und schlug seine Zähne in meine Schulter. Mehr brauchte es nicht, dass auch ich kam, und während mich die Klimax überwältigte, wusste ich mit absoluter Gewissheit, dass ich nie mehr ohne ihn existieren konnte.

Als es an der Tür klopfte, kam ich langsam wieder zu mir. Ich hob den Kopf und stellte zufrieden fest, dass er genauso schwer atmete wie ich.

»Das war …« Mir fehlten die Worte. Langsam ließ er mich an seinem Körper herabgleiten, bis ich wieder auf den Beinen stand. »Das war …«

»Das war etwas, an das du denken kannst, während du in den Schatten gehst«, sagte er. Seine Augen waren wie geschmolzenes Quecksilber, als er sich bückte, um meine Kleider aufzuheben.

22

Als ich schließlich vor einem kleinen Büro in einer dunklen Straße in der Nähe des British Museum stand, waren zwei Stunden vergangen. Ich war erfolgreich drei Diebesfängern entkommen, die mich erspäht hatten, und so gerade noch einem Dämon ausgewichen, der aus dem Nichts auftauchte und mich packen wollte.

»Der Dämon verschwand, nachdem ich in die Schattenwelt geschlüpft war. Zum Glück können Dämonen dort nicht hinein. Im Moment verstecke ich mich in der Gasse hinter dem Portalladen. Wie schnell kannst du hier sein?«, fragte ich Gabriel.

»Bei dem Nachmittagsverkehr? Wahrscheinlich brauche ich mindestens eine halbe Stunde«, antwortete er. »Bleib in der Traumsphäre, Mayling! Dort bist du am sichersten.«

»Die Diebesfänger können mir dorthin folgen, wenn sie wissen, wie es geht«, erinnerte ich ihn.

»Savian ist bei mir«, erwiderte Gabriel. »Er weiß nicht, wie man hineinkommt, also werden es die anderen auch nicht wissen. Es ist eher ungewöhnlich, dass ein Sterblicher in das Jenseits eindringt.«

»Ungewöhnlich, aber es kommt vor. Ich gehe sofort wieder zurück, wenn ich aufgelegt habe. Was ist mit Porters Leiche passiert? Hat Savian der Wache von uns erzählt?«

»Das musste er leider, ja.«

Ich verzog das Gesicht. »Na ja, es ging wahrscheinlich nicht anders. Traust du ihm, Gabriel? Savian, meine ich.«

Das Schweigen, das folgte, war schwer zu interpretieren. »Ja, doch, ich denke schon.«

»Na gut. Wir müssen uns einfach darauf verlassen, dass er uns nicht verrät. Ich wünschte nur, ich wüsste, was Cyrene bei dem Portalladen wollte. Wenn sie nun gar kein Portal nach Paris genommen hat, sondern jemand sie Gott weiß wohin gezwungen hat?«

»Du hast keinen Grund anzunehmen, dass jemand bei ihr ist, obwohl ich wie du der Meinung bin, dass sie den Diebesfänger nicht getötet hat. Jemand anders muss es getan haben, aber daraus folgt nicht zwangsläufig, dass dieser Jemand deinen Zwilling mitgenommen hat.«

Ich blickte auf meine Hand. »Nun ... ich muss dir etwas erzählen. Ich bin eben rasch in dem Portalladen gewesen. Cys Spuren führten direkt in den Portalraum, deshalb weiß ich, dass sie gereist ist. Aber es war noch etwas anderes da ...«

Gabriel wartete geduldig darauf, dass ich den Satz beendete.

»Auf ihrer Spur waren Drachenschuppen, Gabriel.«

Ich hörte, wie er scharf die Luft einzog. »Bist du sicher?«

»Ja. Ich dachte, Drachen benutzen keine Portale.«

»Das tun wir auch nicht. Wenn es absolut notwendig ist, so wie jetzt, dann natürlich, aber wir ziehen andere Transportmittel vor. Geh ins Land der Träume, mein kleiner Vogel! Ich komme, so schnell ich kann.«

Der Portalladen, in den Cyrene gegangen war, war einer von zweien in England. Portale boten Individuen mit viel Geld die Möglichkeit, im Handumdrehen durch den Stoff der Realität zu reisen. Portale waren jedoch unberechenbar, und selbst die besten Portalmeister konnten nicht exakt voraussagen, wo das aufgerufene Portal sich öffnen würde.

Ich versteckte mich in der Schattenwelt, bis Gabriel und Savian eintrafen. Wir verloren keine Zeit und knöpften uns sofort den Portalwächter vor, einen Weber namens Jarilith. Er weigerte sich jedoch, uns zu sagen, wohin Cyrene gereist war.

»Kannst du uns wenigstens sagen, ob man sie gezwungen hat, irgendwohin zu gehen«, fragte ich Jarilith. Es machte mich wütend, dass er unsere Fragen nicht beantworten wollte.

»Es ist nicht gestattet, jemanden mit dem Portal zu befördern, wenn Zwang auf ihn ausgeübt wird«, antwortete er nachdrücklich. »Ich könnte meine Lizenz verlieren, wenn ich das täte.«

»Du wirst noch viel mehr verlieren, wenn du mir nicht endlich sagst, wohin mein Zwilling gereist ist«, sagte ich mit leiser, drohender Stimme.

»Mayling, bitte, ich muss darauf bestehen, dass du es mir überlässt, den bösen Polizisten zu geben«, sagte Gabriel, als ich den Dolch an meinem Knöchel aus der Scheide zog.

»Ich war noch nie der Meinung, dass Frauen zwangsläufig die Guten sein müssen«, erwiderte ich und ließ den Dolch wirbeln.

Jarilith starrte ihn wie gebannt an. Zwar wirkte er nicht allzu besorgt über die Tatsache, dass ich bewaffnet war, aber sein Gesichtsausdruck schien weniger herablassend.

»Du bist trotzdem besser für die Rolle des guten Polizisten geeignet«, beharrte Gabriel.

»Ich bin da ganz auf Mei Lings Seite«, erklärte Savian vergnügt blinzelnd. »Sie sieht so aus, als könnte sie gut mit dem Ding umgehen. Was ist das für ein Messer?«

»Ein sizilianisches Kastrationsmesser«, erwiderte ich lächelnd.

»Sie hat gewonnen«, sagte Savian zu Gabriel.

»Äh ...«, sagte Jarilith. Langsam schien er sich doch Sorgen zu machen.

»Ich bin ein Wyvern. Ich kann diesem Mann viel mehr antun, als ihm bloß seine Genitalien abzuschneiden«, erwiderte Gabriel aufgebracht. Eine kleine Rauchwolke drang aus seinem Mund.

»Äh ...«, wiederholte Jarilith und trat einen Schritt zurück.

»Hm. Er ist ein Weber«, sagte Savian nachdenklich und musterte den Portalwächter. »Sie sind unsterblich, oder? Eine Kastration könnte er also überleben, aber ein Drachen-Barbecue?«

»Das sage ich doch«, erwiderte Gabriel. Er lächelte. Es war kein nettes Lächeln.

»Einen Weber zu bedrohen ist laut Gesetz streng verboten«, erklärte Jarilith empört, aber man sah ihm seine Angst deutlich an. »Ich könnte Ihnen für Ihre Drohung die Wache auf den Hals hetzen.«

»Oh bitte!«, sagte ich und verdrehte die Augen. »So gut wie jeder Diebesfänger in dieser Hemisphäre ist hinter mir her. Ich bin schon zur Verbannung nach Akasha verurteilt. Glauben Sie, ein kleiner Mord macht da noch etwas aus? Wohl kaum.«

Jarilith riss die Augen auf.

»Es stimmt«, sagte Savian. »Der Preis auf ihren Kopf ist schon sechsstellig.«

Der Portalhüter wurde bleich. »Äh …«

»Gefährtin«, sagte Gabriel streng, »ich muss darauf bestehen, dass du davon Abstand nimmst, diesen Mann in Stücke zu schneiden.«

Jarilith nickte hastig. »Hören Sie auf den Drachen.«

»Es ist *meine* Aufgabe, die zu vernichten, die uns im Wege stehen«, fuhr Gabriel fort und kniff drohend die Augen zusammen. Jarilith wich zurück.

»Wir wollen doch nicht den Kopf verlieren«, stammelte er.

»Ich glaube nicht, dass die Dame deinen Kopf im Sinn hat«, warf Savian ein, wobei er betont auf Jariliths Schritt blickte.

Jarilith hielt sich schützend die Hand davor. »Das wäre Folter. Das würden Sie doch einem unschuldigen Mann nicht antun, oder?«

»Wie kommst du auf den Gedanken, dass ich es bei der Kastration bewenden ließe?« Erneut wirbelte ich das Messer zwischen den Fingern herum. »Dieses kleine Teil schneidet auch ganz hervorragend Filets.«

»Sie ist nach Paris gereist«, sagte Jarilith hastig und eilte auf eine der Türen zu. »Es schadet ja niemandem, wenn ich Ihnen das sage. Sie scheinen ja mit der Dame verwandt zu sein. Ihr Portal steht in Raum Nummer drei bereit. Ich wünsche Ihnen eine angenehme Reise.«

Ich drehte mich stirnrunzelnd zu Gabriel um. »Wolltest du wirklich nicht, dass ich die Böse spiele? Ich kann das sehr gut, wie du gesehen hast.«

»Es tut mir leid«, sagte er lächelnd und schob mich zu dem Raum mit unserem Portal. »Wyvern haben gewisse

Prinzipien, und dazu gehört, dass sie immer den bösen Bullen geben. Allerdings muss ich zugeben, dass du in dieser Rolle besonders überzeugend wirkst. Hättest du ihn wirklich kastriert, um die Information über deinen Zwilling zu bekommen?«

»Hättest du ihn tatsächlich zu Asche verbrannt, wenn er nicht geantwortet hätte?«, konterte ich.

Gabriel grinste, und ich lächelte ebenfalls.

»So ein blutrünstiger kleiner Vogel«, sagte er liebevoll und kniff mich in den Hintern.

Savian blickte uns einen Moment lang ungläubig an, dann folgte er uns kopfschüttelnd. »Ihr seid das seltsamste Paar, dem ich je begegnet bin. Und ich kann euch sagen – ich habe schon die schrägsten Vögel kennengelernt.«

Es war bereits früher Abend, als wir zu dem Haus kamen, in dem Drake sich immer aufhielt, wenn er in Paris war. Das Portal, mit dem wir gereist waren, hatte uns in einem Schlachthof abgesetzt, in dem ich mich so hysterisch aufgeführt hatte, dass es Gabriel bestimmt peinlich war.

»Merkwürdig, wie heftig du auf so ein bisschen Schweineblut reagierst, wenn man bedenkt, dass du gerade jemandem gedroht hast, ihm die Eier abzuschneiden«, sagte Savian, während ich über dem Geländer hing und meine letzte Mahlzeit von mir gab.

Wütend zog ich den Dolch aus der Scheide und fuchtelte blindlings damit in der Luft herum.

»Ich sage jetzt nichts mehr«, erklärte er, lachte aber dabei, die Ratte!

Gabriel rieb mir über den Rücken, als ich mir den Mund

mit einem Papiertaschentuch abwischte. »Geht es dir jetzt besser?«

»Ein bisschen.« Ich blickte an mir herunter. »Iiih, ich bin voller Tierblut. Ich muss unbedingt duschen, mir die Zähne putzen und frische Sachen anziehen. Du hast kein Haus hier, oder?«

Gabriel schüttelte den Kopf. »Nein, unsere Kleidung ist in Drakes Haus. Wir gehen dorthin und fragen mal, was er herausgefunden hat.«

Glücklicherweise war es zu Drakes Haus nicht weit. Ich betrachtete es, als Gabriel das Taxi bezahlte. »Seid ihr Drachen alle so betucht?«, flüsterte ich, als wir eintraten.

Gabriel lächelte. »Hast du Angst, ich könnte es mir nicht leisten, dir den Lebensstil zu ermöglichen, den du gewöhnt bist?«

»Na, wohl kaum«, schnaubte ich. »Meine Wohnung besteht aus einem Zimmer, drei Bücherregalen und einem Badezimmer, das ich mir mit den zwei Mädchen von nebenan teile.«

»Da seid ihr ja. Wir haben schon nicht mehr daran geglaubt, dass ihr noch kommt.« Aisling stand vor uns.

»Ich nehme nicht an, dass ihr etwas von Cyrene gesehen oder gehört habt?«, fragte ich, nachdem wir Savian vorgestellt und einen kurzen Bericht über die Lage der Dinge abgegeben hatten.

»Nein, wir haben nichts von ihr gehört. Glaubst du, ihr ist etwas passiert?«, fragte Aisling.

»Wir wissen nur, dass sie in Begleitung eines Drachen von London nach Paris gereist ist.« Ich blickte zu Drake.

»Kostya?«, fragte er Gabriel.

»Das wissen wir nicht genau«, antwortete Gabriel vorsichtig. »Aber daran habe ich auch schon gedacht.«

»Warum sollte Kostya ausgerechnet mit Cyrene nach Paris kommen?«, fragte Aisling.

Kopfschüttelnd ging ich die Treppe hinauf in das Zimmer, das Aisling uns gegeben hatte. Während ich mir die Ereignisse des Nachmittags abduschte, grübelte ich über dieser Frage. Es schien überhaupt keinen Sinn zu ergeben – selbst wenn Cyrene das Unmögliche gelungen war und sie Kostya eingeholt hatte, nachdem sie Porter entkommen war ... warum sollte er sie mitnehmen?

Dann fuhr mir auf einmal ein Gedanke durch den Kopf, als ich mir gerade die Zähne putzte. Überrascht starrte ich auf den leeren Spiegel, während ich überlegte, ob Kostya Porter vielleicht getötet hatte.

»Es besteht zwar nur ein schwacher Zusammenhang, wenn überhaupt«, sagte ich zu dem Spiegel, »aber möglich ist es trotzdem. Cyrene ist Kostya gefolgt, und später waren sie zusammen im Portalladen. Wer sagt denn eigentlich, dass sie nicht die ganze Zeit zusammen waren?«

Dabei hatte ich allerdings eins vergessen. Cyrene hatte gesagt, Porter hätte sie gekidnappt, also konnte sie ja gar nicht die ganze Zeit mit Kostya zusammen gewesen sein.

Als ich wieder nach unten ging, hatte ich immer noch keine Antwort darauf gefunden, aber viel mehr Zeit zum Nachdenken blieb mir auch nicht, weil Gabriel sofort mit mir zum Suffrage House aufbrach.

»Bist du sicher, dass sie nicht irgendeinen Zauber haben, um mich beim Schattengehen zu erwischen?«, fragte ich Savian. Er stand mit Gabriel und mir auf der anderen Straßenseite, gegenüber vom Suffrage House. Drake, Aisling und ihre beiden Leibwächter waren bereits im Gebäude und erkundeten die Lage.

»Ich habe davon nichts gehört. Ich glaube, an Doppelgänger haben Sie gar nicht gedacht.« Er grinste mich an. »Die Personen, die dort Schaden anrichten könnten, können nicht in die Schattenwelt gehen.«

»Na ja, normalerweise kommen wir ja mit dem Au-delà auch gut aus«, erwiderte ich. Ich wurde zum Schatten und konnte die belebte Straße überqueren, ohne von einem Auto überfahren zu werden.

Gabriel und Savian betraten das Gebäude vor mir, aber ich ließ mir Zeit, um mich zu vergewissern, dass keine Fallen oder Bannzauber an den Türen angebracht waren. Offensichtlich hatte Savian jedoch recht gehabt – nichts hielt mich auf, als ich mich auf den Weg in den Keller machte. Unser Plan war einfach – Gabriel und Savian würden sich um die Sicherheitsbeamten kümmern. Drake, der Schätze schon von Weitem riechen konnte, würde unauffällig nach anderen Orten außer dem Tresorraum suchen, an denen wertvolle Gegenstände aufbewahrt werden konnten. Meine Aufgabe war es, in das Tresorgewölbe zu gelangen, was bedeutete, dass ich an der Wache vorbeimusste, die davor postiert war.

Eine halbe Stunde später waren wir wieder in Drakes Haus.

»Sollen wir mit dem Einfachen zuerst anfangen?«, fragte Aisling. »Drake und ich haben das gesamte Gebäude durchsucht, und nirgendwo gibt es einen weiteren Tresor. Drake meinte, er hätte nur das Gewölbe im Keller gerochen.«

»Und dort ist auch der Tresorraum«, bestätigte Savian. »Laut meinem Freund im Sicherheitsbüro übernimmt die Nachtschicht mitten in der Nacht, wenn die meisten Leute müde werden.«

Ich lächelte. »Wie praktisch! Mitten in der Nacht ist für uns Schattenwesen die günstigste Zeit.«

»Ja, ich dachte mir schon, dass dir das gefällt«, erwiderte Savian mit frechem Grinsen.

Gabriel, der neben mir auf der Couch in Drakes Wohnzimmer saß, kniff eifersüchtig die Augen zusammen, was mich irgendwie freute, wie ich zu meiner Schande gestehen muss.

»Und was ist mit dem schwierigen Teil?«, fragte Aisling und blickte mich an. »Kriegen wir das hin?«

Ich nickte. »Ja, ich denke schon. Es gibt die übliche elektronische Ausrüstung und zwei Wachleute, einen im Korridor, den anderen auf der Treppe. Nachts kann unter Umständen noch ein dritter hinzukommen, aber ich bezweifle das. Mit den Wachen und der Elektronik scheinen sie so weit alles abgedeckt zu haben.«

»Was ist mit dem Tresorraum?«, fragte Gabriel.

»Er ist mit einem Bannzauber, Arkana-Schutzzaubern und ein paar Verboten belegt. Letzteres betrifft Wesen der dunklen Mächte, aber es sah nicht ungewöhnlich aus. Du kannst sie doch sicher entfernen, oder?«, fragte ich Aisling.

»Das dürfte kein Problem sein.«

»Das Gewölbe muss riesig sein – es scheint den größten Teil des Kellergeschosses einzunehmen. Aber wenn wir erst einmal drin sind, müssten wir die Alarmanlage ausschalten können, damit Gabriel gefahrlos hineingehen kann.«

Drake und Gabriel blickten sich an, und es entstand ein unbehagliches Schweigen.

»Ich glaube, die Entscheidung darüber, wer Kontrolle über das Phylakterium erhält, muss noch diskutiert werden«, sagte Drake.

Gabriel zog die Augenbrauen hoch. »Hast du Grund zu der Annahme, dass ich eine solche Ehre missbrauchen würde?«

»Nein.« Drake zögerte. »Aber Kostya wird sich da nicht so sicher sein, und er wird weiter versuchen, es zurückzuholen, solange es in deinem Besitz ist.«

»Ich bin durchaus in der Lage, meine Schätze sogar vor deinem Bruder zu schützen«, sagte Gabriel trocken.

»Darum geht es nicht. Kostya würde dich und deine Sippe ständig weiter angreifen.«

»Das tut er doch sowieso«, warf ich ein.

»Wenn er weiß, dass ich das Phylakterium habe«, fuhr Drake fort, »wird er zwar nicht glücklich sein, aber er hat dann zumindest keinen Grund mehr, dich anzugreifen. Vielleicht verhält er sich ja dann sogar ruhig.«

Gabriel runzelte die Stirn. »Du hattest es schon einmal und hast es an ihn verloren. Mir ist einfach nicht wohl bei dem Gedanken, dass es ihm erneut so leicht in die Hände fallen könnte.«

Drakes Augen glitzerten wie Smaragde, aber das Quecksilber-Feuer in Gabriels Augen loderte heller.

»Willst du damit andeuten, dass *ich* auf meine Schätze nicht aufpassen kann?«, fragte Drake mit warnendem Unterton.

»Süßer.« Aisling legte Drake die Hand auf den Arm. »Du

kannst deine Nackenhaare wieder anlegen. Gabriel hat dich genauso wenig beleidigt wie du ihn. Ich weiß, dass du gerne das Phylakterium in Verwahrung nehmen möchtest, aber in diesem Fall halte ich es für besser, wenn Gabriel es nimmt.«

Drake warf seiner Gefährtin einen finsteren Blick zu. Sie küsste ihn auf die Nasenspitze. »Es kann dir nicht schaden, mal etwas loszulassen«, beruhigte sie ihn. »Gabriel wird es schon sicher verwahren. Er wird es nicht benutzen, um Kostya zu vernichten, oder, Gabriel?«

Gabriel schwieg einen Moment lang.

Ich stieß ihm den Ellbogen in die Rippen.

»Nein«, erwiderte er mit einem resignierten Seufzer. »Das Phylakterium ist keine Waffe für einen Vergeltungsschlag. Ich werde es in Ehren halten und sicher aufbewahren.«

Ich belohnte ihn mit einem Lächeln und kniff ihn in den Oberschenkel. Er legte seine Hand über meine und streichelte meine Finger.

Schließlich hatten wir auch Drake überzeugt, das Phylakterium Gabriel zu überlassen. Da wir noch einige Stunden Zeit hatten, befahl Drake Aisling, sich auszuruhen.

Ich folgte ihr aus dem Zimmer. In der Diele standen die üblichen Möbel – ein paar Stühle, ein paar kleine Tische, und an einer Wand hing ein großer Spiegel. Auf einmal läutete ein Telefon, das auf einem Sekretär stand. Da außer mir niemand da war, nahm ich ab.

»Hallo? Äh … hier bei Vireo.«

»Ich möchte mit … warte. Ist da die Doppelgängerin?«

Ich erkannte die Stimme am anderen Ende der Leitung sofort. Sie hatte einen leicht slawischen Akzent, und ich bekam eine Gänsehaut.

»Ja, hier spricht May. Was willst du, Kostya?«

Er lachte leise. Die Tür zu dem Raum, den ich gerade verlassen hatte, öffnete sich, und Gabriel kam heraus, gefolgt von Drake und Savian. »Die Frage ist doch eher, was ich habe.«

Mir drehte sich der Magen um. Hatte er das Phylakterium in seinen Besitz gebracht?

»Ich habe etwas, das dir gehört, Schattengängerin. Und ich bin bereit, es dir gegen einen gewissen Preis zurückzugeben.«

Aisling erschien oben an der Treppe, begleitet von Jim. »War das das Telefon? Ist es Mays Zwilling?«

»Was soll das heißen?« Ich warf Gabriel einen Blick zu. Sofort trat er neben mich und legte mir den Arm um die Taille, um mitzuhören. Drake ging in ein anderes Zimmer und nahm dort den Hörer ab.

»Vermisst du vielleicht einen Zwilling?«

Ich zog scharf die Luft ein. »Wenn du ihr etwas getan hast ...«

»Ich vergreife mich nicht an Frauen«, schnaubte Kostya. »Es sei denn, sie greifen mich zuerst an. Deinem Zwilling ist nichts passiert. Noch nicht.«

»Wer ist am Telefon?«, fragte Savian Aisling.

Sie zog die Augenbrauen hoch und warf ihrem Mann, der mit dem Telefon am Ohr aus dem Zimmer kam, einen Blick zu. »Dem Rauch nach zu urteilen, würde ich sagen, es ist sein Bruder.«

»Ah. Verstehen sie sich nicht?«, fragte Savian.

»So ungefähr.« Sie kam die Treppe herunter und stellte sich neben Drake.

»Warum hast du sie gekidnappt?«, fragte ich Kostya. »Was versprichst du dir davon?«

»Ich brauchte sie gar nicht zu kidnappen«, erklärte Kostya. »Sie ist freiwillig mitgekommen. Mein Motiv ist doch wohl klar. Sie ist in meiner Hand, und wenn du sie unversehrt zurückhaben willst, wirst du mir das Phylakterium bringen, das du kürzlich gestohlen hast.«

»Das ist absolut nicht in Ordnung …«, setzte Drake an, aber Gabriel riss mir das Telefon aus der Hand und knurrte: »Ich wusste, dass du keine Ehre im Leib hast, aber eine unschuldige Frau als Geisel im Austausch für das Phylakterium zu nehmen ist selbst für einen Ouroboros wie dich ein unwürdiger Akt.«

Kostya stieß eine Verwünschung aus, aber bevor er weiterreden konnte, unterbrach Drake ihn.

»Bedeutet dir dein Platz im Weyr so wenig, dass du über etwas derart Unehrenhaftes auch nur nachdenkst?«, fragte er. »Das ist eine Kriegserklärung, Bruder, und wenn du so weitermachst, zerstörst du alle Chancen darauf, dass deine Sippe wieder anerkannt wird.«

»Die schwarzen Drachen haben keine Ehre«, grollte Gabriel, »ebenso wenig wie sie eine Sippe haben.«

»Wir werden wiederauferstehen«, prophezeite Kostya, »und wir werden alles wiedererlangen, was wir verloren haben.«

»Was sagt er?«, fragte Aisling. »Benimmt er sich wieder wie ein Idiot? Was für eine dumme Frage, ja, natürlich tut er das.«

»Kostya wütet schon wieder gegen die silbernen Drachen«, sagte ich zu ihr. »Ehrlich gesagt, bin ich es ein bisschen leid.«

»Ich kann es auch nicht mehr hören«, sagte Gabriel und legte das Telefon weg. Dann wandte er sich zur Haustür.

»Wohin gehst du?«, fragte ich und blickte von ihm zu Drake, der sich mit seinem Bruder stritt.

»Raus«, erwiderte er.

Ich eilte ihm nach. »Warum?«

»Mir reicht es jetzt. Dass Kostya mich weiter angreifen würde, habe ich akzeptiert. Und ich habe auch damit gerechnet, dass er versuchen würde, dir etwas anzutun. Aber dass er sich jetzt an jemandem vergreift, der überhaupt nichts mit der Sippe zu tun hat, um mich zu erpressen – nein! Tipene und Maata, das verstehe ich ja noch. Sie gehören zur Sippe. Aber dein Zwilling nicht. Das muss jetzt aufhören.«

»Ich bin ganz deiner Meinung«, sagte ich und ergriff seine Hand. Seine Finger schlossen sich fast schmerzhaft um meine, und wir gingen die Straße entlang zu einer belebten Kreuzung. »Aber wie wollen wir ihn aufhalten?«

Er winkte ein Taxi heran, und erst als wir losfuhren, beantwortete er meine Frage. »Wir gehen zurück zum Ausgang des Portals, und du folgst seiner Spur. Ich werde dem jetzt ein für alle Mal ein Ende machen.«

Die Wut in seinen Augen gefiel mir nicht, aber wie sollte ich ihn von seinem Vorhaben abbringen? Auch ich war zornig über Kostyas lächerliches Verhalten. Allerdings bedeutete das nicht, dass ich Gabriel blindlings folgen musste.

»Es gibt doch sicher einen Weg, die Angelegenheit aus der Welt zu schaffen, ohne dabei gewalttätig zu werden.«

»Ich werde ihm das Phylakterium nicht überlassen«, schwor Gabriel und zerquetschte mir fast die Hand.

»Großer Gott, nein, das habe ich auch nicht gemeint!« Mir lief es eiskalt über den Rücken, als ich daran dachte, was passieren würde, wenn Magoth herausfand, dass ich das Phylakterium genutzt hatte, um Cyrene zu retten. Er würde uns wahrscheinlich beide vernichten. »Ich wollte doch nur sagen, dass es einen anderen Weg als Krieg geben muss. Das kannst du doch nicht wollen.«

Sein Griff wurde so fest, dass ich einen leisen Protestlaut ausstieß. Sofort ließ er meine Hand los und zog sie an die Lippen, um meine Fingerspitzen zu küssen. »Entschuldige, mein kleiner Vogel, ich wollte meinen Frust nicht an dir auslassen.«

»Na ja, dafür bin ich ja da, oder?«

Er blickte mich ernst an. »Du bist meine Gefährtin und somit jetzt ein Teil von mir, ein Teil meiner Sippe, aber das bedeutet nicht, dass ich dir alle meine Lasten aufbürde.«

Er wandte sich ab und presste die Lippen zusammen. Die unausgesprochene Zurückweisung tat mir weh, und ich wollte sie schon in die Tiefe meines Herzens verdrängen, aber etwas in mir wehrte sich dagegen, ein neu gefundenes Gefühl von ... ach, ich weiß, nicht, Gemeinsamkeit vielleicht. Ich hatte mein Leben alleine verbracht, gebunden an Cyrene, gebunden an Magoth, aber ich hatte nie jemanden gehabt, mit dem ich Dinge teilen konnte. Und dann war Gabriel mit seinen silbernen Augen in mein Leben getreten, und auf einmal war ich Teil eines Ganzen.

»Gabriel, schließ mich nicht aus! Ich war mein ganzes Leben lang alleine«, sagte ich.

Er blickte mich überrascht an. »Ich habe dich nicht ausgeschlossen, mein kleiner Vogel.«

»Aber du hast es vor. Du willst mich beschützen, indem du mich fernhältst, aber ich habe eingewilligt, deine Gefährtin zu sein. Das bedeutet, dass ich auch deine Last mit dir teile, und bei Gott, das werde ich tun.«

Einen Moment lang blickte er mich erschrocken an, dann grinste er plötzlich. »Ich verstehe immer besser, warum Drake sich mit Aislings Art abgefunden hat.«

»War das ein Kompliment oder eine Beleidigung? Wenn es Letzteres war, werden wir uns eingehend unterhalten müssen. Bei Ersterem werde ich dich küssen, bis du nicht mehr klar denken kannst.«

»Es war definitiv Ersteres«, sagte er rasch.

»Bei diesem Tempo werde ich nie eine anständige Drachengefährtin«, erklärte ich und beugte mich über den Sitz, um ihn zu küssen.

»Ich habe allmählich das Gefühl, dass die Etikette in dieser Hinsicht sowieso überbewertet wird«, murmelte Gabriel und ließ sich von mir küssen. Für einen kurzen Moment fuhr mir durch den Kopf, warum ich bereit war, alles zu riskieren, nur um bei ihm zu sein, aber dann dachte ich gar nichts mehr. Er war, was er war, und das war alles, was ich wollte.

»Ich kann immer noch klar denken«, murmelte er kurz darauf. Sein Feuer erhitzte mein Blut, aber ich hielt es fest unter Kontrolle und gab es ihm zurück, damit wir nicht unabsichtlich das Taxi in Brand setzten.

»Ach ja«, schnurrte ich und ließ meine Hände über seine Brust gleiten. Seine Augen wurden groß, als ich mich auf seine Oberschenkel setzte. Mein Rücken versperrte dem Taxifahrer die Sicht. »Dann wollen wir doch mal sehen, ob du jetzt immer noch klar denken kannst …«

Meine Hand glitt tiefer, und ich öffnete seinen Gürtel und seinen Hosenstall. Dann küsste ich ihn wieder, wobei meine Zunge die gleichen Bewegungen wie meine Hand ausführte.

»Wie es ihm geht, weiß ich ja nicht, aber *ich* kann mich definitiv nicht mehr konzentrieren«, sagte der Taxifahrer.

Ich löste mich von Gabriel und blickte mich um. Zwar hatte ich mich absichtlich so hingesetzt, dass er nicht sehen konnte, was wir taten, aber er konnte es sich wohl denken. Er zwinkerte mir im Rückspiegel zu und fügte hinzu: »Da vorne ist unser Ziel. Soll ich noch ein paarmal um den Block fahren?«

Ich blickte Gabriel an. Seine Augen loderten. »Nein, ich glaube, ich habe den Beweis erbracht«, erwiderte ich lächelnd und brachte Gabriels Kleidung in Ordnung.

»Für diese Qual wirst du mir bezahlen«, sagte er mit einem verheißungsvollen Lächeln.

»Abgemacht.« Widerwillig setzte ich mich wieder neben ihn und verdrängte entschlossen das verführerische Bild von Gabriel, der mit nichts außer Schlagsahne bekleidet war.

»*Dafür* wirst du auch bezahlen«, murmelte er eine Minute später, als wir ausstiegen und er sich zum Taxifahrer wandte, um zu bezahlen.

Glücklicherweise war Cyrenes Spur vor dem Ausgang des Portals immer noch zu sehen, und ich brauchte nicht in das schreckliche Schlachthaus zurückzugehen. Außerdem herrschte kaum Verkehr in der Gegend, sodass ich sofort in die Schatten schlüpfen konnte.

»Hier ist die Spur«, sagte ich zu Gabriel, als ich wieder in die Realität zurückgekehrt war. »Schwach, aber sichtbar – Cyrene und ein Drache.«

»Ruf mich alle fünfzehn Minuten an, um mir zu sagen, wo du bist. Dann kann ich dir folgen«, sagte er und vergewisserte sich, dass sein Handy an war.

Ich nickte und wollte mich gerade bereit machen, als er meine Hand festhielt.

»Mayling.«

»Hm?«

Gabriels Augen glitzerten. »Denk daran, dass du meine Gefährtin bist. Natürlich willst du deinen Zwilling retten, aber du bist mir wichtig. Ich möchte nicht, dass dir irgendetwas passiert.«

Lächelnd gab ich ihm einen Kuss. »Es ist wirklich nicht schwer, dich zu lieben, Gabriel.«

Er blickte mich einen Moment lang forschend an, schwieg jedoch. Ich schlüpfte ins Jenseits und richtete meine Aufmerksamkeit auf die schwache Spur, die mit jedem Augenblick schwächer wurde, aber mein Herz … mein Herz war mit anderen Dingen beschäftigt.

23

»Zeig es mir«, sagte Gabriel über eine Stunde später.

»Es ist zwei Blocks entfernt. Ich bin wieder hierhin zurückgekommen, um mich zu verstecken. Ich glaube, einer vom Komitee hat mich gesehen, als ich eine Sackgasse in Montmartre überprüft habe. Ich nehme zumindest an, dass es jemand vom Komitee war – Sterbliche, die nichts mit der Anderwelt zu tun haben, können mir nicht folgen, wenn ich in der Schattenwelt bin, und ich habe die Frau in den letzten zwanzig Minuten dreimal gesehen.«

»Jetzt bin ich ja bei dir«, erwiderte Gabriel, als ob damit alles in Ordnung wäre, und eigentlich war es ja auch so.

»Ich weiß nicht genau, warum, aber Cyrenes Spuren sind verschwunden. Nur die des Drachen sind noch da«, sagte ich, als wir vorsichtig eine relativ ruhige Straße in Ménilmontant, einem Arbeiterviertel im Pariser Vorort Belleville, entlanggingen. »Vielleicht hat es etwas damit zu tun, dass Drachenschuppen länger zu sehen sind, weil man sie anfassen kann, im Gegensatz zu Zeichen von Elementarwesen.«

»Und du bist sicher, dass wir Kostya folgen?«

»Na ja, es ist der gleiche Drache, der mit Cyrene im Portalladen war. Er muss es sein, wenn nicht noch ein anderer sich dort mit ihnen getroffen hat.«

Wir blieben vor einer kleinen Bäckerei stehen, über der sich bescheidene, für das Viertel typische Wohnungen befanden.

»Hier ist es. Ich bin nicht hineingegangen, aber ich habe

an den Ausgängen nach Zeichen gesucht. Es deutet nichts darauf hin, dass der Drache, der hineingegangen ist, das Haus wieder verlassen hat.«

»Gut gemacht, mein kleiner Vogel! Und du denkst bitte daran, dass Kostya meine Angelegenheit ist.« Er stellte sich so vor mich, dass er Passanten den Blick versperrte, damit ich das Schloss öffnen konnte. Wir schlüpften beide in einen schmalen, dämmerigen Flur, von dem aus eine Treppe nach oben führte.

»*Agathos daimon*«, murmelte ich, als ich in die Schatten ging.

»Was ist?«

»Frag mich lieber, was nicht ist. Die Spur ist nicht mehr da.«

»Das spielt keine Rolle. Wenn Kostya hier ist, werde ich ihn finden«, erklärte Gabriel grimmig.

Langsam ging ich die Treppe hinauf und untersuchte jede einzelne Stufe sorgfältig auf Drachenschuppen hin. Hier und dort fand ich noch einen schwachen Schimmer, aber im Großen und Ganzen war die Spur weg. »Bevor du in jede einzelne Wohnung stürmst, lass mich lieber an den Türen schauen.«

Gabriel wollte nicht warten, das sah ich ihm an. Seine Muskeln waren angespannt, und seine Pupillen waren nur noch schwarze Schlitze. Hastig eilte ich zu den Türen, damit er bei der Suche nach Kostya keine Unschuldigen verletzte.

Bei der vierten und letzten Wohnung am hintersten Ende des Gebäudes hatten wir endlich Glück.

»Hier«, flüsterte ich Gabriel zu, als ich aus der Schattenwelt kam. Auf dem Türgriff lagen ein paar winzige Schuppen, die selbst im schwachen Licht der Deckenlampe glitzerten. »Hier muss es sein.«

»Stell dich hinter mich und bleib im Schatten!«, sagte er und zog eine Pistole aus der Jackentasche.

Ich blinzelte überrascht. Die meisten Personen der Anderwelt lehnten den Gebrauch moderner Waffen ab, da ihnen persönliche Fähigkeiten wichtiger waren als rohe Gewalt. Aber die Drachen schienen damit kein Problem zu haben.

»Unter normalen Umständen ziehe ich ein Schwert vor, aber ich verlasse mich lieber nicht darauf, dass Kostya sich an Begriffe wie Ehre hält.«

Er hatte einen Schalldämpfer auf die Pistole geschraubt und gab drei Schüsse auf das Schloss ab. Die Tür ging sofort auf.

Mit dem Dolch in der Hand folgte ich ihm als Schatten in die Wohnung. Sie war klein, aber nett, mit einer winzigen Küche direkt neben dem Eingang. Dahinter lag der Wohnbereich, in dem die übliche Couch, ein Fernseher und ein paar Bücherregale standen. Niemand war zu sehen.

»Da?«, fragte ich Gabriel und wies mit dem Kinn auf eine geschlossene Tür. Gabriel bewegte sich so schnell, dass ich kaum Schritt mit ihm halten konnte. Überrascht blieb ich auf der Schwelle stehen.

Gabriel kniete auf dem Bett zwischen zwei Personen.

»Geht es ihnen gut?«, fragte ich. Ich trat aus den Schatten und reichte ihm meinen Dolch, damit er Maata und Tipene, die gefesselt und geknebelt auf dem Bett lagen, befreien konnte.

Kaum hatte Gabriel ihr den Knebel herausgezogen, begann Maata auch schon zu sprechen. Ich verstand sie nicht, da sie offensichtlich in ihrer Muttersprache redete, die eine eigenartig schöne Klangfarbe hatte. Als sie auch die Arme frei hatte, setzte sie sich auf, sah mich und wechselte sofort zu Englisch.

»Ich wusste, dass es nur eine Frage der Zeit war, bevor ihr uns findet, aber es hat doch ein bisschen länger gedauert, als ich gehofft habe. Entschuldigt mich!« Sie stürzte zu einer Tür, die vom Schlafzimmer abging.

Gabriel befreite auch Tipene von seinen Fesseln. Der Leibwächter sprang sofort auf und wandte sich mit wütender Miene an seinen Wyvern.

»Wir haben versagt, Gabriel. Ich werde sofort von meinem Posten zurücktreten.«

Gabriel grinste bloß und umarmte den anderen Mann. »Jetzt ist nicht die Zeit für albernes Geschwätz. Wir müssen Kostya finden.«

»Kostya? Ist er hier?« Tipene runzelte verwirrt die Stirn.

»Dann seid ihr nicht von Kostya gekidnappt worden?«, fragte ich.

Tipene schüttelte den Kopf. »Nein, es waren die beiden anderen, die Ouroboros, die uns in Griechenland entführt haben. Sie haben uns mit Tabletten betäubt.«

Man hörte ihm seine Wut deutlich an.

»Mehrmals«, sagte Maata, die gerade aus dem Badezimmer kam. Tipene warf Gabriel einen Blick zu.

Er nickte, und der Leibwächter rannte ebenfalls ins Badezimmer.

»Wie lange waren wir weg?«, fragte Maata.

»Vier Tage.«

Sie fluchte. »Wir waren die ganze Zeit über betäubt.«

»Du hast keine Ahnung, wie lange ihr schon hier in Paris seid?«, fragte ich Maata.

»Ich wusste noch nicht einmal, dass wir überhaupt in Paris waren, bis ich unten auf der Straße ein Radio gehört habe. Wir sind vor etwa sechs Stunden aufgewacht, und ich habe mir langsam Sorgen gemacht, dass niemand mehr kommt, um uns etwas zu trinken zu geben und uns zur Toilette gehen zu lassen.«

Ich blickte Gabriel an. »Kostya hat gesagt, er habe sie nicht entführt«, erinnerte ich ihn.

In seinem Gesicht arbeitete es. »Es hätte aber gut gepasst.«

»Möglich, aber ich gelange immer mehr zu der Überzeugung, dass Porters Boss, wer auch immer das sein mag, hinter alldem steckt. Die Ouroboros weisen darauf hin, dass er vielleicht ein Drache ist, aber das wissen wir nicht mit Sicherheit. Es könnte jeder sein – ein Dämonenfürst, ein Drache, einer der Wyvern, die du erwähnt hast, oder sogar Baltic, der von den Toten auferstanden ist. Ganz zu schweigen davon, dass es auch jemand sein könnte, den wir nicht kennen.«

Kopfschüttelnd redete Gabriel ein paar Minuten lang mit seinen Bodyguards, aber sie wussten auch nur zu berichten, dass sie in Griechenland auf der Straße von Drachen entführt worden waren, die sie nicht kannten und die keiner Sippe angehörten. Wir durchsuchten die Wohnung, aber auch hier fanden sich keine Anhaltspunkte.

»Habt ihr den Drachen, der in den letzten zwei Stunden hier war, erkannt?«, fragte ich schließlich.

Maata blinzelte. »Was für einen Drachen?«

»Der vor Kurzem hier gewesen ist. Möglicherweise mit Cyrene, meinem Zwilling.«

»Ich habe niemanden gesehen, allerdings habe ich eine Zeit lang gedöst. Tipene?«

Er schüttelte den Kopf. »Ich war seit Mittag wach, aber niemand war in der Wohnung.«

Mir lief ein Schauer über den Rücken. Die Spur hatte eindeutig zur Wohnung geführt. Rasch eilte ich in die winzige Küche neben dem Eingang. Ein Fenster ging auf den kleinen, ungepflegten Garten hinter dem Haus hinaus, und als ich mich hinauslehnte, sah ich Drachenschuppen auf der Fensterbank schimmern.

»Er ist durch das Fenster geklettert«, sagte ich zu den anderen. »Wahrscheinlich hat er sich gar nicht die Mühe gemacht, ins Schlafzimmer zu gehen, sondern hat die Wohnung gleich wieder durch das Fenster verlassen, ohne dass er gesehen wurde. *Agathos daimon*, Gabriel! Wir werden an der Nase herumgeführt.«

»Es sieht ganz so aus«, erwiderte er nachdenklich. »Glaubst du, du kannst draußen die Spur noch einmal aufnehmen?«

»Nein. Es ist zu viel Zeit vergangen. Aber was ist mit Cyrene? Wenn ich tatsächlich Kostyas Spur gefolgt bin, dann muss sie ihn irgendwann verlassen haben. Wahrscheinlich an dieser Stelle in Montmartre, wo ich kurz die Spur verloren habe. Es tut mir leid, Gabriel.«

Er nickte. »Das ist jetzt nicht mehr zu ändern, mein kleiner Vogel. Wir kehren zu Drakes Haus zurück und beraten uns mit den anderen. Maata und Tipene sind bestimmt hungrig.«

Maata verzog das Gesicht. »Du kannst dir gar nicht vorstellen, wie sehr.«

Schweigend kehrten wir zu Drakes elegantem Haus zurück. Gabriel und Drake setzten sich mit ihren Bodyguards, Aisling und Savian zusammen, um zu besprechen, wie wir am besten in den Tresorraum eindringen könnten. Ich wollte jedoch nicht untätig herumsitzen, mich juckte es in den Fingern, Kostya und Cyrene zu finden. An einer Seite des Hauses befand sich ein kleiner Garten, und ich folgte einer Hecke bis zu einem abgeschlossenen Bereich mit einem winzigen Brunnen und zwei Steinbänken. Die Sonne war gerade untergegangen, und die Abendluft war schwer und kühl, als ob es regnen wollte.

»Was machst du da?«, fragte eine Stimme von der anderen Seite des Brunnens.

Ich zuckte zusammen. »Jim! Oh, hast du mich erschreckt!«

»Tut mir leid. Ich musste mal pinkeln. Was tust du an Aislings Lieblingsstelle für Freiluftsex?«

»Was?«, fragte ich verwirrt.

»Ja, dort drüben an der Hecke bist du vor neugierigen Blicken geschützt. Aisling hat im Sommer immer eine Decke hier, damit sie und Drake es hier treiben können. Soll ich für Gabriel und dich auch eine besorgen?«

»Nein, danke.«

»Na, da verpasst du aber was. Und was machst du sonst hier?«

»Ich wünschte, wir wären schon ein paar Stunden weiter«, sagte ich und rieb mir über die Arme. »Diese Warterei macht mich ganz nervös. Mich juckt es überall.«

»Bist du sicher, dass du keine Flöhe hast? Ich hatte letzten Monat welche, und Aisling hat fast einen Anfall bekommen.«

»Nein, ich bezweifle, dass es Flöhe sind«, erwiderte ich lachend. »Es ist nur alles ein bisschen ... na ja, irritierend. Alle zerbrechen sich den Kopf darüber, welcher Plan wohl der beste ist, dabei ist es doch eigentlich ganz einfach: Ich gehe als Schatten hinein, berichte den anderen, wo welche Wachen stehen und was für Alarmanlagen eingeschaltet sind, und die Drachen setzen sie außer Kraft.«

Der Dämon legte den Kopf schief. »Glaubst du wirklich, dass es so einfach ist? Das Komitee schützt seit tausend Jahren erfolgreich das Tresorgewölbe vor Eindringlingen, und ich habe noch nie gehört, dass jemand eingebrochen ist, geschweige denn etwas gestohlen hat.«

»Sie hatten es ja auch noch nie mit einer solchen Truppe wie uns zu tun.«

»Das stimmt«, gab Jim zu. »Was willst du denn wegen Magoth unternehmen? Denkst du immer noch daran, zum Dibbuk zu werden? Die Reaktion von Magoth möchte ich gerne sehen, wenn er Wind davon bekommt!«

»Du bist ein freches kleines Biest«, sagte ich und presste die Lippen zusammen.

»Hallo! Dämon, bitteschön!«

»Sechster Klasse, was bedeutet, dass du nicht als Dämon geboren wurdest.« Ich betrachtete ihn eingehend. »Was warst du ursprünglich? Ein Elementarwesen? Ein Halbgott?«

Jim schnaubte. »Ha! Sehe ich so aus? Ich war ein Geist am Hof des Göttlichen Blutes.«

»Ach, ein gefallener Engel! Ich hätte es wissen müssen.«

»Oh bitte«, sagte er gedehnt und verdrehte die Augen. »Erwähn das bloß nicht! Es ist schlimm genug, dass Aisling es herausgefunden hat. Ich habe keine Lust, dass die anderen sich darüber auslassen.«

Lachend tätschelte ich ihm den Kopf. »Na klar. Und um deine Frage zu beantworten: Nein, ich habe nicht vor, zum Dibbuk zu werden. Das muss ich auch nicht. Es wird sich schon alles von selber regeln.«

»Was wird sich von selber regeln?«, fragte eine seidige Stimme hinter mir. Gabriel kam auf mich zu. Seine Bewegungen waren so geschmeidig wie die eines Tigers. Er hatte sich umgezogen und war nun komplett in Schwarz gekleidet. Seine Augen schimmerten in der Dunkelheit wie Mondschein auf Quecksilber.

»Das mit dem Phylakterium. Ich habe gerade zu Jim gesagt, dass alles unter Kontrolle ist und keine Probleme zu erwarten sind.«

Gabriel hob mein Kinn mit dem Zeigefinger an und blickte mir forschend in die Augen. »Du verbirgst etwas vor mir.«

Das war eine Feststellung, keine Frage.

»Ja«, erwiderte ich. Ich konnte ihn einfach nicht belügen.

»Sag es mir.«

Ich blickte zum Dämon, der uns gespannt beobachtete.

»Jim«, sagte Gabriel und wies mit dem Kopf zum Haus.

»Jawohl, zur Stelle. Wollt ihr euch ein bisschen ansaugen? Darf ich Fotos machen?«

»Verschwinde!«, sagte Gabriel.

»Du bist nicht mein Herr. Ich brauche mir von dir nichts befehlen zu ...«

Er rannte zum Haus, wobei er etwas von Leuten murmelte, die keinen Humor hätten. Ich steckte mein Messer wieder in die Scheide.

»Was bereitet dir Sorgen, mein kleiner Vogel?« Gabriel fuhr mit dem Daumen über meine Lippe. Ich fuhr mit der Zunge darüber und biss sanft hinein. Ich wollte ihm nichts vom Phylakterium erzählen, nicht jetzt, wo wir so kurz davorstanden, es zu bekommen. Wenn Gabriel erfuhr, in was für einer Lage ich mich befand, würde er auf Magoth losgehen wollen, und nicht einmal ein Wyvern mit seiner Macht konnte einem Dämonenfürsten standhalten. Zwar hasste ich es, ihm etwas zu verschweigen, aber es war besser für alle Beteiligten, wenn er den wahren Grund meiner Sorge nicht kannte. Also antwortete ich aufrichtig, aber ohne weitere Erklärung: »Es ist Magoth. Ich mache mir Sorgen wegen ihm. Ich will nicht, dass er dir etwas antut.«

Er nahm mich in die Arme und küsste mich. Ich seufzte vor Glück. »Keine Angst, Mayling, ich bin nicht so unbedacht, dass ich einem Dämonenfürsten Macht über mich geben würde. Wir werden schon einen Weg finden, um dich aus seiner Herrschaft zu befreien. Ich war in letzter Zeit mit dem Phylakterium und Maata und Tipene beschäftigt, aber wenn das Phylakterium erst einmal in meinem Besitz ist, steht dir die gesamte Macht der Sippe zur Verfügung. Wir werden dich von Magoth befreien!«

Ich küsste ihn auf den Hals, und Schuldgefühle stiegen in mir auf, weil ich ihn absichtlich in die Irre führte. »Ich wünsche mir einfach nur, dass heute Nacht vorbei ist.«

»Das wird bald genug der Fall sein.« Er blickte auf seine Uhr. »Savian meinte, wir sollten erst in der Nacht beginnen, wenn die Wachen am Tresorraum nicht mehr so aufmerksam sind. Bis dahin haben wir noch drei Stunden Zeit.«

Bei seinen letzten Worten knetete er bereits mein Hinterteil und rieb sich an mir. Mein Körper reagierte sofort, und ich zog sein Hemd aus der schwarzen Jeans und schob meine Hände darunter. Seine Haut war warm, wie Seide über Stahl. »Meinen wir etwa beide das Gleiche?«

Sein Lächeln war die reine Sünde. »Drei Stunden sollten ausreichen, um dir mehrere Male Lust zu verschaffen.«

Ich blickte zum Haus. »Was ist mit Maata und Tipene?«

»Sie essen gerade und bereiten sich auf das bevorstehende Ereignis vor. Du hast meine ganze Aufmerksamkeit, Mayling.« Sein Lächeln wurde breiter, »Und dieses Mal will ich anders vorgehen. Ich werde zuerst dir Lust verschaffen, bevor ich an mich denke.«

»Oh, das klingt vielversprechend«, murmelte ich und knöpfte sein Hemd auf. »Endlich ein Vorspiel.«

»Soll ich dir sagen, was ich mit dir tun werde?«, hauchte er und knabberte an meinem Ohrläppchen, während er mir Oberteil und Rock auszog.

»Oh bitte, ja!«, sagte ich atemlos, als seine Finger meinen Büstenhalter öffneten und meine Brüste befreiten.

»Zuerst werde ich diese schönen, prallen Kugeln quälen. Ich werde ihre seidige Glätte schmecken und an den köstlichen rosigen Spitzen saugen, bis du vor Lust schreist.« Träge malte er Muster auf meine Haut, und ich erschauerte, als sein Finger um meine Brüste glitt. Meine empfindlichen Nippel berührte er jedoch nicht, bis ich es nicht mehr aushalten konnte und ihn in die Schulter biss.

Lachend kniff er in meine schmerzenden Nippel. »Und dann werde ich dich schmecken, alles von dir, und mir Zeit nehmen, um deinen wundervollen Bauch, deine perfekten

Hüften und die zarte Haut an den Innenseiten deiner Schenkel zu erforschen.«

Bebend schmiegte ich mich an ihn und streichelte über seine harten Rückenmuskeln.

»Ich freue mich schon darauf, jeden Zentimeter deiner Beine abzulecken, mein kleiner Vogel. Ich möchte jede einzelne Stelle finden, die dich vor Leidenschaft erzittern lässt. Und ich werde mich langsam an dir hochlecken, bis ich deine wahre Essenz auf meiner Zunge schmecke.«

Erschauernd beugte ich mich vor und nahm einen seiner festen kleinen Nippel in den Mund.

Gabriel keuchte, erstarrte einen Moment lang, und dann lag ich auf einmal auf dem Rücken, und das kalte Gras stach mir in die nackte Haut. Meine Kleider, Schuhe und Unterwäsche wurden mir mit einer solchen Geschwindigkeit vom Leib gerissen, dass ich es erst Sekunden später begriff. Verblüfft lag ich einen Moment da, dann richtete ich mich auf.

Gabriel kniete neben mir, das Gesicht qualvoll verzerrt. Er war erregt – sehr erregt –, konnte sich aber anscheinend nicht bewegen.

»Ist alles in Ordnung?«, fragte ich und legte ihm die Hand auf den Oberschenkel. »Fass mich nicht an! Bitte, May, wenn du auch nur ein bisschen Erbarmen mit mir hast, fass mich nicht an!«

»Gabriel, was ist denn los, um Gottes willen?« Ich kniete mich hin und schlang ihm die Arme um die Schultern. »Bist du verletzt?«

»Ich versuche, dieses übermächtige, irrsinnige, nicht zu verleugnende ... *Verlangen*, das ich nach dir habe, zu beherrschen«, sagte er und blickte mich aus lodernden Augen an.

»Ich dachte, dieses Verlangen gehört dazu, weil du ein Wyvern bist und ich deine Gefährtin bin.«

»Unter gewissen Umständen, ja. Aber du bist in der letzten Zeit immer bei mir gewesen, also sollte ich diesen Drang, dich besitzen zu wollen, doch wohl unter Kontrolle haben.«

»Ich glaube, wir lassen das mit dem Vorspiel lieber«, sagte ich lachend.

Irritiert blickte er mich an. »Nein, das tun wir nicht. Verdammt, May, ich will es doch! Ich schulde es dir – nicht nur weil du meine Gefährtin bist, sondern weil es dir gefallen würde. Und mir würde es gefallen, dir dabei zuzusehen. Ich möchte es wirklich schrecklich gerne. Wenn du nicht da bist, male ich mir tausend verschiedene Arten aus, wie ich dich lieben könnte, aber sobald ich dich sehe, rieche und schmecke ... es ist so hart ...«

Ich umfasste seinen Penis. »Ich glaube, er ist hart genug, um damit einen Betonblock zu zerschlagen.«

Seine Augen weiteten sich, dann drückte er meinen Oberkörper nach hinten, zog mir die Beine auseinander und drang in mich ein.

»Gabriel«, stöhnte ich. »Das ist nicht besonders beque... oh, mein Gott, ja! Mach das noch einmal!«

Er wiederholte einen seiner wunderbaren kleinen Hüftschwenker, und ich kam. Ich griff mit beiden Händen ins Gras, als sein Drachenfeuer meinen Körper überflutete und ich mich ganz unserer Vereinigung hingab. Sein Körper wurde breiter, die glatte seidige Haut rauer und fester, bis schließlich silberne Schuppen sie bedeckten. Rote Krallen umklammerten meine Hüften, und als er mich an sich zog, rieb sich die empfindliche Haut an der Innenseite meiner

Oberschenkel an seinen Schuppen. Gabriels Brüllen weckte alle Vögel, die bereits geschlafen hatten.

Ich öffnete die Augen, als er über mich sank, um sich dann zur Seite auf den Rücken zu rollen. Er war wieder Gabriel, ein Mann und doch kein Mann. Aber was auch immer er war, ich konnte nicht mehr leugnen, dass ich ihn liebte.

»Du hast dich verwandelt«, sagte ich. Die Erfahrung faszinierte mich.

»Es tut mir leid«, sagte er mit geschlossenen Augen. Sein Brustkorb hob und senkte sich. »Ich konnte mich nicht mehr beherrschen. Du bist so sehr ein Teil von mir geworden, dass ich dir gegenüber die Fassade nicht mehr aufrechterhalten kann.«

Seine Worte berührten mein Herz. Einen Moment lang genoss ich ihre Süße und schwelgte in der Wärme, die er in mein Leben brachte. Zum ersten Mal fühlte ich mich wirklich geliebt.

»So«, sagte er und unterbrach meine Gedanken.

»Was so?«, fragte ich. Sein Herz schlug wild an mein Ohr. Ich legte ihm die Hand auf dic Brust, voller Staunen darüber, dass ich so einen Mann hatte.

»Jetzt werden wir ein Vorspiel haben. Ich glaube, ich bin so weit befriedigt, dass ich es länger als fünf Sekunden aushalte, ohne gleich über dich herzufallen.«

»Es gefällt mir eigentlich, wenn du über mich herfällst, obwohl ich zugeben muss, dass ich auch gerne ein paar Fantasien ausleben möchte, bevor du deinen inneren Drachen auf mich loslässt.«

Er öffnete ein Auge. »Was für Fantasien?«

»Ich habe schon so viel über oralen Sex gehört, hatte aber bisher noch keine Gelegenheit, es auszuprobieren. Deshalb würde ich gerne ... na ja, ich brauche ja sicher nicht so viele Worte zu machen. Da du jetzt schon viel entspannter bist, kannst du es doch bestimmt genießen, oder?«

»Du möchtest ...?« Auch sein anderes Auge ging auf, als ich langsam an seinem Körper heruntergglitt, um den Teil von ihm zu erforschen, der mir so viel Lust bereitet hatte.

Er packte mich, bevor ich auch nur fünf Zentimeter weiter gekommen war. Ich blickte besorgt auf. Hatte ich etwas falsch gemacht? Auf seinem Gesicht lag ein vertrauter, angespannter Ausdruck, die Augen hatte er fest zugekniffen. Ich blickte auf seinen Penis. Er befand sich nicht mehr im Ruhezustand. »Ich dachte, du wärst befriedigt?«

»Das war ich auch! Bis du hingegangen bist und erwähnt hast, dass du das machen willst. Nein! Berühr mich nicht dort, Frau! Um Himmels willen ... grrr!«

Eine halbe Stunde später wankte ich mit weichen Knien zum Haus. Gabriel hatte den Arm um mich geschlungen, und sein Gesichtsausdruck war grimmig.

»Ich werde das überwinden«, murmelte er. »Ich bin ein Wyvern. Ich bin stark. Ich kann meine Bedürfnisse kontrollieren, um dir Lust zu geben, verdammt noch mal!«

Ich sagte nichts. Ich lächelte nur.

24

Es war tiefste Nacht – zwischen Mitternacht und vier Uhr morgens –, die Zeit, wenn die Schatten am dunkelsten und die Wesen dieses Ursprungs am stärksten sind. Ich ging durch die Schattenwelt und empfing Kraft von den Schatten.

Im Stockwerk über mir spürte ich Gabriels Anwesenheit wie einen warmen, tröstlichen Schein, der mich in einen Kokon voller Liebe einsponn. Ich lächelte in mich hinein, während ich den Wachposten im Untergeschoss beobachtete, der den Gang entlangpatrouillierte. Die Drachen und Aisling hatten anscheinend keine Probleme mit den Wachen, denn kurz darauf erschien Jim am anderen Ende des Gangs.

»He! Wachfrau! Du hast vermutlich nichts zu essen dabei, oder? Du wirst es nämlich nicht mehr brauchen, und meine schöne äußere Gestalt ist gerade am Verhungern!«

Die Wache fuhr herum und starrte Jim überrascht an. Ich trat hinter ihr aus den Schatten, als sie gerade nach ihrem Funkgerät greifen wollte. Lautlos sank sie zu Boden.

»Gut gemacht«, sagte Gabriel, als er mit den anderen ankam. »Du bist sehr geübt in den Kampfsportarten.«

»Ja, wer es mit mir zu tun bekommt, lebt gefährlich«, erklärte ich lächelnd.

»Das werden wir noch überprüfen«, erwiderte er und zeigte seine Grübchen. »Ist das der Tresorraum?«

»Ja.« Ich trat zur Seite, als Drake und Aisling sich der

schweren Stahltür näherten. »Ihr müsst euch nur um die Bannzauber und Verbote kümmern – Arkana-Magie macht mir nichts.«

Aisling betrachtete die Bannzauber. »Ich kann sie zwar nicht auflösen, aber es dürfte kein Problem sein, sie zu durchbrechen. Jim, mach dich bei den Verboten an die Arbeit.«

»Ihr beiden haltet Wache«, sagte Gabriel zu seinen beiden Leibwächtern. »Drake und ich schalten die Alarmanlagen aus, die an das Tresorgewölbe angeschlossen sind.«

Maata und Tipene nickten und eilten zur Treppe. Drake wies seine Männer an, den Strom in allen Gebäudeteilen bis auf den Keller auszuschalten und den Eingang zu sichern.

»Bleib bei Aisling!«, befahl er Jim.

»Na klar, Drachenkumpel!«

Drake wandte sich an seine Frau. »Tu nichts Unüberlegtes, *kincsem*!«

Sie warf ihm einen empörten Blick zu. »Also ehrlich! Ihr Drachen könnt einem ganz schön auf die Nerven gehen!«

Gabriel lächelte mich an. Als er sich mit Drake zum Gehen wandte, sagte er: »Du wirst bemerkt haben, dass *ich* meine Gefährtin nicht aufzufordern brauche, vorsichtig zu sein. Ich habe volles Vertrauen in Mays Fähigkeiten.«

»Sie ist eine Amerikanerin, und du wirst schon noch bald begreifen, wie sehr sie dir das Leben zur Hölle machen kann.«

Aisling lachte nur. Ich schaute interessiert zu, wie Jim die Verbote brach (sie sind die schwächere Version eines Fluchs und können von dunklen Wesen mit Leichtigkeit aufgelöst werden). Aisling mühte sich leise murmelnd mit den Bannzaubern ab.

»So, fertig«, erklärte sie nach fünf Minuten intensiver Arbeit. Sie trat zurück und rieb sich die Hände. »Hast du die kleinen Bastarde, Jim?«

»Ich bin schon lange fertig. Du wirst langsam, Ash.«

Sie warf ihm einen Blick zu. »Die Bannzauber an den Gewölbetüren sind wahrscheinlich von Carribean Battiste. Mit Bannzaubern vom Vorsitzenden der Hüterinnen-Gilde höchstpersönlich hättest du mit Sicherheit auch Probleme.«

»Ausreden, nichts als Ausreden.« Jim lächelte sie an.

»Das Schloss und die Arkana-Magie gehören ganz dir«, sagte Aisling zu mir.

»Perfekt, danke!« Ich ignorierte die Magie und legte beide Hände auf das Schloss, während ich im Geiste seinen komplizierten Mechanismus durchging. »Es ist ein Zeitschloss.«

»Ist das ein Problem?«, fragte Aisling.

»Nein. Ich kann die Uhr innen veranlassen vorzugehen. Aber so ein Schloss habe ich noch nie gesehen. Innerhalb des Schlosses befinden sich weitere Schlösser, aber ich glaube, ich kann sie dazu bringen, sich für uns zu öffnen. Ah ja. Genau so. Noch ein Hebel ... wunderbar.«

Das Schloss machte mir keine Probleme. Ich wartete, bis Jim, der an der Treppe stand, verkündete, dass der Strom in den oberen Stockwerken abgestellt war, dann öffnete ich vorsichtig die schwere Stahltür. Es gingen zwar keine Sirenen oder Blinklichter los, aber das hatte ich auch gar nicht erwartet – der Alarm würde vermutlich stumm vonstattengehen, wenn eingebrochen wurde. Hoffentlich hatten Drake und Gabriel alle Alarmsysteme abgeschaltet.

Als die Tür weit genug geöffnet war, dass ich hindurchschlüpfen konnte, ging innen das Licht an.

Ich wurde zum Schatten. »Jetzt geht es los«, sagte ich zu Aisling.

»Viel Glück!«, flüsterte sie.

Ich betrat den Tresorraum und blieb ein paar Sekunden lang lauschend stehen. Die Neonröhren an der Decke summten leise, und ich hörte das schwache Geräusch einer Klimaanlage, die Luft in das riesige Gewölbe pumpte. Vor mir standen lange Reihen von Metallschränken. Ich berührte den, der mir am nächsten stand, aber es war kein Schloss daran. Als ich die Tür öffnete, stieß ich auf Kisten mit der Aufschrift »Grimoires, 1450 bis 1800«. Im nächsten Schrank befand sich eine Sammlung von Büchern mit Zaubersprüchen. Ich schloss die beiden Schränke wieder und huschte an der Reihe vorbei zu einer modernen Metalltür. Anscheinend hatten sich hier im Gewölbe früher die Lagerräume des Kellers befunden. Jetzt waren sie durch Türen abgetrennt. Vorsichtig überredete ich das Schloss der Tür, sich meinem Willen zu beugen, dann schlüpfte ich leise hindurch und schloss sie wieder hinter mir.

Der Scheinwerfer traf mich im gleichen Moment wie der Lärm.

»Uuund ... zwei, drei, vier!«

Ein Chor dünner Stimmen, begleitet von blecherner Musik, hob zu singen an. Sofort wurde ich zum Schatten, aber ich war sicher, dass ich in dem grellen Licht gut zu erkennen war. Ich kniff die Augen zusammen und versuchte, aus dem Lichtkegel herauszutreten.

»Nein, nein, nein!« Die Worte wurden von einem klatschenden Geräusch begleitet. Langsam gewöhnte ich mich an das Licht, und was ich sah, machte mich einen Moment lang sprachlos vor Erstaunen. Auch in diesem Raum standen graue Metallschränke, allerdings nur an der Wand. Die Mitte des Raumes wurde von einem großen Schreibtisch eingenommen – beziehungsweise, ich nahm an, dass es normalerweise so war, denn jetzt war der Schreibtisch in eine Ecke gerückt worden. An den Seitenwänden des Raums standen hohe Standscheinwerfer, so wie sie in kleineren Theatern benutzt werden.

»Ihr müsst auf den Takt achten! Du liebe Güte, ihr seid Munchkins, keine Affen! Es ist nicht ... so ... schwer!« Diese Worte wurden von dem Schlagen eines Lineals auf den Holzschreibtisch begleitet. Ein Mann hielt das Lineal – zumindest dachte ich zuerst, es sei ein Mann, aber dann merkte ich, dass er leicht durchsichtig war. Ein Geist also. Das bedeutete ... ich blickte in die Mitte des Raumes.

Sechs Kobolde standen in einer Reihe, in Kostümen, die nur eine entfernte Ähnlichkeit mit denen der Munchkins in *Der Zauberer von Oz* aufwiesen.

»Jetzt versuchen wir es noch einmal, und dieses Mal hört ihr auf die verdammte Musik. Hebt alle euren rechten Fuß! Das ist die linke Hand. Hebt euren rechten ... ach, ich zeige es euch noch einmal.«

Der Geist sprang vom Schreibtisch, wobei er beinahe gegen mich prallte.

»Wer sind Sie? Was wollen Sie? Können Sie nicht sehen, dass ich beschäftigt bin?«

Er trat neben einen Kobold. »Rechter Fuß, seht ihr? Das ist der rechte Fuß. Und jetzt hebt ihn alle an! Wenn ich bis vier gezählt habe, beginnt ihr mit diesem Fuß. Ehrlich, das ist, als wolle man sich mit Wackelpudding über Gehirnchirurgie unterhalten.«

Der letzte Satz war an mich gerichtet. Da mich der Geist ohnehin schon gesehen hatte, konnte ich auch aus dem Schatten treten. »Was machen Sie da eigentlich?«, fragte ich ihn.

»Immer zu zweit! Was habe ich euch gerade gesagt? Ihr geht in Zweierreihen auf Dorothy zu.«

Ein Kobold – zum Glück waren es freundliche australische Hauskobolde und nicht die gröbere (und potenziell gefährliche) europäische Sorte – quietschte ein paarmal ängstlich.

»Nun, ich werde eben langsam ärgerlich, wenn ich euch immer und immer wieder erklären muss, wie ich diese Szene möchte! Schließlich ist es der wichtige Moment, in dem Dorothy euch begegnet! Sie ist euer Retter und befreit euch aus der jahrhundertelangen Gefangenschaft. Ihr geht in Zweierreihen auf sie zu, verbeugt euch und fangt dann an zu singen. Habt ihr es alle kapiert?«

Der unglückliche Kobold, den er ansprach, brach in Tränen aus, und die anderen fünf hockten da wie ein Häufchen Elend.

»Ach, was soll's! Geht wieder in eure Garderobe und sammelt euch!«

Die Kobolde stürzten zu einem großen Pappkarton, der neben dem Schreibtisch stand. Ich blickte den Geist an. »Warum drillen Sie die Kobolde, damit sie ein Stück aus *Der Zauberer von Oz* spielen?«, fragte ich ihn.

Er verschränkte die Arme und sah mich beleidigt an. »Das ist nicht *Der Zauberer von Oz*. Haben Sie schon einmal von diesem Musical über die Hexen von Oz gehört? Nun, das ist meine Version, erzählt aus der Perspektive der Munchkins, einem verfolgten und verfemten Volk.«

»Mit Kobolden.«

»Nun ... was anderes habe ich nicht. Es ist nicht leicht, hier im Tresorgewölbe zu arbeiten, wissen Sie«, sagte er schniefend und kehrte an seinen Schreibtisch zurück. »Ich darf keine Gäste einladen, ich habe nur einen Tag in der Woche frei, es kommt kaum jemand hierher, und es gibt noch nicht einmal Internet-Zugang. Ich hätte schon längst den Verstand verloren, wenn ich meine Musical-Truppe nicht hätte. Wir erfüllen die alten Klassiker mit neuem Leben – das ist unser Motto. Flott, oder?«

»Äh ... sehr.«

Er hielt eine bunte Broschüre hoch, auf der stand: »MUNCH! Ihr habt die Seite der Hexen gehört, jetzt hört uns zu!«

»Eigentlich sollte nächsten Monat Premiere sein, aber ich habe den größten Teil meiner Truppe verloren, als sie sich selbstständig gemacht haben und auf eine Tournee durch Amerika gegangen sind. Diese neuen Kobolde haben anscheinend nur linke Füße. Und sie sind so emotional! Die reinsten Drama-Queens!« Plötzlich kniff er die Augen zusammen und musterte mich. »Und wer sind Sie?«

»Oh, ich habe mich noch nicht vorgestellt. Mein Name ist May. Und Sie sind?«

»Misha«, erwiderte er.

»Freut mich, Sie kennenzulernen. Sie müssen entschuldigen, wenn ich ein bisschen durcheinander wirke, aber ich hatte nicht erwartet, jemanden hier anzutreffen.«

»An die Angestellten im Tresorgewölbe denkt niemand«, sagte er schniefend. »Apropos, die Öffnungszeiten sind für jeden sichtbar in der Lobby angeschlagen. Außerhalb der Geschäftsstunden darf ich keine Kunden bedienen, es sei denn, ein Mitglied des Komitees verlangt es ausdrücklich, und ich ...« Er kramte demonstrativ in seinen Unterlagen. »Ich habe eine solche Aufforderung nicht vorliegen.«

»Sie sind ein Geist«, sagte ich.

»Ich bin ein *domovoi*«, fuhr er mich an.

Das war interessant. Wie kam ein russischer Hausgeist dazu, im Tresorraum des Komitees zu arbeiten? »Es tut mir leid, aber ich bin ein bisschen in Eile und kann nicht bis zu den Geschäftsstunden warten. Sie können sich gerne wieder der Arbeit an ihrem Musical widmen, wenn Sie mir vorher nur rasch zeigen, in welchem Bereich sich das Lindwurm-Phylakterium befindet.«

»Raum C, Reihe sieben, zweites Regal, Kasten K«, sagte Misha und setzte sich wieder an den Schreibtisch. »Aber das können Sie nicht haben.«

»Warum nicht?«, wollte ich wissen und fragte mich, ob er Probleme machen würde.

»In die hinteren Lagerräume darf niemand, noch nicht einmal Dr. Kostich höchstpersönlich. Außerdem gehört es Ihnen nicht«, antwortete er, ohne aufzublicken.

»Es wurde mir abgenommen, als man mich verhaftete, und ich habe es versäumt, meine Sachen abzuholen, als ich entlassen wurde. Sie sehen also, ich habe jedes Recht darauf.«

Er schürzte die Lippen und blickte mich an. »Sie sind die Gefährtin eines Drachen, aber Sie sind kein Drache. Dieses Phylakterium gehört den Drachen.«

»Genauer gesagt, gehört es meinem Drachen«, stimmte ich ihm zu. »Das heißt, dem Wyvern, dessen Gefährtin ich bin. Er ist gleich hier, um es abzuholen. Wenn Sie es also bitte holen würden, dann kann ich Gabriel zu Ihnen schicken, und Sie können mit Ihrer ... äh ... Regie weitermachen.«

»Wie war noch mal Ihr Name?«, fragte Misha seufzend.

Ich sagte es ihm.

Er kramte erneut in seinen Papieren und zog eins heraus, das er mit zunehmend saurer Miene las. »Es scheint so, als ob Ihre Geschichte stimmt«, gab er zu. »Aber wir sind schon weit außerhalb der Geschäftszeiten, und wenn ich für Sie eine Ausnahme mache, muss ich für jeden eine machen.«

»Wer sagt das?«

Er überlegte einen Moment lang, dann zuckte er mit den Schultern. »Sie haben recht. Ich hole das Phylakterium für Sie, aber nur, weil ich diese Szene vor morgen früh noch fertig bekommen muss, wenn wir auch nur die geringste Chance haben wollen, Ende des Monats durch zu sein. Bleiben Sie hier, und fassen Sie nichts an.«

Ich dankte ihm, als er davoneilte, wobei er leise etwas über Leute murmelte, die wichtige dramaturgische Arbeiten unterbrachen. Kaum hatte sich die Tür hinter ihm geschlossen, rannte ich zurück zum Eingang. Gabriel würde bestimmt schon gespannt auf meinen Bericht aus dem Tresorraum warten.

Vor der Tür war die Hölle los.

Gabriel und Kostya schrien sich an, während Drake und seine Männer versuchten, die beiden Wyvern zu trennen. Maata und Tipene stürzten sich auf Kostya, und alle wurden zu einem großen, knurrenden Drachenhaufen.

»Was zum ... was ist hier los?«

»Mayling! Da bist du ja. Sagst du bitte Gabriel, er soll nicht so gemein sein?« Cyrene trat auf mich zu und warf mir einen äußerst irritierten Blick zu.

»Cy! Ist alles in Ordnung?« Ich umarmte sie.

»Ja, natürlich ist alles in Ordnung, Dummchen. Ich war bei Kostya.«

Ich schüttelte den Kopf. Das durfte doch nicht wahr sein. »Hat er dich etwa nicht entführt?«

»Mich entführt? Warum sollte er? Er hat mich gerettet.«

Kreischend versuchte Kostya, Gabriel ins Bein zu beißen, stieß aber stattdessen mit Drake zusammen.

»Hey!«, schrie Aisling. »Jim, halt sie auf!«

»Vor was hat er dich gerettet? Cyrene ...« Ich zog sie beiseite, als die Drachen sich aufrappelten. Mit einem Auge achtete ich auf Gabriel, falls er mich brauchen sollte, aber den Schlägen nach zu urteilen, die er Kostya verpasste, benötigte er meine Hilfe nicht. »Hat Kostya nicht Porter beauftragt, dich zu kidnappen?«

»Wie soll ich sie denn aufhalten? Soll ich etwa auf sie pinkeln?«, fragte Jim Aisling.

Diese Drohung zeigte sofort Wirkung. Alle Drachen sprangen hastig auf.

»Kostya?« Cyrene starrte mich mit aufgerissenen Augen an. »Nein, natürlich nicht. Dieser Porter, der uns erpresst hat, hat mich entführt. Er sagte, das solle eine kleine Motivation für dich sein, das Amulett zurückzuholen, aber er hat nicht auf Kostyas Befehl gehandelt. Ganz im Gegenteil – Kostya hat mich vor ihm gerettet und mich nach Paris gebracht, weil ich doch wusste, dass du dort warst. Und jetzt sind wir alle hier.«

»Nun, ich bin froh darüber, aber ich verstehe nicht, warum du freiwillig mit Kostya mitgegangen bist, nachdem er Porter getötet hat. Er hat dich zwar gerettet, aber er ist ein Mörder ...«

»Was sagst du da?«, unterbrach Cyrene mich. »Der Erpresser ist tot?«

»Ich dachte mir doch, dass mir das eure Aufmerksamkeit einbringt.« Jim blickte die Drachen mit zufriedenem Lächeln an.

»Ja. Wir haben ihn gefunden. Und ich nahm an, dass Kostya ihn getötet hat, weil ihr doch anscheinend auch da gewesen seid.«

Cyrene zuckte mit den Schultern. »Da irrst du dich. Kostya folgte uns, als der Erpresser mich verschleppte, und zog ihm eins über den Schädel, aber er war nicht tot. Dann sind wir durchs Fenster hinaus. Ich fand das sehr galant von Kostya.«

Verwirrt schüttelte ich den Kopf. »Na toll. Dann stellt sich die Frage, wer Porter getötet hat. Du hast wahrscheinlich keine Ahnung?«

»Ich wusste ja noch nicht einmal, dass er tot ist«, wandte Cyrene ein.

»Das muss die Person gewesen sein, die uns manipuliert. Und wenn es nicht Kostya ist ... uuhh. Ich weiß nicht, wie viel von diesen Geheimnissen ich noch verkraften kann.«

Cyrene tätschelte mir den Arm. »Spielt es wirklich eine Rolle, wer ihn getötet hat? Er war ein böser Mann.«

Ich warf ihr einen ungläubigen Blick zu.

»Na ja, denk einfach nicht so viel darüber nach«, lenkte sie ein. »Davon bekommst du nur Falten.«

»Wenn Kostya so galant ist, warum hält er dich denn dann als Geisel für das Phylakterium?«, fragte ich.

»Ach, tut er das?« Sie blickte zu Drake und seinen Männern, die Kostya (dieses Mal erfolgreich) zurückhielten. Gabriel und seine Leibwächter standen auf der anderen Seite. Ich runzelte die Stirn, als ich sah, dass Gabriels Lippe aufgeplatzt war und seine Nase blutete. »Nun, dafür wird er schon einen sehr guten Grund haben. Du irrst dich, wenn du ihn für einen Bösewicht hältst, May. Er ist eigentlich vollkommen süß und vor allem vollkommen missverstanden.«

»Ja, das kann ich mir denken«, erwiderte ich und trat an Gabriel heran. Das Glitzern in seinen Augen verhieß nichts Gutes für Kostya.

»Dafür haben wir jetzt keine Zeit«, raunte ich ihm zu.

Er schaute mich an. »Hast du es gefunden?«

»Ja. Aber du musst es in Empfang nehmen. Der Angestellte im Tresorgewölbe will es nur einem Drachen übergeben.«

»Das Phylakterium«, sagte Kostya laut und riss sich von Drakes Bodyguards los. Noch bevor ich Cyrene warnen konnte, stand er neben ihr und hielt ihr ein Messer an den Hals.

»Das hast du schon einmal gemacht«, sagte ich zu ihm. Am liebsten hätte ich nach meinem Dolch gegriffen. »Du willst dich doch sicher nicht ständig wiederholen, oder?«

»Wenn du mir das Phylakterium nicht bringst, töte ich deinen Zwilling«, sagte er kühl.

Cyrene keuchte und versuchte, sich zu ihm umzudrehen, aber er hielt sie fest gepackt.

»Du wirst niemandem etwas tun«, erklärte Drake müde. »Du bist kein Mörder. Lass die Najade los, Bruder!«

Kostya sah so aus, als wolle er widersprechen, aber zu meiner großen Überraschung ließ er die Hand mit dem Messer sinken. »Manchmal ist es besser, man hat mit Fremden zu tun, die einen nicht so gut kennen. Nein, ich bin kein Mörder. Aber ich werde alles tun, um das, was mir gehört, zurückzubekommen.«

Cyrene drehte sich um und trat ihm auf den Fuß. Dann rammte sie ihm das Knie zwischen die Beine. Kostya jaulte auf und krümmte sich.

»Oh, genau in die Eier«, sagte Jim. »Das tut weh.«

»Das ist dafür, dass du mich benutzt hast! Und das dafür, dass ich dich für nett gehalten habe, obwohl du eigentlich eine egoistische, selbstsüchtige Bestie bist!«, wütete Cyrene.

»Drache, nicht Bestie«, keuchte Kostya und rang nach Luft.

»Das macht keinen Unterschied.« Cyrene baute sich vor Gabriel und mir auf und erklärte: »Ich nehme alles zurück, was ich über Kostya gesagt habe. Was mich angeht, kannst du das Phylakterium haben. *Er* hat es jedenfalls nicht verdient.«

»Es freut mich, dass ich deine Erlaubnis habe«, antwortete Gabriel mit einem Anflug von Humor, der aber gleich wieder verging.

»Warum nehmen wir nicht einfach die Gelegenheit wahr und beenden die Angelegenheit, bevor noch jemand bemerkt, dass die Alarmanlagen nicht funktionieren?«, schlug ich vor.

Gabriel nickte und ergriff meine Hand. »Ich nehme an, wir können ebenfalls den Tresorraum betreten?«

»Ja, sicher, solange du keine Phobie gegen singende und tanzende Kobolde hast.«

Er warf mir einen verwirrten Blick zu und öffnete die Tür. Die anderen folgten, Kostya ganz am Schluss.

Misha, der Angestellte, wartete bereits in seinem Raum, als wir alle hineinkamen. Beim Anblick der großen Gruppe zog er die Augenbrauen hoch, aber außer ein paar missbilligenden Lauten äußerte er keinen Widerspruch. »Unterschreiben Sie hier«, sagte er und hielt mir ein Clipboard und einen Stift hin.

Ich überflog das Papier rasch, aber es handelte sich nur um die Erklärung, dass ich mein Eigentum in dem Zustand zurückbekommen hatte, in dem es mir abgenommen worden war.

»Und halten Sie sich nächstes Mal bitte an die vorgeschriebenen Zeiten«, sagte Misha und reichte mir eine kleine Kiste.

»Gabriel?«, sagte ich und wies mit dem Kinn darauf.

»Das gehört mir!«, sagte Kostya und trat vor.

Gabriel griff nach der Kiste, aber Misha hielt sie fest und wich ein paar Schritte zurück, wobei er uns misstrauisch beäugte.

»Wer sind Sie?«, fragte er.

»Konstantin Fekete, Wyvern der schwarzen Drachen. Das Phylakterium gehört mir.«

»Die schwarzen Drachen«, sagte Misha langsam. »Die sind doch schon vor Jahrhunderten gestorben.«

»Nicht alle. Es gibt immer noch ein paar von uns. Und wir werden das zurückgewinnen, was ...«

Alle außer Cyrene vervollständigten seine Litanei. »... uns einst weggenommen wurde. Wir werden dem Tod ins Auge blicken, um den Stolz und den Ruhm der Sippe wiederherzustellen.«

Kostya blickte uns finster an.

»Lassen Sie ihn nicht weiterreden, bitte!«, sagte Aisling zu Misha. »Es ist schon spät, und wenn er erst einmal anfängt, kann es Stunden dauern.«

»Und das ist Ihr Wyvern?«, fragte Misha mich und nickte zu Gabriel.

Der verbeugte sich und stellte sich und seine Bodyguards vor.

Cyrene trat zu mir, wobei sie Kostya einen finsteren Blick zuwarf. »Wer ist das?«, flüsterte sie.

»Er ist der Hüter des Tresorgewölbes, und ich wünschte, wir hätten unsere Identitäten getauscht, bevor wir hier hereingekommen sind«, erwiderte ich leise.

»Warum?«, fragte sie, aber ich hatte keine Zeit, ihr zu erklären, wie wichtig es war, dass jemand anders als ich die Kiste in Empfang nahm.

Misha spähte über Gabriels Schulter. »Ah, Drake Vireo, nicht wahr? Ich wusste gar nicht, dass das Komitee Ihr Hausverbot aufgehoben hat.«

Drake zuckte erschrocken zusammen, als Aisling ihm einen fragenden Blick zuwarf. »Es ist nichts, *kincsem*«, sagte er zu ihr. »Nur ein kleines Missverständnis über ein paar fehlende Dinge.«

»Missverständnis«, schnaubte Misha. Zu mir sagte er: »Er hat über die Jahrhunderte mehr als einmal versucht, in das Tresorgewölbe einzubrechen. Einmal ist es ihm sogar gelungen. Aber das war vor dem Einbau der Elektronik, was, Vireo?«

Drake blickte ihn hochmütig an. »Ich habe keine Ahnung, wovon Sie sprechen.«

Jim kicherte höhnisch.

»Kann ich jetzt bitte das Phylakterium haben«, sagte Gabriel und streckte seine Hand nach der kleinen Kiste aus. »Wie Sie aus der Inventarliste ersehen können, gehört es meiner Gefährtin, nicht Kostya.«

Misha schob mir die Schachtel zu. »Das scheint in Ordnung zu sein, ja.«

Ich hob die Hände und trat einen Schritt zurück. »Danke. Geben Sie die Kiste bitte Gabriel.«

Misha runzelte die Stirn. »Das versuche ich doch gerade. Jetzt nehmen Sie sie bitte, damit ich mich wieder an die Proben begeben kann.«

»Proben? Möchte ich das genauer wissen?«, fragte Aisling leise.

»Ich glaube nicht«, antwortete Drake.

»Geben Sie das Phylakterium bitte Gabriel«, sagte ich und wich noch einen Schritt zurück.

Misha schnalzte ärgerlich mit der Zunge. »Ich muss es dem Eigentümer zurückgeben. Für das Au-delà sind Sie der Eigentümer, und ich muss es in Ihre Hände geben.«

Kostya, der mittlerweile wieder aufrecht stehen konnte, machte eine Bewegung auf mich zu, aber Maata und Tipene versperrten ihm den Weg.

»Ich verstehe das, und als Eigentümer gebe ich Ihnen die Erlaubnis, es Gabriel auszuhändigen«, erklärte ich. Kurz überlegte ich sogar, ob ich Misha wohl dazu bringen könnte, es Cyrene statt mir zu geben, aber ich verwarf den Gedanken wieder. Selbst wenn er sich darauf einließe, so würden die Drachen damit wohl nicht einverstanden sein.

»Das kann ich nicht tun«, sagte Misha.

»Was ist das Problem, Mayling?«, fragte Gabriel und zog seine schönen Augenbrauen zusammen.

»Ich kann es nicht nehmen«, erwiderte ich ohne weitere Erklärung.

»Warum nicht?«

»Ich kann es nicht. Nimm du es!«

Gabriel blickte auf die Schachtel. »Enthält es etwas Gefährliches?«

»Nein, ich kann einfach nicht ...«

»Allmächtiger! Ich habe keine Zeit für so etwas!« Misha drückte mir die Schachtel einfach in die Hand. In der Sekunde, in der sie meine Haut berührte, flirrte die Welt um mich herum. Meine Finger schlossen sich automatisch um das Phylakterium, und ich blickte Gabriel voller Entsetzen an.

Bevor jemand etwas sagen konnte, öffnete ein Dämon den Stoff der Realität hinter mir, packte mich am Oberarm und zog mich durch das klaffende Loch.

25

Zu Magoth gerufen zu werden ist nie angenehm, aber wenn er mich durch einen Dämon holen ließ, dann war es einfach nur entsetzlich. Der Dämon ließ mich zu Boden fallen, wo ich gegen einen Brechreiz ankämpfte, der mich einen Moment lang alles andere vergessen ließ.

Dann hörte ich Magoth knurren: »Sei gegrüßt, Drache! Ich vermute, ich habe das Vergnügen mit dem Wyvern der silbernen Drachen.« Zwei Dinge wurden mir klar: Erstens hatte ich den festen Griff um meinen Oberarm nicht dem Dämon zu verdanken, sondern Gabriel, der sich an mir festgeklammert hatte, als ich durch das Loch in der Realität gezogen wurde, und zweitens, das Leben, so wie ich es bislang gekannt hatte, war wohl vorüber.

»Ich bin Gabriel Tauhou, ja. Was hast du mit meiner Gefährtin zu schaffen, dass du sie auf diese Weise missbrauchst?«

Ich zog mich an einem Stuhl hoch. Gabriel sah noch angegriffener aus als vorher, seine Nase blutete wieder. »Sprich nicht mit ihm«, bat ich und schleppte mich auf Gabriel zu.

»Stopp!« Magoth schnipste mit den Fingern und warf ein unsichtbares Netz über mich, sodass ich mich nicht mehr bewegen konnte. »Ich glaube, du hast etwas, was mir gehört, süße May. Gib es mir jetzt.«

Gabriels Augen loderten feurig. »Lass meine Gefährtin los!«, herrschte er den Dämonenfürsten an.

»Sprich nicht mit ihm! Unterhalt dich um Gottes willen nicht mit ihm, Gabriel!«

Gabriel runzelte die Stirn. »Geht es dir gut, Gefährtin? Diese belanglose Angelegenheit scheint dich völlig aus der Fassung zu bringen.«

»Sie ist nicht belanglos«, schluchzte ich. »Du musst gehen, Gabriel. Du musst jetzt gehen.«

»Ich lasse dich doch nicht hier zurück«, erwiderte er und warf mir einen ungläubigen Blick zu.

»Du musst aber.« Ich bekam kaum Luft. Das Herz schlug mir bis zum Hals. Gabriel musste endlich Vernunft annehmen. »Das hier hat nichts mit dir zu tun. Magoth kann dich nicht hier unten festhalten, ohne den Zorn des gesamten Weyr auf sich zu ziehen. Du musst jetzt gehen, bevor ...« Ich brach ab. Ich konnte ihm nicht die Wahrheit sagen, nicht während Magoth uns spöttisch lächelnd zuschaute.

»May«, sagte Gabriel leise und ergriff meine Hände. »Ich dachte, du hättest verstanden, dass dieser Dämonenfürst nichts gegen mich ausrichten kann. Du machst dir unnötig Sorgen um mein Wohlergehen. Ich habe dir doch gesagt, dass ich nur schwer zu töten bin. Du musst endlich lernen, mir zu vertrauen.«

Schmerzerfüllt schloss ich meine Augen für ein paar Sekunden. Mein Herz zog sich zusammen vor lauter Qual. Ich hätte am liebsten geschrien und Magoth vernichtet, weil er mein Leben zerstörte. Aber vor allem wollte ich Gabriel sagen, wie leid es mir tat.

»Mein kleiner Vogel, warum weinst du?«, fragte er leise. Sanft strich er mit dem Daumen über meine Wangenknochen, so liebevoll, dass ich vollends die Fassung verlor. Ich liebte ihn nicht nur einfach, gestand ich mir ein, ich liebte ihn über alle Maßen, mit jeder Faser meines Seins.

Stumm starrte ich ihn an, unfähig, auch nur ein Wort hervorzubringen.

»So faszinierend ich das auch finde, ich habe in fünfzehn Minuten einen Termin«, sagte Magoth und blickte auf die Uhr. Er stand auf und trat zu mir. Neugierig musterte er Gabriel, wobei er sich offensichtlich mit ihm verglich. »Deshalb bist du mir nicht erlegen? Wegen Dreadlocks, süße May? Oder ist es die Bestie in ihm, die dich so anzieht?«

Ich schluckte heiße, brennende Tränen herunter und erwiderte Magoths Blick. »Ich werde nicht über Gabriel mit dir sprechen.«

»Was willst du von meiner Gefährtin?«, fragte Gabriel noch einmal und stellte sich halb vor mich.

Bei der beschützenden Geste zog Magoth eine Augenbraue hoch. »Ich frage mich, ob es sich wohl lohnt, dich für so eine Unverschämtheit zu bestrafen.«

»Du kannst es gerne versuchen«, erwiderte Gabriel liebenswürdig, aber in seinen Augen stand eine deutliche Warnung.

»Ein verlockendes Angebot ... aber ich glaube, ich werde auch so reichlich belohnt, ohne dass ich der Versuchung nachgebe. May, das Phylakterium.« Magoth streckte die Hand aus.

Gabriel warf mir einen Blick zu.

»Bekommt die Beziehung einen kleinen Riss?« Magoth lächelte. »Du wirkst überrascht, Drache. Wusstest du nicht, dass deine Gefährtin mir das Phylakterium bringen sollte? Ah, ich sehe an deinem erstaunten Blick, dass du es nicht wusstest. Wie überaus ungezogen von der süßen May! Wahrscheinlich hat sie dich auch nicht über unseren kleinen Handel informiert. Ich entbinde sie für eine Zeit von hundert Jahren von ihren Pflichten, wenn sie mir das Phylakterium übergibt.«

Ich konnte Gabriel nicht mehr ansehen. Mein Schuldgefühl war zu groß, mein Kummer zu unermesslich. Ich schlug die Augen nieder. Gabriel hob mein Kinn und zwang mich, ihn anzusehen.

»Ist das wahr?«, fragte er leise und blickte mich verletzt und ungläubig an.

»Ja«, sagte ich, ohne zu zögern. »Ich habe dir doch erzählt, dass Magoth von dem Phylakterium erfahren hat.«

Einen Moment lang schwieg er und blickte mich forschend an. Dann sagte er leise: »Hundert Jahre mögen dir wie eine lange Zeit vorkommen, aber unser gemeinsames Leben wird viele Jahrhunderte umfassen. Das Phylakterium für so einen kurzen Augenblick der Freiheit einzutauschen ...«

»Ich habe es nicht eingetauscht«, unterbrach ich ihn. Ich hatte einen Kloß im Hals. Wie konnte Gabriel glauben, dass ich vorübergehende Freiheit für etwas eintauschen würde, das ihm so viel bedeutete? »Magoth hat es mir als Belohnung angeboten. Ich habe es nicht angenommen.«

Magoth zog zischend die Luft ein, und der Raum wirkte auf einmal dunkler, als die Corona der dunklen Macht, die ihn umgab, alles Licht aufsaugte. »Das würdest du nicht wagen«, sagte er und ließ kleine Schlangen der Macht auf mich zuzüngeln.

Gabriel schloss seine Finger fester um meine Hand. »Ich verstehe nicht, was du vorhast, aber diese Situation gefällt mir nicht. Wir gehen jetzt.«

Ich nickte. Ich war des Ganzen überdrüssig. Es gab natürlich einen schnellen Ausweg, aber dann hätte ich Gabriel nicht mehr, und ich war nicht bereit, ihn aufzugeben. Noch nicht einmal für ewigen Frieden. Ich hoffte nur inständig, dass er das Gleiche für mich empfand, denn was ich von ihm verlangte, war völlig ungewöhnlich. »Ja. Es ist Zeit zu gehen.«

Magoth holte tief Luft und wurde einen Kopf größer als Gabriel. »Das wagst du nicht!«, brüllte er, und ich wusste, dass ihm in diesem Moment bewusst wurde, wie tief meine Gefühle für Gabriel waren. »Überleg dir das gut, May Northcott! Kennst du die Strafe für einen Diener, der zum Dibbuk wird?«

»Dibbuk? Was soll das heißen? Ich bin nicht vertraut mit diesen Ausdrücken«, sagte Gabriel und runzelte finster die Stirn.

»Ich werde dich in den tiefsten Tiefen von Abaddon einsperren«, warnte Magoth mich. »Ich werde dich jede Qual erleiden lassen, die mir einfällt, und ich versichere dir, Dienerin, ich habe Tausende von Jahren damit zugebracht, mir Foltern auszudenken, die selbst Dämonen erster Klasse in die Knie zwingen und um Gnade betteln lassen.«

Mir zog sich der Magen zusammen.

»Du wirst jeden Tag überleben, in ewigen Qualen, ohne Hoffnung auf Erlösung, May Northcott. Nicht einen Funken Hoffnung!«

Ich nickte, den Blick fest auf Gabriel gerichtet. Ich wollte seinen Anblick ein letztes Mal tief in mich aufnehmen. Wer wusste, wann ich ihn wiedersehen würde – bis dahin wollte ich mich an sein starkes Kinn, an seine Grübchen, an seine unsäglich schönen Augen erinnern. Ich wollte ihn mir so einprägen, dass die schlimmste Folter von Magoth ihn mir nicht nehmen konnte.

Den Mann, den ich mehr liebte als mein Leben.

»Magoth, siebter Geistfürst von Abaddon, Herr über dreißig Legionen, Marquis des Ordens der Zwänge, hiermit weise ich in aller Form deine Herrschaft über mich zurück und lehne dein Angebot ab. Nimm das Phylakterium«, sagte ich und drehte die Hand, die Gabriel hielt, so, dass ich ihm die Schachtel in die Hand drücken konnte. »Es gehört dir. Ich gebe es dir freiwillig.«

Magoth schrie so schrill, dass alle Fensterscheiben im Raum zerbarsten. »Nein! Das wirst du nicht tun!«

Es war, als ob um uns herum ein Tornado losbrechen würde. Magoths Wut richtete sich auf alle Gegenstände im Raum. Bücher explodierten, Möbelstücke zerbarsten in tausend Teile, es regnete Glas, Metall und Holz, als er schreiend auf mich zustürzte.

Ich ließ die Schachtel in dem Moment los, als Gabriel begriff, was vor sich ging. Voller Panik blickte er mich an und versuchte, sie mir zurückzugeben. »Nein, May ...«

»Es kann nicht mehr ungeschehen gemacht werden«, sagte ich. Ich hätte ihn so gerne geküsst. Nur noch ein letztes Mal.

»Ein letztes ...« Gabriel las meine Gedanken, und seine Augen wurden dunkel, als ihm die volle Tragweite meiner Entscheidung aufging. »Nein! Das erlaube ich nicht. Gefährtin ...«

»Sie ist nicht mehr deine Gefährtin«, knurrte Magoth und riss mich weg. »Sie ist ein Dibbuk. Ich kann sie am Leben lassen oder vernichten, ganz wie es mir beliebt.«

Seine Hand lag kalt auf meinem Arm, ein eisiger Schmerz schoss durch meinen Körper und senkte sich tief in meine Seele.

Gabriel schüttelte den Kopf. Wut, Schmerz und Verwirrung zeichneten sich auf seinem Gesicht ab. »Warum, mein kleiner Vogel? Warum tust du das?«

»Es sollte alles anders ausgehen. Du solltest das Phylakterium nehmen, damit ich Magoths Forderung nicht direkt ablehnen musste. Ich dachte, es gäbe eine Chance für uns. Ich wollte es so gerne glauben.« Ich legte all meine Gefühle in meinen Blick und hoffte, er könne über die Worte hinaus lesen, was in meinem Herzen geschrieben stand.

»Weißt du was, ich habe eine Idee«, sagte Magoth. Seine Stimme klang auf einmal ganz normal. Seine Finger, die meinen Arm mit eisigem Griff umschlossen, entspannten sich und begannen, meine Haut zu streicheln. »Ursprünglich wollte ich dich ja vernichten – langsam, über mehrere Jahrhunderte, damit dir auch das ganze Ausmaß meines Zorns bewusst wird –, aber ich glaube, ich habe eine viel bessere Idee. Ich habe schon lange überlegt, dass jetzt der richtige Zeitpunkt gekommen ist, um mir eine Gemahlin zu nehmen. Und es wäre doch dumm, wenn ich mir die perfekte Kandidatin entgehen ließe, die mir doch sozusagen in den Schoß gefallen ist.«

Magoth schlang den Arm um mich und zog mich dicht an sich.

Gabriel wollte sich auf ihn stürzen, aber ich hob die Hand, um ihn aufzuhalten. Magoth würde ihn zerstören, wenn er versuchte, mich zu befreien. »Nicht, Gabriel! Das ist es nicht wert.«

Er hielt inne. Sein ungläubiger Blick brachte mich beinahe um. Mein Herz zersprang, und ein nie gekannter Schmerz erfüllte mich. Verstand er denn nicht? Sah er nicht, dass dies der einzige Ausweg für uns war? Wusste er denn nicht, wie viel ich aufzugeben bereit war, nur damit wir eine gemeinsame Zukunft hatten? »Du willst hierbleiben?«

Ich nickte stumm und forschte in seinem Gesicht nach einem Zeichen, dass er verstanden hatte, was ich damit bezweckte. Er musste doch wissen, dass mein Herz ihm gehörte, jetzt und bis in alle Ewigkeit.

»Sag es mir!« Gabriels Stimme war rau. »Sag es, May! Sprich es aus, damit ich es verstehe!«

Es kostete mich ungeheure Anstrengung zu sprechen. »Ich werde hier bei Magoth bleiben. Nimm das Phylakterium und gebrauche es, um damit deine Ziele zu erfüllen.«

Ich sah ihn im Geiste deutlich vor mir, wie er erklärt hatte, dass er das Phylakterium nicht missbrauchen, sondern hüten würde, und als seine Augen jetzt aufleuchteten, wusste ich, dass er verstanden hatte. Ich hatte den einzigen Weg gewählt, um ihn und die Drachen vor Magoths Zorn zu bewahren. Ein Versprechen stand in seinen Augen, und es wärmte mich von Kopf bis Fuß.

Magoth lachte, und bei dem Geräusch fiel ein Stück Gips von der Decke. »Oh ja, das verspricht sehr amüsant zu werden. Eine Gemahlin, die einst die Gefährtin eines Wyvern war. Komm, süße May! Es warten viele Pläne auf uns. Sehr viele Pläne.«

Er zerrte mich aus dem Raum, aber ich schaute bis zum letzten Augenblick Gabriel an. Ich wollte ihm so gerne sagen, dass ich ihn mit jeder Faser meines Herzens liebte, dass

Magoth daran nichts ändern konnte, aber ich traute mich nicht. Magoth mochte ja ahnen, wie tief meine Gefühle für Gabriel waren, aber handeln würde er erst, wenn er sich sicher war ... und ich würde ihm keine Gelegenheit geben, Gabriel zu vernichten.

»Ich werde tun, was du sagst, mein kleiner Vogel«, erklärte Gabriel. Seine Augen schimmerten so hell, dass meine Seele weinte. »Denk immer daran, dass ich ein Drache bin. Ich gebe *niemals* auf, was mir gehört.«

Mir wurde leichter ums Herz, obwohl sich die Tür zwischen uns schloss. Ich vertraute Gabriel. Ich hatte Vertrauen zu uns beiden. Mein Leben in den Schatten war vorüber; jetzt war es an der Zeit, ins Licht zu treten und meinen Platz an Gabriels Seite einzunehmen.

Ich holte tief Luft und folgte Magoth in die Tiefen von Abaddon.

Nachbemerkung der Autorin

Fans von Drachen und der Anderwelt sind herzlich eingeladen, www.dragonsepts.com zu besuchen. Dort kann man Drachenspiele spielen, die Geschichte und Legenden der Drachen nachlesen, sich einer Drachensippe oder der Hüterinnen-Gilde anschließen, mit Katie und anderen im Forum Kontakt aufnehmen, Podcasts anhören, in der Enzyklopädie der Anderwelt nachschlagen und vieles mehr.